Lisa Jackson

Ich will nur dich
Ich geb dich nicht auf

2 Romane in 1 Band

Weltbild

Die amerikanische Originalausgabe von *Ich will nur dich* erschien 2005 unter dem Titel *The Brass Ring* in der Anthologie *Kiss me Again* bei Zebra, an imprint of Kensington Publishing Corp., New York

Die amerikanische Originalausgabe von *Ich geb dich nicht auf* erschien 1990 unter dem Titel *His Bride to be* bei Silhouette; First Edition edition

Besuchen Sie uns im Internet
www.weltbild.de
Genehmigte Lizenzausgabe für Weltbild GmbH & Co. KG,
Steinerne Furt, 86167 Augsburg
Ich will nur dich
Copyright der Originalausgabe © 2005 by Zebra,
an imprint of Kensington Publishing Corp., New York
© 2015 Copyright der deutschsprachigen eBook-Ausgabe Feelings – emotional eBooks
Ein Imprint der Verlagsgruppe Droemer Knaur GmbH & Co. KG, München
Alle Rechte vorbehalten. Das Werk darf – auch teilweise – nur mit Genehmigung des
Verlags wiedergegeben werden.
Übersetzung: Kristina Lake-Zapp
Ich geb dich nicht auf
Copyright der Originalausgabe © 1990 by Silhouette; First Edition edition © 2015
Copyright der deutschsprachigen eBook-Ausgabe Feelings – emotional eBooks
Ein Imprint der Verlagsgruppe Droemer Knaur GmbH & Co. KG, München
Alle Rechte vorbehalten. Das Werk darf – auch teilweise – nur mit Genehmigung des
Verlags wiedergegeben werden.
Redaktion: Gisela Klemt
Übersetzung: Kristina Lake-Zapp
Umschlaggestaltung: Johannes Frick, Neusäß
Umschlagmotiv: www.shutterstock.com (© Svyatoslava Vladzimirska)
Gesamtherstellung: GGP Media GmbH, Pößneck
Printed in the EU
ISBN 978-3-95973-019-8

2019   2018   2017   2016
Die letzte Jahreszahl gibt die aktuelle Lizenzausgabe an.

Lisa Jackson

Ich will nur dich

Roman

Aus dem amerikanischen
von Kristina Lake-Zapp

Weltbild

Prolog

»Verdammt noch mal, Leigh, ich habe mich auf dich verlassen!«, fluchte Hale Donovan laut, ohne sich darum zu kümmern, dass die Tür zu seinem Büro einen Spalt offen stand und seine Sekretärin jedes einzelne Wort mitbekam. Den Hörer in der Hand, marschierte er auf dem dicken, hellbraunen Teppich auf und ab und wünschte, er könnte die Telefonschnur um Leigh Carmichaels schönen, schlanken Hals winden. Seine Finger krampften sich fester um den Hörer, während er aus dem Fenster seines Büros auf die überfüllten Straßen von San Francisco zwanzig Stockwerke tiefer blickte. Die glitzernden Türme der Wolkenkratzer erhoben sich stolz in den strahlend blauen kalifornischen Himmel.

Hale bemerkte es kaum – so wütend war er.

Ihn interessierte nur, dass der komplette Deal mit Stowell Investments buchstäblich den Bach runtergehen würde. Es war dumm von ihm gewesen, Leigh zu vertrauen, sie war aus demselben Holz geschnitzt wie seine Mutter, Jenna Donovan, eine Frau, an die er sich ansonsten kaum erinnern konnte.

»Hale? Bist du noch dran, Liebling?«, gurrte Leighs rauchige Stimme durch die Leitung. Sie lachte leise.

»Natürlich bin ich noch dran«, blaffte er.

»Gut. Dann verstehst du es also.«

»Was ich verstehe, ist, dass du mir eine Abfuhr erteilst. Warum?«, fragte er, wohlwissend, dass Leigh versuchte, ihn zu manipulieren. Wieder einmal.

»Ich habe kein Interesse daran, etwas vorzuspielen«, erwiderte sie beleidigt.

Er konnte beinahe hören, wie sich die Rädchen in ihrem Gehirn drehten, obwohl sie meilenweit von ihm entfernt war. Einmal um die halbe Welt, um genau zu sein.

»Ich sehe nicht ein, dass ich mir meinen Urlaub in Marseille vermiesen lassen soll, um deinen Kopf aus der Schlinge zu ziehen.«

»Du hast dir wahrhaftig einen schlechten Zeitpunkt ausgesucht, um mich davon in Kenntnis zu setzen! Die Kreuzfahrt beginnt am Freitag!«

»Nun, wenn du unbedingt möchtest, dass ich mit an Bord bin, solltest du unsere Verlobung vielleicht offiziell machen«, schlug sie vor. Ihre Stimme klang sexy und verführerisch.

»Was willst du, Leigh? Du weißt doch genau, dass diese ganze Sache eine Farce ist.«

»Nicht für mich. Deine einzige Chance, dass ich nach San Francisco zurückkehre und deine Verlobte spiele, ist die, dass ich deine Verlobte *bin*. Ich muss wissen, ob du mich wirklich zur Frau nehmen möchtest!«

Frustriert fuhr sich Hale mit den Fingern der freien Hand durchs Haar und lehnte sich gegen die Schreibtischkante. Dann stellte er sich mit nachdenklich zusammengekniffenen Augen Leighs Gesicht vor – ein umwerfend schönes Gesicht mit hohen Wangenknochen, vollen, schmollenden Lippen und eiskalten jadegrünen Augen. »Was willst du, Leigh? Einen Ring?«

»Nicht irgendeinen Ring, Hale. Einen funkelnden Diamantring mit mindestens drei Karat und das Versprechen, dass wir binnen der nächsten zwei Monate vor den Altar treten.«

Er lachte. Wollte sie ihn auf den Arm nehmen? Ihre Affäre hatte vor sechs Monaten geendet, und beide waren froh darüber gewesen. Er nahm seine Fliege ab und hängte sie über die Stuhllehne. »Hör mal, Leigh, ich habe keine Zeit für solche Spielchen.«

»Das ist kein Spiel.«

Zum ersten Mal nahm er den Unterton in ihrer Stimme wahr. Konnte es sein, dass sie ihn knallhart erpressen wollte? »Ich will nicht heiraten, Leigh. Ich bin nicht für die Ehe geschaffen. Und du auch nicht.«

»Genau da liegst du falsch«, entgegnete sie schmeichelnd. »Mir käme es durchaus gelegen, Mrs. Hale Donovan zu werden.«

»Verflucht noch mal, Leigh -«

»Ruf mich zurück, sobald du deine Meinung geändert hast.«

Es klickte laut, dann war die Leitung tot.

Einen weiteren Fluch vor sich hin murmelnd, knallte Hale den Hörer auf die Gabel. Auf gewisse Art war er erleichtert. Zwei Wochen lang so zu tun, als wäre er in Leigh verliebt, wäre die Hölle gewesen. Trotzdem. Er brauchte eine Frau, die er als seine zukünftige Ehefrau ausgeben konnte, wenn er am Freitag mit William Stowells prachtvoller Motoryacht in See stechen wollte. Nur eine Verlobte würde Stowells Tochter Regina davon abhalten, sich ihm an den Hals zu werfen.

Stirnrunzelnd ging er zur Kredenz hinüber und schenkte Brandy in einen Kristalltumbler ein. Er wollte unbedingt

William Stowells Firma übernehmen, aber so weit, dafür dessen Tochter zu heiraten, würde er nicht gehen. Doch leider nähme auch Regina an der Kreuzfahrt teil.

Zwanzig Jahre alt, launisch und verwöhnt, hatte Regina Hale während des vergangenen halben Jahres permanent nachgestellt. Doch Hale war nicht interessiert. Nicht an Regina und schon gar nicht an einer Heirat.

In seinen Augen war die Ehe eine Falle. Was er also brauchte, war eine Frau – eine Frau, die er nicht kannte –, eine, die sich bereit erklärte, für zwei Wochen seine Verlobte zu spielen und anschließend von der Bildfläche zu verschwinden, sobald er die Stowell Investment Company aufgekauft hätte. Hale schnitt eine Grimasse und nahm einen Schluck von seinem Brandy. Er würde Paul Hastings, seinen Personalchef, persönlich anrufen und ihm auftragen, eine Frau für ihn zu finden, die schön war, Köpfchen und Charme hatte und – das war ihm das Allerwichtigste – die im Bett unersättlich war.

Kapitel eins

Valerie Pryce rutschte unbehaglich auf ihrem Stuhl hin und her und wartete. Ihr gegenüber, an einem ausladenden Mahagonischreibtisch, studierte der Personalchef von Donovan Enterprises ihren Lebenslauf, als handelte es sich dabei um die Emanzipationserklärung.

Paul Hastings, ein kleiner Mann mit einem sorgfältig gestutzten roten Bart, einem steifen, weißen Hemd und einem teuren Nadelstreifenanzug, tastete nach seinem Kragen. »Sie haben also vor zwei Jahren Ihren Abschluss in Betriebswirtschaft an der University of California gemacht, in Los Angeles.«

»Das ist richtig.« Valerie zwang sich zu einem Lächeln. Sie wollte sich Hastings gegenüber nicht anmerken lassen, wie dringend sie einen Job brauchte – egal, was für einen.

»Und während Ihrer Ausbildung haben Sie sich als Model und Schauspielerin über Wasser gehalten?«

»Ich habe ein paar Werbefilme gedreht und hatte eine kleine Rolle in einer Seifenoper.« Was hatte das mit ihrer Bewerbung zu tun?, fragte sie sich, strich nervös ihren Rock glatt und hoffte, nicht allzu unsicher zu erscheinen.

»Aber Sie haben keine Karriere als Schauspielerin angestrebt?«

»So viele Jobs wurden mir dann auch nicht angeboten.«

»Oh.« Er überflog noch einmal die erste Seite. »Sie sind Single.«

Valerie spürte, wie sie langsam gereizt wurde, doch dann rief sie sich erneut vor Augen, dass sie die Stelle unbedingt bekommen musste. »Ja.«

»Nie verheiratet gewesen?«

»Nein.«

»Haben Sie einen Freund?«

»Ich glaube nicht, dass diese Frage zu einem Bewerbungsgespräch gehört«, sagte sie und umfasste die Armlehnen ihres Stuhls.

Er hob beschwichtigend die Hand. »Da haben Sie natürlich recht. War nur eine Frage.« Paul Hastings schob seinen Stuhl zurück, kniff die Augen zusammen und musterte sie durch seine dicken Brillengläser. »Ich möchte, dass Sie Hale Donovan kennenlernen.«

»Den Firmenchef?«, fragte sie verdutzt. Warum um alles auf der Welt sollte sie Mr. Donovan kennenlernen?

Paul steckte ihren Lebenslauf in einen Aktenordner und lachte leise. »Firmenchef? Wir bezeichnen ihn lieber als Gott ... oder als Luzifer. Kommt auf seine Stimmung an.«

»Klingt charmant«, stellte Valerie fest.

»Oh, das kann er durchaus sein. Charmant, meine ich.« Paul griff nach dem Telefon, wählte eine Nummer, dann sagte er etwas in den Hörer, stand auf und führte Valerie durch ein Labyrinth von Gängen zu einem privaten Aufzug. Er tippte den Zahlencode für den zwanzigsten Stock ein, und die Türen schlossen sich hinter ihnen.

»Muss sich jeder, der sich um einen Verwaltungsposten bewirbt, bei Mr. Donovan vorstellen?« Der Aufzug setzte sich in Bewegung.

»Nein, nur wenn er Mr. Donovans persönlicher Assistent werden soll.«

Fast hätte Valerie nach Luft geschnappt. Mr. Donovans persönliche Assistentin? *Sie?*

»Das stand nicht in der Stellenbeschreibung.«

Paul warf ihr einen leicht verunsicherten Blick zu. »Die Stelle ist erst gestern Nachmittag vakant geworden. Ah, da sind wir schon.« Er ließ ihr den Vortritt und winkte lächelnd einer zierlichen grauhaarigen Empfangssekretärin zu, die hinter einem geräumigen Schreibtisch saß und eifrig auf ihrer Computertastatur tippte.

»Er erwartet uns, Madge.«

Ohne mit dem Tippen aufzuhören, nickte die Sekretärin, und Paul schob eine der beiden glänzenden Kirschholztüren auf.

Valerie holte tief Luft. Seit sie vor weniger als einer Stunde Donovan Enterprises betreten hatte, war sie von einem Büro ins nächste geschleift worden, hatte mit verschiedenen Mitarbeitern gesprochen, und nun war sie hier gelandet, vor Hale Donovans Büro, wie der Name auf dem Messingschild an der Tür verkündete, die Paul Hastings jetzt öffnete. Er schob sie hinein. Valerie wappnete sich. Sie hatte nicht damit gerechnet, mit Gott persönlich sprechen zu dürfen.

Hale hörte, wie sich die Tür öffnete, und wünschte sich, Paul Hastings würde einfach wieder verschwinden. Seit dem gestrigen Nachmittag, an dem er ihn angerufen und ihm aufgetragen hatte, eine Braut in spe für ihn zu finden, hatte er mit ungefähr vierzig Möchtegern-Mrs.-Hale-Donovans gesprochen. Mit den vierzig egozentrischsten, affektiertesten und nervösesten Frauen, denen er je begegnet war. Keine von ihnen hatte auch nur ansatzweise sein Interesse geweckt. Er konnte sich nicht vorstellen, mit einer von ihnen zwei Wochen zu verbringen, schon gar nicht an Bord einer Yacht. Nein, allein der Gedanke, so zu tun, als wäre er in eine dieser oberflächlichen Tussis verliebt, verursachte ihm Sodbrennen.

Langsam, aber sicher gelangte er zu der Überzeugung, dass sein Plan die Mühe nicht wert war.

Paul räusperte sich.

Hale rieb sich den Nacken und drehte sich desinteressiert um, bis sein Blick auf die ernsten Augen einer großen, schlanken Frau traf, deren Körperhaltung nicht anders als majestätisch bezeichnet werden konnte. Ihre Haare waren honigblond, durchzogen von hellblonden Strähnchen und zu einem Franzosenzopf geflochten. Sie trug eine magentafarbene Bluse zu einem schwarzen Kostüm, das ihr ganz hervorragend stand.

Ihre großen, intelligenten, haselnussbraunen Augen wurden von langen, dunklen Wimpern umrahmt, die Haut über ihren hohen Wangenknochen war leicht gerötet, das Kinn beinahe herausfordernd vorgereckt. Sie hatte die Lippen zu einem skeptischen Lächeln verzogen.

»Seltsam«, sagte sie und musterte Hale verwegen, »ich hätte nie gedacht, dass Gott Bluejeans trägt.«

Paul zog hörbar die Luft ein und sah aus, als sei ihm etwas im Hals stecken geblieben. Hüstelnd warf er der Frau einen warnenden Blick zu, bevor er sich hastig daranmachte, die beiden einander vorzustellen. »Mr. Donovan, und das ist -«

»Valerie Pryce«, unterbrach sie ihn und streckte Donovan die Hand entgegen.

Hale umschloss ihre schlanken Finger und bemerkte überrascht, wie fest ihr Händedruck war.

14

»Ms. Pryce hat heute ihre Bewerbung vorbeigebracht. Sie würde gern für die Firma arbeiten.«

»Sie ist nicht von einer Agentur?«, fragte Hale überrascht, der Valerie sofort als Model abgestempelt hatte, als eins von diesen anspruchsvollen, überkandidelten New Yorker Geschöpfen.

Paul schüttelte den Kopf. »Nein, sie ist eine Quereinsteigerin, die sich auf unsere Annonce wegen der Verwaltungsstelle gemeldet hat, aber ich denke, sie eignet sich auch für diesen Posten. Hier sind ihre Unterlagen mitsamt Lebenslauf.« Er legte den Aktenordner auf die Ecke von Hales Schreibtisch. »Bitte geben Sie mir Bescheid, wenn Sie sich entschieden haben.«

»Das mache ich.«

Hastig verließ Paul das Büro und schloss die Tür hinter sich.

»Ich glaube, Sie haben ihn nervös gemacht«, sagte Hale. Seine Augen blitzten amüsiert.

»Das war nicht meine Absicht.«

Hale verzog die schmalen Lippen zu einem angedeuteten Lächeln. »Er hat einen langen Tag hinter sich.«

»Das habe ich schon vermutet.« Sie beäugte den Mann misstrauisch. Er war schlichtweg nicht der typische Chef, zumindest nicht ihrer Vorstellung nach. Er trug eine verwaschene Bluejeans, dazu ein blaues Leinenhemd mit aufgekrempelten Ärmeln, und er sah aus, als gehörte er auf eine Ranch oder aufs Außengelände eines Filmstudios – als Stuntman oder Westernheld eines B-Movies –, aber ganz bestimmt nicht in ein Chrom-und-Glas-Büro mit Kunstobjekten aus Metall und Sitzmöbeln aus gegerbtem Leder.

Sein Haar musste dringend geschnitten werden. Schwarze Locken fielen über den Kragen, sein Kinn war bartverschattet, sein Gesicht zu markant für einen Hollywood-Beau. Er hatte eine lange Nase, schmale, leicht eingefallene Wangen und einen dünnen, beinahe grausamen Mund – ein eher herber Typ, wären da nicht seine Augen gewesen. Stahlgrau und tief liegend, geschützt von dicken, schwarzen Brauen und langen, geraden Wimpern, blitzend vor verstecktem Humor.

Er nahm ihren Lebenslauf zur Hand und überflog ihn, während er über den hochflorigen Teppich zu einem bequemen Ledersessel schlenderte.

Sein Gang war lässig und geschmeidig, dennoch nahm sie eine gewisse Rastlosigkeit an ihm wahr. Eine aufgestaute Energie, die sie an ein Raubtier im Käfig erinnerte.

»Sie haben für Liddell International gearbeitet?«

»Zwei Jahre lang.«

Er nickte nachdenklich. »Warum haben Sie gekündigt?«

»Es war an der Zeit«, erklärte sie.

»Wie Sie sicher wissen, ist Liddell International eine *meiner* Firmen.«

»Aber *Sie* haben mich nicht eingestellt.«

Seufzend ließ er sich auf die Sessellehne sinken, ohne den Blick von ihr zu wenden. »Was ist passiert? Liddell ist eine großartige Firma.«

Es gab keinen Grund zu lügen. Er würde es ohnehin herausfinden. »Mein Vorgesetzter und ich hatten eine ... Meinungsverschiedenheit.«

»Worüber?«

Sie verzog die Lippen zu einem zynischen Grinsen. »Über persönliche Rechte.«

»Und das heißt?«

»Das heißt, dass er mir nachgestellt hat«, gab sie ärgerlich zurück. »Wir machten Überstunden, es war schon spät, er unternahm einen Annäherungsversuch, auf den ich nicht einging. Das war das Ende meiner Karriere bei Liddell.« Natürlich war das nicht alles gewesen, doch sie fand, es gehe Donovan nichts an, dass Brian Liddell junior erwartet hatte, dass sie mit ihm ins Bett stieg.

»Das ist sexuelle Belästigung«, stellte Hale fest.

»Ich weiß.«

»Sie könnten ihn verklagen.«

Valerie holte tief Luft, dann flüsterte sie: »Ich habe beschlossen, das Ganze zu vergessen. Außerdem fehlt mir die Zeit für eine gerichtliche Auseinandersetzung. Schließlich muss ich meinen Lebensunterhalt verdienen.«

Hale versuchte, das Mitgefühl zu unterdrücken, das ihn überkam. Ihm war der Schmerz nicht entgangen, der in ihren braunen Augen aufflackerte. Was immer bei Liddell passiert war, war mehr gewesen als nur ein simpler Annäherungsversuch. Ihre Hände zitterten leicht, und sie steckte sie rasch in die Taschen ihres Jacketts.

»Möchten Sie etwas trinken?« Er stand auf und trat an die Kredenz.

»Nein, danke.«

»Sind Sie sicher?«

»Ich denke, ich warte damit bis nach dem Gespräch.« Sie schien über eine gewisse innere Stärke zu verfügen, denn obwohl sie blass geworden war, schaute sie ihm direkt ins Gesicht, ruhig, gefasst.

»Hat Paul Ihnen schon Näheres über den Job erzählt?«,

fragte Hale und öffnete die Jalousietür, hinter der er die Spirituosen aufbewahrte. Kristallgläser und diverse Flaschen funkelten im Licht der Lampen vor dem eingebauten Barspiegel.

»So weit ist er nicht gekommen. Um ehrlich zu sein, war er ziemlich vage, die Details betreffend«, sagte sie. »Er hat mir lediglich mitgeteilt, dass die Stelle Ihrer persönlichen Assistentin frei geworden sei, weshalb Sie ein Vorstellungsgespräch mit mir führen möchten.«

Hales Augenbrauen schossen in die Höhe. Er griff nach einer offenen Flasche Brandy und einem Glas. »So kann man es auch ausdrücken.«

»Dann drücken Sie es anders aus.«

Er drehte sich nicht um, stattdessen suchte er ihren Blick im Spiegel seines Barschranks. »Was ich brauche, Ms. Pryce, ist eine Frau, die sich während der nächsten zwei Wochen als meine Verlobte ausgibt.«

»Als Ihre Verlobte?«, wiederholte sie ungläubig.

Er sah, wie sie nach Luft schnappte. Ein Schatten der Enttäuschung verdunkelte ihre Augen, und sie wurde tatsächlich rot.

»Aber ich dachte …«

»Paul hätte aufrichtig zu Ihnen sein sollen.«

»Das wäre sicher von Vorteil gewesen!«, erwiderte sie schnippisch. Ihre Wangen brannten jetzt. »Was soll das?«

»Es handelt sich um ein simples Geschäftsangebot«, erklärte er, amüsiert über ihre Empörung.

»Das mir ganz und gar nicht gefällt.«

»Hören Sie mir doch erst einmal zu«, schlug er vor, kehrte zu seinem Schreibtisch zurück und lehnte sich mit der Hüfte dagegen. »Ich versuche, William Stowells Firma, Stowell Investments, aufzukaufen. Er und ich haben vor, am kommenden Wochenende auf seiner Yacht einen Vertrag auszuarbeiten. Wir wollen bis an die Küste von Kanada hinauffahren. Leider ist seine Tochter Regina auch mit an Bord, und William ist anscheinend der Ansicht, ich sollte ihr einen Antrag machen. Regina ebenfalls.« Seine Mundwinkel sackten herab. »Ich nicht.«

»Warum sagen Sie das den beiden nicht einfach?«

Hale lächelte schief. »Das habe ich schon getan. Öfter, als ich zählen kann. Sie glaubt mir nicht oder will es einfach nicht wahrhaben. Ihr Vater genauso wenig.«

»Und Sie erwarten von mir, dass ich Ihnen das abnehme?«

»Es ist die Wahrheit.« Er trank einen großen Schluck Brandy und musterte Valerie eindringlich, dann stellte er sein leeres Glas auf dem Schreibtisch ab.

»Das ist doch verrückt.«

»In der Tat. Zumindest ein bisschen«, pflichtete er ihr achselzuckend bei. »Doch warum sollte ich so etwas erfinden?«

Gute Frage.

»Außerdem weiß ich die Gesellschaft einer schönen Frau zu schätzen«, fügte er mit blitzenden Augen hinzu.

»Ach ja?« Verärgert legte sie sich den Riemen ihrer Handtasche über die Schulter. Warum war sie bloß so wütend?

»Sie können den Job haben, wenn Sie möchten.«

»Auf keinen Fall.«

»Es könnte interessant werden.«

Meinte er das ernst? »Was ich brauche, Mr. Donovan, ist

einen *richtigen* Job. Nicht irgendeine absurde Rolle als Ihre Geliebte. Ich habe nicht die UCLA besucht, um mich dafür bezahlen zu lassen, dass ich zwei Wochen lang um Sie herumscharwenzeln. Ich denke, Sie sollten sich nach jemand anderem umschauen.«

»Das ist nicht so einfach.«

»Ach, wirklich nicht? Hören Sie doch auf! Ich bin mir sicher, dass es jede Menge Frauen gibt, die liebend gern auf einer Kreuzfahrt mit Ihnen Braut und Bräutigam spielen. Nur leider gehöre ich nicht dazu.«

»Ich würde Sie gut entlohnen.«

»Und ich glaube, Sie haben mich nicht verstanden, Mr. Donovan. Ich bin nicht interessiert.« Sie machte auf dem Absatz kehrt, marschierte zur Tür hinaus und fegte in einer Wolke der Empörung an Madge vorbei. Wie hatte sie nur so dumm sein können? Assistentin des Firmenchefs! Ha! Es war eben nicht alles Gold, was glänzte.

Wutschäumend drückte sie auf den Aufzugknopf und wartete ungeduldig. Aus dem Augenwinkel sah sie Hale Donovan auf sie zukommen, das Kinn vorgereckt, die Kiefer aufeinandergepresst.

»Wollen Sie mich nicht aussprechen lassen?«, fragte er.

»Nein.«

»Wir haben noch nicht einmal über Geld geredet.«

»Das ist auch nicht nötig.«

Die Aufzugglocke läutete leise, die Türen glitten auseinander. Dankbar betrat Valerie die Kabine.

Doch Hale folgte ihr und blockierte die Türen mit der Schulter. »Geben Sie mir fünf Minuten. Ich wette, ich kann Sie überzeugen.«

Der Mann hatte Nerven, das musste man ihm lassen! Mit zusammengekniffenen Augen zischte sie: »Ich bin nicht käuflich.«

»Jeder ist käuflich«, widersprach er.

Sie ignorierte ihn und drückte den Knopf fürs Erdgeschoss. Der Aufzug blieb stehen.

»Denken Sie darüber nach«, schlug er vor.

»O ja, das mache ich«, versicherte sie ihm und blickte ihm direkt in das arrogante Gesicht. »Und dann werde ich darüber lachen.«

Noch bevor er sich bremsen konnte, streckte er die Hand aus und berührte sie am Oberarm. »Ich rufe Sie an.«

»Die Mühe können Sie sich sparen.«

Hinter ihm erschien Madge. Ihr besorgter Blick huschte zwischen Hale und Valerie hin und her. »Paul ist am Apparat. Er möchte wissen, wie Sie sich entschieden haben. Da wäre noch eine weitere Bewerberin -«

»Wir brauchen keine weitere Bewerberin«, erklärte Hale ruhig, die Augen auf Valerie geheftet.

Für den Bruchteil einer Sekunde schlossen sich seine stahlharten Finger um ihren Arm. Fast wäre ihr das Herz stehen geblieben.

»Sagen Sie Paul, ich habe die Richtige gefunden.«

Kapitel zwei

Wer war Valerie Pryce?

Hale stand vor der Glaswand hinter seinem Schreibtisch und blickte auf den Verkehr und die Fußgänger hinab, die zwanzig Stockwerke unter ihm über den Union Square wuselten.

Die hausinterne Sprechanlage summte, und Madges leise, effiziente Stimme ertönte. »Paul auf Leitung zwei.«

»Ich nehme an.« Hale nahm den Hörer von der Gabel. »Donovan.«

»Bei mir sitzen noch einige Damen, mit denen Sie sich vielleicht unterhalten möchten«, sagte Paul. Er klang erschöpft.

»Kein Interesse.«

»Aber -«

»Hat Madge sich nicht deutlich genug ausgedrückt? Ich will Valerie Pryce.« Hale tigerte von einem Ende seines Büros zum anderen, die Telefonschnur bis zum Zerreißen gedehnt, dann ging er zu seinem Schreibtisch und setzte sich.

»Haben Sie sie engagiert?«, fragte Hastings leicht erstaunt.

»Nicht wirklich«, erwiderte Hale ungeduldig. »Sie hat keinen Vertrag unterzeichnet, aber ich denke, das ist nur eine Frage der Zeit.« Er warf einen nervösen Blick auf die Uhr.

»Dann ist sie einverstanden?«

»Auch nicht wirklich -«

»Ich dachte, Sie wollten noch heute jemand Geeigneten einstellen.«

»Das ist richtig, und das werde ich auch tun«, bestätigte Hale zähneknirschend. Er wusste, dass er stur war und ziemlich unrealistisch zugleich. Die Frau wollte den Job schlicht und einfach nicht haben. Trotzdem konnte er sie nicht vergessen. Seine Intuition, die sich all die Jahre über immer wieder als zuverlässig erwiesen hatte, sagte ihm, dass Valerie Pryce genau die richtige Frau für dieses Unterfangen war. Die Herausforderung in ihren faszinierenden haselnussbraunen Augen, ihr majestätisches Auftreten und ihr respektloser, leicht sarkastischer Humor verliehen ihr genau die richtige Mischung aus Charme und Klasse.

Pauls Stimme riss ihn aus seinen Überlegungen. »Nun, sollte sie sich nicht dazu bereit erklären, habe ich noch vier Frauen von einer Agentur hier, der Jewell Woods Agency. Jede von ihnen -«

»Sie scheinen mir nicht zuzuhören, Paul«, unterbrach ihn Hale und studierte noch einmal Valeries Lebenslauf. Was war es nur, das ihn an ihr so faszinierte? »Meine Verlobte für die nächsten zwei Wochen wird Valerie Pryce sein.«

»Dann sollten Sie ihr das mal besser klarmachen«, schlug Paul mehr als nur leicht zynisch vor.

»Das mache ich. Ich bin bereits unterwegs.«

»Sie wird nicht zustimmen.«

»Ich werde sie schon überreden.«

»Und wie?«

»Ach kommen Sie, Hastings. Geld regiert die Welt.« Hale griff nach seiner Lederjacke und warf sie sich über die

Schulter. »Rufen Sie Kendrick von der Rechtsabteilung an und teilen Sie ihm mit, was ich vorhabe. Er soll einen Vertrag für zwei Wochen aufsetzen – für die Stelle als persönliche Assistentin – und einen Blankoscheck ausstellen.«

»Ich an Ihrer Stelle ...«

Hale wartete ab, was nun folgen würde, die Finger fest um den Hörer geschlossen. Paul seufzte empört auf.

»Ich an Ihrer Stelle würde Klartext mit William Stowell reden und diese alberne Verlobungssache vergessen.«

»Das habe ich versucht«, erinnerte ihn Hale, der schon Sodbrennen bekam, wenn er nur an sein letztes Treffen mit dem Besitzer von Stowell Investments dachte. Es käme dem Alten mehr als gelegen, Hale seinen Schwiegersohn nennen zu dürfen.

Offenbar wollte Regina genau das Gleiche, aber sie verfolgte ihren eigenen Plan, um Hale in die Falle zu locken.

Nach sechs Stunden anstrengender Geschäftsverhandlungen und mehreren Drinks mit Stowell hatte Hale seine Hotelzimmertür aufgesperrt und eine nackte Regina vorgefunden, die sich verlockend auf der zartrosa Seidenbettdecke rekelte. Eine Flasche Champagner stand eisgekühlt in einem Kübel neben dem Kopfende. Regina hatte ihm ein kokettes Lächeln zugeworfen, während er sich schwer gegen den Türrahmen lehnte.

»Ich habe auf dich gewartet«, hatte sie in einem plumpen Verführungsversuch gehaucht.

»Wie bist du hier reingekommen?«

Sie lächelte wieder. Grübchen bildeten sich in ihren Wangen, als sie leicht schmollend die Lippen schürzte. »Der Angestellte am Empfang hat nicht allzu viele Fragen gestellt.«

»Ich denke, du solltest jetzt gehen«, murmelte Hale, dem ihre Anwesenheit so gar nicht passte. Er war müde und sehnte sich nach einer heißen Dusche und einem warmen Bett – ohne Stowells Tochter.

»Noch nicht«, flüsterte sie.

»Sofort.«

»Wir könnten so viel Spaß haben -«

»Dein Vater würde mich umbringen, und ich mag mir gar nicht vorstellen, was er mit dir tun würde«, behauptete er, auch wenn der Alte vermutlich alles andere als entrüstet wäre.

»Was Daddy nicht weiß, macht ihn nicht heiß«, sagte sie und grub die Zähne in die Unterlippe.

»Vergiss es, Regina. Ich bin nicht interessiert.«

»Warum nicht?«, fragte sie klagend, die Seidenbettdecke bis zum Kinn hochgezogen. Ihre Wangen röteten sich ob dieser Zurückweisung.

Hale stöhnte bei der unangenehmen Erinnerung auf. Obwohl er wusste, dass nicht William hinter Reginas Avancen steckte, hätte er diese Szene am liebsten für immer aus seiner Erinnerung verbannt. Ihm war klar, dass er unmöglich die nächsten beiden Wochen gemeinsam mit ihr auf einer Yacht verbringen konnte – es sei denn, er wäre tabu, zum Beispiel weil er in Kürze heiraten würde.

Paul am anderen Ende der Leitung räusperte sich. »Sind Sie sich da ganz sicher?«

»Absolut. Schicken Sie die Models nach Hause und sagen Sie Kendrick, er soll die Unterlagen vorbereiten.«

Valerie klopfte an die Tür der kleinen Wohnung ihrer Mutter, dann sperrte sie auf. »Mom?«, fragte sie leise, als sie eintrat. Die Jalousien waren herabgelassen, die Luft stickig und abgestanden.

Als sie die Tür hinter sich schloss, vernahm sie Schritte.

»Sie ruht sich gerade aus«, flüsterte Belinda und nickte Richtung Schlafzimmer.

»Geht es ihr gut?«

»Jeden Tag ein bisschen besser«, erklärte Belinda, eine stämmige Frau mit schwarzen, zu einem festen Knoten zurückgebundenen Haaren. Die private Pflegekraft war ein Geschenk Gottes. Seit dem Unfall, bei dem der kleine Wagen ihrer Mutter von einem vorüberrasenden Auto erfasst worden war, hatte Belinda, die auch für das nahe gelegene Klinikum arbeitete, hier nach dem Rechten gesehen und Valerie bei der Pflege von Anna Pryce unterstützt.

»Ihre Mutter ist eine starke Frau.«

Valerie lächelte. »Das musste sie immer schon sein.«

»Ich glaube, sie ist aufgewacht.«

»Gut.« Valerie ging den kleinen Flur entlang und öffnete die Schlafzimmertür.

Anna, dünn und blass, blickte ihr aus dem Bett entgegen. Das einzige Licht im Zimmer war das Flackern des Fernsehers. Auf dem Fußende des alten Doppelbetts lag ein handgestrickter Überwurf, Zeitschriften und Bücher bedeckten jede freie Fläche auf der Kommode und dem Nachttisch, sofern sie nicht in das überquellende Bücherregal gestopft waren.

Valerie musste lächeln, als sie die Darsteller der Seifenoper erkannte, die ihre Mutter am liebsten schaute – ebenjene Seifenoper, in der Valerie einst eine kleine Rolle gespielt hatte: *Goldener Treibsand.*

»Da bist du ja«, murmelte ihre Mutter und richtete sich mühevoll auf.

»Ich dachte, ich schaue mal schnell vorbei.«

»Wie ist das Bewerbungsgespräch gelaufen?«

Valerie winkte ab. »Nicht gut. Ich schaue mich lieber weiter um.«

Anna strich sich eine verirrte braune Haarsträhne hinters Ohr und musterte ihre Tochter fragend. »Du hast dein Herz an Donovan Enterprises gehängt.«

»Es gibt andere Firmen.«

»Aber du hast immer behauptet, Hale Donovans Geschäftspolitik würde dir gefallen.«

Valerie rümpfte die Nase. »Ich habe meine Meinung geändert. Außerdem war die ausgeschriebene Stelle gar nicht zu besetzen.«

»Aber du hast doch die Annonce gesehen ...«, wandte ihre Mutter ein und deutete auf den Stapel Zeitungen neben dem Bett.

»Sie hatten schon jemanden gefunden. Egal. Ich bin noch bei einigen anderen Firmen eingeladen.«

»Nun, wenn du mich fragst: Wer immer bei Donovan Enterprises für die Einstellung von Personal verantwortlich ist, hat einen großen Fehler gemacht, dich abzulehnen!«

»Ich werd's ihm ausrichten, wenn ich ihn das nächste Mal sehe«, erwiderte Valerie mit einem grimmigen Lächeln. Es gab viele Dinge, die sie Mr. Donovan gern an den Kopf werfen würde, aber natürlich würde sie niemals die Gelegenheit dazu bekommen. Was vermutlich ein Segen war.

»Würdest du Belinda bitten, uns einen Kaffee zu machen?«, fragte ihre Mutter. »Und mach die Jalousien auf – das Zimmer ist ja finster wie eine Gruft!«

Grinsend öffnete Valerie die Jalousien. »Ich mache den Kaffee. Belinda muss ins Krankenhaus.«

Ihre Mutter warf ihr einen verschwörerischen Blick zu. »Dann nimm den richtigen. Ich verabscheue das dünne, koffeinfreie Zeug!«

»Aber der Arzt -«

»- hat keine Ahnung von Kaffee.« Anna Pryce grinste ebenfalls. »Und beeile dich! Ich glaube, Lance hat vor, Meredith umzubringen.« Sie deutete auf zwei Schauspieler, die schon lange bei *Goldener Treibsand* dabei waren.

»Damit wird er niemals durchkommen«, sagte Valerie, die das Schlafzimmer in Richtung Küche verließ, über die Schulter.

»Oh, das glaubst auch nur du!«, rief ihre Mutter ihr nach und lachte.

Belinda folgte Valerie, die sich sogleich an der Kaffeemaschine zu schaffen machte, in die Küche. »Es geht ihr heute viel besser.«

»Den Eindruck habe ich auch.«

»Allerdings habe ich ihr die hier nicht gezeigt.« Belinda griff in ihre Tasche und zog mehrere Briefumschläge heraus.

»Sagen Sie nichts – die Rechnungen«, vermutete Valerie.

»Nur sechs.«

Valeries Magen schnürte sich zusammen. Nicht *nur* sechs – *weitere* sechs.

Belinda biss sich auf die Lippe. »Ich möchte Sie damit nicht belasten, aber -«

Valerie winkte ab und zwang sich zu einem munteren

Lächeln, das ihre Augen nicht erreichte. »Keine Sorge, ich kümmere mich darum.« Sie nahm Belinda die Rechnungen aus der Hand, steckte sie in ihre Handtasche und wartete, während der Kaffee durchlief.

»Wie war das Bewerbungsgespräch?«

»Ein voller Erfolg«, murmelte Valerie sarkastisch und schenkte zwei Tassen heißen Kaffee ein. »Aber ich habe den Job trotzdem nicht bekommen.« Sie sah die Furchen, die sich auf Belindas Stirn bildeten, und fügte hinzu: »Nun, ich hätte einen Job bekommen können, allerdings nicht den, den ich haben wollte.« Zähneknirschend dachte sie an Hale Donovans impertinentes Angebot. »Aber keine Sorge, es gibt jede Menge andere Stellen. Ich werde mit Sicherheit noch diese Woche etwas Passendes finden.«

»Bestimmt.« Belinda nahm ihren marineblauen Lieblingspulli von einem Haken neben der Tür. »Ich muss los. Bis morgen!«

Sie winkte Valerie zu, die die beiden dampfenden Kaffeetassen ins Schlafzimmer hinübertrug.

Ja, Valerie wusste, dass ihr die Zeit ausging, auch wenn sie sich alle Mühe gab, die mahnende Stimme in ihrem Hinterkopf zum Schweigen zu bringen. *Würdest du auch nur ein Fünkchen Verstand besitzen, hättest du Hale Donovan zumindest ausreden lassen.*

»Vergiss es«, knurrte sie.

»Was soll ich vergessen?«, fragte ihre Mutter.

»Ach, nichts. Und jetzt sag schon – was ist passiert?« Sie reichte ihrer Mutter eine Tasse und tat so, als würde sie sich für die Handlung der Seifenoper interessieren. »Lance würde Meredith doch niemals umbringen.«

»Aha, und warum nicht?«

»Weil ich gerade erst gelesen habe, dass die Schauspielerin ihren Vertrag verlängert hat.«

Ihre Mutter verdrehte die Augen. »Du kannst einem wirklich den Spaß verderben, weißt du das?« Aber sie kicherte dabei und schnitt eine Grimasse, dann kostete sie vorsichtig ihren Kaffee.

»Vielleicht bringt Meredith ja Lance um«, schlug Valerie vor.

»Das sollte sie besser tun«, pflichtete ihre Mutter ihr bei. »So wie er sie behandelt ...«

Zwei Stunden später stieg Valerie die drei Treppen zu ihrem Apartment hinauf, nach wie vor darum bemüht, die Gedanken an Hale Donovan und sein Angebot zu verdrängen. Obwohl sie sich alle Mühe gab, nicht an das Gespräch mit ihm zu denken, hatte sie immer noch seine Stimme in den Ohren, sah sein kantiges Gesicht vor sich, den Spott in seinen kalten grauen Augen. Unkonzentriert fummelte sie mit ihrem Schlüssel herum, bis er sich endlich ins Schloss stecken ließ. »Mistkerl«, murmelte sie.

Sie schob die Tür auf, und Shamus, ihr grauer Stubentiger, flitzte hinaus auf den Treppenabsatz. »Hast du mich vermisst?«, fragte Valerie und bückte sich, um sein weiches Köpfchen zu streicheln. Shamus schnurrte laut und rieb sich an ihren Beinen.

»Ich wette, du bist hungrig. Komm rein, mal sehen, was wir für dich dahaben.«

Den schwarz geringelten Schwanz steil in die Höhe gereckt, trottete Shamus hinter ihr her, dann sprang er auf eine der Fensterbänke.

Valerie warf ihren Mantel über die Rückenlehne ihrer Schlafcouch, streifte die Schuhe ab und beförderte sie mit den Füßen in den Kleiderschrank. Ihr Apartment, das sie liebevoll »Krähennest« nannte, war nicht mehr als der ausgebaute Dachboden eines alten, renovierten Reihenhauses im Stadtteil Height-Ashbury. Die Decken waren schräg, die Bodendielen aus polierter Eiche, und abgesehen von einem begehbaren Kleiderschrank, einer Badnische und einer winzigen, mit einer Falttür abgetrennten Küche konzentrierte sich ihr ganzes Leben auf diesen einen Raum.

»Aber es ist ein wundervoller Raum«, sagte sie zu sich selbst, als sie die Falttür zur Küche öffnete, den Herd anstellte und den Wasserkessel aufsetzte. Sie lebte hier, seit sie vor zwei Jahren nach San Francisco gezogen war, und sie schätzte sich ausgesprochen glücklich, dieses Apartment mit Blick auf die Bucht gefunden zu haben.

Valerie füllte Katzenfutter in Shamus' Schüssel und rief nach dem kleinen Racker. »Komm, Shamus!« Der Kater sprang von der Fensterbank und landete keinen halben Meter von der Schüssel entfernt. Er schnupperte verächtlich an den trockenen Bröckchen und blickte sie dann mit schräg gelegtem Kopf an, als erwartete er etwas Erleseneres.

»Es tut mir leid, mein Junge, das ist alles, was wir haben.«

Der Kessel pfiff schrill. »Jetzt bin ich dran«, sagte sie zu dem Kater und streichelte ihn, bevor sie die Küchenschränke nach einem Orange-Spice-Tee durchsuchte. Endlich stieß sie auf einen letzten Beutel und tauchte ihn in das dampfende

Wasser. Sofort erfüllte der Duft nach Orangen, Zimt und Nelken den Raum. Gleich morgen, dachte sie und kostete vorsichtig ihren heißen Tee, gleich morgen würde sie sich nach einer anderen Stelle umsehen. Nicht nach irgendeiner Stelle, sondern nach einer richtig guten, soliden, bei der sie genug verdiente, um die Rechnungen zu bezahlen und ihrer Mutter unter die Arme greifen zu können. Genau so eine Stelle hatte sie bei Donovan Enterprises zu finden gehofft.

»Das kannst du streichen«, murmelte sie und rief sich erneut Hale Donovans Gesicht vor Augen. Nachdenklich nahm sie einen Schluck Tee. Sah er gut aus? Ja. War er arrogant? Definitiv. Faszinierend? Nein ... obwohl, ja.

Sie wünschte, sie hätte ihn nie kennengelernt. Seufzend setzte sie sich auf die Couch, lehnte sich zurück und zog, die Tasse mit einer Hand umschließend, die Haarnadeln aus ihrer Frisur. Shamus sprang zu ihr auf die Polster und kuschelte sich an sie.

Mit einiger Mühe riss sie ihre Gedanken von Hale Donovan los und konzentrierte sich auf die vor ihr liegenden Tage. Sie *musste* einen Job finden, und zwar schnell. Gleich morgen früh würde sie weitere Bewerbungen verschicken, ein paar Kontakte aktivieren und –

Ein lautes Klopfen an ihrer Tür ließ sie hochschrecken. Eine Sekunde später dröhnte Hale Donovans Stimme durchs Türblatt. »Valerie?«

Ihr Herz schlug einen Purzelbaum, als sie aufsprang und dabei um ein Haar ihren Tee verschüttete. *Donovan? Hier? Jetzt? Was hat das denn zu bedeuten?*

»Valerie? Sind Sie zu Hause?« Er klopfte noch einmal. Laut. Energisch.

Erschrocken schoss Shamus von der Couch und flüchtete hinter eine Topfpalme. »Feigling«, murmelte Valerie, obwohl auch ihr eigenes Herz raste.

»Valerie?«

»Ich komme ja schon!«, rief sie, stellte die fast leere Tasse auf dem Tisch ab, holte tief Luft und tappte dann auf Socken zur Tür. Sie spähte durchs Guckloch, und da stand er auf dem Treppenabsatz, gegen das zerschrammte Mahagonigeländer gelehnt, in voller Lebensgröße, einen grimmigen Ausdruck auf dem Gesicht. Er trug eine dunkle Lederjacke, und wenn sie gehofft hatte, er sähe längst nicht so gut aus, wie sie ihn erinnerte, so wurde ihre Hoffnung getrogen. Hale Donovan war ein wahrlich umwerfender Mann. Die Arme vor der Brust verschränkt, die Lippen ungeduldig zuckend, hatte er den Blick fest auf die Tür geheftet.

»Jetzt oder nie«, flüsterte sie und wappnete sich, als sie die Tür aufriss und auf die Schwelle trat. »Was tun Sie hier?«

»Ich hatte Ihnen mein Angebot noch nicht zur Gänze unterbreitet.«

»Und ich hatte Ihnen mitgeteilt, dass ich nicht daran interessiert bin.«

»Ich weiß, ich weiß, aber ich dachte, Sie hätten sich inzwischen womöglich ein wenig beruhigt und würden mir zuhören.« Er fuhr sich mit steifen Fingern durch sein welliges, tiefschwarzes Haar. »Es war nicht meine Absicht, Sie zu beleidigen.«

»Nicht?«, spottete sie und wünschte sich, sie würde endlich aufhören zu zittern. Warum fand sie ihn bloß so attraktiv? Wieso konnte sie sich nicht einfach anhören, was er zu sagen hatte?

»Sie haben mich nicht ausreden lassen.«

»Glauben Sie mir, ich habe genug gehört.«

Er verzog die schmalen Lippen zu einem schiefen Grinsen, und ihr albernes Herz machte erneut einen Satz.

»Vielleicht war ich etwas zu direkt«, gab er zu. »Ich hätte nicht gleich mit der Tür ins Haus fallen sollen.«

»In der Tat.«

»Geben Sie mir ein paar Minuten, damit ich Ihnen eine Erklärung liefern kann«, schlug er vor. »Was haben Sie zu verlieren?«

Alles, dachte sie mit wild pochendem Herzen. Dieser Mann trieb sie noch in den Wahnsinn mit seiner rastlosen Energie. Er blickte sie durchdringend an, als suchte er in ihren Augen etwas Bestimmtes – etwas, was sie nicht genau definieren konnte. Sie schluckte, machte einen Schritt zurück und bedeutete ihm einzutreten. »Im Grunde können Sie sich die Mühe sparen.«

»Das würde ich gern selbst entscheiden.«

»Okay. Fünf Minuten.« Sie schaute ostentativ auf ihre Armbanduhr, dann schloss sie die Tür hinter ihm. Doch anstatt sich zu setzen, blieb sie stehen, die Arme unter der Brust verschränkt, den Rücken an das kühle Türblatt gelehnt, und wartete.

Hales Blick schweifte über die diversen Art-déco-Bilder und die alten, zusammengewürfelten Möbel, dann sagte er: »Ich möchte Ihnen einen Job anbieten – einen völlig seriösen Job.« Sie wollte protestieren, doch er hob abwehrend die Hand. »Lassen Sie mich ausreden. Sie werden meine persönliche Assistentin sein und noch etwas mehr. Sie werden so tun, als seien Sie meine Verlobte. Nur für zwei Wochen. Dann ist diese Scharade vorüber. Verstehen Sie das Ganze als eine Art Rollenangebot. Sie haben doch Erfahrung als Schauspielerin, nicht wahr?«

»Das ist Betrug.«

Er nickte. »Aus einem guten Grund.«

»Um Regina Stowell auszubremsen – ich weiß. Aber sie ist Ihr Problem, nicht meins.«

»Und Sie könnten die Lösung dafür sein.«

»Wie ich bereits sagte: Ich will die Stelle nicht. Mit Regina Stowell müssen Sie schon selbst klarkommen.«

Hale steckte die Fäuste in die Taschen und murmelte: »Regina ist zwanzig, verwöhnt und ausgesprochen störrisch.«

»Und Sie möchten ihren Vater nicht vor den Kopf stoßen.« Valerie warf ihr Haar über die Schulter. »Deshalb haben Sie diesen albernen Plan geschmiedet und erwarten, dass ich Ihnen den Rücken freihalte.«

»Noch einmal: Es handelt sich lediglich um zwei Wochen.«

»Trotzdem bin ich nicht interessiert.«

Hale musterte sie. Valerie Pryce war eine hinreißende Frau. Mit ihren gewellten, nun locker herabfallenden blonden Haaren, die ihr schmales, nahezu perfektes Gesicht umrahmten, den haselnussbraunen Augen und den frustriert zusammengezogenen Brauen ging sie ihm auf eine Art und Weise unter die Haut, wie er es seit einer ganzen Weile nicht mehr erlebt hatte. Das Gefühl, das ihn übermannte, bereitete ihm Sorgen, dennoch war er davon überzeugt,

35

dass sie die richtige Frau für seinen Plan war. »Ich würde Ihnen fünfundzwanzigtausend Dollar zahlen.«

Valerie zog überrascht die Luft ein. Ihre Augen weiteten sich, und sie starrte ihn an, als sei er tatsächlich verrückt geworden.

»Fünfundzwanzigtausend Dollar?«, wiederholte sie ungläubig.

»Plus Spesen.«

Sie reckte entschlossen das Kinn, doch Hale bemerkte, dass sie ins Wanken geriet.

»Ich bin nicht käuflich, Mr. Donovan.«

»Betrachten Sie die Bezahlung als eine Art Leihgebühr.«

Sie furchte empört die Brauen. »Als Leihgebühr? Das ist ja noch schlimmer!«

Dennoch nahm er ein gewisses Zögern in ihrer Stimme wahr, welches ihm verriet, dass sie über sein Angebot nachdachte. Er verspürte einen Anflug von Enttäuschung. Dann war sie also doch käuflich, ganz gleich, wie sehr sie diese Tatsache von sich wies. »Hören Sie, Sie brauchen einen Job, und ich brauche Sie.«

»Nicht mich – Sie brauchen einfach irgendeine Frau.«

Er schüttelte den Kopf. »Nein. Ich brauche eine Frau, die als meine Verlobte durchgeht. Glaubwürdig. Weder Stowell noch seine Tochter würden mir abnehmen, dass ich mich mit einer x-beliebigen Frau zusammengetan habe.«

»Sollten Sie mir Honig nur um den Mund schmieren -«

»O ja, genau das tue ich. Und Sie sollten sich geschmeichelt fühlen. Ich habe mir Frauen von sämtlichen Agenturen dieser Stadt angesehen, und keine hat meine Anforderungen erfüllt. Abgesehen davon, dass sie meine Braut mi-

36

men muss, sollte sie alles bieten, was ich von meiner zukünftigen Ehefrau erwarte. Sie muss mehr als nur schön sein, Valerie. Sie muss klug sein, gewandt und humorvoll.«

»Sie wissen doch gar nichts über mich!«

An seinem Kinn zuckte ein Muskel. »Fünfundzwanzigtausend Dollar sind eine Menge Geld für zwei Wochen Arbeit, vor allem wenn man bedenkt, dass diese ›Arbeit‹ darin besteht, dass Sie auf einer Privatyacht an der Pazifikküste entlangschippern und in Portland, Seattle und Victoria anlegen – wo immer Sie wollen! Da dürfte es Ihnen doch nicht allzu schwerfallen, so zu tun, als würden Sie mich ein klein wenig mögen.«

»Ich denke, das ist unmöglich«, gab sie zurück. Was für eine Arroganz! »Vermutlich bräuchte ich mindestens drei Jahre Schauspielunterricht in Hollywood, um mich derart verstellen zu können.«

Er grinste. Der Anblick seiner weißen Zähne ließ ihr Herz erneut schneller schlagen.

»Ich werde es Ihnen leicht machen«, sagte er. »Ich werde mein Bestes geben, um unwiderstehlich zu sein.«

»Sie wissen wirklich nicht, wann Sie aufgeben müssen, hab ich recht?«

»Ich weiß, was ich will.« Er kniff die Augen zusammen und durchbohrte sie mit seinem Blick.

Valeries Kehle war plötzlich staubtrocken. Sie schluckte. »Und Sie glauben, dass man alles kaufen kann – egal, was.«

»Das stimmt doch, oder etwa nicht?«, fragte er zynisch.

Ihr Zorn, den sie ohnehin nur mühsam hatte bezähmen können, übermannte sie. Mit drei großen Schritten durchquerte sie das kleine Zimmer und baute sich vor ihm auf.

»Ich bin zu Donovan Enterprises gekommen, um mich um eine Stelle zu bewerben, einen richtigen Job! Ich kann mich um die Buchführung kümmern oder um die Software. Ich verfüge über Erfahrung in juristischen Belangen, habe für Anwälte gearbeitet und für die Steuerbehörde, und ich habe meinem Vorgesetzten sogar Kaffee gekocht. Aber noch nie, *nie*, wurde von mir verlangt, dass ich so tue, als wäre ich die Geliebte des Chefs!«

Sie stand so dicht vor ihm, dass er die Wärme spürte, die ihr Körper ausstrahlte, und das Funkeln in ihren Augen sah. »Ich habe Sie nicht gebeten, meine Geliebte zu werden«, entgegnete er knapp.

»Noch nicht.«

»Und ich habe auch nicht vor, das zu tun.«

Sie schürzte die Lippen und erwiderte gepresst: »Das hoffe ich, und zwar ernsthaft. Nur weil ich keine Beschwerde gegen meinen Vorgesetzten bei Liddell International eingereicht habe, heißt das noch lange nicht, dass ich mich auf billige Geschäfte einlasse -«

Er umfasste ihr Handgelenk. »Fünfundzwanzigtausend ist nicht gerade billig.« Seine Nasenflügel bebten, seine Augen sprühten Funken. »Nicht dass Sie einen falschen Eindruck bekommen: Wenn ich mit Ihnen schlafen wollte, würde ich das bestimmt nicht so angehen.«

Am liebsten hätte sie ihn geohrfeigt, doch seine Finger hielten ihr Handgelenk so fest, dass sie sich nicht rühren konnte. Er strömte eine Energie aus, als stünde er unter Starkstrom, und auch sein Geduldsfaden schien kurz vor dem Zerreißen zu sein. Dennoch vermochte sie sich eine provokante Frage nicht zu verkneifen.

»Ach nein?« Sie warf den Kopf zurück. »Und wie würden Sie es anstellen, mich zu verführen?«

»Soll ich es Ihnen vormachen?« Seine Augen bohrten sich in ihre, dann glitten sie hinab zu ihrem Mund.

Valerie stockte der Atem. Unbewusst fuhr sie mit der Zunge über ihre Lippen. Eine überwältigende Sekunde lang war sie sich sicher, er würde sie küssen. Ihre Knie wurden schwach bei dem Gedanken, dass sie ihn so weit getrieben hatte.

»Ich halte das für keine gute Idee«, flüsterte sie.

»Ich auch nicht«, pflichtete er ihr bei, die schmalen Lippen zu einer dünnen Linie zusammengepresst, die Stimme heiser. Er ließ ihr Handgelenk los und trat ein Stück zurück. Den Rücken gegen die Wand gelehnt, die Hände wieder in die Taschen seiner Jeans gesteckt, sagte er: »Ms. Pryce, ich biete Ihnen die Chance, zwei Wochen lang das Leben einer Prinzessin zu führen, wofür ich Sie zudem anständig entlohnen werde. Die meisten Frauen -«

»Ich bin nicht wie die meisten Frauen.«

Wieder musterte er sie durchdringend. »Ich weiß. Genau deshalb will ich Sie.«

Ihr Herz hämmerte nun so heftig gegen ihren Brustkorb, dass sie überzeugt war, er müsste es hören.

»Kommen wir ins Geschäft?«

Wenn sie auch nur ein kleines bisschen Stolz hätte, dachte sie, würde sie ihn mitsamt seinem unverschämten Angebot aus der Wohnung werfen. Doch sie war nicht dumm, und leider brauchte sie das Geld – und deshalb hatte sie keinen Stolz. Sie brauchte das Geld sogar dringend. Fünfundzwanzigtausend Dollar würden die Rückzahlung für ihren College-Kredit decken, außerdem konnte sie damit die Rechnungen ihrer Mutter begleichen und hätte noch ein kleines finanzielles Polster, das sie so lange über Wasser halten würde, bis sie einen neuen Job gefunden hatte. Einen *richtigen* Job.

Doch welche Stolpersteine barg sein Angebot? Sie kannte Hale Donovan nicht, durfte ihm nicht vertrauen. Warum hatte sie das Gefühl, er würde mit etwas hinterm Berg halten?

Aus dem Augenwinkel bemerkte sie, wie Shamus in Richtung der Vorhänge schlich.

Valerie zögerte. »Vielleicht sollte ich das erst mit meinem Mitbewohner besprechen«, sagte sie dann.

»Mit Ihrem Mitbewohner?« Hale sah sich im Zimmer um, als halte er Ausschau nach den typischen Utensilien eines Mannes.

Shamus duckte sich hinter ihren Rollschreibtisch. »Ja, ähm, er und ich, wir besprechen alles miteinander.«

»Er?«, wiederholte er fragend. »Aber ich dachte -«

»Oh, es ist nicht so, wie Sie denken«, sagte sie, amüsiert über ihren kleinen Scherz. »Unsere Beziehung ist rein platonisch ...«

Hale musterte vielsagend die schmale Schlafcouch. »Platonisch.« Er presste die Kiefer zusammen. In diesem Augenblick spähte Shamus unter dem Schreibtisch hervor und schlenderte zu Valerie hinüber, die sich bückte und ihn auf den Arm nahm.

»Darf ich vorstellen?«, fragte sie mit einem strahlenden Lächeln. »Das ist Shamus. Mein Mitbewohner.«

Hale wirkte ganz und gar nicht amüsiert. Er warf einen

betonten Blick auf seine Armbanduhr und murmelte: »Die fünf Minuten sind vorüber. Haben Sie sich entschieden, Ms. Pryce?«

Valerie setzte den Kater auf dem Schlafsofa ab, dann schluckte sie und räusperte sich. »Einverstanden«, sagte sie schließlich, bemüht, einen klaren Kopf zu bewahren, obwohl ihre Gedanken im Kreis wirbelten. Wenn sie tatsächlich bei diesem absurden Plan mitspielen wollte, würde sie zwei entscheidende Bedingungen stellen müssen. »Ich tu's. Unter einer ... nein, zwei Bedingungen.«

»Und die wären?«

»Erstens: Ich werde nicht mit Ihnen schlafen.«

Er verzog die Lippen zu einem entwaffnenden Lächeln, das sie vollends aus dem Konzept brachte. »Einverstanden.«

»Zweitens: Ich möchte einen Vertrag, in dem meine Stelle genau beschrieben wird. Außerdem möchte ich nicht nur zwei Wochen für Sie arbeiten, sondern sechs Monate.«

Er presste die Zähne zusammen. »Auf keinen Fall -«

»Unbedingt«, beharrte sie. »Ich möchte Ihnen beweisen, dass ich für die Anforderungen bei Donovan Enterprises qualifiziert bin und nicht bloß eine Tussi, die im Bikini um Sie herumscharwenzelt und mit den Wimpern klimpert, während wir die sieben Meere befahren!«

»Nur einen Ozean«, korrigierte er sie.

»Hören Sie, Mr. Donovan -«

»Hale. Wir sind verlobt. Erinnern Sie sich?«

»Hale«, wiederholte sie. »Ich habe hart gearbeitet, um dorthin zu kommen, wo ich bin. Geben Sie mir einfach eine Chance. Nach den beiden Anfangswochen werde ich für das gleiche Gehalt arbeiten, das ich bei Liddell bekommen habe.«

»Und wie sollen wir erklären, dass wir nicht länger verlobt sind?«

»Solche Dinge passieren ständig.«

»Mir nicht.«

»Der Plan ist auf Ihrem Mist gewachsen«, erinnerte sie ihn. »Ich denke, es ist leichter, eine Scheinverlobung zu lösen, als sie vorzutäuschen.«

»Es würde weit sinnvoller sein, wenn wir uns anschließend nicht mehr wiedersehen.«

»Vielleicht«, sagte sie, bereit, hoch zu pokern. »Aber das ist die Grundbedingung dafür, dass ich mich einverstanden erkläre.«

Hale zögerte und versuchte, seinen Unmut zu unterdrücken. Verärgert fuhr er sich mit einer Hand durchs Haar. »Sie sind ganz schön hart im Verhandeln«, stellte er fest.

»Genau wie Sie.«

Er griff in seine Jackentasche und zog einen Arbeitsvertrag heraus. »Haben Sie einen Stift?«

Sie zog einen Füllfederhalter aus ihrer Handtasche und reichte ihn ihm.

Bevor er den Vertrag überarbeitete, suchte er noch einmal ihren Blick. »Sie sind doch alleinstehend, oder?«, vergewisserte er sich.

»Absolut.«

»Gibt es irgendetwas, was Sie daran hindern könnte, meine Frau zu werden?«

Sie lächelte bei der Vorstellung. »Abgesehen von meinem gesunden Menschenverstand? Nein.«

»Gut.« Er zauderte nur eine Sekunde, dann nahm er sich den Vertrag vor, strich einiges durch, fügte einen Absatz hinzu. Nachdem er unterschrieben hatte, reichte er ihr das Papier.

Sie las es gründlich durch, Abschnitt für Abschnitt. Hale hatte eine Zusatzklausel mit aufgenommen, in der die Dauer ihres Angestelltenverhältnisses von zwei Wochen auf sechs Monate verlängert wurde. Ihr Gehalt würde im Monat fünfhundert Dollar mehr betragen als bei Liddell. Alles in allem war ihr neuer Job bei Donovan Enterprises beinahe zu schön, um wahr zu sein.

In Valeries Magengrube fing es an zu flattern, ihre Handflächen schwitzten.

»Zufrieden?«, fragte er.

Sie nickte und schob energisch die nagenden Zweifel beiseite, dann nahm sie den Füller aus seiner ausgestreckten Hand und setzte rasch ihren Namen auf die gestrichelte Linie neben seinem.

»Bitte sehr«, sagte sie und reichte ihm das Blatt zurück. »Wann soll ich anfangen?«

»Sofort«, erwiderte er mit einem Grinsen.

»Sofort? Aber das geht nicht!«

Hales Blick verdüsterte sich. »Wir haben weniger als achtundvierzig Stunden, um uns kennenzulernen. Ich denke, es wird allerhöchste Zeit, dass wir damit beginnen.«

»Aber -«

»Hören Sie, Valerie«, erwiderte er kalt. »Sie haben soeben unterschrieben – die Uhr läuft.« Er sank auf die Couch, als sei er plötzlich unglaublich erschöpft. »Fangen wir am Anfang an. Wann sind Sie – nein, wann bist du geboren? Leben deine Eltern noch, und wenn ja, wo? Hast du Geschwister? Warst du schon einmal verheiratet?«

Das Ausmaß dessen, was sie soeben getan hatte, traf Valerie mit voller Wucht. Es gab viele Dinge, die sie Hale Donovan lieber verheimlichen würde – und genau das würde sie auch tun. Schon bedauerte sie, den Vertrag unterzeichnet zu haben.

Sie räusperte sich. »Es gibt einige Dinge in meinem Privatleben, die niemanden etwas angehen.«

Er seufzte, schloss die Augen und lehnte den Kopf gegen die Sofalehne. »Jeder Mensch hat eine Privatsphäre. Ich habe nicht vor, dein Innerstes nach außen zu kehren. Ich muss nur sichergehen, dass mich keine unangenehmen Überraschungen erwarten.«

»Zum Beispiel?«

»Zum Beispiel, dass plötzlich ein Ehemann oder Freund auftaucht, der sich mit erhobenen Fäusten auf mich stürzt.«

»Ich sagte bereits, dass ich nicht verheiratet bin und auch nie verheiratet war.«

»Kein Freund?«

»Im Augenblick nicht.«

Er entspannte sich ein wenig. Die strengen Falten um seine Mundwinkel verschwanden. »Gut.«

»Mach dir deshalb keine Sorgen«, sagte sie und dachte flüchtig an Luke. Sie fragte sich, ob sie ihn erwähnen sollte, doch dann entschied sie sich dagegen. Luke war längst fort – irgendwo in Montana –, und Valerie wollte nicht mehr an ihn denken. Nie mehr.

»Weiter geht's.« Hale richtete sich auf. »Wo haben wir uns kennengelernt? Im Union Square? Im Carribean? Im Büro?«

44

»Ich weiß es nicht«, antwortete sie. »Ich denke, diese Lügen zu erfinden, überlasse ich dir.«

»Ich bin kein wirklich guter Lügner.«

»Dann hättest du dir etwas anderes überlegen sollen.«

»Dafür ist es jetzt zu spät«, sagte er mit eisiger Stimme. »Ich habe bereits unsere Verlobungsanzeige in die Zeitung setzen lassen.«

»Du hast *was?*«

»Sie erscheint in der nächsten Ausgabe.«

»Aber du wusstest doch nicht einmal, ob ich einwilligen würde!« Zornig schnappte sie nach Luft. Sie dachte an ihre Mutter und den Stapel Zeitungen neben dem Bett. Natürlich würde sie davon erfahren!

»Selbstverständlich wusste ich das. Alles hat seinen Preis.«

Valerie hätte das am liebsten bestritten, doch er hatte recht. Er hatte sie tatsächlich gekauft. Sie schauderte innerlich. Die Tinte auf dem Vertrag war noch nicht einmal getrocknet, und schon kamen ihr Zweifel. Hatte sie gar einen Pakt mit dem Teufel persönlich unterzeichnet?

Kapitel drei

»Okay«, sagte Hale und beäugte Shamus argwöhnisch. »Was muss ich sonst noch wissen – abgesehen davon, dass du hier wohnst, und von dem, was in deinem Lebenslauf steht?« Er versuchte, das getigerte Köpfchen des Katers zu streicheln, doch Shamus zuckte zurück, fauchte laut und schoss quer durchs Zimmer zu der Glastür, die auf den kleinen Balkon hinausführte. Abrupt wandte er seine Aufmerksamkeit wieder Valerie zu.

»Du willst etwas über meinen Hintergrund erfahren«, murmelte sie. Sie fühlte sich nackt unter Hales durchdringendem Blick. Um etwas zu tun, öffnete sie die Balkontür und ließ die Katze hinaus. Eine warme, feuchte Brise wehte ins Zimmer.

»Richtig. Alles, was wichtig ist. Du kannst mir auf dem Weg zum Abendessen davon erzählen.«

»Abendessen?«

»Vorher gehen wir einkaufen«, sagte er, stand auf und trat auf die Wohnungstür zu.

Das ging alles viel zu schnell. »Einkaufen? Wozu denn das?«

»Zum Beispiel einen Verlobungsring.«

»Auf keinen Fall! Ich werde doch nicht -«

»Doch, genau das wirst du«, fiel Hale ihr ins Wort. »Das Ganze muss überzeugend wirken. Außerdem brauchst du Kleidung für die Kreuzfahrt.«

»Ich besitze genügend Kleidung.«

Er warf einen Blick auf ihren lächerlich kleinen begehbaren Kleiderschrank, in dem sie sich kaum umdrehen konnte.

»Die Stowells werfen sich jeden Abend in Dinnermontur – und damit meine ich nicht abgeschnittene Jeans und Badelatschen, sondern formelle Kleidung. Für den Anfang brauchst du mindestens zehn Designerkleider – und ein paar zusätzliche Abendroben.«

»Jetzt mal ganz langsam«, wandte Valerie ein. »Ich habe eingewilligt, deine Verlobte zu spielen, aber ich habe nicht gesagt, dass ich mich einer Rundumveränderung unterziehen möchte.«

»Du musst dich anpassen, oder Stowell wird riechen, dass da etwas faul ist.«

»Mich *anpassen?*«, blaffte sie. »Ich dachte, ich wäre die perfekte Frau – die einzige, die diese Rolle ausfüllen kann.«

»Das bist du ja auch.«

»Dann solltest du mich so nehmen, wie ich bin – und ich gehöre nicht gerade zur Oberschicht. Ich bin eine arbeitende Frau, die versucht, etwas aus sich zu machen, und das werden du, William Stowell und der Rest der Welt akzeptieren müssen!«

Hale runzelte die Stirn.

»Du willst die Fakten – nun, du sollst sie bekommen«, fuhr sie aufgebracht fort. »Ich wurde in Phoenix, Arizona, geboren. Meine Eltern zogen nach L. A., als ich fünf war, und dort blieben wir bis kurz nach meinem dreizehnten Geburtstag, bis mein Vater an einem Herzinfarkt verstarb. Ich habe keine Geschwister. Ich habe als Model und Schauspielerin gearbeitet – kleine Rollen, hauptsächlich Werbung –, um mein Studium an der UCLA zu finanzieren. Nach meinem Abschluss habe ich einen Job bei Liddell International ergattert, und den Rest kennst du ...«

»Nicht alles«, wandte er ein.

Valerie spürte, wie ihr die Röte den Hals hinauf und langsam in die Wangen stieg. Ohne auf seinen Einwand einzugehen, erzählte sie: »Meine Mutter heißt Anna Pryce. Sie wohnt hier in San Francisco und erholt sich gerade von den Folgen eines schweren Unfalls. Irgendein Idiot ist ihr mit seinem dicken Pickup ins Auto gerast und hat anschließend Fahrerflucht begangen. Man hat ihn nie gefasst.«

»Ein Unfall mit Fahrerflucht?«

»Ja«, sagte sie und krümmte sich innerlich. »Zum Glück geht es ihr schon wieder etwas besser, aber dadurch, dass sie sich noch erholen muss, hat sie jede Menge Zeit, weshalb sie die Zeitung von der ersten bis zur letzten Zeile liest. Ich bezweifle, dass ihr deine Verlobungsanzeige entgeht.«

»Das können wir ihr doch erklären.«

»Tatsächlich? Ich komme gerade aus ihrer Wohnung, wo ich ihr mitgeteilt habe, dass ich bei Donovan Enterprises abgelehnt wurde. Sie war der Ansicht, der Personalchef habe nicht gerade eine kluge Entscheidung gefällt.«

Ein schiefes Lächeln stahl sich auf seine Lippen. »Ich würde deine Mutter gern kennenlernen.«

»Keine Sorge, du wirst deine Chance schon noch bekommen.« Ärgerlich auf sich selbst trat Valerie auf den Balkon hinaus, wo Shamus auf dem Geländer kauerte und die grau-weißen Seemöwen beäugte, die am Himmel ihre Kreise zogen.

Sie hörte Hales Schritte hinter sich, drehte sich um und blinzelte gegen die Spätnachmittagssonne an. »Weißt du, Hale, wenn wir dieses Spielchen schon spielen, dann sollten wir es lieber richtig machen. Ansonsten verheddern wir uns noch in unserem eigenen Lügennetz. Was glaubst du, was passiert, wenn meine Mutter den Herausgeber der *Times* anruft, ihm mitteilt, er habe da offenbar etwas durcheinandergebracht, und eine Entschuldigung verlangt – einen schriftlichen Widerruf, in der Zeitung?«

»Das würde sie nicht tun.«

»Du kennst meine Mutter nicht.« Sie warf ihr Haar über die Schulter. »Und du weißt nicht, ob William Stowell oder jemand aus seiner Familie die Gesellschaftsseiten nicht ebenfalls liest. Wenn die Stowells einen Widerruf lesen, gedruckt auf Betreiben meiner Mutter -«

»Du hast mich überzeugt.«

»Gut.« Valerie spürte, wie ihr die warme Brise durchs Haar wehte und ihre Wangen streichelte. Sie liebte diese Aussicht auf die Bucht. Der Lärm der Stadt schien hier oben weit weg zu sein, in der Luft hing der zarte Duft der Rosen, die sie in großen Töpfen auf dem Balkon gepflanzt hatte. Sie dachte an ihre Mutter – wie verletzt sie wäre, dass Valerie sich ihr nicht anvertraut hatte. »Ich denke, wir sollten die Dinge mit Mom besprechen, und zwar schnell.«

»Ich habe doch gesagt, dass ich sie gern kennenlernen würde.«

»Um sie mit deinem Charme vom Hocker zu hauen, hab ich recht?«

»Das wäre zumindest eine Option.«

Valerie mochte sich gar nicht ausmalen, wie Anna Pryce auf Hale reagieren würde. Bei ihrem Glück würde ihre Mutter den arroganten Mistkerl vielleicht noch mögen und ihn als zukünftigen Schwiegersohn willkommen heißen. Was für ein Desaster!

»Hör mal, Hale, ich möchte Mom nicht belügen.«

»Was soll das – ein verspäteter Anflug von Gewissen?«

»Wir sollten ihr die Wahrheit sagen«, überlegte Valerie laut. Ihre Mutter hatte es verdient zu erfahren, dass sie keinen Mann wie Hale Donovan heiraten würde.

»Auf gar keinen Fall«, widersprach er. Sein Lächeln verblasste. »Das Risiko kann ich nicht eingehen.«

»Es geht doch bloß um meine Mutter – niemand anders wird davon erfahren.«

»Glaubst du wirklich, ich nehme all diesen Stress auf mich, nur um mir selbst ein Bein zu stellen? Es ist doch nur für zwei Wochen. Wenn die Verträge mit Stowell unterzeichnet und wir wieder an Land sind, kannst du ihr erzählen, was du willst.«

Valerie kniff die Augen zusammen. »Du bist wirklich ein Mistkerl, und das weißt du, oder?«

Seine Züge wurden hart. Er reckte das Kinn vor. »Wag es ja nicht, mich noch einmal so zu nennen«, flüsterte er mit kaum hörbarer Stimme, dann ging er mit großen Schritten in die Wohnung zurück, griff nach ihrer Jacke, die an dem Garderobenständer neben der Tür hing, und warf sie ihr zu. Valerie war ihm gefolgt. »Gehn wir.«

Sie fing die Jacke in der Luft auf. »Es tut mir leid, wenn ich -«

»Vergiss es.«

Offenbar hatte sie einen empfindlichen Nerv getroffen, dachte sie, als sie in ihre Schuhe schlüpfte. »Ich wollte dich nicht beleidigen.«

»Das hast du auch nicht«, gab er zurück, öffnete die Wohnungstür und wartete, bis sie auf den Treppenabsatz hinausgetreten war. Dann zog er die Tür fest hinter ihnen zu.

»Aber -«

»Tun wir einfach so, als wäre nichts passiert.«

Valerie begegnete seinem verärgerten Blick. »Vergessen, Hale«, sagte sie langsam, »aber wenn ich das nächste Mal versuche, mich zu entschuldigen, dann lass mich das auch tun.«

»Hoffentlich wird es keinen weiteren Anlass dafür geben.«

Als sie dort allein mit ihm auf dem Treppenabsatz stand, wurde ihr endgültig die Tragweite ihrer Entscheidung bewusst. Dieser Mann, gut aussehend und mächtig, war es gewohnt, Befehle zu erteilen, die unverzüglich ausgeführt wurden – ohne dass irgendwer Fragen stellte.

Warum hatte sie sich bloß darauf eingelassen? Sie hatten noch keine halbe Stunde miteinander verbracht und gingen sich bereits an die Kehle. Wie sollten sie es bloß zwei Wochen lang auf einem Boot miteinander aushalten?

Sein Wagen parkte drei Straßen weiter, ein schnittiger schwarzer Jaguar, der im Licht der Spätnachmittagssonne glänzte. »Meine Mutter wird nie und nimmer glauben, dass wir ein Paar sind«, sagte Valerie und betrachtete den Wagen, während er die Tür für sie aufhielt.

»Warum nicht?«

»Ich habe ein feierliches Gelübde abgelegt, mich nie mit einem Typen mit einem teuren Wagen zu verabreden.«

Sein finsterer Gesichtsausdruck wurde entspannter, als er hinters Steuer glitt. »Seltsamer Schwur.«

»Man könnte es Selbsterhaltungstrieb nennen.«

Er drehte den Zündschlüssel, und der PS-starke Motor erwachte dröhnend zum Leben. »Wieso?«

»Die meisten Jungs auf dem College, die in dicken Wagen herumkutschierten, haben sich als egozentrische Vollidioten entpuppt.«

»Ist das nicht ziemlich verallgemeinernd?«

Sie zuckte gleichgültig die Achseln, während er in den vorüberfließenden Verkehr einscherte. »Vermutlich.«

»Außerdem handelt es sich dabei um ein Vorurteil.« Er schaltete einen Gang höher, und der Jaguar beschleunigte. Frische Luft, vermischt mit dem salzigen Geruch des Meeres, wehte durch ein halb geöffnetes Fenster. »Wo hast du gelernt, so zynisch zu sein?«

»Ich verstehe das eher als eine folgerichtige Entwicklung«, sagte sie, den Blick aus dem Fenster gerichtet, während sie versuchte, das Bild von Luke zu verdrängen, das ihr unweigerlich vor Augen trat. Luke, blond und braun gebrannt von der Sonne Südkaliforniens, mit seinem attraktiven Gesicht und dem perfekt trainierten Körper eines Surfers. Stolzer Besitzer eines blitzenden roten Porsches. Der Inbegriff des ewigen Jungen, der sich weigerte, erwachsen zu werden – und der einzige Mann, den Valerie je geliebt hatte, zumindest ansatzweise.

Sie spürte, dass Hales Blick auf ihr ruhte, und zwang sich zu einem Lächeln. »Also – was werden wir meiner Mutter erzählen?«

»Das habe ich mir schon überlegt«, erwiderte er und riss das Steuer herum, um in eine der hügeligen Straßen einzubiegen. Valerie konnte das kabbelige Wasser der Bucht sehen, das dunkelblau im Sonnenlicht schimmerte. Möwen kreisten über dem Wasser, Boote durchschnitten das kühle Nass und zogen Schaumkronen in ihrem Kielwasser nach sich.

Hale parkte auf dem Ghiradelli Square, vor der ehemaligen Schokoladenfabrik, die auf einem Hügel lag und die Bucht überblickte. Die Backsteinfassaden der Gebäude rund um den Platz waren renoviert und beherbergten zahlreiche Geschäfte und Restaurants.

Er half Valerie aus dem Wagen, dann nahm er ihre Hand und führte sie eine Außentreppe hinauf. Olivenbäume, Blumenkübel und Bänke standen verstreut in den verwinkelten schmalen Gassen zwischen den einzelnen Gebäuden, die Namen trugen wie »Mustard Building«, »Power House« oder »Cocoa Building«.

Kauflustige und Touristen schlenderten durch die kleinen Sträßchen. Vögel zwitscherten und flatterten von den Sträuchern der Grünflächen auf die Gehwege.

»Hier geht's aber nicht zur Wohnung meiner Mutter«, sagte Valerie, als sie an einem Meerjungfrauen-Brunnen vorbeikamen.

»Nicht?«

»Was machen wir hier?«

Er öffnete die Tür zu einem irischen Restaurant, das in einer schattigen Ecke des Platzes lag. »Das hier ist mein Lieblingsort in der Stadt«, erklärte er.

Der Geruch nach Gewürzen und Rauch erfüllte das gemütliche Restaurant. Auf blanken, glänzenden Tischen standen schlichte Windlichter, und es gab eine lange Bar aus dunklem Holz und Messing. Die Gäste lehnten sich einfach dagegen und stellten ihre Füße auf eine Messing-

53

leiste. Hinter der Bar ragten Spiegel bis zu der etwa fünf Meter hohen Decke auf. Grüne, braune und durchsichtige Flaschen spiegelten sich in dem edlen Bleiglas wider.

Gesprächsfetzen und Gelächter übertönten das leise Brummen eines sich träge drehenden Ventilators über ihren Köpfen. Hale wartete nicht darauf, einen Platz an den gut besetzten, eng zusammenstehenden Tischen zugewiesen zu bekommen, sondern zog Valerie an der Hand hinter sich her und führte sie zu einer Ecknische mit Blick auf die Straße unter ihnen.

»Du bist hier Stammgast«, vermutete sie.

»Das könnte man so sagen.«

Sobald sie Platz genommen hatten, erschien ein Kellner und brachte ihnen zwei eisgekühlte Gläser mit herzhaftem irischem Ale.

»Und mir bleibt keine Wahl?«, scherzte Valerie, nachdem sich der Kellner entfernt hatte.

Hale grinste sie über sein Glas hinweg an. »Betrachte es als Initiationsritus.«

»Müssen den all deine Verlobten durchlaufen?«

Immer noch von einem Ohr zum anderen grinsend, lehnte sich Hale auf seinem Stuhl zurück und musterte sie. »Ich war noch nie verlobt.«

»Woran liegt's? Hast du den Damen nicht genügend Geld angeboten?«

»Vermutlich nicht – bis heute.«

»Also, wen hast du sonst noch hierher eingeladen?«

»Die meisten Frauen, mit denen ich gegangen bin, waren ein, zwei Mal hier.«

»Oh.« Sie vermochte die Enttäuschung in ihrer Stimme

nicht zu verbergen, auch wenn sie sich nicht recht erklären konnte, woher sie kam. Es hätte ihr doch völlig egal sein müssen, wie viele Frauen Hale hierhergebracht hatte, selbst wenn es Dutzende gewesen waren. Sie spielte eine Rolle – mehr nicht.

Um ihre Gefühle zu verbergen, griff sie nach der Speisekarte. »Darf ich mir denn mein Essen selbst auswählen?«

»Ich werde mir Mühe geben, das möglich zu machen, aber es könnte schwierig werden. Der Besitzer des Restaurants, Tim Buchanan, gehörte derselben Bruderschaft an wie ich. Wenn er erfährt, dass wir da sind, wird er vermutlich ...« Hale warf einen Blick über ihre Schulter, und sein Grinsen wurde noch breiter. »Nun, wenn man vom Teufel spricht ...«

»Wird auch Zeit, dass du deine schäbige Visage mal wieder hier blicken lässt, Donovan!« Tim Buchanan schlängelte sich geschmeidig zwischen den Tischen hindurch. Weit über eins achtzig groß, mit einem leuchtend roten Haarschopf, der zu seinem sauber geschnittenen Bart passte, trug er ein frisches weißes Hemd, eine schwarze Baumwollhose und eine Fliege. Sein Gesicht war übersät von Sommersprossen, seine kleinen blauen Augen blickten Hale voller Zuneigung an. Er griff über den Tisch hinweg nach Hales Hand und drückte sie fest.

»Und wer ist das?«, fragte er und wandte seine Aufmerksamkeit Valerie zu.

»Valerie Pryce ... Tim Buchanan. Valerie ist meine Verlobte.«

Tims Lächeln erstarrte. Er drehte abrupt den Kopf und starrte Hale an. »Was zum Teufel sagst du da? *Du* willst heiraten?« Er drehte sich wieder zu Valerie um. Ein kleines Lächeln umspielte seine Lippen. »Nun, da haben Sie sich was eingebrockt, Ms. Pryce. Sollte dieser Kerl da jemals aus dem Rahmen fallen, rufen Sie mich an.«

»Oh, ich werde sicher keine Hilfe benötigen, aber vielen Dank für das Angebot«, erwiderte sie mit einem Seufzer, der von Herzen kam. »Hale ist ein Engel. Egal, was ich mir wünsche« – sie zuckte die schmalen Schultern und schnippte mit den Fingern –, »zack, da ist es!« Mit einem, wie sie hoffte, bewundernden Ausdruck auf dem Gesicht wandte sie sich Hale zu. »Hab ich recht, Liebling?«

»Ein Engel?«, spottete Tim. Hales Nacken wurde dunkelrot. »Donovan? Warte, bis ich das Vater O'Flannery erzählt habe!«

»Wer ist das?«, fragte Valerie unschuldig, obwohl sie sah, wie Hale sich unbehaglich auf seinem Stuhl wand.

»Wer Vater O'Flannery ist? Der Mann, der Hale höchstselbst als Geißel Gottes bezeichnet hat.« Laut lachend drehte Tim sich um, winkte dem Barkeeper und rief: »Eine Runde aufs Haus – mein bester Freund will heiraten!«

Der Mann an der Bar prostete ihnen zu, und Hale versank noch tiefer in seinem Sitz. Doch Tim war noch nicht fertig. »Das Essen geht auf mich – die Spezialität des Hauses, bitte!«

»He, du musst nicht -«

Tim erstickte Hales Protest, indem er ungeduldig mit der Hand wedelte. »Es kommt schließlich nicht jeden Tag vor, dass du hier hereinschneist und verkündest, du würdest bald heiraten. Ich bin in einer Minute zurück.«

Noch immer leise vor sich hin lachend, verschwand er

durch die Schwingtüren, die, so nahm Valerie an, in die Küche führten.

»Was zum Teufel sollte das denn?«, fragte Hale mit rotem Kopf. »›Ein Engel‹, um Himmels willen!«

»Ich dachte bloß, du solltest wissen, was auf dich zukommt«, erwiderte Valerie vergnügt. Höchste Zeit, dass er herausfand, dass diese Scharade kein Zuckerschlecken war! »Die beiden nächsten Wochen werden nicht gerade leicht für uns.«

»Was soll's? Du wirst dafür bezahlt – gut bezahlt.«

»Dann möchtest du also, dass ich weiterhin die Rolle der dich anbetenden zukünftigen Braut spiele, richtig?«

Hale runzelte die Stirn. »Übertreib es nur nicht.«

»Das würde mir nicht im Traum einfallen, Liebling«, sagte sie. Ihre haselnussbraunen Augen funkelten verschmitzt, als Tim mit zwei dampfenden Tellern zurückkehrte, auf denen Hummer in einer würzigen braunen Soße sowie Spinatsalat mit Zitrone und Speck angerichtet waren. Dazu brachte er eine Flasche Champagner.

»Das dürfte dem Anlass entsprechen«, sagte Tim, während er die Flasche öffnete. Der Korken ploppte, eisgekühlter Champagner sprudelte aus dem langen Flaschenhals. Tim schenkte drei Gläser ein und hob seins in die Höhe.

»Auf die vor euch liegenden Jahre«, verkündete er feierlich. »Auf das Leben, die Liebe, das Glück und reichen Kindersegen!«

Hale hätte sich beinahe verschluckt.

Valerie lachte laut auf.

Tim grinste, zwinkerte seinem Freund zu und leerte sein Glas. »Wurde wirklich Zeit, dass du den Sprung wagst«, sagte er, dann klopfte er Hale auf die Schulter und verschwand wieder Richtung Küche.

»Ich dachte, du wolltest es nicht übertreiben«, erinnerte Hale sie und stieß seine Gabel in den Salat.

»Das habe ich auch nicht vor«, erwiderte sie mit dem Grinsen einer Katze, die soeben einen Kanarienvogel verspeist hatte.

»Treib's nicht auf die Spitze«, warnte er sie.

»Das würde mir nicht im Traum einfallen, ›Liebling‹.« Sie stieß den Rand ihres Glases gegen seins. »Auf die kommenden zwei Wochen.«

»Mögen sie schnell vorübergehen«, murmelte er.

»Amen!« Sie nahm einen Schluck Champagner und genoss das prickelnde Gefühl, als er ihre Kehle hinabbrann. Hale füllte ihr Glas mehrfach nach, doch das war ihr gleich. Sie merkte, wie ihre Nasenspitze taub wurde, und verspürte den unkontrollierbaren Drang zu grinsen. Am schlimmsten jedoch war, dass es ihr nicht gelang, ihren Blick von Hale loszureißen. Wie es wohl wäre, wirklich in ihn verliebt zu sein?, fragte sie sich und betrachtete sein markantes Kinn, seine schmalen und doch so sinnlichen Lippen, die tief liegenden, nachdenklichen Augen.

»Irish Coffee?«, fragte Tim, als er kam, um ihre leeren Teller abzuräumen.

»Und ein Dessert – Schokoladenmousse?«, schlug Hale vor und blickte Valerie fragend an.

»Ich kann nicht mehr – ich platze!«, flüsterte sie.

Tim zuckte die muskulösen Schultern. »Dann bringe ich eben ein Dessert mit zwei Löffeln.«

»Wie in einer Eisdiele aus den 1950ern«, kicherte Valerie.

Hale warf einen mörderischen Blick in ihre Richtung.

»Richtig – für Turteltäubchen«, pflichtete Tim ihr ebenfalls kichernd bei.

Ein Muskel zuckte an Hales Kinn. Valerie glaubte schon, er würde gleich explodieren und seinem Freund gestehen, dass die ganze Verlobung nur vorgetäuscht war, doch stattdessen nahm er ihre Hand und streichelte mit dem Daumen ihre Finger. »Vielleicht haben wir gar keine Zeit mehr für ein Dessert oder einen Kaffee«, erklärte er mit rauer Stimme. Seine grauen Augen funkelten vor Verlangen. »Ich glaube, wir haben Besseres zu tun.«

Valerie errötete. Ihr Mund wurde trocken wie Baumwolle. Rasch leckte sie über ihre plötzlich spröden Lippen und zog ihre Hand zurück.

»Nun, dann will ich euch nicht aufhalten«, sagte Tim und warf Hale einen wissenden Blick zu.

»Das war überflüssig!«, zischte Valerie, als Hale sie, die Hand besitzergreifend um ihren Ellbogen geschlossen, aus dem Restaurant führte.

»Du hast es nicht anders gewollt.«

»Ich habe das –«

»Ach, gib's doch zu, du hast alles darangesetzt, mich vor Tim zu blamieren. Und du hast jede Sekunde genossen!«

Das konnte sie nicht bestreiten. Sie hatte eine verquere Freude dabei empfunden, ihn zum Affen zu machen, hatte einfach nicht widerstehen können, Hale Donovan eins auszuwischen. »Schon gut, schon gut«, sagte sie, als er die Tür öffnete, »vielleicht sollten wir noch einmal von vorn beginnen – mit einem Waffenstillstand.«

Er zog zynisch eine Augenbraue in die Höhe, doch er

ließ sie nicht los, als sie durch die Menschenmenge auf dem Platz um eine Ecke und eine kleine Treppe hinaufgingen. »Ein Waffenstillstand? Glaubst du, das ist möglich?«

»Vermutlich nicht, aber es ist die einzige Möglichkeit, die beiden vor uns liegenden Wochen zu überleben.«

»Einverstanden.« Er schenkte ihr ein verschmitztes Lächeln, das ihr Herz einen unverhofften Salto schlagen ließ. »Und jetzt, bevor die Geschäfte schließen ...« Ohne ihren Arm loszulassen, öffnete er die Tür eines Juweliergeschäfts. Ein kleines Glöckchen ertönte, als er sie über die Schwelle schob.

»Mr. Donovan!«, rief eine gertenschlanke Frau mit vollem, dunklem Haar, das sie mit Klammern zurückgesteckt hatte. Sie schloss schnell die Glasvitrine, in der sie Armbänder arrangiert hatte, und kam mit einem strahlenden Lächeln auf sie zu, um Hale zu begrüßen. Mit ihren hohen Absätzen war sie fast so groß wie er. Ihr rotes Seidenkostüm raschelte, als sie ihm ihre schmale Hand entgegenstreckte. »Was kann ich heute für Sie tun?«

»Wir brauchen einen Ring – einen Diamantring.«

Die Frau hob fragend ihre fein geschwungenen Augenbrauen. »Einen Cocktail-Ring?«

»Einen Verlobungsring.«

»Oh.« Sie klang leicht enttäuscht. Dann ging sie zu einer Glasvitrine hinüber, wo Diamanten in allen möglichen Varianten in aufgeklappten Samtschächtelchen ausgestellt waren.

»Das ist meine Verlobte, Valerie Pryce.«

»Meinen Glückwunsch«, murmelte die Frau.

»Vielen Dank«, stieß Valerie hervor.

»Wie soll der Diamant beschaffen sein?«

»Nicht zu auffällig, einfach ein schöner Stein ohne viel Schnickschnack.« Hale warf Valerie einen Blick zu. »Ist das in Ordnung für dich?«

»Mir ist das nicht wichtig. Ich habe mich nicht darum gerissen hierherzukommen.«

Die Verkäuferin gab sich alle Mühe, sich nichts anmerken zu lassen, aber Valerie sah die Fragen in ihren Augen – jede Menge Fragen.

Hale warf Valerie einen warnenden Blick zu.

»Soll der Stein eine bestimmte Form haben?«, fragte die Verkäuferin weiter. »Rechteckig? Tropfenförmig?«

»Wie wär's mit dem da?« Hale deutete auf einen Ring ganz vorn in der Vitrine, und Valerie musste sich auf die Zunge beißen, um nicht laut aufzuschreien. Der Stein und die Fassung waren einfach umwerfend.

Vorsichtig nahm die Frau den Goldring mit dem exzellenten Marquise-Schliff aus der Schachtel und steckte ihn an Valeries Ringfinger. Der Diamant sah riesig aus, aber nicht protzig, trotzdem fühlte er sich an ihrer Hand an wie ein totes Gewicht.

»Er müsste angepasst werden – nur ein bisschen, das kann ich gleich erledigen. Wenn Sie so lange hier warten möchten ...«

»Sicher«, sagte Hale. »Setzen Sie ihn auf meine Rechnung.«

»Gern.«

Valerie reichte den Ring der Verkäuferin, die eilig in den hinteren Ladenbereich trippelte. »Findest du nicht, dass du zu weit gehst? Was hast du mit dem Ring vor, wenn das alles hier vorbei ist?«

»So weit habe ich noch nicht gedacht.«

»Das glaube ich dir nicht. Ich bin mir sicher, du hast dir das sogar ganz genau überlegt.« Sie betrachtete Hale nachdenklich. »Du musst den Ring nicht kaufen. Kannst du nicht einfach einen Ring leihen oder einen Zirkonia nehmen?«

»Damit du damit bei den Stowells aufläufst?«, spottete er. »Kommt gar nicht infrage. Das muss echt aussehen.«

»Du scheinst Stowells Firma ja wirklich unbedingt übernehmen zu wollen.«

»Das will ich.«

»Ganz gleich, was es dich kostet?«

»Es wird die Sache wert sein.«

»Dann geht es also wieder einmal nur ums Geld, hab ich recht?«

»Darum geht es doch immer.«

Valerie hätte ihn gern gefragt, was in seinem Leben mit Liebe und Glück war, aber sie biss sich auf die Zunge. Der Mann war offenbar aus Stein. Er glaubte, sich mit Geld alles kaufen zu können, was er im Leben wollte oder brauchte, und vielleicht konnte er das tatsächlich. Schließlich hatte er auch sie mit Geld überzeugt, oder etwa nicht?

Während sie zusah, wie er ungeduldig von einer Glasvitrine zur nächsten schlenderte, kam sie zu der Erkenntnis, dass er ein Mann war, der an die Liebe nicht glaubte und ohnehin gar keine Zeit dafür hatte. Er war viel zu beschäftigt damit, seine nächste Million anzuhäufen, als dass er sich auf etwas so Kompliziertes wie die Liebe einlassen konnte.

Binnen Minuten kehrte die Verkäuferin zurück, ein zufriedenes Lächeln auf den Lippen. »Hier, bitte sehr –

schauen wir mal, ob er jetzt besser passt.« Sie steckte Valerie den Ring noch einmal an, und er saß perfekt. Der klare Stein funkelte im Licht.

»Großartig«, sagte Hale.

»Ja, das ist ein schöner Ring«, pflichtete die Verkäuferin ihm bei, dann deutete sie auf eine weitere Vitrine. »Sollten Sie sich noch für etwas anderes interessieren – ein Collier oder Ohrringe -«

»Nein!«, sagte Valerie rasch.

Hale grinste abgefeimt. »Im Augenblick nicht, aber wir werden darüber nachdenken.«

»Tun Sie das.« Die Verkäuferin drückte ihm ein Kärtchen in die Hand. »Rufen Sie mich einfach an. Und herzlichen Glückwunsch.«

Valerie sagte kein einziges Wort, als sie zum Auto zurückkehrten. Diese Verlobungsgeschichte geriet völlig aus den Fugen.

»Dir gefällt der Ring nicht«, sagte Hale, als er mit dem Jaguar in den frühabendlichen Verkehr einscherte.

Sie warf einen Blick in seine Richtung und stellte fest, dass ein Lächeln seine Lippen umspielte. Das durfte doch nicht wahr sein, der Kerl genoss das auch noch!

»Der Ring ist schön. Es ist das Drumherum, das mich stört.«

»Mach dir deswegen keine Sorgen.«

»Das versuche ich ja, aber es will mir nicht recht gelingen. Auch wenn es alles Teil der Abmachung ist, hab ich Recht?«

»Ja.« Er schnitt eine Grimasse und schaltete einen Gang zurück. »Okay, wo wohnt deine Mutter?«

63

Valerie ratterte die Adresse herunter, und Hale fuhr Richtung Süden. »Hast du dir schon eine plausible Geschichte zurechtgelegt?«, fragte sie ihn. »Mom wird tonnenweise Fragen stellen.«

»Wie wär's mit der Wahrheit? Du hast dich hoffnungslos in mich verliebt und dich mir förmlich an den Hals geworfen.«

Valerie unterdrückte ein Grinsen. »Ja, das klingt glaubwürdig.«

»Vielleicht bist du auch hinter meinem Geld her – das kommt der Wahrheit schon näher.«

»Treib's nicht auf die Spitze, Donovan.«

»›Liebling‹, wenn ich bitten darf. Von jetzt an heißt es ›Liebling‹.«

»Ja, richtig.« Großer Gott, in was hatte sie sich da bloß hineingeritten? »Nun, ›Liebling‹, du lässt dir besser etwas einfallen, denn so schnell wird dir Mom nicht auf den Leim gehen.«

»Kann ich mir denken.«

Valerie lehnte sich zurück und musterte ihn aus dem Augenwinkel. Ein gut aussehender, intelligenter Mann mit einer humorvollen Seite, die seine Arroganz ein wenig abmilderte.

»Was wäre, wenn wir uns vor ein paar Wochen am Strand kennengelernt und unsere Affäre bis jetzt geheim gehalten hätten -«

»Keine *Affäre*. Wir sprechen mit meiner *Mutter*, schon vergessen?«

Er warf einen fragenden Blick in ihre Richtung. »Wir leben doch nicht mehr im viktorianischen Zeitalter.«

Valerie starrte stur geradeaus. »Du vielleicht nicht, aber meine Mutter und ich reden nicht über mein Sexleben. Und dabei soll es auch bleiben.«

»Wie du möchtest.«

»Gut. Und, was sollen wir ihr erzählen?« Sie krümmte sich innerlich. Das wurde ja von Minute zu Minute komplizierter! Seufzend rückte sie auf dem Sitz des Jaguars hin und her. Vielleicht würde ihr das Lügen mit der Zeit leichter fallen. Hoffentlich.

»Wie wär's damit?«, sagte Hale. »Wir haben unsere Liebe geheim gehalten, weil wir uns unserer Gefühle sicher sein wollten, bevor wir aller Welt verkünden, dass wir einander gefunden haben.«

Valerie verdrehte die Augen und murmelte: »Das klingt, als handelte es sich um eine Szene aus *Goldener Treibsand*.«

Er blickte sie verwirrt an.

»Das ist eine Seifenoper, in der ich sechs Monate lang eine Nebenrolle gespielt habe – woran du dich unbedingt erinnern solltest, wenn du das hier wirklich durchziehen willst. Ich war Tess, die gepeinigte Stieftochter des reichen Trevor Billings, dessen leiblicher Sohn mir nachstellte -«

»Das reicht! Erspar mir die grauenvollen Details«, knurrte Hale. »Ich kann's mir schon vorstellen.«

Er fand einen Parkplatz, zwei Blocks vom Apartment ihrer Mutter entfernt, und noch bevor Valerie richtig durchgeschnauft hatte, sperrte sie schon die Tür zur Wohnung ihrer Mutter im zweiten Stock auf.

»Val? Bist du das?«, rief ihre Mutter.

»Ja! Und ich habe jemanden mitgebracht ... einen Freund.« Sie schloss die Tür hinter Hale und sah ihre Mut-

65

ter auf der Wohnzimmercouch sitzen, ein offenes Buch im Schoß. Valerie holte tief Luft. »Mom, ich möchte dir Hale Donovan vorstellen.«

»Den Mann, der ...?«

Die Hände in den Hosentaschen versenkt, sagte Valerie: »Den Mann, der mich nicht einstellen wollte. Wofür es einen Grund gibt -«

»Ich habe mich in Ihre Tochter verliebt, Mrs. Pryce«, sagte Hale, trat einen Schritt vor und legte besitzergreifend den Arm um Valeries Schultern. »Bei Donovan Enterprises gibt es eine strenge Firmenregel: Wir gestatten nicht, dass nahe Verwandte und Familienangehörige zusammenarbeiten, und das gilt auch für den Boss.«

»Aber Val ist doch keine Familienangehörige«, protestierte ihre Mutter verwirrt.

Valerie fühlte sich schrecklich. »Ich muss dir etwas erklären«, setzte sie an, doch Hale unterbrach sie.

»Ich habe Ihre Tochter gebeten, meine Frau zu werden, und sie hat eingewilligt«, sagte er zu ihrer Mutter. Seine Worte klangen so aufrichtig, dass Valerie ihm beinahe geglaubt hätte.

Anna Pryce klappte der Unterkiefer herab. »Ihr wollt heiraten?« Annas Blick, umwölkt von Misstrauen, wanderte von Valerie zu Hale und wieder zurück.

»Ja.«

»Wann?«, fragte sie verblüfft.

»Bald«, erwiderte Hale vage.

»Einen Augenblick mal.« Anna legte ihr Buch zur Seite und durchbohrte ihre Tochter mit einem strengen Blick. »Warum erfahre ich erst jetzt davon?«

»Es, ähm, es kommt tatsächlich ein bisschen plötzlich«, stotterte Valerie.

»Das ist die Untertreibung des Jahrhunderts.« Anna kniff die Augen zusammen. »Jetzt noch mal von vorn. Von Anfang an. Und versucht nicht, mir weiszumachen, das Ganze wäre spontan heute Nachmittag passiert, das glaube ich nämlich nicht. Was geht hier vor?«

Valerie schluckte. Sie war schon immer eine lausige Lügnerin gewesen. »Hör mal, Mom«, sagte sie, setzte sich zu ihrer Mutter auf die Couch und berührte sie sanft am Arm. »Ich nehme an, ich hätte dir früher davon erzählen sollen, aber wir hatten nun mal beschlossen, unsere Verlobung offiziell erst heute Nachmittag bekannt zu geben.«

»Nachdem du von hier weggefahren bist«, stellte ihre Mutter klar.

»Das ist richtig. Ich weiß, dass das ein Schock für dich ist.«

»Ein gewaltiger Schock.«

»Ja, das ist mir klar – aber ich möchte, dass du mir vertraust.« Sie nahm die Hände ihrer Mutter in die eigenen.

»Eine Heirat ist ein großer Schritt.«

»Mom, ich bin vierundzwanzig.«

»Und du hast schon einmal um ein Haar einen Fehler gemacht, erinnerst du dich?«

Aus dem Augenwinkel sah Valerie, wie sich Hales Muskeln anspannten. »Das ist lange her.«

»Wenn du zwei Jahre für eine lange Zeit hältst -«

»Mom, bitte. Glaub mir, ich weiß, was ich will.«

Anna seufzte und runzelte skeptisch die Stirn. »Ich nehme an, mir bleibt keine andere Wahl, oder? Du warst schon immer ein Sturkopf.«

»Amen«, flüsterte Hale.

»Wir werden nichts überstürzen«, versprach Valerie und warf ihm einen warnenden Blick zu.

»Gut«, erwiderte ihre Mutter.

Sie wollte noch mehr sagen – viel mehr, das spürte Valerie. Schuldbewusst fügte sie hinzu: »Ich möchte dich um einen Gefallen bitten. Hale und ich werden eine Kreuzfahrt machen – ein Stück die Küste hinunter, zusammen mit ein paar von seinen Freunden und Geschäftspartnern.« Zu ihrer Überraschung zuckte ihre Mutter nicht mit der Wimper. »Würde es dir etwas ausmachen, dich zwei Wochen um Shamus zu kümmern?«

»Um dieses Biest? Der Kerl hasst mich!«

»Und du vergötterst ihn.«

Anna warf einen Blick auf Valeries linke Hand, an der der Diamantring funkelte. »Natürlich mache ich das«, sagte sie, doch ihre Stirn lag noch immer in Falten. »Aber wenn du zurückkommst, müssen wir reden. Ich meine, richtig reden.«

»Das tun wir«, versprach Valerie und fragte sich, wie sie ihrer Mutter beibringen sollte, dass all ihre Worte eine faustdicke Lüge gewesen waren.

Kapitel vier

»Habe ich die Musterung bestanden?«, fragte Hale, als sie wieder in seinem Wagen saßen. Er legte den Gang ein und fuhr in den fließenden Verkehr. Die Sonne war im Pazifik untergegangen, der Himmel leuchtete in Gold und Magenta.

Valerie schüttelte den Kopf. »Wenn du mich fragst, hat meine Mom uns unsere Geschichte nicht abgekauft. Aber sie wird mitspielen, um mir einen Gefallen zu tun, und genau das ist das Entscheidende, nicht wahr?«

»Exakt.«

Valerie lehnte sich in ihrem Sitz zurück. Jetzt, da es draußen dunkler geworden war, wirkte das Wageninnere kleiner – und auf gewisse Art und Weise intimer.

Sie betrachtete Hales Hände am Lenkrad, groß und stark. Seine Beine in der abgetragenen Jeans waren gefährlich nahe an ihren. Valerie schluckte, fingerte am Riemen ihrer Handtasche und rückte unauffällig ein Stück von ihm ab, den Blick auf die Windschutzscheibe gerichtet.

Für gewöhnlich fühlte sie sich in der Gegenwart von Männern nicht unwohl, doch Hale hatte etwas an sich, was sie nervös werden ließ. Seine Seitenblicke gingen ihr auf die Nerven, seine sexuelle Ausstrahlung war kaum zu ignorieren.

Er fand einen Parkplatz nicht weit von ihrem Apartmenthaus entfernt und begleitete sie zum Eingang.

»Du musst nicht mit hochkommen«, sagte sie, als sie den Schlüssel ins Schloss steckte und die Haustür aufsperrte.

»Nein«, pflichtete er ihr bei, »das muss ich sicher nicht.« Er lehnte sich mit der Schulter gegen den Türrahmen und betrachtete sie einen Herzschlag lang. »Aber wir haben noch jede Menge Arbeit vor uns. Deine Mutter war erst die erste Hürde.«

»Aber dafür eine riesengroße.«

Er verzog die Lippen zu einem breiten Grinsen, das so aufrichtig wirkte, dass es ihr Herz anrührte – ihr Herz, das Luke gebrochen hatte.

Plötzlich wollte sie alles über Hale wissen. »Was ist mit deiner Familie? Wirst du ihr nichts erklären müssen?«

Sein Grinsen verschwand so schnell, wie es gekommen war. »Ich habe keine Familie.«

»Gar keine?«, fragte sie ungläubig.

»Meine Eltern sind beide tot.«

»Das tut mir leid ...«

»Das Ganze ist schon lange her. Ich kann mich gar nicht mehr richtig an sie erinnern. Es muss dir also nicht leidtun.«

»Hast du denn keine Geschwister, Cousins oder Cousinen?«

»Nein, keine.« Sein schwarzes Haar glänzte im matten Licht der beiden Glühbirnen über der Tür, seine Augen blickten kalt.

»Ich wollte nicht indiskret sein«, sagte Valerie verlegen, »aber ich dachte, ich müsste auch ein wenig mehr über dich erfahren. Wenn die Stowells wirklich glauben sollen, dass ich mit dir verlobt bin, ist es doch wichtig, dass ich deine Lebensgeschichte kenne – zumindest einen Teil davon.«

Er ließ sich mit der Antwort einige Sekunden Zeit. »Ich nehme an, du hast Recht«, sagte er schließlich.

»Nun, es würde ziemlich dumm aussehen, wenn ich auf der Yacht aufkreuze, und alles, was ich über den Mann weiß, mit dem ich den Rest meines Lebens verbringen möchte, ist, dass er eine Investmentfirma namens Donovan Enterprises besitzt.«

Hale zuckte die Achseln und hielt die Tür für sie auf. »Das ist schon richtig. Ich werde dir morgen alles erzählen.«

»Was haben wir morgen vor?«

Er lachte, dann ging er die Stufen zur Straße hinunter. »Das wirst du schon herausfinden«, sagte er mit amüsierter Stimme. Im nächsten Moment fiel die Haustür hinter ihr ins Schloss.

Valerie stieg die Treppen zu ihrer Wohnung empor und fragte sich wieder einmal, ob sie gerade den größten Fehler ihres Lebens machte. Es war sicher nicht ganz ohne, sich auf jemanden wie Hale Donovan einzulassen. Doch bei der Aussicht, ihn wiederzusehen, überkam sie ein merkwürdig beschwingtes Gefühl, das ihr zusätzliche Sorgen bereitete. Große Sorgen.

Am nächsten Morgen riss Valerie jedes Kleidungsstück, das sie besaß, aus dem Schrank und warf es auf ihre ausgezogene Schlafcouch. Sie hatte einige Blusen, Kleider, Blazer, Pullis und Hosen, alle gut geschnitten und recht hübsch, allerdings war nichts Extravagantes oder besonders Teures darunter.

»Wen kümmert's?«, murmelte sie und musterte ein eher kümmerliches Häuflein Jeans, Shorts und T-Shirts. Shamus sprang aufs Bettsofa und machte es sich zwischen zwei Stapeln gemütlich. »Schön, dass du da bist, aber ich glaube, ich kann auf Katzenhaare an meiner Garderobe verzichten.« Behutsam hob sie den dicken Stubentiger hoch und streichelte sein seidiges Köpfchen. »Was denkst du? Werde ich als Braut des glorreichen Hale Donovan durchgehen?«

Shamus gähnte, wand sich aus ihren Armen und hopste auf den alten, sonnenlichtgestreiften Eichenfußboden.

»Tja, du bist mir wirklich eine große Hilfe«, murmelte Valerie, während sie ihre Klamotten durchsah und feststellte, dass Hale recht hatte. Sie besaß in der Tat nicht viel, was angemessen für eine Kreuzfahrt auf einer schicken Yacht war – aber es war ihr egal.

Sie packte zwei leichte Sommerkleider, zwei locker sitzende Leinenhosen und dazu passende Pullover ein, dann warf sie ihre Lieblingsjeans und eine halbwegs akzeptable Shorts in den Koffer. Als sie damit fertig war, fiel ihr noch die Seidenbluse ein – die einzige, die sie besaß –, die sie ebenfalls einpackte. Anschließend ging sie ihre Schuhe durch. Als sie ihre bescheidene Garderobe endlich zusammengestellt hatte, schaltete sie die Kaffeemaschine ein.

Zehn Minuten später klingelte es, und Shamus schoss wie ein geölter Blitz zur geöffneten Balkontür hinaus.

Valerie spähte durchs Schlüsselloch, erblickte Hales attraktives Gesicht und wappnete sich. Kaum hatte sie ihm die Tür geöffnet, fragte sie: »Bist du immer so früh dran?«

»Das ist eine Angewohnheit, die ich einfach nicht ablegen kann.« Er marschierte ins Zimmer, warf eine Zeitung auf den Tisch und betrachtete grinsend das Durcheinander auf dem Bettsofa. »Du packst?«

»Wenn man das so nennen kann, ja.«

Er deutete auf ihren Koffer. »Brauchst du etwas?«

»Nichts, was ich mir nicht selbst kaufen könnte.«

»Bist du dir sicher?« Zu ihrer Verlegenheit trat er vor ihren offenen Koffer und warf einen prüfenden Blick hinein. »Wo ist der Rest?«

»Welcher Rest?«

»Deine anderen Taschen.«

»Ich habe keine anderen Taschen, abgesehen von einer kleinen Reisetasche. Ich dachte, ich packe einfach ein paar Sachen ein, und damit hat sich's.«

»Es geht nicht zum Zelten an den Strand, außerdem bleiben wir länger als eine Nacht, musst du wissen.«

»Und du musst wissen, dass ich nicht vorhabe, mich aufzuführen wie ein verwöhntes reiches Luder. Das Geld habe ich nicht, außerdem bin ich ein paar Jahre zu alt dafür. Ich bin eine arbeitende Frau aus der Mittelschicht, und wenn William Stowell das nicht gefällt, dann kann er mir mal den Buckel runterrutschen!«

Hales Mundwinkel zuckten.

»Ich nehme auch an, dass es ihm völlig egal ist, woher ich komme, solange du ihn glauben machen kannst, dass du mit mir verlobt und ganz bestimmt nicht hinter seiner Tochter oder ihrem Geld her bist.«

Sein Kopf fuhr mit einem Ruck in die Höhe. Er ließ den Pullover fallen, den er prüfend in die Hand genommen hatte. »Ihrem Geld?«

»Darum geht es doch, nicht wahr? Du willst ihm vormachen, dass ich vermögend bin, denn Stowell würde niemals glauben, dass Hale Donovan, der den hochheiligen Dollar

73

mehr verehrt als alles andere auf dieser Welt, ernsthaft daran interessiert ist, mich zu heiraten!«

»Das ist nicht der eigentliche Grund.«

»Nicht? Welcher dann?«, fragte sie, durchquerte das kleine Zimmer und blieb so dicht vor ihm stehen, dass sie sein Rasierwasser riechen und die blauen Sprenkel in seinen stahlgrauen Augen sehen konnte.

»Ich möchte nur, dass du dich nicht fehl am Platz fühlst.«

»Mach dir um mich keine Sorgen. Ich komme schon klar.«

»Wenn du meinst.«

»Da denke ich ganz positiv«, sagte sie und reckte trotzig das Kinn. »Du hast mich ausgewählt, Donovan, also erwarte ich, dass du mich so nimmst, wie ich bin.«

»Du sollst mich ›Liebling‹ nennen, nicht ›Donovan‹.« Ein Lächeln umspielte seine Mundwinkel.

»Das Ganze ist für dich ein Riesenspaß, hab ich recht?«

»Wenn es ums Geschäft geht, verstehe ich keinen Spaß«, widersprach er, »dennoch glaube ich, dass wir viel Spaß zusammen haben werden. In den nächsten Wochen können wir vor den anderen so tun, als würden wir uns abgöttisch lieben, um uns, sobald wir allein sind, gnadenlos an die Kehle zu gehen. Wir können allerdings auch versuchen, miteinander auszukommen. Ich dachte, du wärst diejenige, die einen ›Waffenstillstand‹ vorgeschlagen hat.«

»Nenn mich eine Idealistin«, spottete sie und musste wider Willen lächeln.

»Lass mich dir eine Tasse Kaffee einschenken«, schlug er vor und öffnete den erstbesten Küchenschrank, dann den nächsten, aus dem er zwei Keramiktassen mit dem Aufdruck UCLA nahm. »Vom College?«

»Hmm.« Nicht nur vom College, sondern von Luke. Das erste Geschenk, das er ihr gemacht hatte. Sie fühlte, wie sie blass wurde, doch sie nahm ihm die Tasse aus der Hand, die er ihr reichte, und trank einen Schluck. Das tat gut!

»Wir haben es auf Seite eins des Gesellschaftsteils geschafft«, verkündete er, dann schenkte er sich selbst ein.

Mit einem mulmigen Gefühl blätterte Valerie die Zeitung auf, die er mitgebracht hatte. Tatsächlich – auf der ersten Seite des Gesellschaftsteils stand in fetten schwarzen Buchstaben: DONOVAN HEIRATET.

»Oh, großartig«, flüsterte sie und überflog den Artikel, in dem ihr Name erwähnt wurde, außerdem dass sie die UCLA absolviert hatte und in San Francisco lebte. Ansonsten blieb sie weitestgehend anonym. Das Hochzeitsdatum stünde noch nicht fest, hieß es weiter, dann folgte ein kurzer Abriss von Hales geschäftlichen Erfolgen.

»Das ist nicht allzu schlimm«, räumte sie ein.

»Ein bisschen vage«, befand er, »aber das Wichtigste ist damit gesagt.«

»Und es gibt dir Rückendeckung, was Stowell anbelangt.«

»Das auch.« Hale nahm einen Schluck, dann würgte er und hätte den Kaffee beinahe wieder ausgespuckt. »Was ist das denn für ein Zeug?«

Valerie war nicht in der Stimmung, sich wegen ihres Kaffees verhöhnen zu lassen. So süß, wie sie nur konnte, erwiderte sie: »Das ist eine milde, entkoffeinierte kolumbianische Sorte, gemischt mit Wiener Mokka.«

»Das ist einfach nur grauenhaft!«

»Vielen Dank, es ist meine Spezialmischung.«

»Tja, nun, daran müssen wir arbeiten – dein Kaffeegeschmack bedarf sozusagen einer Generalüberholung.«

Sie hob unschuldig die Augenbrauen. »Dann ist es ja nur gut, dass wir nicht wirklich heiraten, denn sonst würdest du mit dieser Mischung leben müssen.«

»Niemals. Von jetzt an bin ich für den Kaffee zuständig. Komm, ich lade dich zu einem richtigen Frühstück ein.«

Wie überheblich er war! Vermutlich hätte sie sauer sein sollen, aber die Grübchen in seinen Wangen und das Funkeln in seinen Augen verrieten ihr, dass er sie nur neckte.

»Frühstück und anschließend was?«, fragte sie und trat auf den Balkon, um Shamus einzufangen.

»Mal sehen, was der Tag bringt.«

»Ist das die Überraschung, von der du mir erzählt hast?«

»Die erste von vielen«, verkündete er lachend.

Draußen lichtete sich der Morgennebel. Noch immer lagen einzelne Schleier über dem Wasser, doch der Großteil der hügeligen Stadt wurde bereits von der warmen Augustsonne beschienen.

Hale fuhr durch die steilen Straßen hinunter zum Wasser. Dort nahmen sie eine Autofähre über die Bucht von San Francisco Richtung Tiburon. Sie stellten den Jaguar ab und gingen aufs obere Deck hinauf, gleich am Bug. Salzige Gischt spritzte auf, die Meeresluft stieg Valerie in die Nase. Ihre Wangen brannten im Wind, obwohl das Wasser klar war und glatt. Sie musste schreien, damit Hale sie über das laute Dröhnen des Schiffsmotors hinweg verstehen konnte.

Hale berührte sie nicht, doch er stand dicht neben ihr. Die Brise zauste sein Haar. Sie passierten Alcatraz, legten am Pier von Angel Island an und fuhren dann weiter nach Norden, bis sie endlich Tiburon erreichten.

Dort angekommen, stiegen sie wieder in den Jaguar und fuhren in die Stadt, wo Hale auf einem Parkplatz in der Nähe des Ufers parkte.

Valerie stieg aus und fühlte die warmen Sonnenstrahlen auf ihrem Scheitel. Hale nahm ihre Hand, und obwohl sie überrascht darüber war, protestierte sie nicht, sondern folgte ihm einen asphaltierten Fußweg entlang zu den Docks und einem winzigen Café direkt am Wasser.

Seine Finger waren kräftig und warm, und trotz der Tatsache, dass sich sein Griff nicht im Mindesten intim anfühlte, spürte Valerie, wie sich ihr Puls beschleunigte.

Hale drückte die Tür auf, und ein helles Glöckchen ertönte. Eine dicke Kellnerin mit Sommersprossen und kurz geschnittenem braunem Haar griff nach zwei Speisekarten und lächelte breit.

»Hallo, Mr. Donovan«, begrüßte sie ihn fröhlich, »lange nicht gesehen.«

»Hi, Rose. Sie haben recht, es ist schon eine ganze Weile her.«

»Schön, dass Sie wieder einmal hier sind.« Ihre freundlichen Augen folgten Valerie, als sie mit Hale durch eine Hintertür auf eine überdachte Terrasse trat. Hale stellte die beiden Frauen einander vor.

»Ich habe gelesen, dass Sie endlich den großen Schritt wagen«, sagte Rose. »Das wird aber auch höchste Zeit.«

»Hm«, erwiderte Hale unverbindlich.

Rose reichte Valerie eine Speisekarte. »Sie können sich glücklich schätzen«, sagte sie und schenkte ihnen ein Glas

Wasser ein, als die Türglocke erneut klingelte. »Ich bin gleich zurück und nehme Ihre Bestellung auf.«

»Noch jemand aus deiner Bruderschaft?«, fragte Valerie, als Rose außer Sichtweite war.

»Sehr komisch.«

»Warum sind wir so weit gefahren, um zu frühstücken?«, fragte sie.

»Zum Beispiel wegen der Atmosphäre hier.«

Davon hatte das kleine Café jede Menge. Die wenigen Tische wurden von einem Rankgitter mit prächtig blühendem, violettem Flieder beschattet. Hinter der Terrasse führte ein Weg direkt zum Anleger. Von hier aus hatte man eine unverstellte Sicht auf die Bucht, wo glänzende Yachten durch das blaue Wasser pflügten.

»Morgen werden wir an Bord der *Regina* gehen ...«

»Der was?«

»Stowell hat sein Boot nach seiner Tochter benannt.«

»Ach.«

»Ich dachte, du würdest eine heimliche Vorschau zu schätzen wissen. Nach dem Frühstück gehen wir runter zum Anleger, und ich zeige sie dir.«

Valeries Magen verknotete sich. Bis zu jenem Augenblick war es nicht real gewesen, dass sie schon morgen mit Hale in See stechen würde – oder was vierzehn Tage auf engem Raum mit ihm bei ihr bewirken könnten. In nur vierundzwanzig Stunden war es ihm gelungen, sie völlig aus dem Gleichgewicht zu bringen, was würden da erst zwei Wochen anrichten?

»Haben Sie schon gewählt?«, fragte Rose, die mit einem Notizblock bewaffnet auf die Terrasse zurückkehrte.

»Oh, ähm, sicher ...« Valerie überflog die Speisekarte. »Eine Belgische Waffel mit Erdbeeren, bitte.«

»Ich nehme das Meeresfrüchte-Omelett«, sagte Hale, dann zwinkerte er Valerie zu. Ihr Herz schlug einen albernen Purzelbaum. »Und eine Tasse Kaffee. Richtigen Kaffee.«

Eine Stunde später spazierten sie zum Anleger und betrachteten die Schiffe auf dem Wasser. Gewaltige Yachten und kleinere, schnittige Segelboote.

»Stowells Boot liegt in der Marina, ganz in der Nähe.« Hale blinzelte gegen die Sonne und deutete Richtung Yachtclub, einen Arm locker um Valeries Schultern gelegt. »Es ist eins der größten – sieh mal, dort drüben.«

»Die sind alle groß«, sagte sie, schob die Sonnenbrille auf die Nase und folgte mit den Augen seinem ausgestreckten Zeigefinger. Weiße Yachten glänzten in der Sonne, die imposanten Aufbauten tanzten fröhlich vor dem blauen Horizont. Kleinere Schaluppen waren neben größeren Kuttern, Ketschen und Schonern vertäut.

»Ich könnte dich mit rübernehmen und heute schon vorstellen.«

»Das kann genauso gut bis morgen warten.«

Er warf ihr ein träges Grinsen zu und verschränkte seinen Arm mit ihrem. »Feigling.«

»So bin ich nun mal«, sagte sie lachend.

»Ich glaube, du wirst die Stowells mögen.«

»Tatsächlich?«, fragte sie ungläubig, dann zuckte sie die Achseln. »Na ja, ich komme mit den meisten Leuten gut klar.«

»Ich dachte, ich hätte dir vielleicht etwas Angst einge-
jagt – all das Gerede über ihr Geld und über die Tochter.«

»Ich werde ihnen keinen Vorwurf dafür machen, dass sie
reich sind, falls du das meinst.«

Sein Grinsen wurde breiter. »Weißt du, Ms. Pryce, wenn
wir uns ein bisschen Mühe geben, kommen wir auf dieser
Reise vielleicht auch gut miteinander aus. Wir könnten in
der Tat jede Menge Spaß haben.«

Das bezweifelte sie. Zwei Wochen, eingepfercht mit Hale,
während dieser seinen Geschäftsverhandlungen nachging
und sie als seine Verlobte vorschob? Was sollte sie tun? Mit
Regina plaudern – einer Frau, mit der sie nichts, aber auch
gar nichts gemeinsam hatte? Doch, *eine* Verbindung zwischen ihnen gab es: Hale Donovan. Ja, das klang, als würde
es wirklich lustig werden. Sie konnte es kaum erwarten.

Gedankenverloren glitt Valerie in den aufgeheizten In-
nenraum von Hales Jaguar. Sie sah zu, wie Hale seine Jacke
hinter den Vordersitz warf und sich die Hemdsärmel über
die gebräunten Unterarme schob. Ein interessanter Mann,
dieser Hale Donovan, dachte sie, während sie über den
staubigen Parkplatz fuhren und auf den Highway 101 zu-
hielten.

Kleine Schweißtropfen sammelten sich an ihrem Haaransatz, und sie legte den Arm auf das heruntergelassene
Fenster, überrascht, wie wohl sie sich in Gegenwart dieses
Mannes fühlte, den sie kaum kannte. Er griff ins Hand-
schuhfach, holte eine verspiegelte Pilotenbrille heraus und
schob sie sich auf die Nase.

»Du hast versprochen, mir von dir zu erzählen«, sagte sie
nach einer Weile.

»Was willst du wissen?«

»Alles.«

»Ich habe vor zehn Jahren meinen Abschluss an der Berkeley gemacht, dann habe ich eine Zeit lang als Angestellter gearbeitet und Geld auf die Seite gelegt. Davon hab ich eine Firma aufgekauft, die kurz vor dem Bankrott stand und nicht mehr kostete als einen Apfel und ein Ei. Ich habe alles umgekrempelt, Gewinn gemacht, im nächsten Jahr eine weitere Firma aufgekauft und so immer weiter expandiert.«

»Der Mann, der aus Dreck Gold macht.«

»Das wäre schön«, murmelte er und rückte seine Sonnenbrille zurecht.

»Was ist mit deinem Privatleben?«

»Dafür bleibt mir nicht viel Zeit.«

»Aber es hat doch sicher Frauen gegeben.«

»Nicht viele.«

»Nicht?« Männer, die so vermögend und gut aussehend waren wie Donovan, hatten für gewöhnlich zehn Frauen an jedem Finger.

»Würde es Frauen in meinem Leben geben – oder wenigstens eine –, hätte ich mir wohl kaum eine Fremde suchen müssen, um diese Scharade durchzuziehen, oder?«, fragte er leichthin, doch Valerie bemerkte, wie er die Kiefer zusammenpresste.

»Wie sieht's mit Freunden aus?«

»Tim hast du schon kennengelernt. Ich habe noch ein paar andere Freunde. Die meisten von ihnen arbeiten für mich.«

»Deine Angestellten sind deine *Freunde?*«

»Ein paar von ihnen. Die meisten Leute, die für mich arbeiten, mögen mich nicht sonderlich.« Sie fuhren nun in südliche Richtung, nach San Francisco. »Gibt es sonst noch etwas, was du wissen möchtest?«

»Wo bist du auf die Highschool gegangen?«

Bildete sie sich das nur ein, oder zuckte er tatsächlich zusammen? Sie konnte seine Augen hinter der verspiegelten Pilotenbrille nicht erkennen, doch sie spürte, dass es im Wageninneren plötzlich ein paar Grad kälter wurde.

»Ich habe eine Privatschule in Oakland besucht, aber das ist nicht wichtig. Stowell wird bestimmt nicht erwarten, dass du darüber Bescheid weißt.«

»Aber wenn das Thema zur Sprache kommt ...«

»... dann wechselst du es eben.«

»Aye, aye, Captain«, erwiderte sie, gereizt über seinen herrischen Ton. »Da wir offenbar nicht über dein Privatleben reden können«, fuhr sie fort, unfähig, den Mund zu halten, »erzähl mir doch von deinen Geschäften. Der Erfolgsgeschichte von Donovan Enterprises. Hattest du vor ein paar Jahren nicht Probleme mit der Steuerbehörde?«

Jetzt fuhr er sichtlich zusammen. »Es ging um Unstimmigkeiten in der Buchhaltung, die wir unverzüglich behoben haben.«

»Dann war da noch etwas mit gewissen Ölförderabkommen -«

»Was unsere Rechtsanwälte umgehend klären konnten.«

»Ich möchte lediglich einen Eindruck von der Firma bekommen, für die ich arbeiten werde.«

»Ein bisschen spät, findest du nicht?«

»Nicht unbedingt. Es gibt Gerüchte, dass Donovan Enterprises auf dünnem Eis wandelt, das Gesetz betreffend.«

»Wolltest du deshalb den Job bei uns?«, neckte er sie.

»Nein«, gab sie zurück. »Ich brauchte einen Job. So einfach ist das. Du zahlst gut und bietest gute Aufstiegsmöglichkeiten.«

Er verzog den Mund zu einem sarkastischen Grinsen. »Und da hast du dir gedacht: Zum Teufel mit der Moral! Stimmt's? Also, Ms. Pryce, wenn ich es nicht besser wüsste, würde ich dich für eine Opportunistin halten.«

»Mich? Ach, komm schon!«

»Wer sich den Schuh anzieht ...«

»Schluss mit den Klischees«, murmelte sie, doch sie konnte ein Grinsen nicht unterdrücken.

»Dann nehme ich an, dass du mich genügend auseinandergenommen hast?«

»Fürs Erste, ja.« Sie schaute wieder durch die Windschutzscheibe. Vor ihnen ragte die Golden-Gate-Brücke auf, die sich über das klare, sonnengesprenkelte Wasser der Bucht spannte. Hale fuhr direkt nach Fisherman's Wharf, suchte einen Parkplatz und steuerte dann einen Ort ein paar Blocks entfernt an.

»Was machen wir hier?«, fragte Valerie.

»Betrachte es als Teil deiner Ausbildung. Schließlich musst du wie jeder andere Angestellte in einer neuen Firma eingeführt werden.« Er grinste wieder, und obwohl die Sonnenbrille seine Augen verdeckte, wusste sie, dass er sich über sie amüsierte.

Sie verbrachten mehrere Stunden damit, zusammen mit ganzen Heerscharen von Touristen durch die Docks zu schlendern, das Angebot an Frischware und Meeresfrüchten zu begutachten und sich Nippes und Souvenirs anzuschauen. Der warme Tag war erfüllt von Stimmen, Motorgeräuschen und dem penetranten Geruch nach frischem Fisch und Salzluft.

Hale blieb dann und wann stehen, kaufte gekochte Krabben und geräucherten Lachs auf dem Fischmarkt, dazu ein knuspriges Baguette und Scones in einer kleinen Bäckerei. In einem kleinen Lädchen, das sich auf Wein spezialisiert hatte, erstand er zwei Flaschen Chianti.

»Und jetzt?«, fragte Valerie, als sie zum Jaguar zurückkehrten.

»Jetzt fahren wir zu mir.«

»Zu dir?«, wiederholte sie. Ihr Lächeln verflog, und sie spürte, wie sie unsicher wurde.

»Angst?«

Na klar! »Natürlich nicht, aber ich verstehe nicht, weshalb -«

»Wenn unsere Story glaubwürdig klingen soll, musst du wissen, wo und wie ich lebe, findest du nicht?«

»Es gibt keinen Grund -«

»Die Stowells waren schon bei mir zu Hause. Die ganze Familie. Komm schon. Ich verspreche dir, ich beiße nicht.«

Sie durchforstete ihr Gehirn nach einer plausiblen Ausrede. Obwohl sie wusste, dass das kindisch war, fühlte sie sich nicht bereit, mit ihm allein in seinem Haus zu sein – noch nicht.

»Ich muss heute Abend noch fertig packen.«

»Es dauert nicht lange.«

»Ich nehme an, mir bleibt keine Wahl.«

»Betrachte es einfach als Teil deines Jobs.«

Eines Jobs, der ihr von Minute zu Minute unheimlicher wurde, dachte Valerie reuevoll.

Als sie wieder im Auto saßen, fuhr er Richtung Südwesten, die steilen, gewundenen Straßen von Pacific Heights hinauf, die von Bäumen gesäumt waren.

Hale besaß ein altes, renoviertes Haus im viktorianischen Stil mit Backsteinfassade und drei Stockwerken. Es war schmal, aber höher als die Ahornbäume in dem kleinen Vorgarten.

Die Holzfußböden glänzten, und in jedem Zimmer im Erdgeschoss lagen dicke Orientteppiche in Blau und Apricot. Die Möbel waren wohlüberlegt platziert, und an den Wänden hingen große Aquarelle, zum größten Teil Seebilder.

Das Originalgebälk mit seinen kunstvollen Schnitzereien war restauriert worden, ein Travertin-Kamin nahm eine ganze Wand des Wohn- und Esszimmers ein. Kronleuchter hingen von den Decken, antike Tische vermischten sich mit teuren, modernen Möbelstücken.

»Eklektisch«, murmelte Valerie.

»Innenausstattung von Elaine«, sagte er und betrachtete die Räume nüchtern, während er sie zur Rückseite des Hauses führte. »Sie ist Dekorateurin. Ein Freund hat sie mir empfohlen.«

Die Küche wurde dominiert von Granit- und glänzenden Edelstahloberflächen. Eine lang gezogene Kücheninsel beherbergte einen Gasherd, der einen Sternekoch entzückt hätte.

»Der Traum eines jeden Gourmets.«

85

Hale tat, als kümmere ihn das herzlich wenig, stellte die Einkaufstaschen auf der Anrichte ab, nahm seine Sonnenbrille von der Nase und grinste Valerie leicht verlegen an. »Ich bin kaum hier. Ich habe ein Apartment im Büro. Wenn ich lange arbeiten muss, bleibe ich einfach da ...« Er zuckte die Achseln. »Ergibt nicht viel Sinn, den weiten Weg hierherzufahren.«

Er zeigte ihr den Rest des Hauses, den ersten Stock mit mehreren Schlafzimmern, die als Gäste- oder Kinderzimmer genutzt werden konnten – auch wenn dieser Hale Donovan kaum je Kinder bekommen würde –, einen Fitnessraum mit Gewichten, Bad und Arbeitszimmer im zweiten Stock und im dritten eine Art Loft, worin ein weiteres großes Bad und das Schlafzimmer untergebracht waren. Mit den schrägen Decken und Dachfenstern erstreckte sich das Schlafzimmer über die gesamte Etage. Ein weiterer Kamin war zwischen Bücherregalen aus Kirschholz zu finden, in einer Ecke stand eine Gruppe burgunderfarbiger Sessel, in der Mitte befand sich ein riesiges Bett.

»Lass mich raten«, sagte Valerie, während sie die farblich aufeinander abgestimmten Einrichtungsgegenstände und die kunstvoll arrangierten Topfpflanzen betrachtete. »Elaine.«

»Bingo.« Hale lachte. Sein Lachen hallte von der hohen Decke wider.

»Stellt sie auch deine Anzüge und Fliegen zusammen?«

»Das schaffe ich gerade noch selbst.«

»Da bin ich aber erleichtert.«

»Ach ja?«, fragte er. Seine grauen Augen glitzerten vielsagend.

86

»Aber sicher doch«, bestätigte sie und widerstand dem Drang, sich die Lippen zu lecken, die vor Nervosität plötzlich staubtrocken waren. »Es ist gut zu wissen, dass ein dreißigjähriger Mann zumindest ein paar Dinge allein erledigen kann.«

»Mehr als nur ein paar Dinge.« Seine Stimme war um eine Oktave gesunken.

»Das hoffe ich.« Ihre Haut fing an zu kribbeln.

Er lehnte sich mit der Hüfte gegen das Treppengeländer und verschränkte die Arme vor der Brust. Sein Hemd spannte sich über seinem muskulösen Körper. »Du forderst es wirklich heraus, oder?«

»Was fordere ich heraus?«

»Mich zum Beispiel. Aber vermutlich bist du auch auf anderen Ebenen so.«

»Was bei einem Arbeitnehmer nicht unbedingt als schlechte Eigenschaft gewertet werden kann.«

»Bei einer Ehefrau dagegen schon.«

»Ich habe nicht vor, deine Ehefrau zu werden, schon vergessen?«

»Wie könnte ich? Ich bitte dich nur, dich zurückzunehmen – in Gegenwart der Stowells.«

»Ich werde mich vortrefflich benehmen«, versprach sie grinsend und hob die Hand zum Schwur. »Pfadfinderehrenwort.«

Bevor sie die Hand zurückziehen konnte, packte Hale sie und schloss die Finger um ihr Handgelenk. »Das Geschäft mit Stowell bedeutet mir viel.«

»Das sagtest du bereits.«

»Vermassle es nicht.«

»Oh, das werde ich nicht, keine Sorge, ›Süßer‹«, gab sie scharf zurück und sah, wie er bei ihrem sarkastischen Ton zusammenzuckte. »Mir bedeutet unser kleines Geschäft nämlich auch sehr viel.«

Er ließ sie nicht los. Stattdessen sah er ihr durchdringend in die Augen. Obwohl sie am liebsten im Erdboden versunken wäre, zwang sie sich mit aller Kraft, die sie aufbringen konnte, seinen Blick zu erwidern. Sie meinte zu spüren, wie sich die Temperatur im Schlafzimmer veränderte, als er seine Fingerspitzen gegen die weiche, verletzliche Haut an der Innenseite ihres Handgelenks drücke. Ihr Puls flatterte, und ihr Herz pochte so heftig gegen ihren Brustkorb, dass sie glaubte, es würde zerspringen. Aber es gelang ihr, ihre Hand ruhig zu halten.

»Dann verstehen wir uns also«, flüsterte er mit rauer Stimme.

»Aber sicher tun wir das.« Sie schob trotzig das Kinn vor. »Sollte die Besichtigung damit beendet sein, schlage ich vor, dass wir für heute Schluss machen. Ich werde mir ein Taxi rufen.«

»Vor dem Abendessen?«

»Ich wusste nicht, dass ich bleiben soll.«

»Betrachte auch das als Teil deines Jobs.«

»Versuchst du, mir einen unangenehmen Abend zu bereiten?«, fragte sie und wünschte sich inständig, ihr würde irgendeine Ausrede einfallen, damit sie nicht länger bleiben musste. Hier mit ihm in seinem Schlafzimmer zu stehen war doch schlichtweg verrückt! Widerstreitende Gefühle zerrten an ihr, und sie wusste, dass es gefährlich war, noch länger an diesem intimen Ort zu verweilen. Seine Berührung brachte ihr Blut zum Kochen, sein Blick raubte ihr den Atem.

»Entspann dich, Valerie. Wir haben noch jede Menge zu tun.« Seine Finger streiften über ihre Haut, als sie ihm ihre Hand entriss. »Es gibt noch viel zu besprechen.«

»Dann bringen wir's hinter uns.« Innerlich zitternd stieg sie mit aller Würde, die sie aufbringen konnte, die Stufen hinunter.

Als sie wieder in der Küche stand, entspannte sie sich ein wenig. Während Hale die Krabben pulte, schnitt sie das Baguette auf und bestrich die weißen Scheiben mit Knoblauchbutter. Dann rührte sie aus Zitronensaft, Kräutern, Ketchup und Worcestershire-Soße einen roten Cocktail-Dip an.

Sie aßen draußen auf dem Balkon vor der Küche, der eine spektakuläre Aussicht auf die Bucht bot. Das Wasser unter dem inzwischen stockdunklen Himmel wirkte pechschwarz, durchbrochen von den Lichtern der Stadt, die sich darin spiegelten. Sie erinnerten an einen Schwarm leuchtender Glühwürmchen.

Valerie hatte sich auf einer Chaiselongue ausgestreckt, trank ein Schlückchen Wein aus einem langstieligen Glas und nahm sich von den Krabben, dem Lachs und dem Brot. Die Geräusche der Stadt drangen zu ihnen herauf.

Hale saß auf einem bequemen Stuhl und hatte die Schulter gegen das Balkongeländer gelehnt. »Ich finde, wir sollten den Stowells weismachen, dass wir uns noch nicht sicher sind, was den genauen Hochzeitstermin anbetrifft. Lass uns sagen, vermutlich würde es Silvester werden.«

»Aus steuerlichen Gründen?«

89

Er ignorierte ihre Spitze. »Wir werden ihnen erzählen, dass du vorhast, für mich zu arbeiten, sobald wir nach San Francisco zurückgekehrt sind, als meine Assistentin, damit du so viel wie möglich über die Geschäfte erfährst – nur für den Fall, dass mir etwas zustößt. Selbstverständlich wirst du die einzige Begünstigte sein.«

»Und du glaubst, dass er dir das abkauft?«

»Wen kümmert's? Es klingt plausibel. Und das ist alles, was zählt.«

»Was ist mit Kindern?«, fragte sie und dachte unwillkürlich an die vielen leer stehenden Zimmer in seinem Haus.

»Was soll damit sein?«, fragte er schroff.

»Die Leute fragen einen ständig danach. Selbst wenn man nicht verheiratet ist.«

»Darüber haben wir noch nicht gesprochen. Wir werden sagen, dass wir es langsam angehen lassen wollen, ein Schritt nach dem anderen.«

»Okay.«

Valerie lehnte sich zurück, ließ den Wein ihre Kehle hinabrinnen und vergaß, dass alles, worüber sie sprachen, rein geschäftlich war. Der Chianti half ihr, sich vorzustellen, wie es wohl wäre, wirklich Hales Braut zu sein. Wie würde es sein, als Mrs. Hale Donovan? Wie würde sich ihr Leben verändern? Sie betrachtete ihn lächelnd. Über seinem Kopf hing eine schmale, silberne Mondsichel tief am Himmel, die Blätter des Ahorns im Vorgarten raschelten leise im Wind, der von der Bucht hinaufwehte.

»Ich nehme an, dass wir hier wohnen werden – wenn wir verheiratet sind?«

»Du bist die Braut, du entscheidest.«

»Machen wir's einfach. Wir werden hier wohnen bleiben. Wohin verreisen wir in den Flitterwochen? Es müsste schon ein exotischer Ort sein, findest du nicht?«

»Auf die Bahamas?«

Sie schüttelte den Kopf. »Wie wär's mit zwei Wochen an der Riviera und einer weiteren Woche in den Alpen?«

»Stowell würde mir niemals abkaufen, dass ich so lange von der Firma fortbleibe.«

Träge lächelnd sagte Valerie: »Nun, du wirst einen Weg finden müssen, ihn davon zu überzeugen. Schließlich bin ich eine kultivierte Frau mit einem exklusiven Geschmack, ich würde mich niemals mit einem Wochenende am Strand zufriedengeben.«

»Du bist eine arbeitende Frau, oder hast du das schon vergessen?«

»Aber ich heirate den Boss. Also erwarte ich, dass man mich wie eine Prinzessin behandelt.«

»*Touché*, Ms. Pryce.« Sein Blick, funkelnd vor Amüsement, traf ihren. »Du lernst schnell.«

»Das liegt daran, dass ich einen so hervorragenden Lehrer habe.«

»Scheint so.«

Hale betrachtete sie nachdenklich. Ihr Gesicht, glänzend im silbrigen Schein des Mondes, war ihm zugewandt, ihr Lächeln war strahlend, wenngleich ein wenig nervös. Sie war keine Frau, die sich schnell unterkriegen ließ – und sie ließ ihn gern in der Schwebe. Das gefiel ihm am meisten an ihr, befand er und stützte seinen Ellbogen aufs Geländer. Sie zu mögen war gefährlich. Er wollte nichts für sie empfinden – weder Zuneigung noch Freundschaft und schon

91

gar nicht Liebe. Sie war bloß eine Angestellte – mit einem zeitlich auf sechs Monate befristeten Vertrag. Eine Angestellte, die ihm helfen sollte, Regina Stowells Annäherungsversuche abzuwenden, während er mit ihrem Vater um dessen Firmenanteile feilschte.

»Vielleicht sollte ich mir jetzt ein Taxi rufen.«

Er verspürte den unangemessenen Drang, sie zum Bleiben zu überreden.

»Ich werde dich heimfahren«, sagte er daher. Als er sah, dass sie protestieren wollte, fügte er rasch hinzu: »Es macht mir wirklich nichts aus.«

»Wenn du meinst.«

»Ich hole nur schnell meine Schlüssel.«

Kurz darauf fuhren sie in seinem Jaguar durch die Stadt. Er konnte ihr Parfüm riechen. Zum ersten Mal wurde ihm bewusst, wie schwierig die beiden vor ihnen liegenden Wochen werden würden. Sie ging ihm unter die Haut – brachte ihn zum Lachen oder mit einer spitzen Bemerkung dazu, aus der Haut zu fahren.

Bei ihrem Apartmenthaus angekommen, begleitete er sie zur Eingangstür und wünschte sich, ihm würde ein Grund einfallen, noch mit hinaufgehen zu können.

»Ich sehe dich dann morgen früh – gegen zehn Uhr dreißig.«

»Ich werde mich bereithalten«, erklärte sie mit einem etwas zittrigen Lächeln, während sie die Tür aufsperrte und ins Treppenhaus eilte. Sie warf ihm einen letzten Blick zu und schloss die Tür. »Bereit – wozu?«, fragte sie sich dann laut und stieg die Treppen hinauf. Nun, das würde die Zeit schon zeigen.

Kapitel fünf

»Das Letzte, was wir noch gebrauchen können, ist dieser Kater«, knurrte Belinda, als Valerie den nicht minder knurrigen Shamus auf dem Fußboden im Apartment ihrer Mutter absetzte.

Valerie kicherte. »Sie werden ihn lieben, Belinda. Er wird ein bisschen Leben in die Bude und die Nagetierpopulation unter Kontrolle bringen.«

»Wir haben hier kein Problem mit Ratten oder Mäusen«, widersprach Belinda, doch sie bückte sich schon, um das Köpfchen des Stubentigers zu streicheln. Shamus duckte sich, wich Belindas Hand aus und suchte Zuflucht hinter dem Sofa. »Aha, umgänglich wie immer.«

»Er wird sich bald beruhigen«, prophezeite Valerie. Belinda nahm ihre Jacke von der Garderobe und verabschiedete sich.

»Das wird schon«, pflichtete ihre Mutter ihr bei. Sie saß in ihrem uralten geliebten Schaukelstuhl, den sie schon Ewigkeiten besaß. »So – dann brecht ihr also heute Morgen auf.«

»Ja.« Valerie erzählte ihr, was sie über die bevorstehende Reise wusste.

»Ich habe über deinen Verlobten gelesen«, sagte Anna Pryce und deutete auf einen Stapel Zeitungen und Zeitschriften auf dem Tisch. »Er ist ein ziemlich erfolgreicher Mann.«

»Nicht wahr?« Unfähig zu widerstehen, nahm Valerie eine

Ausgabe der *San Francisco Today* zur Hand, blätterte eine eselsohrige Seite um und stieß auf ein Schwarz-Weiß-Foto, von dem ihr Hale entgegenblickte. Der Artikel trug die Überschrift »Der führende Kopf von Donovan Enterprises«.

Anna seufzte. »Soweit ich ersehen kann, ist der Mann ein Workaholic. Es klingt, als würde er zwanzig von vierundzwanzig Stunden am Tag im Büro verbringen.«

»Das ist richtig«, pflichtete Valerie ihr bei.

»Nirgendwo steht ein Wort über seine Familie.«

»Er ist ein sehr zurückgezogener Mann.«

»Und jetzt braucht er eine Frau?«, fragte Anna skeptisch.

»Du weißt doch, wie das ist ...«

»Nein, das weiß ich nicht. Warum erklärst du es mir nicht?«

»Mir ist klar, das kommt alles ein bisschen plötzlich.«

»Ein bisschen?«, wiederholte ihre Mutter und verdrehte die Augen. »›Ein bisschen plötzlich‹, sagt sie! Ich kannte deinen Vater zehn Jahre, bevor es ernst mit ihm wurde. Ein Jahr später waren wir verlobt, und wir haben gewartet, bis er mit dem College fertig war, bevor wir geheiratet haben.«

»Nicht alle wachsen zusammen in einer Kleinstadt auf«, entgegnete Valerie. Der defensive Ton in ihrer Stimme, den sie so hasste, entging ihr nicht. Diese Lügerei musste ein Ende haben!

»Ich hoffe nur, das Ganze ist keine Reaktion auf die Sache mit Luke«, fuhr ihre Mutter fort.

»Hale Donovan ist ein völlig anderer Mensch als Luke Walters.«

»Ich weiß, aber ...« Ihre Mutter hob die Hände. »Es geht alles so schnell, dass ich es kaum glauben kann.«

»Immerhin sind wir nicht miteinander durchgebrannt!«

»Noch nicht.« Anna kniff nachdenklich die Augen zusammen. »Aber ich würde es dir inzwischen durchaus zutrauen.«

Valerie lachte. »Glaub mir, das ist etwas, worüber du dir keine Sorgen machen musst.«

»Haben Schiffskapitäne nicht die Befugnis, Trauungen vorzunehmen?«

»Wir sind mit einer privaten Yacht unterwegs, Mom, nicht mit einem Ozean-Liner. Wirklich, du musst dir keine Gedanken machen.«

»Wie du weißt, sind Mütter genau darin am besten.«

»Dann solltest du dir lieber Sorgen um dich selbst machen. Versuch einfach, dich zu erholen, damit du schnell wieder auf die Beine kommst.«

»Ich gebe mein Bestes«, erwiderte Anna leicht gereizt.

»Das weiß ich.«

Valerie drückte die zerbrechlichen Schultern ihrer Mutter. »Ich werde dich anrufen und schreiben, das verspreche ich, und sobald ich zurück bin, werde ich mit tonnenweise unsinnigen Souvenirs hier aufkreuzen, die du mit Sicherheit nicht gebrauchen kannst.«

Anna Pryce lachte und sah ihrer Tochter in die Augen. »Sei einfach nur glücklich, Val«, sagte sie, als Valerie aufstand und zur Tür ging. »Das ist alles, was zählt.«

»Das bin ich, Mom. *Ciao.*« Valerie flitzte aus der Wohnung ihrer Mutter und versuchte, die Vorahnung abzuschütteln, dass sie auf dieser Reise mit Hale alles andere als glücklich sein würde.

Hale traf um Punkt zehn Uhr dreißig ein. Valerie war davon ausgegangen, dass er einen blauen Zweireiher trug, dazu eine weiße, lässige Hose und eine fesche Segelkappe, doch sie wurde angenehm überrascht. Er hatte sich für seine verwaschene Levi's, einen naturweißen Strickpulli mit Zopfmuster und eine Lederjacke entschieden.

»Wie lässig«, bemerkte sie neckend, als er nach ihrem großen Koffer griff.

Seine Mundwinkel zuckten. »Ich wollte nicht, dass du dir underdressed vorkommst.«

»Keine Sorge, das wäre nicht passiert.« Sie hatte gründlich über ihr Outfit nachgedacht und sich für den Schichtenlook entschieden. So konnte sie, sobald die Temperatur anstieg, ein Kleidungsstück nach dem anderen ablegen: erst ihren dreiviertellangen Mantel, dann den apricotfarbenen Pulli, unter dem sie ein gestreiftes T-Shirt trug, dazu eine Baumwollhose. Nicht gerade die passende Kleidung für eine Schiffstour, aber schlicht, praktisch und bequem. Außerdem, so hatte Valerie beschlossen, würde sie es Regina überlassen, modische Statements abzugeben.

Hale verstaute ihren Koffer und die Reisetasche im Kofferraum seines Jaguars, während Valerie ihren Mantel auf den Rücksitz warf. Dann konnte es losgehen. Hale startete den Motor, und mit einem lauten Dröhnen schoss der PS-starke Wagen über die steilen Hügel der Stadt Richtung Fähre, mit der sie nach Tiburon übersetzten.

Es war ein klarer, strahlender Morgen, die Sonne wärmte die Luft und zauberte glitzernde Flecken aufs Meer. Valerie setzte ihre Sonnenbrille auf und fühlte den Wind in ihrem Haar. Sie hatte nicht damit gerechnet, dass sie so fröhlich sein würde, so voller Vorfreude. Diese Reise – egal, wie sie endete –, wäre ein Abenteuer, das sie für den Rest ihres Lebens nicht vergäße.

Sie warf Hale einen verstohlenen Blick zu und hätte fast laut aufgelacht. Sein Gesicht war völlig entspannt. Er trug seine Pilotensonnenbrille, hatte die Ärmel seines Pullovers bis über die Ellbogen hochgeschoben und den linken Arm lässig aufs offene Fenster gestützt. Hale Donovan, attraktiv, selbstbewusst bis hin zur Arroganz, war ein ausgesprochen interessanter Mann, und auch diese Reise versprach interessant zu werden. Valerie hoffte nur, das ganze Unterfangen würde nicht in einem Fiasko enden.

Sie bogen um eine letzte Kurve und fuhren durch das große schmiedeeiserne Tor der Marina, das jetzt weit offen stand. »Dort drüben ist Stowell«, sagte Hale, dessen Züge sich sichtbar anspannten.

Eine kleine Gruppe von Menschen war an Deck eines der größten Boote des Yachtclubs versammelt. William Stowell, ein kleiner, rundlicher Mann in kompletter Segelmontur, hob die Hand, als er Hales Wagen näher kommen sah. Er hatte ein leicht aufgedunsenes Gesicht und drahtiges, graues Haar, das wie ein Kranz um seine glänzende Glatze wuchs. Ein schlankes, umwerfendes Mädchen grinste breit und fing wie verrückt an zu winken.

»Regina?«, nahm Valerie an.

»Regina.«

»Sie wirkt ziemlich begeistert, dich zu sehen«, bemerkte Valerie.

»Absolut.«

Regina trug ein eng anliegendes, fuchsiafarbenes Bustier

und dazu eine weiße Leinenhose. Ein breitkrempiger Hut bedeckte ihren Kopf. Sie warf Valerie einen desinteressierten Blick zu und wandte ihre Aufmerksamkeit gleich wieder Hale zu.

Valerie biss die Zähne zusammen. Das würde vermutlich ganz und gar nicht so gut laufen, wie Hale und sie es geplant hatten. Was, wenn Regina nichts von der Verlobung wusste? Oder schlimmer noch: Was, wenn ihr die Verlobung egal war? Mit einem Selbstvertrauen, das sie in Wirklichkeit gar nicht verspürte, stieg Valerie aus dem Wagen und half Hale mit ihrem Gepäck.

»Wo sind deine Sachen?«, fragte sie. »Ich nehme doch an, du hast auch etwas zum Wechseln eingepackt?«

»Ich habe mein Gepäck vorgeschickt. Komm schon – jetzt oder nie.«

Unter den Blicken von Vater und Tochter gingen sie an Bord der *Regina*. Das Deck aus poliertem Teakholz glänzte im Licht der warmen Sonne. Fest eingebaute Sofas und Sessel umstanden einen Tisch mit Früchten, Croissants, Champagner und Kaffee.

William Stowell kam ihnen entgegen, um sie zu begrüßen. »Gerade rechtzeitig zum Frühstück!«, rief er lächelnd und streckte Hale die Hand entgegen. Sein Blick fiel auf eins der Crewmitglieder. »Ich kümmere mich nur rasch um Ihr Gepäck ... Jim, bringen Sie bitte Mr. Donovans Taschen in die Kabine?«

»Die Taschen gehören Valerie«, korrigierte Hale, doch er reichte sie bereits dem Angestellten weiter.

»Oh, natürlich, Ms. Pryce ...« William Stowell blickte Valerie freundlich an. »Ich habe von Ihnen gelesen.«

»Meine Verlobte«, sagte Hale und stellte Valerie dem alten Stowell und seiner Tochter vor, die ebenfalls zu ihnen getreten war. Regina wurde sichtlich blass, und sie zwinkerte nervös.

»Freut mich, Sie kennenzulernen«, sagte sie und zwang sich zu einem schiefen Lächeln.

»Mich freut es genauso«, erwiderte Valerie.

Regina warf ihrem Vater einen vernichtenden Blick zu. »Du *wusstest*, dass Hale sich verlobt hat?«

»Ich habe es gestern aus der Zeitung erfahren.«

»Es wäre nett gewesen, wenn du mir das gesagt hättest.«

»Hale!«

Valerie drehte sich um und blinzelte gegen die Sonne. Eine große, stattliche Frau mit weißen Haaren kam auf sie zu, die Arme ausgestreckt.

Hale nahm ihre Hände in seine. »Wie geht es Ihnen, Beth?«

Lächelnd erklärte sie: »Grauenhaft, absolut grauenhaft! Ich dachte, wir würden einen schönen, entspannten Urlaub antreten, und dann stellt sich heraus, dass mein lieber Mann eine Geschäftsreise daraus machen wird!«

»Du wusstest das die ganze Zeit schon«, protestierte William, doch er lachte leise. Dann sah er Valerie an und sagte augenzwinkernd: »Sie ist immer knurrig, bevor sie ihre erste Tasse Kaffee getrunken hat.«

»Das ist doch lächerlich!«

Williams Augen funkelten. »Hör auf zu jammern, Beth, und sag lieber Hales künftiger Ehefrau guten Tag.«

»Ehefrau?« Beth' Lächeln wurde schmaler, als sie ihre goldenen Augen neugierig auf Valerie richtete. »Nun, wir wussten, dass er eine Freundin mitbringen würde, aber eine Verlobte?« Sie nahm Vals Hand in ihre und flüsterte laut: »Es wird aber auch Zeit, dass der Kerl unter die Haube kommt.«

»Mutter«, stöhnte Regina.

»Bitte entschuldigen Sie meine Frau«, sagte William, »sie muss mich einfach immer wieder daran erinnern, dass sie auf einer Ranch in Montana aufgewachsen ist.«

Beth' Lippen zuckten. »Nach dreißig Jahren versucht er noch immer, eine Dame aus mir zu machen.«

»Leider ohne jeden Erfolg«, verkündete William, was Beth jedoch nicht beachtete. Sie schenkte sich eine Tasse Kaffee ein und sagte: »Nun, in einer Hinsicht hat William recht ...«

»In nur einer?«, bohrte ihr Mann nach.

Beth ignorierte ihn. »Ich bin nicht ganz wach, bevor ich meine zweite Tasse Kaffee getrunken habe. Wie steht's mit Ihnen?« Sie bot Valerie eine Tasse an.

»Vielen Dank.« Valerie nahm einen Schluck und fing über den Rand ihrer Tasse Hales Blick auf. Er sah sie amüsiert an und hatte Mühe, ein Grinsen zu unterdrücken.

»Lassen Sie uns erst einmal frühstücken, anschließend werde ich Ihnen dann Ihre Zimmer zeigen. Vielleicht lässt sich Stewart dazu herab, sich zu uns zu gesellen.« Beth deutet auf den kleinen, beschatteten Tisch auf Deck.

»Stewart wird uns Gesellschaft leisten?«, fragte Hale.

»Das hat er zumindest behauptet, aber er verspätet sich«, entgegnete Beth.

»Wieder einmal«, stellte William fest. »Der Junge hat's nicht so mit der Pünktlichkeit, genauso wenig wie mit der Sparsamkeit.«

100

»Das kann man wohl sagen«, bestätigte Regina unterkühlt, dann wandte sie sich an Valerie. »Warte nur, bis du meinen Bruder kennenlernst, dann weißt du, wovon wir reden. Ich darf dich doch duzen, oder?«

Valerie nickte, bemüht, unbefangen zu wirken.

»Wechseln wir lieber das Thema«, schlug Beth vor. »Ich bin mir sicher, Hales Verlobte interessiert sich nicht im Mindesten für unsere Familienquerelen.«

Hale setzte sich neben Valerie. Sie machten Small Talk und verspeisten frische Erdbeeren, köstliche Croissants und andere Backwaren.

Regina, die Valerie und Hale gegenübersaß, zog ihre fein geschwungenen Augenbrauen in die Höhe und schenkte sich ein Glas Champagner ein.

»Wann soll die Hochzeit stattfinden?«, fragte sie an Valerie gewandt und schob ihren Teller beiseite.

Zu Valeries Überraschung verschränkte Hale seine Finger mit ihren. »Nach Neujahr«, erklärte er leichthin.

»Warum wartet ihr so lange?«, fragte Beth.

Valeries Kehle wurde trocken. »Wir, ähm, wir wollen uns noch ein bisschen Zeit lassen. Schließlich kennen wir uns noch nicht allzu lange ...«

»Aha? Ich wusste in dem Moment, als ich William zum ersten Mal sah, dass ich ihn heiraten würde.«

William grinste. »Ich nehme an, ich hatte keine Chance.«

»Das war das Beste, was dir je passiert ist«, beharrte Beth.

Valerie musste ein Kichern unterdrücken.

»Manche Leute lassen sich eben gern Zeit«, ließ sich Regina vernehmen und warf ein strahlendes Lächeln in Hales Richtung.

»Aber zu denen zählen Sie nicht, hab ich recht, Donovan?«, fragte Stowell, schenkte sich eine zweite Tasse Kaffee ein und fügte etwas Sahne hinzu. »Sie scheinen mir eher zu der Sorte Menschen zu zählen, die etwas entdecken, was sie haben wollen, und es sich nehmen – so wie Sie es mit meiner Firma vorhaben.«

»Eine Ehe ist etwas anderes«, entgegnete Hale. Er legte lässig den Arm um Valeries Stuhllehne. Der Ärmel seines Pullovers streifte ihr Haar, aber sie regte sich nicht, als er fortfuhr: »Die Ehe ist ein Bund fürs Leben.«

»Tatsächlich?«, fragte Regina amüsiert. »Da ist Stewart aber anderer Meinung!«

Beth seufzte und warf ihrer Tochter einen vernichtenden Blick zu. Dann setzte sie zu einer Erklärung an: »Unser Sohn hat ... nun, er hat anscheinend ein Problem mit Ehe und Familie.«

»Das schwarze Schaf der Familie«, fügte Regina hinzu, die diese Wendung der Konversation ganz offensichtlich genoss. Sie griff nach ihrem langstieligen Glas und nahm einen Schluck Champagner.

»Er ist im Augenblick ein wenig vom Weg abgekommen.« Beth stellte energisch ihre Kaffeetasse ab, um das Gespräch zu beenden und ihre Aufmerksamkeit Valerie zuzuwenden. »Wenn Sie bereit sind, zeige ich Ihnen jetzt Ihre Räume.«

»Das kann ich machen«, bot Regina zuckersüß an. Sie stand auf und hielt ihren Hut fest, dem eine steife Brise unter die Krempe fuhr. »Hier entlang, bitte.«

Sie deutete mit der freien Hand auf eine kurze Treppe, die unter Deck in den Salon führte. Obwohl dieser nicht übermäßig groß war, war alles genau durchdacht. Ein Fernseher, Radio, Computer und ein Audiosystem waren in ein glänzendes Bücherregal eingebaut. Üppige Ledersofas standen an drei Wänden, außerdem gab es mehrere nicht fest verschraubte Sessel und Tische. Der cremefarbene Teppich war dick, aber strapazierfähig und bildete einen angenehmen Farbkontrast zu den ochsenblutfarbenen Polstermöbeln. Regina führte sie durch den Salon zu einem kurzen Flur im hinteren Teil der Yacht, wo sie eine Tür öffnete.

»Das hier ist deine Kabine«, sagte sie zu Valerie. »Hale ist gleich nebenan untergebracht – es sei denn, ihr zwei bevorzugt eine Kabine für euch zusammen.«

Hale, der ihnen gefolgt war, legte den Arm um Valeries Taille. »Vielleicht -«

»Das ist doch wunderbar«, unterbrach Valerie, noch bevor Hale etwas hinzufügen konnte. In der Kabine neben Hales zu schlafen wäre schon nicht einfach, doch sie schauderte bei der Vorstellung, mit ihm eine Kabine teilen zu müssen. Obwohl sie nicht prüde war, erkannte sie doch, wann es brenzlig wurde. Tag und Nacht mit Hale verbringen zu müssen *würde* brenzlig sein.

Regina lächelte wissend. »Dann sehe ich euch später oben auf Deck.« Ihr Blick verweilte für einen kurzen Augenblick auf Hale, dann wandte sie sich zum Gehen.

Als Regina außer Hörweite war, rückte Valerie von Hale ab. »Sie glaubt uns nicht.«

»Sie hätte uns geglaubt, hättest du dich nicht wie ein prüdes Fräulein aus dem neunzehnten Jahrhundert aufgeführt!«

»Das stimmt gar nicht!«

»Ach nein? Du bist doch fast in Ohnmacht gefallen, als sie uns eine gemeinsame Kabine angeboten hat. Als könntest du es gar nicht erwarten, die Dinge klarzustellen.« Er fasste sie am Arm, schob sie in ihre Kabine und schloss geräuschvoll die Tür hinter ihnen. »Jetzt hör mir mal zu, Ms. Pryce. Von mir hast du nichts zu befürchten. Deine kostbare Tugend ist nicht in Gefahr, aber ich erwarte, dass du so tust, als würdest du mich begehren. Wir wollen den anderen weismachen, dass wir bald heiraten, also spiel jetzt nicht die verschüchterte Jungfrau. Das zieht weder bei den Stowells noch bei mir.«

»Ich bin ganz bestimmt nicht verschüchtert! Und was die gemeinsame Unterbringung anbetrifft: Es gibt zahlreiche Liebespaare, die getrennte Schlafzimmer bevorzugen!«, schäumte sie.

»Nur die, die etwas zu verbergen haben.«

»So wie wir?«, fragte sie mit zusammengekniffenen Augen. »Bist du jetzt fertig damit, herumzutoben wie ein Irrer?«

»Ich habe dich lediglich auf einen Fehler hingewiesen.«

»Das war kein Fehler. Ich habe mich bereit erklärt, so zu tun, als sei ich in dich verliebt und würde deine Gesellschaft genießen, aber ich kann mich nicht daran erinnern, unterschrieben zu haben, dass ich mich dir an den Hals werfe wie eine Schlampe!«

»Hör einfach auf, die Eisprinzessin zu spielen.«

Sie befreite ihren Arm und ballte die Hände zu Fäusten. »Eisprinzessin -«

Ein lautes Klopfen ertönte an der Tür. Ehe sie wusste, wie ihr geschah, machte Hale einen Schritt auf sie zu, schlang die Arme um sie und drückte seine Lippen so fest auf ihre, dass sie nicht sprechen konnte. Ihr Puls schnellte in die Höhe, als er seine Hände besitzergreifend auf ihren Rücken legte und sie an sich drückte. Instinktiv schmiegte sie sich an ihn. Die Welt fing an, sich zu drehen ...

Die Kabinentür wurde geöffnet, und Beth steckte den Kopf herein. Bis zu den Haarwurzeln errötend, zog sie ihn wieder zurück und stammelte: »Oh, Entschuldigung ...«

Hale blickte auf und grinste schelmisch. Er erinnerte Valerie an einen kleinen, frechen Jungen, den man mit der Hand in der Keksdose erwischt hatte. »Aber nicht doch.«

»Ich wollte mich nur vergewissern, dass Ihr Gepäck in den richtigen Kabinen gelandet ist – aber das hat Zeit bis später.«

»Nein, es ist alles in Ordnung«, stotterte Valerie. Um Himmels willen, wieso hämmerte ihr Herz so heftig?

Beth schloss leise die Kabinentür hinter sich.

Hale ließ Valerie los. »Was sollte das?«, fuhr sie ihn an.

»Ich habe lediglich den Schaden begrenzt, den du angerichtet hast.«

»Indem du mich in eine peinliche Situation bringst?«, fragte sie herausfordernd, bereit zum Kampf.

»Indem ich dir meine Leidenschaft, meine unsterbliche Liebe beweise«, spottete er.

»Spar dir das, Donovan!« Sie ließ sich auf die Bettkante fallen und erblickte ihr Spiegelbild in dem Spiegel über der eingebauten Kommode. Ihre Augen leuchteten und waren weit aufgerissen, ihre Wangen gerötet, ihre Lippen geschwollen von seinem Kuss. Die Haare fielen ihr in unbändigen Locken ums Gesicht. Sie sah lüstern aus, willig.

Seufzend strich sie die Locken zurück, dann funkelte sie ihn ärgerlich an. »Jetzt, da wir ohne Publikum sind, musst du nicht länger so tun, als wärst du hin und weg von mir.«

»Halte dich einfach an unseren Vertrag«, schlug er mit ernstem Gesicht vor. Seine Haut wirkte blasser als sonst.

Sie reckte ihr Kinn und betrachtete ihn mit schmalen, zornigen Augen. »Wie könnte ich den vergessen?«

Er presste die Kiefer aufeinander. Einen Augenblick lang sah es so aus, als wollte er ihr eine Ohrfeige verpassen. Sie wappnete sich gegen einen Angriff, der zum Glück nicht erfolgte. Stattdessen riss er die Tür auf und stapfte mit großen Schritten aus ihrer Kabine.

»Gott sei Dank«, flüsterte sie seufzend und legte sich rücklings aufs Bett. Das war ja noch schlimmer, als sie es sich hätte träumen lassen! Sein Kuss hatte ihre Beine in Gummi verwandelt. Nie hätte sie gedacht, dass sie so heftig auf ihn reagieren würde. Ihr Herz hämmerte noch immer völlig unkontrolliert.

Sie atmete tief durch, um sich zu beruhigen, dann stützte sie sich auf einen Ellbogen und sah sich zum ersten Mal in ihrer Kabine um. Sie war klein, aber gemütlich. Das Bett war an der Außenwand angebracht, darunter befanden sich drei große Schubladen. Am Fuß des Bettes stand ein kleiner Kleiderschrank, außerdem gab es eine eingebaute Kommode, einen kleinen Schreibtisch und Lampen am Kopfende des Bettes und an der Decke.

Wären die Umstände anders gewesen, hätte sich Valerie hier durchaus sehr wohlgefühlt. Sie setzte sich auf, zog ihren Pullover aus und griff nach den beiden Gepäckstücken. Ihre Kleidungsstücke sortierte sie in die Schubladen unter dem Bett, dann wandte sie sich der Tür zu, die – so nahm sie zumindest an – ins Bad führen musste. Doch als die Tür aufschwang, stellte sie fest, dass sie in eine zweite Kabine blickte – in Hales.

Der Raum war genauso eingerichtet wie ihrer, nur waren die Möbel spiegelverkehrt aufgestellt.

»Na super«, murmelte sie, als ihr Blick auf drei große Koffer und zwei Schrankkoffer fiel, die am Bett lehnten. »Scheinbar hat er vor, hier dauerhaft einzuziehen.«

Valerie schloss die Tür hastig und legte den Riegel vor, dann trat sie auf den Flur hinaus und machte sich auf die Suche nach dem Bad.

»Haben Sie alles gefunden?«, fragte Beth, als Valerie kurze Zeit später in den Salon zurückkehrte.

»Ich glaube schon.«

»Schön, dann werden wir zwei jetzt eine kleine Führung machen. William und Hale besprechen bereits geschäftliche Dinge – können Sie sich das vorstellen?«

»O ja, sicher«, erwiderte Valerie. Nichts, aber auch gar nichts war Hale wichtiger als seine heiß geliebte Firma – oder, in diesem Fall, Stowells Firma.

Beth ging zum Bug, zeigte ihr den Speisesalon, die Kombüse, zwei weitere Kabinen, die ihrer glichen, sowie die Räumlichkeiten des Besitzers, die größer waren als die übrigen, ausgestattet mit einem Doppelbett, zwei Kleiderschränken, einem eingebauten Tisch, Fernseher und einem eigenen Badezimmer. Im Rumpf des Schiffes befand sich sogar ein kleines Arbeitszimmer.

»Wie schön«, sagte Valerie, als sie aufs Oberdeck stiegen,

wo Hale und William, einen Drink in der Hand, ins Gespräch vertieft waren. Regina, die nun einen rosa Bikini trug, lag ausgestreckt auf einer Chaiselongue, eine Sonnenbrille vor den Augen.

»Ich hoffe, ihr wartet nicht auf mich!« Ein gut aussehender Mann mit einem frechen Grinsen im Gesicht kletterte an Bord.

»Wir wollten schon ohne dich die Leinen losmachen«, schimpfte Beth, doch ihre grauen Augen blickten liebevoll drein.

Das, nahm Valerie an, musste Stewart sein. Er hatte kaffeebraunes Haar, ein ausgeprägtes, kantiges Kinn und tief gebräunte Haut und blickte Valerie mit seinen bernsteinfarbenen Augen freundlich an. »Du hast mir gar nicht gesagt, dass wir einen ganz besonderen Gast an Bord haben«, sagte er, den angriffslustigen Ton seiner Mutter ignorierend. Die Hände in den Hosentaschen vergraben, schlenderte er auf Valerie zu. »Hi, ich bin Stewart.«

»Valerie Pryce.«

»Hales Verlobte«, erklärte Beth.

»Verlobte? Aha?« Nicht im Mindesten irritiert, warf er seiner Schwester einen Blick zu. »Dann ist es also tatsächlich jemandem gelungen, den wilden Donovan zu zähmen.«

In diesem Augenblick spürte Valerie eine besitzergreifende Hand an ihrer Taille. Hale hatte sich von William losgeeist und stand nun hinter ihr, schlang die Arme um ihre Mitte und verschränkte sie vor ihrem Bauch, als wollte er allen Anwesenden zeigen, dass sie ihm gehörte. Durch den weichen Stoff ihrer Hose spürte sie seine Fingerspitzen warm und kräftig auf ihrer Haut. Sie musste sich alle Mühe geben, sich auf das Gespräch zu konzentrieren.

»Ich nehme an, wir sollten gratulieren«, sagte Stewart herzlich. »Auf Braut und Bräutigam!« Schwungvoll nahm er eine weiße Leinenserviette vom Tisch, schlang sie um den Hals der Champagnerflasche, die im Eiskübel kühlte, und füllte mehrere Gläser.

»Regina ...?«, fragte Beth, und ihre Tochter nahm widerstrebend ein Glas.

Stewart reichte eins Hale, ein weiteres Valerie, dann hob er das eigene in die Höhe. »Auf die zukünftige Mrs. Donovan«, sagte er, den finsteren Blick seiner Schwester ignorierend. »Möge sie immer so glücklich und schön sein wie heute!«

»Auf euer Wohl!«, rief William.

»Auf die Liebe«, fiel Beth mit leuchtenden Augen mit ein.

Valerie zwang sich zu einem Lächeln. Sie kam sich schäbig vor. Beth und William Stowell gefielen ihr, und sie fand es furchtbar, die beiden zu belügen.

»Und auf eine sichere Reise«, fügte William hinzu.

Alle führten ihr Glas zum Mund.

Hales Griff um Valeries Taille wurde fester. »Auf eine erfolgreiche Reise.«

Valeries Stimmung sank in den Keller. Selbst während der Feierlichkeiten zu ihrer »Verlobung« waren Hales Gedanken bei seinem Deal mit William Stowell und dem Profit, den er daraus schlagen konnte.

Seltsamerweise verspürte sie Enttäuschung. Was natürlich lächerlich war, Hale dachte immer ans Geschäft – das

109

war ihr schon bei ihrer ersten Begegnung klar gewesen. Sie würde ihn nicht ändern, das brauchte sie sich gar nicht erst zu wünschen. Trotzdem brachten die warmen Hände an ihrer Taille in Kombination mit dem perlenden Champagner ihre Haut zum Prickeln und ihr Herz dazu, schneller zu schlagen. Was wäre wenn?, fragte sie sich, lehnte sich gegen Hale und spürte seine muskulöse Brust an ihren Schulterblättern. Was, wenn sich Hales Interessen im Laufe der Reise verlagerten und Geld nicht mehr alles für ihn war?

Unmöglich! Oder nicht?

»Mehr?« Stewart zog die fast leere Flasche aus dem Eiskübel und sah fragend in Valeries Richtung.

»Lieber nicht«, entgegnete diese.

»Genieß es«, schlug Hale vor. Sein Atem streifte ihr Ohr, was ihr köstliche kleine Schauder das Rückgrat hinabjagte.

»Genau mein Motto«, sagte Stewart und ignorierte den finsteren Blick seines Vaters. »Wenn wir während der nächsten zwei Wochen schon auf engstem Raum gefangen sind, können wir uns genauso gut amüsieren!« Er schenkte Valerie Champagner nach und bedeutete einem Steward, für Nachschub zu sorgen.

Die Motoren der Yacht erwachten dröhnend zum Leben. »Das wurde aber auch Zeit«, flüsterte Hale.

»Aufgeregt?«, murmelte sie.

»Du nicht?«

Sie wandte sich um, gab ihm einen spielerischen Kuss auf die Wange und wisperte: »Je eher das Ganze vorbei ist, desto besser.«

»Amen«, pflichtete Hale ihr bei. Er rückte seine Sonnenbrille zurecht und leerte sein Glas, wobei er mit einem Arm ihre Taille umschlungen hielt, damit alle an Bord sahen, dass Valerie ihm gehörte.

Unbehaglich entzog sie sich ihm und trat an die Reling, wo sie sich vornüberbeugte und die kleineren Boote betrachtete, während sie langsam den Hafen verließen. Schaluppen, die farbenfrohen Segel im Wind gebläht, zogen an ihnen vorbei.

Möwen tanzten in der Brise, während die *Regina* das dunkle Wasser der Bucht durchschnitt und sich nach Westen dem offenen Pazifik entgegenwandte, auf dem sie sich während der kommenden zwei Wochen bewegen würden.

Valerie spürte, wie ihre Knie schwach wurden, ein Gefühl, das neu für sie war. Zwei Wochen auf See lagen vor ihr, und es gab kein Zurück.

Kapitel sechs

Zu Valeries Überraschung blieb sie von der Seekrankheit verschont. Seit ihrem zwölften Lebensjahr war sie nicht mehr an Bord eines Schiffes gewesen, seit dem Sommer, bevor ihr Vater gestorben war, weshalb sie damit gerechnet hatte, dass ihr übel werden würde. Aber nichts geschah. Im Gegenteil, die salzige Seeluft und das leise Dröhnen der Schiffsmotoren wirkten ausgesprochen beruhigend auf sie.

Am ersten Nachmittag bekam sie Hale nicht länger als fünfzehn Minuten zu Gesicht. Er und William Stowell hatten sich in Stowells kleines Arbeitszimmer zurückgezogen und ließen sich auf Deck nicht blicken. Beth war damit beschäftigt, mit dem Koch den Speiseplan zu besprechen, sodass Valerie ein paar Stunden mit Sonnenbaden verbrachte – zusammen mit Regina. Mehrere Male versuchte sie, die jüngere Frau in ein Gespräch zu verwickeln, doch sie erhielt nur einsilbige Antworten.

Schließlich gab sie auf, trank Eistee und las, bis sie es nicht länger ertragen konnte.

»Also«, sagte sie schließlich, klappte ihren Krimi zu und warf Regina einen Blick zu, »wo lebst du, wenn du nicht gerade an Bord bist?«

Regina, die lang ausgestreckt auf einer Liege lag, zuckte nicht mit der Wimper. »In der Stadt.«

»In einem Apartment?«

»Hmm.«

»Wo denn?«

Seufzend rückte Regina ihre Sonnenbrille zurecht. Mit gelangweiltem Gesichtsausdruck fragte sie zurück: »Was geht dich das an?«

»Nichts – ich versuche nur, Konversation zu betreiben.«

»Na schön. Ich lebe in einer Vier-Zimmer-Eigentumswohnung in der Nähe des Presidio. Ich hatte eine Mitbewohnerin, aber wir sind nicht miteinander klargekommen, deshalb ist sie ausgezogen. Momentan wohne ich allein dort.«

»Aha.« In der Nähe des Presidio also, des ehemaligen Militärstützpunktes direkt am Golden Gate, der Einfahrt zur Bucht von San Francisco – ein heiß begehrtes, ausgesprochen teures Pflaster.

Stirnrunzelnd drehte sich Regina auf den Bauch, öffnete ihr Bikinioberteil und blieb reglos liegen. Ihr ölglänzender Körper war tief gebräunt. »Willst du sonst noch was wissen? Zum Beispiel, wo ich arbeite, ob ich einen Freund habe oder Ähnliches?«

»Ich glaube nicht«, sagte Valerie und steckte ihre Nase wieder in das zerlesene Taschenbuch, das sie in ihrer Kabine gefunden hatte. Sie rechnete nicht damit, dass Regina das Gespräch weiterführen würde, doch diese schob die Sonnenbrille auf die Nasenspitze und musterte Valerie über den Rand hinweg. »Also, was läuft da?«

»Was meinst du?«

»Na, zwischen Hale und dir.« Regina blinzelte nicht, während sie mit fragenden Augen auf eine Antwort wartete.

»Wir werden heiraten.«

»Ja, richtig«, sagte Regina. »Aber ihr habt getrennte Kabinen.«

Valerie lächelte. »Noch sind wir ja nicht verheiratet.«

»Meinst du das ernst? Wie altmodisch.« Regina verteilte etwas Kokosöl auf ihrer Schulter. »Entschuldige. Das war unhöflich, und ich hab's nicht so gemeint. Ich finde es nur ein bisschen ungewöhnlich, dass ihr euch keine Kabine teilt.«

Valerie lächelte gelassen. »Ich schätze, ich *bin* altmodisch.«

»Und Hale?« Regina kniff die dunklen Augen zusammen.

»Tief im Innern ist er ausgesprochen konservativ.«

»Aber sicher doch«, erwiderte Regina sarkastisch. »Genau deshalb hält man ihn für einen Rebellen in der Investment-Welt. Der Mann ist dafür bekannt, Risiken einzugehen – große Risiken. Ich kann mir nicht vorstellen, dass das Wort ›konservativ‹ in seinem Wortschatz überhaupt vorkommt.«

Valerie zuckte die Achseln und wandte ihre Aufmerksamkeit wieder ihrem Buch zu.

»Wir dachten, Hale würde eine ›Freundin‹ mitbringen. Ich war mir sicher, Leigh Carmichael würde uns auf dieser Reise begleiten.«

»Wer?«

»Du weißt nicht, wer Leigh Carmichael ist?«, fragte Regina ungläubig.

»Ich habe nie von ihr gehört.« Valerie spürte, wie sich ihre Muskeln verspannten. Reginas Ton klang beiläufig, doch das Funkeln in ihren dunklen Augen strafte ihr kühles Desinteresse Lügen.

»Wie gut kennst du Hale Donovan eigentlich?«

Valerie rutschte unsicher auf ihrem Liegestuhl hin und her. »Hale und ich haben uns erst vor ein paar Wochen kennengelernt.«

»Und er hat dir nie von Leigh erzählt?«

»Kein einziges Wort«, gab Valerie zu und spürte, wie sie nervös wurde.

»Nun, es gab eine Zeit, in der sie dachte, *sie* würde die zukünftige Mrs. Hale Donovan werden. Doch da hat sie sich wohl geirrt.«

»Offensichtlich«, sagte Valerie und wandte sich wieder ihrem Buch zu, als wären ihr Leigh Carmichael und sämtliche andere Frauen aus Hales Vergangenheit völlig egal.

Doch Regina ließ nicht so schnell locker. »Ich habe gehört, dass sie bald nach San Francisco zurückkehrt – den Sommer hat sie in Europa verbracht –, und sie hatte wohl vor, mit Hale zusammenzuziehen.« Regina schraubte den Verschluss ihrer Kokosölflasche zu und legte sich wieder auf ihrer Liege zurecht.

Valerie seufzte, verzichtete jedoch auf einen Kommentar.

»Ich wünschte nur, ich könnte ihr Gesicht sehen, wenn sie aus der Zeitung erfährt, dass Hale heiratet. Wenn du mich fragst, wird sie ihre Reise abbrechen und schnurstracks nach San Francisco zurückkehren.«

Und dann wäre der Schwindel vorbei, dachte Valerie und verspürte einen überraschenden Anflug von Traurigkeit. Vermutlich würden Hale und Leigh ihre Beziehung – wie immer sie ausgesehen haben mochte – wieder aufnehmen. *Was dir ja wohl egal sein kann.* Doch es war ihr nicht egal. Zumindest nicht ganz.

Valerie gab sich alle Mühe, sich auf die Handlung ihres

Krimis zu konzentrieren, doch ihre Gedanken wanderten immer wieder zu Hale, Leigh und Regina. Stirnrunzelnd las sie denselben Absatz wohl zum zwanzigsten Mal, als Beth an Deck stürmte, sich ein großes Glas Eistee einschenkte, auf einen Liegestuhl fallen ließ und sich das kalte Glas gegen die schweißüberströmte Stirn drückte.

»Ich sage euch, der Mann ist ein Wahnsinniger!«, stieß sie dann mit einem tiefen Seufzer hervor.

»Welcher Mann?«, fragte Regina und betrachtete ihre Mutter verwirrt.

»Der *maître de cuisine*, den dein Vater engagiert hat! Ich bin mir sicher, er kann flambieren nicht von sautieren unterscheiden!«

»Kannst du das denn?«, fragte Regina und verzog die Lippen zu einem Grinsen.

»Nun, nicht wirklich«, gab ihre Mutter zu. »Aber das ist auch nicht meine Aufgabe.« Sie nahm einen großen Schluck aus ihrem Glas und ließ sich dann zurücksinken. »Du weißt genau, wie dein Vater seine Mahlzeiten zubereitet haben möchte.«

Regina sah Valerie an und erklärte: »An Bord ist das Abendessen nicht nur eine Mahlzeit, es ist ein Ereignis.«

»Es geschähe William recht, wenn ich den Kochlöffel übernähme«, brauste Beth auf. »Vermutlich wäre er ziemlich erstaunt, wenn ich ihm eine Schuhsohle mit Maisbrot und Bohnen aus der Dose serviere.«

Regina kicherte. »Das würdest du nicht tun.«

»Aber sicher. Wenn Hans – könnt ihr euch das vorstellen, ein französischer *maître* namens Hans –, wenn Hans also zu dreist wird, werdet ihr schon sehen, was passiert!«

Drei Stunden später schlüpfte Valerie in einen weißen Rock und ihre Seidenbluse. Sie legte ihre Diamantohrringe an und dazu eine breite Goldkette, dann warf sie einen Blick in den Spiegel, trug Lippenstift auf und strich ihr Haar hinters Ohr, sodass es ihr locker seitlich über die Schulter fiel. »Das muss reichen«, flüsterte sie. An der Tür, die ihre Kabine von Hales trennte, ertönte ein leises Klopfen.

»Val?«, fragte er.

Ihr Puls wurde ein wenig schneller. Rasch schob sie den Riegel zurück. Hale stand frisch rasiert davor, die Haare ordentlich gekämmt. Er trug ein steif gebügeltes weißes Hemd, eine dunkelrote Fliege und einen schwarzen Smoking. »Du musst nicht die Tür vor mir verriegeln«, sagte er grinsend. »Oder hast du etwa Angst vor mir?« Er rieb sich das Kinn, dann ließ er die Augen langsam von oben bis unten über ihren Körper gleiten.

Valeries Herz fing an, wie wild zu hämmern. Damit er nichts bemerkte, streifte sie schnell ein Armband übers Handgelenk und lachte. »Bilde dir bloß nichts ein, Donovan?«

»Wie könnte ich – oder machst du dir etwa selbst etwas vor?«

»Das würde mir nicht im Traum einfallen«, gab sie zurück, doch das amüsierte Funkeln in seinen Augen entging ihr nicht. Arroganter Mistkerl! Ein kleiner verbaler Schlagabtausch könnte nicht schaden, aber wieder gelang es ihr, ihre Zunge im Zaum zu halten. Es gab keinen Grund, ihn herauszufordern. Zumindest noch nicht.

Zusammen gingen sie durch den Salon zum Speiseraum, wo frische Blumen und flackernde Windlichter auf einem leinengedeckten Tisch auf sie warteten.

»Oh, da seid ihr ja!«, rief Beth.

Valerie rutschte das Herz in die Hose. Hale hatte nicht gescherzt, als er ihr von der Kleiderordnung der Stowells erzählte. Beth trug ein schimmerndes, bodenlanges weißes Abendkleid. Smaragde schmückten ihren Hals, und sie hatte ihr graues Haar aus dem Gesicht gesteckt.

Regina, die wenige Sekunden nach Hale und Valerie eintraf, war von den Schultern bis zu den Knien in roten Chiffon gehüllt. Eine Schulter blieb frei, und auch sie hatte ihr Haar aus dem Gesicht frisiert und zu einem eleganten Franzosenzopf geflochten. Sie schenkte Valerie ein strahlendes Lächeln, die sich neben dieser umwerfenden Erscheinung blass und langweilig vorkam.

Kopf hoch, sagte sie sich im Stillen. Sie wollte sich nicht minderwertig vorkommen, nur weil ihr Rock und ihre Bluse keine Designerstücke waren.

»Was möchtet ihr trinken?«, fragte William und deutete auf eine kleine verspiegelte Bar auf der Anrichte.

»Nur ein Glas Weißwein«, antwortete Valerie.

»Für mich einen Manhattan«, verkündete Stewart, der soeben den Speiseraum betrat, gekleidet in einen bordeauxfarbenen Smoking mit einer Hose in Anthrazit.

William kümmerte sich um die Drinks, während Beth jedem seinen Platz bei Tisch zuwies.

»Setz dich hier zu mir«, sagte Hale und klopfte auf den Stuhl neben seinem.

Valerie schluckte, lächelte tapfer und tat so, als würde sie sich ganz und gar nicht unbehaglich fühlen, obwohl sie einen dicken Kloß im Magen verspürte. Auf ihrer Stirn bildete sich eine dünne Schweißschicht.

»Noch kein Anzeichen von Seekrankheit?«, erkundigte sich William.

»Noch nicht«, erwiderte sie. »Mein Vater hat mich des Öfteren zum Segeln mitgenommen.«

»Ach ja?« Stewart beugte sich interessiert vor.

»Das ist allerdings schon eine ganze Weile her.«

Als der Oberkellner aus einer Terrine die Bouillabaisse in ihre Suppenteller schöpfte, sagte William: »Ich bin froh, dass Sie an die See gewöhnt sind. Unglücklicherweise müssen wir mit schlechtem Wetter rechnen.«

»Aber heute war es doch wunderschön!«, widersprach Regina.

»Ich weiß, aber laut Wetterbericht und Auskunft der Küstenwache braut sich über der Küste von Oregon ein Sturm zusammen.«

»Na großartig«, murrte Regina.

»Nun, kein Grund, sich schon vorher Sorgen zu machen«, sagte ihr Vater. »Vielleicht haben wir ja Glück und bleiben verschont.«

Während des Essens lauschte Valerie der Konversation und beobachtete die Teilnehmer dieser Reise.

Hale war umwerfend charmant. Vom pikanten Fischtopf über den frischen Salat bis hin zum Dessert sorgte er dafür, dass das Gespräch in Gang blieb, und vergaß auch nicht, dem *maître* – der in Valeries Augen absolut nicht wahnsinnig, sondern einfach nur großartig war – ein Kompliment für seinen Hauptgang zu machen: köstliche Krabben in Weißwein. Regina und Stewart schien er gar nicht zu bemerken, obwohl diese ihn während des Essens kaum aus den Augen ließen. Regina gab ihr Bestes, unbekümmert und geistreich zu erscheinen, sie lachte über Hales Scherze und mied jeglichen Augenkontakt mit Valerie. Stewarts Blick dagegen schweifte immer wieder rastlos über den Tisch. Er schien sich unwohl zu fühlen, lockerte oft seinen Kragen und beäugte düster seinen Drink, die goldbraunen Augen wachsam und misstrauisch.

Valerie stocherte nervös in ihrer Mahlzeit. Sie bekam kaum etwas von der köstlichen Suppe, dem Salat, den Krabben oder der Erdbeermousse hinunter.

»Den Kaffee nehmen wir im Salon ein«, schlug Beth vor.

»Das ist eine gute Idee.« William zwinkerte Valerie zu. »Vielleicht könnten wir Hale und Valerie zu einer kleinen Bridge-Partie überreden.«

Leise lachend führte Hale Valerie in den Salon. »Lass dich nicht von den beiden reinlegen«, warnte er sie schmunzelnd. »Sie spielen um Geld, und am Ende des Abends stehst du mit leeren Taschen da.«

»Klingt, als wüsstest du, wovon du redest«, murmelte Valerie.

»In der Tat.«

»Komm schon, Donovan«, mischte sich Stewart ein, die Augen zu Schlitzen verengt. »Du bist der geborene Spieler.« Er schenkte sich einen Brandy ein. »Zumindest ist mir das zu Ohren gekommen.«

»Nicht, wenn ich schlechte Karten habe.«

»Du setzt also eher auf handfeste Dinge?«, stichelte Stewart.

»Zumindest versuche ich das.« Hale grinste schief, doch Valerie bemerkte, dass er die Kiefer anspannte.

Um die Spannung zwischen den beiden Männern zu

brechen, sagte sie: »Ich würde liebend gern Bridge spielen, aber ich weiß nicht, wie es geht.«

Beth winkte ab. »Dann wird es Zeit, dass Sie es lernen, meine Liebe.«

»Ich würde mich freuen, es ihr beibringen zu dürfen«, bot Stewart an.

»Das ist eine gute Idee!«, tönte William, der bereits an einem kleinen Tisch in der Ecke Platz genommen hatte. »Während Stewart Valerie das Spiel erklärt, können wir doch schon mal anfangen. Regina, wir zwei fordern deine Mutter und Donovan heraus.« Er sah Hale an. »Wie wär's mit einer kleinen Wette?«

Hale zog eine Augenbraue hoch. »Wie klein?«

»Ein Hunderter?«

»Bin dabei.«

Während der folgenden Stunde erklärte Stewart Valerie das Spiel, zeigte ihr verschiedene Möglichkeiten des Reizens. Valerie versuchte, sich auf die Regeln zu konzentrieren, aber ihr Blick wanderte immer wieder zu dem Vierertisch hinüber, an dem Hale saß. Seine Augen glänzten. Er hatte seine Fliege und die Manschetten gelockert und die Ärmel bis zu den Ellbogen hinaufgeschoben.

Reginas Lachen tönte glockenhell durch den Salon, und Valerie verspürte einen Stich der Eifersucht.

»So, so, Donovan und du wollt also heiraten«, sagte Stewart plötzlich und mischte die Karten erneut.

»Hm.«

»Das möchte ich erleben.«

»Wie bitte?« Valerie riss ihre Augen von dem Vierertisch los und wandte ihre Aufmerksamkeit wieder Stewart zu.

»Ich sagte, das glaube ich nicht.«

Valeries Kehle wurde staubtrocken. »Warum nicht?«

»Solche Gerüchte hat es schon öfter gegeben.«

Genau wie Regina gesagt hatte.

»Keine Frau wird es schaffen, ihn vor den Altar zu zerren.« Stewart lehnte sich zurück und betrachtete sie mit halb geschlossenen Lidern. »Weshalb glaubst du, dass du ihn ändern kannst?«

»Es würde mir nicht im Traum einfallen, ihn ändern zu wollen«, gab Valerie zurück.

»Dann werdet ihr nicht heiraten.«

»Oh, das wird sich schon zeigen.«

Ohne sie aus den Augen zu lassen, legte Stewart die Karten auf den Tisch, dann rieb er sich den Nacken. »Ich will ehrlich zu dir sein.«

»Unbedingt.«

»Ich traue Donovan nicht.«

»Warum nicht?«, fragte Valerie, wohl wissend, dass sie den Mann, den sie angeblich heiraten wollte, verteidigen sollte. Trotzdem wollte es ihr nicht gelingen, das rechte Maß an Enthusiasmus aufzubringen – sie traute Hale nämlich auch nicht.

»Ich habe gehört, dass mehrere seiner Firmenübernahmen ein wenig« – er wedelte mit der flachen Hand –, »sagen wir, ein wenig unmoralisch waren.«

»Das glaube ich nicht.«

Stewart zuckte die Achseln. »Ich weiß, dass er sich stets an die gesetzlichen Vorgaben hält, dennoch sind einige seiner Methoden äußerst fragwürdig – in ethischer und moralischer Hinsicht.«

»Bislang hat noch niemand ein Gerichtsverfahren gegen ihn gewonnen«, erinnerte ihn Valerie, das Kinn offensiv vorgereckt.

»Nur weil er sich stets außergerichtlich hat einigen können.« Er schaute zu dem Vierertisch hinüber. »O ja, Donovan ist vorsichtig, wahrhaftig, aber meiner Meinung nach bewegt er sich auf dünnem Eis.«

»Nun, ich nehme an, deine Bedenken sind in gewisser Hinsicht berechtigt«, entgegnete sie knapp, überrascht, wie defensiv sie klang, »doch beim nächsten Mal behalte sie lieber für dich.«

»Ich versuche lediglich, dich zu warnen, das ist alles.«

»Warnen? Wovor?«

»Dass Donovan nicht ganz ehrlich zu dir ist.«

»Was kümmert dich das?«, fragte Valerie.

»Du bist anders als die Frauen, mit denen Donovan bislang zusammen war.«

»Das hoffe ich.«

»Ich meine ... und jetzt fühl dich bitte nicht angegriffen.« Sein Blick schweifte über ihren weißen Rock und ihre schlichte Bluse. »Du wirkst naiver als die anderen.«

»Naiver?«, wiederholte sie und musste unweigerlich daran denken, wie Luke sie abserviert und wie ihr Boss bei Liddell sexuelles Entgegenkommen für ihre Beförderung erwartet hatte. »Ich glaube, du irrst dich, Stewart.«

»Ich möchte nur nicht, dass du verletzt wirst.«

»Von Hale?«, fragte sie kopfschüttelnd. »Mach dir deshalb keine Sorgen.«

»Er interessiert sich ausschließlich für Geld, musst du wissen. Frauen gibt es für ihn wie Sand am Meer.«

»Tatsächlich? Nun, danke für deinen Rat, aber ich weiß, was ich tue.«

»Das wissen Verliebte nur selten«, entgegnete Stewart zynisch.

»Aber ich bin nicht ...« Sie räusperte sich. »Hör mal, das geht dich nun wirklich nichts an. Hale und ich lieben uns, und wir werden heiraten.« Noch bevor Stewart merken konnte, dass sie log, stand sie auf und beugte sich zu ihm vor. »Danke für die Einweisung – und für deinen Rat, aber wirklich, ich bin ein großes Mädchen. Ich weiß, was ich tue.« Mit einem gezwungenen Lächeln strich sie sich das Haar aus den Augen und eilte die Treppe hinauf an Deck.

Diese Reise würde eine Tortur werden. Wenn sie nicht gerade mit Hale stritt, musste sie sich vor Regina oder Stewart rechtfertigen. Vierzehn Tage – und heute war erst der erste davon! Wie sollte sie das überleben?

»Das ist verrückt, schlicht und ergreifend verrückt«, murmelte sie, über das Deck schlendernd. Der Wind wehte aus Westen und wirbelte die träge, schwüle Luft auf. Wolken trieben über den Himmel, die See roch herb und salzig. Die Motoren der *Regina* dröhnten gleichmäßig und trieben die große Yacht unablässig durch die heiße Augustnacht Richtung Norden.

Valerie fuhr sich mit den Fingern durchs Haar und spürte den dünnen Schweißfilm über ihren Augenbrauen. Unten in der Kabine war es warm und stickig gewesen, und die angespannte Stimmung im Salon hatte ein Übriges getan.

Sie hörte Schritte auf den Stufen, die aufs Deck hinaufführten, und warf einen Blick über die Schulter. Hale, der seine Smoking-Jacke abgelegt und den Hemdkragen aufgeknöpft hatte, kam auf sie zu.

»Probleme?«, fragte er.

»Ich brauchte nur ein wenig frische Luft.«

»Es ist ziemlich stickig da unten.«

Sie erwiderte nichts, doch sie wandte die Augen gerade so lange vom Ozean ab, dass sie sehen konnte, wie er sich mit der Hüfte gegen die Reling lehnte. Ihre Blicke begegneten sich für einen kurzen Augenblick, bis sie wieder auf das tintenschwarze Wasser hinabsah.

»Stewart kann eine echte Nervensäge sein«, unternahm Hale einen vorsichtigen Vorstoß.

»Das habe ich bemerkt.«

»Was ist passiert? Hat er dich angemacht?«

»Nein.« Sie schlang ihre Arme um die Taille und überlegte, ob sie ihm von Stewarts Äußerungen erzählen sollte, doch sie entschied sich dagegen. Warum noch weiteren Ärger heraufbeschwören? Sie würde einfach nur die kommenden zwei Wochen hinter sich bringen müssen. Dann wäre sie aus diesem Schlamassel heraus und damit auch aus Hales Leben, abgesehen davon, dass sie seine Angestellte wäre – etwas, was sie sich schließlich gewünscht hatte.

Eine nagende Stimme in ihrem Inneren meldete sich zu Wort und warf ihr vor, sie würde sich selbst etwas vormachen, aber sie beschloss, nicht darauf zu hören.

Deshalb zuckte sie wegwerfend die Schultern. »Ich hatte für heute genug Bridge-Unterricht.«

»Und genug von Stewart?«

Sie kicherte. »Er macht sich bloß Sorgen um mich.«

Hale schnaubte. »Tatsächlich? Darauf würde ich mich

nicht verlassen. Der einzige Grund, warum er an dieser Kreuzfahrt teilnimmt, ist der, dass er versucht, querzuschießen und mein Geschäft mit seinem Vater zu vereiteln. Er ist nicht gerade begeistert darüber, dass ich die Firma aufkaufe.«

»Das habe ich schon vermutet.«

»Es ist wohl nicht allzu schwer zu erkennen«, gab Hale zu und sah sie nachdenklich an. Die vor dem Mond treibenden Wolken warfen tanzende Schatten auf sein Gesicht.

Valerie verspürte einen Stich. Warum war er bloß so attraktiv und geheimnisvoll? Seine Augen hatten die dunkle Farbe der See angenommen, die steife Brise wehte ihm eine dicke Haarsträhne über die Augen.

»Ich nehme an, ich kann ihm keinen Vorwurf machen«, sagte Hale schließlich. »Stewart ist mit der festen Überzeugung aufgewachsen, dass die Investmentfirma seines alten Herrn eines Tages ihm gehört. Und dann komme ich daher und mache ihm einen Strich durch die Rechnung, indem ich versuche, Stowell zu überreden, an mich zu verkaufen.«

»Dann geht es also ums Erbe?«

»Vielmehr um das Besitzrecht. Stewart arbeitet seit Jahren für seinen Vater – seit seinem Collegeabschluss. Er ist schlichtweg davon ausgegangen, dass er die Firma weiterführt, wenn William sich zur Ruhe setzt. Doch sollte ich meine Interessen durchsetzen, wird es nicht dazu kommen.«

»Wenn du Stowells Firma aufkaufst, könnte Stewart doch für dich arbeiten, oder nicht?«

Hale grinste. Seine Zähne leuchteten hell in der Dunkel-

126

heit. »Das ist eine interessante Vorstellung – Stewart, der für mich arbeitet. Wie das wohl laufen würde?«

»Vermutlich nicht besonders gut«, räumte Valerie ein.

»Das ist die größte Untertreibung, die ich je gehört habe.«

»Stewart glaubt nicht, dass wir heiraten werden.«

»Das wird sich schon ändern«, prophezeite Hale. »Außerdem mache ich mir seinetwegen keine Gedanken.«

»Ich weiß, aber – oh!«

Urplötzlich fasste Hale nach ihrem Handgelenk, wirbelte sie zu sich herum und presste seinen Mund wie zuvor in der Kabine auf ihren. Ihre Lippen waren leicht geöffnet, und er nutzte die Chance, seine Zunge in ihren Mund wandern zu lassen, während er mit der freien Hand in ihren Haaren wühlte.

Valerie wusste nicht, wie ihr geschah. Sie stemmte ihre Hände gegen seine Brust, doch sie schob ihn weder von sich noch reagierte sie. Stattdessen ließ sie einfach seinen Kuss über sich ergehen.

»Valerie?«, hörte sie Stewarts Stimme.

Hale hob den Kopf und wandte sich Stewart zu. Seine Augen schimmerten leicht glasig.

Auch Valerie fühlte sich benommen.

»Ich wollte euch nicht stören«, murmelte Stewart, der knallrot wurde, als er die letzten Stufen erklommen hatte.

»Schon gut«, sagte Valerie rasch. Ihre Stimme klang atemlos. Nervös strich sie sich die windzerzausten Haare aus dem Gesicht.

»Ich möchte nur Gute Nacht sagen.«

»Gute Nacht«, sagte Hale, einen Arm fest um Valeries

Taille geschlungen.

»Bis morgen«, fügte Valerie hinzu.

»Ja, bis morgen.« Stewart verschwand wieder unter Deck.

»Vielleicht ist er jetzt überzeugt, dass wir es ernst meinen«, sagte Hale, ein dreistes Grinsen im Gesicht.

»Das hoffe ich.« Großer Gott, warum klang ihre Stimme so tief und heiser? Sie räusperte sich und holte tief Luft, um wieder einen klaren Kopf zu bekommen.

Hale ließ sie los und machte einen Schritt von ihr weg, dann strich auch er sich die Haare aus dem Gesicht. Bildete sie sich das nur ein oder zitterten seine Hände leicht?

»Hast du die Show etwa nicht genossen?«

»Ich ›genieße‹ es nicht, Leute hinters Licht zu führen.«

»Nun, du solltest dich besser daran gewöhnen.«

»Ich glaube nicht, dass ich das kann.«

Seine Nasenflügel bebten leicht, als er ihr die Hände auf die Schultern legte und sagte: »Dann denk einfach dran, dass es für einen guten Zweck ist – für deinen Geldbeutel.«

»Und für deinen.«

Er zögerte kurz, seine Augen glänzten im Mondlicht. »Vor allem für meinen.« Für den Bruchteil einer Sekunde glitten seine Augen zu ihren bereits geschwollenen Lippen.

Valerie war sich plötzlich sicher, dass er sie noch einmal küssen würde. Ihr stockte der Atem. Sie spürte, dass sie anfing zu schwitzen. Doch dann ließ er die Hände sinken, drehte sich um und kletterte leise vor sich hin grummelnd die Stufen hinunter.

Sie stieß die Luft aus, die sie unweigerlich angehalten hatte, und sackte gegen die Reling.

Zweifelsohne war Hale Donovan der unangenehmste

128

Mann, dem sie je begegnet war! Wie um alles auf der Welt sollte sie so tun, als wäre sie bis über beide Ohren in ihn verliebt?

»Du schaffst das, Val«, redete sie sich ein, obwohl sie innerlich zitterte. »Er ist auch nur ein Mann – nicht mehr, nicht weniger. Schlicht und einfach ein ganz normaler arroganter, selbstherrlicher Mann!«

Ein Mann, der sie mit einem einzigen Kuss bis ins Mark erschüttern konnte. Irgendwie musste sie ihre Emotionen unter Kontrolle bringen. Sie durfte sich vor Hale nicht anmerken lassen, wie sehr er ihre Gefühle in Aufruhr brachte. Wenn er ahnte, wie sehr sie auf ihn ansprach, wäre das Spiel vorbei. Denn trauen konnte sie ihm nicht, absolut nicht.

Schließlich wusste sie nicht einmal, ob sie sich selbst trauen konnte!

Hale trank den letzten Brandy aus seinem Glas. Über sich hörte er den Regen aufs Deck prasseln. Binnen drei Stunden war das Wetter umgeschlagen. Das große Boot, das unbeirrt Richtung Norden fuhr, hob und senkte sich unter seinen Füßen.

Abgesehen von der Crew hatten sich alle an Bord der *Regina* für die Nacht zurückgezogen, doch Hale wusste, dass ihm das Einschlafen schwerfallen würde. Er hatte gedacht, eine Frau als seine Verlobte mit an Bord zu bringen würde die Dinge vereinfachen, doch er hatte sich getäuscht. Grob getäuscht. Reginas Avancen abzuwehren wäre ein Kinderspiel gewesen im Vergleich mit dem breiten Spektrum bislang unbekannter Emotionen, mit denen er nun zu kämpfen hatte.

In weniger als vierundzwanzig Stunden hatte er alles verspürt – von Hochgefühl bis Eifersucht. Doch schlimmer noch: Er hatte Mühe, sich aufs Geschäft zu konzentrieren. Er biss die Zähne so fest zusammen, dass seine Kiefer schmerzten, dann schaltete er das Licht im Salon aus und ging den kurzen Flur hinunter zu seiner Kabine.

Dort angekommen, nahm er seine Fliege ab, streifte die Schuhe von den Füßen und ließ sich aufs Bett fallen. Sein Blick wanderte zu der Tür, die seine Kabine mit der von Valerie verband. Schlief sie, oder war sie genauso rastlos wie er?

Gott steh mir bei, betete er und spürte das Stampfen der Yacht in der aufgewühlten See. Er würde sich immer wieder klarmachen müssen, dass sein Interesse an Valerie Pryce rein geschäftliche Gründe hatte. Es zählte nicht, dass sie die intelligenteste und natürlichste Schönheit war, der er in seinem Leben begegnet war. Und ganz sicher zählte es nicht, dass sie über eine unglaublich scharfe Zunge verfügte. Sie war tabu. Punkt. All ihre Berührungen, Blicke und Küsse gehörten zu ihrer Abmachung. Mehr steckte nicht dahinter.

Valerie Pryce war eine Schauspielerin, und zwar eine verdammt gute, zumal sie ihn während ihres Kusses für einen kurzen Augenblick hatte glauben machen, sie würde tatsächlich etwas empfinden. Aber das war nicht möglich. Oder doch?

»Schlag dir das aus dem Kopf!«, knurrte er, wütend auf sich selbst, und schloss die Augen. Bald wäre die ganze Farce vorüber. Er würde William Stowells Firma besitzen, und Valerie würde aus seinem Leben verschwinden.

Er hatte nicht vergessen, dass sie noch weitere sechs Monate für ihn arbeiten würde, doch er hatte bereits den Entschluss gefasst, ihr das Leben bei Donovan Enterprises so schwer wie möglich zu machen und sie vorzeitig auszuzahlen. Schluss und vorbei. Eine Ex-Verlobte im Büro – das ging gar nicht.

Er verspürte einen kräftigen Gewissensbiss, den er jedoch geflissentlich ignorierte. Valerie Pryce war eine Frau wie alle anderen, eine Frau, für die Geld leider Gottes alles bedeutete. O ja, sie hatte gut reden – fabulierte über das Leben, die Liebe, das Glück –, doch wenn es hart auf hart kam, zeigte sie ihr wahres Gesicht. Sie hatte ihren Preis, genau wie alle anderen.

Kapitel sieben

»Was für ein Mistwetter!«, knurrte Regina und warf ihr Handy beiseite. Schlecht gelaunt schaltete sie den Fernseher aus und trat ans Fenster, um in den Regen hinauszublicken, der gegen die Glasscheibe prasselte.

»Morgen soll's aufklaren.« Beth, die die neueste Ausgabe eines Einrichtungsmagazins durchblätterte, nahm einen Schluck aus ihrer Porzellantasse.

»Morgen?«, stöhnte ihre Tochter. »Du meinst, wir sind noch einen Tag hier unten zusammengepfercht?«

»Du wirst es überleben«, prophezeite Beth pragmatisch.

»Das bezweifle ich.«

Valerie, die den Tag damit verbracht hatte, ihr Buch zu Ende zu lesen, überflog die letzte Seite und legte den Krimi beiseite. Regina hatte recht. Es war ein langer Tag gewesen. William und Hale hatten jede Minute im Arbeitszimmer verbracht und die geschäftlichen Details verhandelt. Zu Valeries Enttäuschung hatten sie sich noch nicht einmal zum Mittagessen zu ihnen gesellt.

Stirnrunzelnd verkündete Regina: »Da kann ich mich genauso gut schon mal fürs Abendessen zurechtmachen.«

Beth blätterte eine Seite um und sagte, ohne aufzusehen: »Das ist doch erst in zwei Stunden.«

»Mir fällt aber nichts anderes ein!«

Valerie stand auf und streckte sich. Sie hatte keine Lust, hier herumzusitzen und Reginas Nörgeleien über sich erge-

132

hen zu lassen. »Wenn es recht ist, würde ich mir gern die Kombüse ansehen.«

Beth grinste. »Ich habe nichts dagegen – aber vergessen Sie nicht: Die Küche ist Hans' heiliges Reich.«

»Er mag es gar nicht, wenn ihm jemand auf die Finger schaut«, bestätigte Regina.

»Das kann ich ihm nicht verdenken«, erwiderte Valerie mit einem fröhlichen Lächeln, »trotzdem werde ich mein Glück versuchen, und ich verspreche, ihm nicht ›auf die Finger zu schauen‹.«

»Es ist dein Leben«, murmelte Regina, doch sie schenkte Valerie zum ersten Mal an diesem Tag ein aufrichtiges Lächeln.

Die Kombüse, zu der eine kurze Treppe hinabführte, war klein und kompakt, ausgestattet mit sämtlichem Komfort einer Großküche, komprimiert auf engstem Raum. Verschiedene Töpfe standen auf dem Herd, der intensive, köstliche Duft nach Knoblauch und Zwiebeln hing in der Luft.

Valerie blickte durch das runde Fenster in der Glastür und sah Hans, einen korpulenten Mann mit dünnem blondem Haar, fleischigen Händen und einem säuerlichen Gesichtsausdruck an der Anrichte stehen und blitzschnell Gemüse schneiden, wobei er leise vor sich hin murmelte. Gewürfelte Pilze und Schalotten stapelten sich in kleinen Schüsseln neben der Edelstahlspüle.

»Brauchen Sie Hilfe?«, bot Valerie an und steckte den Kopf zur Tür hinein.

»Nein!«

»Sicher nicht?«

»Es ist ein Wunder, dass es mir überhaupt gelingt, hier

133

etwas zu kochen.« Er warf Valerie einen knurrigen Blick über die Schulter zu. »Kein Gas, kaum Kochplatten und dann erst diese winzige Kombüse – so was von heiß!«

Valerie fand, dass die Kombüse purer Luxus war, verglichen mit ihrer schuhschachtelgroßen Küche in San Francisco. Der kleine Raum war mit Kaffeemaschine, Kühl- und Eisschrank, Mikrowelle, schnittfester Arbeitsfläche, Herd und Ofen ausgestattet und mit hervorragendem Arbeitsequipment bestückt. An einer Wand waren diverse Schränke angebracht, eine Tür führte zu einer Speisekammer, Deckenlampen sorgten für helles Licht.

»Was gibt's heute zum Abendessen?«

»*Coq au vin.*«

»Klingt wundervoll.«

»Sollte es wundervoll schmecken, wäre das allerdings ein Wunder«, schimpfte Hans, auch wenn die köstlichen Gerüche, die durch die Kombüse waberten, seine skeptischen Worte Lügen straften.

»Ich würde wirklich gern helfen.«

Hans drehte sich um und verschränkte die dicken Arme vor der Brust. »*Sie* sind ein Gast.«

»Das bedeutet doch noch lange nicht, dass ich kein Gemüse schneiden, Teller abwaschen oder Wasser kochen kann.«

»Hat Mrs. Stowell Sie geschickt?«, fragte er und kniff misstrauisch die Augen zusammen.

»Natürlich nicht. Im Gegenteil, Regina und sie haben mich vorgewarnt, dass Sie nicht allzu begeistert darüber sein werden, wenn ich den Fuß über die Schwelle zu Ihrem Allerheiligsten setze.«

»Tatsächlich?« Er lachte herzhaft. »Nein, da haben sie recht. Vielen Dank, aber nein, ich komme sehr gut allein zurecht. Es gibt hier nicht genügend Platz für zwei.«

»Wenn Sie meinen.«

»Sie dürfen allerdings gern zuschauen.«

Und das tat sie, und zwar die nächsten anderthalb Stunden. Überrascht stellte sie fest, wie geschickt der korpulente Mann in der kleinen Kombüse hantierte. Sie nahm sich einen Stuhl, setzte sich und verfolgte sein Tun wie ein Schulmädchen den Unterricht. Hans gab Gemüse und Gewürze in den Fond, der auf dem Herd köchelte, ohne auch nur ein einziges Mal die genaue Menge abzumessen, dann wusch und zupfte er Spinat für einen Salat, den er mit Speckwürfeln und Wasserkastanien anreicherte, bevor er sich an die Zubereitung des Dressings machte.

Er sprach nur wenig, aber er nahm sich die Zeit, ihr zu erklären, was er zubereitete.

»Jetzt ist das Dessert gar keine Überraschung mehr«, sagte er, als er endlich innehielt und sich die Hände an seiner Schürze abwischte.

»Das ist auch gut so. Glauben Sie mir, ich habe in den vergangenen Tagen genügend Überraschungen erlebt.«

Er lachte. »Dann sollten Sie sich jetzt vielleicht besser umziehen?« Valerie warf einen Blick auf ihre Armbanduhr und zuckte zusammen. In fünfzehn Minuten würde Hans das Abendessen servieren. Nach der gestrigen Mahlzeit war Valerie wenig begeistert von der Aussicht auf ein weiteres »förmliches Dinner«.

»Sie haben recht. Vielen Dank für die Unterweisung.«

»Gern geschehen«, sagte er und zuckte die Achseln.

Valerie eilte in ihre Kabine, streifte ihre Sachen ab und warf einen missmutigen Blick auf ihre Garderobe. Wenn es heute wieder genauso pompös zuging wie gestern, wäre sie hoffnungslos underdressed. »Pech«, murmelte sie und nahm ein schlichtes schwarzes Kleid und ihren magentafarbenen Lieblingsblazer aus dem Schrank. Der Stoff war nicht wirklich von erlesener Qualität, das Kleid zwar gut geschnitten und passend fürs Büro, aber definitiv nicht elegant genug für diesen Anlass. Leider blieb ihr keine Wahl.

Sie zog schwarze Seidenstrümpfe an und Pumps, dann bürstete sie ihr Haar, bis es knisterte, und ließ es in lockeren Wellen um ihr Gesicht fallen. Seufzend blickte sie in den Spiegel, tuschte sich die Wimpern und trug ein wenig Lippenstift auf.

»Valerie?«, rief Hale durch die Verbindungstür. »Bist du fertig?«

»Fix und fertig«, murmelte sie, dann öffnete sie die Tür, vor der er stand, genauso elegant und gut aussehend wie am Vorabend. Er trug eine graue Smoking-Jacke, dazu eine schwarze Hose, ein frisch gebügeltes, weißes Hemd und eine Fliege und hatte die Haare sorgfältig frisiert. Er würde hervorragend zu der Dinner-Gesellschaft passen. Seine Begleiterin dagegen so gar nicht.

Valerie zwang sich zu einem Lächeln. Dass Hale sie freundlich anblickte, während er ihr den Arm bot, half ihr dabei. Ihr Herz machte einen Satz, und sie musste sich räuspern, um ihre Stimme wiederzufinden. Entschlossen hakte sie sich bei ihm ein. Der holzige Duft seines Aftershaves stieg ihr in die Nase. Mein Gott, sah er gut aus! Sie hatte ihn seit dem Frühstück nicht mehr gesehen, doch wie hatte sie nur eine Sekunde vergessen können, wie stattlich und beeindruckend er aufzutreten vermochte?

Die Stowells hatten sich bereits im Speiseraum versammelt, als Valerie und Hale Arm in Arm eintrafen. Regina trug heute Abend eine smaragdgrüne Robe und eine weiße Perlenkette. Sie warf einen Blick auf Valeries Outfit und wandte sich rasch ab, um ihr Grinsen zu verbergen.

Stewart feixte nicht ganz so offensichtlich, doch Valerie meinte, einen Anflug von Mitleid in seinen Augen zu erblicken, als er sein Glas hob und sagte: »Valerie, so entzückend wie immer.«

Valerie errötete verlegen. Hales Muskeln spannten sich an, als er ihr den Stuhl zurechtrückte.

William schenkte ihnen Getränke ein und nahm auf dem Kapitänsstuhl am Kopf des Tisches Platz. Er zwinkerte Valerie zu. »Ihr Verlobter fährt einen harten Kurs.«

»Oh, ich weiß«, erwiderte Valerie, als der Salat serviert wurde.

»Lässt keine Gelegenheit ungenutzt. Wenn ich es nicht besser wüsste, würde ich vermuten, dass er mir die Firma herausleiern will, um sie jemand anderem zu einem höheren Preis zu verkaufen.«

Das wäre ihm zuzutrauen, dachte Valerie und nippte schweigend an ihrem Wein.

»Nun, das ist ein interessantes Konzept«, mischte sich Stewart ins Gespräch ein und deutete mit der Gabel in die Richtung seines Vaters. »Doch wenn das tatsächlich der Fall sein sollte, warum übergehst du den Mittelsmann nicht einfach und verkaufst direkt an Donovans Käufer?«

»Ich habe nicht vor, Stowell Investments zu verkaufen«, ließ Hale sich vernehmen.

»Du bist doch dafür bekannt, in Schwierigkeiten geratene Firmen aufzukaufen, umzumodeln und mit Gewinn wieder abzustoßen«, beharrte Stewart.

»Die Firma deines Vaters ist nicht in Schwierigkeiten.«

»Nein, aber trotzdem ...«

Hale blickte Stewart durchdringend an. »Ja, du hast recht. Ich könnte tun, was du mir da unterstellst. *Wenn* ich einen Käufer hätte. *Wenn* ich kein persönliches Interesse daran hätte, Stowell Investments zu einem Teil von Donovan Enterprises zu machen. Sollte ich deinem Vater die Firma tatsächlich abkaufen, kann ich damit tun und lassen, was ich will.«

Die Spannung zwischen den beiden brachte förmlich die Luft zum Knistern. Valerie legte Hale beschwichtigend die Hand auf den Arm, doch er schien es nicht zu bemerken.

Derart gemaßregelt, reagierte Stewart seine Wut an seinem Salat ab, während Beth versuchte, das Gespräch auf sicheres Terrain zu lenken. »Lasst uns nicht über Geschäftliches sprechen«, sagte sie. »Das ist so langweilig, und ich finde wirklich, dass ihr zwei heute schon genug darüber geredet habt.«

»Darüber kann man gar nicht genug reden«, widersprach ihr Mann, doch er fügte hinzu: »Fürchterliches Wetter, nicht wahr?«

»Grauenhaft!« Regina verdrehte die Augen. »Ich hab euch doch gesagt, dass wir besser nach Süden fahren sollen!«

»Dein Vater und ich wollten in diesem Jahr mal etwas anderes sehen«, erklärte Beth mit Nachdruck, »obwohl ich mir nicht sicher bin, dass es überhaupt eine Rolle spielt, ob die Sonne scheint oder ob es regnet, wenn ihr euch ohnehin bloß ins Arbeitszimmer zurückzieht.«

»Gewisse Dinge brauchen ihre Zeit«, beharrte William. Die Salatteller wurden abgetragen, das Hauptgericht serviert.

Beth schenkte sich Wein nach. »Ja, das brauchen sie ganz gewiss, aber ich weiß, dass es sie nicht stört, wenn man auf einer Reise zwischendurch mal einen Landgang unternimmt.«

»Natürlich nicht«, pflichtete ihr William bei. Sein rundes Gesicht hellte sich auf. »Schließlich sind wir im Urlaub.«

»Urlaub«, knurrte Regina. »Diese Fahrt ist so spannend wie ein Aquarellmalkurs.«

Beth klappte den Mund zu. Während der restlichen Mahlzeit verlief die Konversation eher schleppend.

Nach dem Dinner nahmen sie ihren Kaffee im angrenzenden Salon ein, genau wie am Abend zuvor. William und Beth entschuldigten sich bald.

»Ich muss morgen früh auf Zack sein«, erklärte William augenzwinkernd, als er seine Tasse geleert hatte. »Schließlich will ich mich nicht von Donovan über den Tisch ziehen lassen.«

Hale zuckte die Achseln.

»Ach, William, komm schon«, sagte Beth und schlang einen Arm um ihren Ehemann. »Wir wissen doch beide, dass Hale Donovan grundehrlich ist.«

Stewart schnaubte ungläubig.

Hale nahm eine drohende Haltung ein, doch er verkniff sich einen Kommentar.

139

Nachdem sie den anderen eine gute Nacht gewünscht hatten, zog Beth William den Flur entlang in Richtung ihrer Kabine.

Stewart schenkte sich einen weiteren Brandy ein. »Sonst noch wer?«, fragte er und begegnete Valeries Blick im Spiegel über der Bar. Sein Blick war freundlich, und er verzog die Lippen zu einem einladenden Lächeln. »Valerie?«

»Nein, danke.«

»Wie steht's mit dir, Donovan?«

»Heute Abend nicht.«

»Ich nehme später noch einen Drink«, ließ sich Regina vernehmen.

»Nun, ich hasse es zwar, allein zu trinken, aber wenn man mich dazu zwingt ...« Stewart grinste breit und zuckte die Achseln.

Regina schloss den Barschrank. »Du trinkst zu viel.«

Stewart hob die Augenbrauen. »Vielleicht«, räumte er mit liebenswürdiger Stimme ein.

»Interessiert dich das überhaupt?«, fragte Regina schnippisch.

»Interessiert es dich?«

»Nein«, erwiderte sie. »Ich glaube kaum, dass es mir etwas ausmacht, wenn du dich früh ins Grab säufst.«

»Interessiert es dich denn, dass unser Vater vorhat, sein Geschäft an Donovan zu verkaufen?«

Regina schüttelte den Kopf und fuhr sich mit den Fingern durch ihre glänzende dunkle Mähne. »Könnte mich nicht weniger interessieren.« Sie warf einen wissenden Blick in Hales Richtung, ein kleines, geheimnisvolles Lächeln umspielte ihre Mundwinkel.

Valerie verspürte einen Stich der Eifersucht – nicht dass sie Grund hatte, eifersüchtig zu sein. Trotzdem traf sie dieses Lächeln. *Du bist kindisch*, schalt sie sich, doch die Eifersucht wollte nicht weichen.

»Ich glaube, ich werde mich ebenfalls zurückziehen«, sagte sie daher.

»Und die Party sprengen?«, fragte Stewart verblüfft. »Es ist doch noch früh!«

»Es war ein langer Tag.«

»Einspruch! Es war ein *langweiliger* Tag«, korrigierte Regina und verzog die Lippen zu einem Schmollmund.

Hale grinste und nahm Valeries Hand in seine, dann sagte er: »Vielleicht wird's morgen ja besser.« Ihre Blicke trafen sich für eine atemberaubende Sekunde, und sie sah, wie sich seine Pupillen vielsagend weiteten. Ihre Kehle schnürte sich zusammen, ihr Herzschlag dröhnte in ihren Ohren.

Regina schenkte sich nun doch einen Drink ein und warf Valerie einen vernichtenden Blick zu. »Das können wir nur hoffen«, sagte sie.

»Komm, Liebes, Zeit, ins Bett zu gehen«, flüsterte Hale laut genug, dass Stewart und Regina ihn hören konnten. Er zog an Valeries Hand und grinste so anzüglich, dass diese ihm am liebsten eine Ohrfeige verpasst hätte.

»Ich finde den Weg auch allein«, sagte sie ruhig.

»Da bin ich mir sicher«, neckte er sie.

Valerie drückte den Rücken durch und stolzierte aus dem Salon. Der Mann hatte Nerven! Führte sich auf, als würde ein Wort von ihm genügen, dass sie vor ihm auf die Füße fiel und ihn anflehte, mit ihr ins Bett zu gehen! Was für ein Egomane!

An der Tür zu ihrer Kabine holte er sie ein.

»Gute Nacht, Hale!«

»Gute Nacht, Valerie«, flüsterte er, dann nahm er sie in die Arme, zog sie eng an sich heran und küsste sie lange und leidenschaftlich.

»He ...«, wisperte sie und entwand sich seiner Umarmung.

Er öffnete ihre Kabinentür und zog sie mit sich hinein. »Was tust du da?«, fauchte sie. »Raus mit dir!«

»Bin gleich weg.«

»Sofort!«

»Eine Minute noch.« Zu ihrem Verdruss sperrte er die Tür ab und grinste wie die Grinsekatze.

»Ich dachte, du wolltest gleich wieder gehen.«

»Das habe ich auch vor. Keine Sorge.« Er warf ihr einen belustigten Blick zu. »Gehe ich dir so sehr auf die Nerven?«

»Mehr, als du denkst.«

Sein Grinsen wurde noch breiter. »Dann fängst du offenbar langsam an, mich zu mögen.«

»Glaubst du? Dabei war ich mir sicher, ich würde dich verabscheuen!«

»Gestern Nacht hast du mich nicht verabscheut.«

»Gestern Nacht?«

»Oben, auf Deck. Erinnerst du dich?«

Wie könnte sie das vergessen? »Ich habe geschauspielert.«

»Und zwar ausgezeichnet.«

Sie fühlte sich in die Ecke gedrängt und verschränkte die Arme vor der Brust. »Ich bin in der Tat eine sehr gute Schauspielerin, Hale. Du kannst gern die Produzenten von

Goldener Treibsand fragen oder besser noch den Schauspieler, der meinen Geliebten gespielt hat!«

Er betrachtete sie nachdenklich, dann lockerte er seine Fliege. »Oh, ich bezweifle nicht, dass du schauspielern kannst«, sagte er gedehnt, »aber schenk mir doch bitte ein klein wenig Vertrauen.« Sein Grinsen verschwand, seine Augen verdunkelten sich, und er rieb sich gedankenverloren das Kinn. »Valerie, ich *weiß*, wann mir eine Frau etwas vormacht und wann nicht. Und ich glaube, du hast nicht gespielt.«

»Ich werde mich nicht mit dir streiten«, sagte sie, ihren rasenden Puls ignorierend. »Glaub, was du willst. Wenn du der Überzeugung bist, dass ich mich in dich verliebt habe – bitte sehr! Das wird es dir leichter machen, diese Scharade aufrechtzuerhalten. Doch wenn du die Wahrheit wissen willst, Mr. Donovan, dann glaub mir: Dein Kuss hat mich nicht um den Verstand gebracht!« Das war eine glatte Lüge, doch ihr Stolz gebot es ihr, ihre wahren Gefühle abzustreiten – Gefühle, über die sie sich erst einmal selbst klar werden musste. Fakt war nur, dass seine Anwesenheit sie jedes Mal völlig aus dem Gleichgewicht brachte. Ihre Fingernägel betrachtend, fügte sie hinzu: »Du bist auch nur ein Mann, Hale. Mein Arbeitgeber, mehr nicht – trotz dieser Küsse. Außerdem, so überwältigend waren sie nun auch nicht.«

»Nein?«

»Nein.«

»Dann werde ich mir alle Mühe geben, daran zu arbeiten.«

Leise lachend zog er sie an sich und küsste sie erneut, und es kostete sie sämtliche Willenskraft, sich nicht anmerken zu lassen, wie sehr sie das flinke Spiel seiner Zunge, den Druck seiner kräftigen Hände in ihrem Rücken genoss.

Als er schließlich den Kopf hob, sagte er: »Gib's zu, Valerie, du fängst an, dich in mich zu verlieben.«

Beinahe hätte sie sich verschluckt. »Du hast das größte Ego, das mir je untergekommen ist«, entgegnete sie herausfordernd und wünschte sich, dass nicht diese verräterische Röte ihren Nacken emporkriechen würde. »Ich würde niemals Gefühle für einen Mann wie dich entwickeln!«

»Und was für ein Mann bin ich?«

»Ein Mann, der selbst seine Geliebte verscherbeln würde!«, stieß sie hervor, unfähig, ihre Zunge im Zaum zu halten. »Du hast ein Herz aus Stein. Das Einzige, was dir etwas bedeutet, ist Geld.«

Seine Nasenflügel bebten, seine Nackenmuskeln spannten sich an. Instinktiv wusste sie, dass sie es zu weit getrieben hatte. Gut. Er hatte es verdient. Sie würde nicht klein beigeben.

Als er sprach, klang seine Stimme erstaunlich ruhig. »Und du, Ms. Pryce, bist eine Lügnerin.«

»Pardon?«

»Wer macht denn hier wem etwas vor?«, fragte er, während ein kleines, boshaftes Lächeln seine schmalen Lippen umspielte. Blitzschnell griff er nach ihrem Handgelenk, zog sie erneut an sich und küsste sie so heftig, dass ihr sein Kuss wie Leidenschaft und Bestrafung zugleich erschien.

Sie versuchte, sich ihm zu entwinden, doch er hielt sie fest. Sein Zorn wich Genuss, und er minderte den Druck seiner Lippen, liebkoste sanft ihren Mund und ließ die Hände besitzergreifend über ihren Rücken gleiten.

Nein!, dachte sie, bemüht, keinerlei Reaktion zu zeigen. Das war ihre Chance zu beweisen, dass er ihr nichts bedeutete. Doch ihr Körper entpuppte sich als Verräter. Ihr Atem ging plötzlich keuchend, und ihr wurde abwechselnd warm und kalt.

Sie schloss die Augen und drückte die Handflächen gegen den glatten Stoff seiner Smoking-Jacke. Langsam legte sie die Arme um seinen Hals. Ihre Fingerspitzen tasteten nach den Haaren in seinem Nacken, spürten die Wärme, die er verströmte – und plötzlich hatte sie das Gefühl, sie könnte nie genug von ihm bekommen.

Nach einer gefühlten Ewigkeit hob Hale den Kopf, und zu Valeries Entsetzen waren seine Augen klar wie Kristalle. Offenbar hatte er gar nichts empfunden – nicht das kleinste bisschen! *Er* war hier der große Schauspieler!

»Ich nehme an, das dürfte Beweis genug sein«, sagte er.

Ihre Finger zitterten leicht, als sie ihr Haar zurückstrich, doch zum Glück klang ihre Stimme so fest wie seine, als sie sagte: »Ich glaube, du weißt, wohin du dir deine chauvinistische Philosophie, das Spiel um die Liebe betreffend, stecken kannst. Gute Nacht, Mr. Donovan.«

Mit einem überlegenen Lächeln drückte sie die Verbindungstür zu seiner Kabine auf, wobei sie inständig hoffte, dass er nicht bemerkte, wie ihr das Herz bis zum Hals schlug.

»Gute Nacht«, sagte er, blieb an der Schwelle stehen und sah sie an. »Du kannst mich nicht zum Narren halten«, sagte er, dann schlug er die Tür hinter sich zu.

Eine Sekunde später hörte sie, wie er den Riegel vorschob – von seiner Seite! Als rechnete er damit, dass sie in der Nacht zu ihm hinüberschlich! Was für ein egozentrischer, arroganter Mistkerl! Aufgebracht schloss Valerie die Augen und stieß die Luft aus, die sie unweigerlich angehalten hatte. Am liebsten hätte sie laut geschrien vor Zorn, ihn getreten oder geohrfeigt. Stattdessen streifte sie ihre Pumps ab und murmelte eine Reihe von Flüchen über die fehlende Sensibilität der männlichen Spezies vor sich hin.

Kapitel acht

Drei Tage lang prasselte der Regen auf das Teakholzdeck der *Regina*. Valerie bekam Hale kaum zu Gesicht und wenn doch, dann wirkte er nachdenklich und distanziert. Regina schmollte, Stewart hatte schlechte Laune, und selbst Beth war mürrisch.

»Toller Urlaub«, meckerte Regina, warf einen Blick in den verspiegelten Barschrank und richtete den Kragen ihres Pullovers. Sie legte den Kopf schräg und die Stirn in Falten. »Meine Bräune verblasst schon!« Sie schürzte empört die Lippen.

»Du wirst es überleben«, stichelte Stewart.

Valerie, die inzwischen drei Bücher verschlungen hatte, Hans vor jeder Mahlzeit einen Besuch abstattete und ihr allmorgendliches Workout mit einem Fitnessband absolvierte, blickte zum Salonfenster hinaus. Sonnenstrahlen kämpften sich durch die dicken grauen Wolken. Der Ozean war zwar noch kabbelig, aber doch ruhiger als sonst.

»Zumindest hat es aufgehört zu regnen«, stellte sie fest.

»Fragt sich nur, für wie lange«, erwiderte Regina. »Ich habe gehört, in Oregon regnet es ständig!«

»Nicht ständig«, korrigierte ihre Mutter.

Valerie legte ihr Buch zur Seite und ging nach oben an Deck, das zwar noch feucht, aber nicht mehr rutschig war. Sie spürte die frische Luft an ihren Wangen und die Brise, die an ihrem Haar zerrte. Die Küste von Oregon kam in Sicht. Zerklüftete, tannenbewachsene Klippen ragten aus der tosenden See.

Sie hörte jemanden hinter sich auf der Treppe und hielt die Luft an in der Erwartung, Hale zu erblicken, der ihr Gesellschaft leisten wollte. Seit ihrem Zusammenstoß vor ein paar Tagen hatte er kaum mehr als zehn Sätze mit ihr gesprochen, und sie wartete auf eine Gelegenheit, die Luft zu reinigen. Obwohl sie nicht unbedingt im Unrecht gewesen war, war sie auch nicht ganz ehrlich gewesen. Hale Donovan und seine verflixten Küsse hatten sie zutiefst aufgewühlt.

»Geht's?«, fragte Stewart lächelnd und kam quer übers Deck auf sie zu. Der Wind zerrte geräuschvoll an seinem Hemdschoß.

»Was geht?«, fragte sie, enttäuscht, dass Stewart und nicht Hale zu ihr gekommen war. Fröstelnd rieb sie sich die Arme und zwang sich zu einem Lächeln.

»Ob es mit dem Wind und Regen geht, zum Beispiel, oder aber – weit schlimmer – mit dem elenden Müßiggang und der daraus resultierenden Langeweile.«

»Ich habe gelesen, Langeweile sei reine Einstellungssache.«

»Lass das nicht Regina hören.«

»Ganz bestimmt nicht.«

Er stellte sich neben sie an die Reling. Seine Schulter berührte die ihre, als er blinzelnd zur Küste hinüberschaute. Ein paar Minuten lang sagte er kein Wort. Sie versanken in kameradschaftliches Schweigen und ließen sich die feuchte Luft um die Nase wehen. Valerie entspannte sich, bis er fragte: »Wie kommt ihr eigentlich miteinander aus, Donovan und du?«

»Wunderbar.«

»Du hast ihn in letzter Zeit nicht oft zu Gesicht bekommen.«

»Er ist ziemlich beschäftigt.«

»Das habe ich schon gemerkt.« Stewart sah sie mit schräg gelegtem Kopf an. »Wenn du meine Verlobte wärst ...« Er sprach den Satz nicht zu Ende und lächelte sie fast schüchtern an.

»Würdest du es anders machen?«, fragte sie.

»Total anders.« Er legte seine Hand auf ihre, drückte ihre Handfläche gegen die Reling und verschränkte seine Finger mit ihren.

»Und wie?«, fragte Hale laut, während er die Stufen emporklomm. Valerie erstarrte. Sie versuchte, ihre Hand zurückzuziehen, aber Stewart hielt sie fest.

Hale kam näher. Seine Brauen waren gefurcht, die Lippen zu einer schmalen Linie zusammengepresst. Er funkelte Stewart wütend an. »Na sag schon, was würdest du anders machen?«

Stewart zuckte die Achseln, aber er ließ Valeries Hand nicht los. »Nun, ich würde sie zum Beispiel nicht ignorieren.«

Hale wandte sich an Valerie. »Habe ich dich ignoriert?«

Valerie schluckte angestrengt. Sie fühlte sich in die Enge getrieben. »Nein, eigentlich -«

»Ich glaube nicht.« Hale schaute auf Valeries Hand, auf den Diamantring, der zwischen Stewarts Fingern zu sehen war.

Valerie wäre am liebsten durchs Deck gesunken, aber Stewart fuhr mit Nachdruck fort: »Ach, hör doch auf, Donovan! Seit wir auf See sind, igelst du dich zusammen mit Dad im Büro ein, und Valerie muss sich selbst unterhalten.«

»Und da hast du beschlossen, für mich einzuspringen«, stellte Hale mit eisigem Blick fest.

»Irgendwer muss ihr ja ein bisschen Abwechslung verschaffen.«

»Ein bisschen Abwechslung?«, schäumte Hale.

»Richtig. Manche Leute nehmen sich Zeit, ihr Leben zu genießen, Donovan. Ob du es glaubst oder nicht – es gibt mehr im Leben, als Aktien zu kaufen und zu verkaufen, Finanzaufstellungen vorzunehmen oder Jahresberichte zu frisieren oder was immer du tust.«

Der Wind fegte über Deck. Die kalte Seeluft fühlte sich an, als sei sie elektrisch aufgeladen, aber nicht von dem Sturm.

»Wenn ich Valerie vernachlässigt habe«, sagte Hale ruhig, »werde ich das wiedergutmachen. Ich fange gleich heute damit an.«

Valerie konnte die Spannung keinen Augenblick länger ertragen. »Du musst nichts wiedergutmachen -«

»Aber sicher muss ich das. Stewart hat recht. Wir haben diese Kreuzfahrt angetreten, um unsere Verlobung zu feiern.« Er lehnte eine Hüfte gegen die Reling. Die Grübchen in seiner Wange wurden sichtbar. »Außerdem sind die Geschäfte so gut wie abgeschlossen. Abgesehen von ein paar Kleinigkeiten, ist der Deal so gut wie unter Dach und Fach.«

Stewart wurde bleich und zog seine Hand von Valeries. »Was willst du damit sagen? Dass er tatsächlich an dich verkauft hat?«

»Nun, wir werden die Unterlagen von unseren Rechtsanwälten aufsetzen lassen, sobald wir nach San Francisco zurückgekehrt sind.«

»Dann bleibt mir also noch Zeit, ihm das auszureden!«

»Das glaube ich nicht.«

Mit wehendem Hemdschoß eilte Stewart zu der Treppe, die unter Deck führte, und verschwand außer Sichtweite.

»Du musstest ihn nicht foppen«, sagte Valerie vorwurfsvoll.

»Ich habe ihn nicht gefoppt.«

»Doch, das hast du.«

»Hör mal, Valerie, Stewart scheint zu denken, dass ich vorhabe, ihm die Firma seines Vaters zu entreißen. Das stimmt nicht ganz. Ich biete Stowell einen fairen Preis. Wenn er an mich verkaufen möchte, ist das seine Sache – nicht Stewarts.«

»Stewart scheint das anders zu sehen.«

»Leider ist Stewart ein Dummkopf. Er will alles für nichts. William wünscht sich nichts mehr, als dass sein einziger Sohn endlich Verantwortung übernimmt, um eines Tages seine Investment-Firma zu übernehmen, aber Stewart hält nicht viel von harter Arbeit. Genauso wenig wie Regina.« Hale betrachtete Valeries aufmüpfig gerecktes Kinn. »Dann seid ihr zwei jetzt also Freunde?«, fragte er, unangenehm berührt von der Richtung, die seine Gedanken einschlugen. In ihm regte sich Eifersucht. Er hatte bemerkt, wie Stewart Valerie im Barspiegel mit den Augen förmlich verschlungen hatte, und er hatte gesehen, wie Stewarts Hand noch vor ein paar Minuten auf ihrer gelegen hatte.

151

»Stört dich das?«

»Natürlich nicht«, log er, »schließlich bin ich nicht wirklich in dich verliebt.« Zu seiner Überraschung wurde sie leicht blass. »Doch wenn ich es wäre, dürftest du dir keinen Fehler erlauben. Dann wäre ich rasend vor Eifersucht – und bereit, ihn in Stücke zu reißen. Ob du es bemerkt hast oder nicht, er stellt dir nach.«

»Er war lediglich freundlich zu mir.«

»Ha!«

»Ich *weiß*, wann ein Mann mir ›nachstellt‹, Donovan«, sagte sie und dachte mit Schrecken an ihr Erlebnis bei Liddell. Ihr Boss hatte sich heftig an sie herangemacht. Schaudernd sagte sie: »Stewart interessiert sich nicht für mich.«

»Das glaubst du doch nicht wirklich? Es hat dich total angebaggert!«

»Er hat meine Hand angefasst, das ist doch kein Verbrechen.«

»Wir sind *verlobt*, schon vergessen?«

»Ich weiß, ich weiß«, sagte sie entnervt. »Aber ich hatte dir prophezeit, dass er uns diese Geschichte nicht abkaufen würde.«

»Dann müssen wir eben überzeugender wirken.« Es ärgerte Hale, dass Stewart Valerie berührte, mit ihr zusammen lachte.

»Und wie?«

»Lass uns gleich damit anfangen!«

Er nahm sie bei der Hand und führte sie die Stufen hinunter in den Salon. Beth und Regina schauten fern, doch sie sahen auf, als Hale und Valerie eintraten. Zu Valeries

152

Entsetzen grinste Hale teuflisch und zwinkerte ihnen zu, bevor er Valerie hinter sich her zu seiner Kabine zog.

»Du machst mich ganz verrückt«, sagte er laut genug, dass die beiden Frauen ihn hören konnten. »Lass uns die Hochzeit vorverlegen – oder wenigstens die Hochzeitsnacht!«

»Wie bitte?«, krächzte sie.

»Ich weiß nicht, ob ich noch länger warten kann!« Er trat die Kabinentür mit dem Absatz zu.

»Hast du den Verstand verloren?«, fauchte sie mit zornfunkelnden Augen, nachdem die Tür ins Schloss gefallen war.

»Schon lange. Genauer gesagt an dem Tag, an dem ich einen Vertrag mit dir abgeschlossen habe.«

Er ließ sie los, und sie eilte zur Verbindungstür, aber die war verriegelt – von ihrer Seite!

Gegen einen großen Schrankkoffer gelehnt, warf er einen Blick über die Schulter und lachte. »Jetzt weißt du, wie das ist.«

»Ach, darum geht es – dass ich dich daran hindere, zu mir in meine Kabine zu kommen!«

»Nein.«

»Dann darum, dass du es genießt, mich zu demütigen.«

»Ich genieße es nicht, dich zu demütigen – aber ich zahle es dir heim. Und ja – schuldig im Sinne der Anklage.«

»Du ...« Am liebsten hätte sie ihn einen Mistkerl genannt, doch sie erinnerte sich an seine Reaktion beim ersten Mal und klappte ihren Mund zu. »Wenn du mich noch einmal in deine Kabine schleppst, werde ich den Vertrag mit dir brechen und den Stowells alles erzählen, das schwöre ich dir!«

»Du würdest eine Menge Geld verlieren«, erinnerte er sie.

»Das wäre es mir wert.«

Ein kleines, amüsiertes Lächeln umspielte seine Lippen, und Valerie musste sich alle Mühe geben, ihm keine Ohrfeige zu verpassen.

Stattdessen atmete sie ein paarmal tief durch, bevor sie sagte: »Wenn du für heute Abend fertig bist, mich zu beschämen, gehe ich jetzt.«

»Noch nicht.«

»Und warum nicht?«

»Weil ich etwas für dich habe.«

O Gott, was kam denn jetzt? Sie sah, wie er den Schrankkoffer in die Mitte der Kabine rückte, die Schlösser aufschnappen ließ und den Koffer aufklappte.

Valerie schnappte nach Luft, als sie die Kleider darin sah – über ein Dutzend, sorgfältig verstaut. Grün, weiß, rot, blau, jede Farbe, die sie sich nur vorstellen konnte – ein wahrer Regenbogen teuerster Roben. »Was ... was soll das?«

»Ich war einkaufen, nein, um genau zu sein, war Madge einkaufen.«

»Madge?«

»Meine Sekretärin.«

»Ich weiß, wer Madge ist. Aber warte. Nur damit ich das richtig verstehe«, flüsterte Valerie wie betäubt. »Deine Sekretärin ist *für mich* einkaufen gegangen?«

»Ja. Für wen sonst? *Ich* werde die Sachen ganz bestimmt nicht tragen.«

»Sehr komisch.«

»Du hast die Kleider von Beginn der Reise an dabei, und du gibst sie mir *jetzt*?«

»Wenn ich mich richtig erinnere, warst du nicht in der Stimmung für Geschenke«, sagte er schlicht. »Ich konnte mich glücklich schätzen, dass du dir den Ring anstecken ließest. Wenn du gleich rüber in deine Kabine gehst und diese dämliche Tür entriegelst, können wir sie in deinen Schrank hängen.«

»Das meinst du doch nicht ernst.« Valerie schüttelte den Kopf und riss die Augen von den Roben los, um ihm ins Gesicht sehen zu können.

Langsam spiegelte sich Ungeduld in seinen Zügen. »Warum nicht?«

»Weil ich die Kleider nicht annehmen kann -«

»Betrachte sie als Spesen.«

»Aber -«

»Kein ›Aber‹, mach einfach die Tür auf. Und keine Sorge wegen der Größe, sie müssten dir eigentlich passen.«

»Woher weißt du das?«

»Ich habe auf die Etiketten deiner Klamotten geschaut an dem Tag, bevor wir aufgebrochen sind.«

Zorn wallte in ihr auf. »Das ist doch nicht wahr.« Aber sie wusste, dass er das tatsächlich getan hatte. Ein Mann wie Donovan überließ nichts dem Zufall – nicht mal, wenn es um eine simple Kleidergröße ging. Sie musste daran denken, wie er in ihrer kleinen Wohnung ihren Koffer inspiziert hatte. »Du hattest kein Recht -«

»Doch, hatte ich. Ich habe dich engagiert, damit du meine Verlobte spielst. Und jetzt komm. Gleich gibt es Abendessen.«

»Ich werde keines dieser Kleider tragen.«

»Jetzt sei doch nicht so verdammt stolz!«

155

»Okay, ich gebe mir Mühe – sobald du damit aufhörst, so überheblich zu sein!«

Er lachte, und der Ausdruck in seinen Augen wurde sanfter. »Mein Gott, bist du störrisch.«

Sie wollte dagegenhalten, aber sie wusste, dass er recht hatte.

»Hör mal, Valerie, vielleicht ist diese Sache tatsächlich nicht ganz in Ordnung – zumindest nicht an deinen moralischen Maßstäben gemessen. Könntest du nicht trotzdem ein bisschen nachsichtiger sein? Ich weiß, dass wir nicht gerade einen konventionellen Arbeitsvertrag abgeschlossen haben, und ich habe diese Kleider nur gekauft, damit du nicht in Verlegenheit gerätst. Ich habe gesehen, wie Regina und Stewart dich mustern. Beth und William ebenfalls. Ich kann mir nicht vorstellen, dass es dir gefällt, von ihnen bemitleidet zu werden ...«

»Sie bemitleiden mich nicht! Und was Regina betrifft: Sie ist doch völlig aus dem Häuschen darüber, dass ich nicht mit ihr mithalten kann.«

Hale schnalzte mit der Zunge und legte den Kopf schräg. »Nun, du schlägst dich recht gut«, sagte er auf den Fersen wippend und betrachtete sie eingehend. »Und weißt du was? Du schlägst sie sogar um Längen.«

Valeries Kehle schnürte sich zusammen. Sollte das etwa tatsächlich ein Kompliment sein? Sie schaute ihm prüfend in die Augen, die so grau waren wie der Pazifik bei Sturm. Ernst erwiderte er ihren Blick. »Dann ... ähm ... dann brauche ich ja gar keine neuen Sachen.«

»Ich möchte, dass du sie annimmst.«

»Warum?«, fragte sie. Sie wollte sich zurückhalten, aber

sie musste den hässlichen Gedanken aussprechen, der sich in ihrem Kopf breitmachte. »Vielleicht geht es dir ja gar nicht darum, dass ich verlegen sein könnte.«

»Nein?«

»Vielleicht bist *du* derjenige, der verlegen ist.«

»Wieso? Deinetwegen?«

Sie errötete. »Nun, ist es nicht möglich, dass ich dich in Verlegenheit bringe, weil ich nicht dem Bild entspreche, das du dir von deiner potenziellen Ehefrau gemacht hast? In deinen Kreisen braucht man eine Frau, die ausgefallene Roben, teuren Schmuck und Pelze trägt – Tierschutz hin oder her!«

Hale seufzte. »Du hast mich nicht in Verlegenheit gebracht«, sagte er leise. »Und ganz gleich, was du denken magst – ich würde dich niemals nach deinem Kleidergeschmack oder dem Wert deiner Garderobe beurteilen.«

»Nun, da bin ich aber erleichtert«, spottete sie, in der Hoffnung, die Spannung zu brechen, die sich zwischen ihnen aufgebaut hatte. »Jetzt geht es mir gleich viel besser. Mr. Alles-ist-käuflich hat Werte, die unabhängig vom Wert des Dollars sind!«

Hale schüttelte den Kopf. »Weißt du, Valerie, du bist zweifelsohne die größte Nervensäge, die mir je begegnet ist.«

»Genau deshalb ist deine Wahl wohl auf mich gefallen«, gab sie zurück, doch sie spürte, wie ihr Ärger verflog.

»Offensichtlich«, brummte er.

Valerie ging durch die Tür in den kleinen Gang und von dort aus in ihre Kabine, bevor sie die Verbindungstür entriegelte, die ihre beiden Räume miteinander verband. Ächzend zerrte Hale den Schrankkoffer zu ihr hinüber und stellte ihn vor ihr Bett.

»Trag etwas Besonderes heute Abend«, bat er.

»Gibt es einen speziellen Grund dafür?«

Er blieb an der Tür stehen und betrachtete sie. »Ich will nur ein bisschen mit dir angeben«, sagte er, dann zog er sich zurück. Mit einem leisen Klicken schloss sich die Verbindungstür hinter ihm.

Valerie blieb allein zurück. Das Herz schlug ihr bis zum Hals. Meinte er das ernst? Oder neckte er sie bloß wieder?

»Ach, egal«, sagte sie, nahm die Roben eine nach der anderen heraus und hängte sie in ihren Kleiderschrank. Madge – was für ein Segen – hatte einen exquisiten Geschmack. Obwohl sich Valerie mehr denn je vorkam wie eine Hochstaplerin, tat sie Hale den Gefallen und schlüpfte in ein trägerloses blaues Kleid. Mit schmaler Taille, eng geschnittenem Rock und paillettenbesetztem Bustier, das im Licht der Kabine funkelte und glitzerte, brachte es ihre schlanke Figur hervorragend zur Geltung.

Valerie konnte das Gefühl aufgeregter Vorfreude, das sich ihrer bemächtigte, nicht unterdrücken. Selbstverständlich wusste sie, dass sie sich kindisch aufführte. Ein neues Kleid – nein, ein ganzer Koffer voller Kleider, um genau zu sein – änderte nichts, aber auch gar nichts an der momentanen Situation. Wenn sie es nüchtern betrachtete, war es ein Fehler, das Kleid zu tragen, um Hale zu gefallen – ein weiterer Fehler in diesem ganzen Netz aus Lügen. Doch sie konnte nicht widerstehen. Nur diesen einen Abend wollte sie die Braut spielen, die sie spielen sollte!

Sie flocht ihr Haar zu einem Franzosenzopf und trug ihr Make-up mit mehr Sorgfalt auf als sonst.

Ein leises Klopfen ertönte an der Verbindungstür. Valerie hob den Kopf, gerade als sie aufschwang.

Hale steckte den Kopf ins Zimmer, und seine Augen nahmen die Farbe von Quecksilber an, als er sie sah.

»Madge hat einen wunderbaren Geschmack«, murmelte er.

»Erinnere mich daran, dass ich mich bei ihr bedanke, wenn wir zurück sind.«

»Das werde ich, darauf kannst du dich verlassen.« Sein Adamsapfel hüpfte, und er steckte sich zwei Finger in den Hemdkragen, als sei dieser plötzlich zu eng. »Hättest du die Kleider angenommen, wenn ich sie dir schon am ersten Abend in die Kabine hätte stellen lassen?«

»Nein, ich glaube nicht ...«

»Dann habe ich wohl die richtige Entscheidung getroffen.«

»Du *wusstest*, dass ich jetzt nicht ablehnen würde?«

Leise lachend schüttelte er den Kopf. »O nein, Ms. Pryce, das wusste ich nicht, aber ich durchschaue langsam, wie du auf die Dinge reagierst, die ich tue.«

»Und da dachtest du, heute könntest du mich überrumpeln.«

»Das hatte ich gehofft.«

Sie zuckte die Achseln. »Nun, ich tue dir den Gefallen. Aber nur heute Abend.«

»Wir werden ja sehen.«

Leicht gereizt griff sie nach ihrer Clutch. »Wir kommen zu spät zum Dinner.«

»Eine Minute noch.« Er eilte in seine Kabine hinüber und kehrte mit einer schmalen, langen Schmuckschatulle zurück.

Fast wäre Valeries Herz stehen geblieben. *Was kommt jetzt?*

»Ich denke, wir sollten die Verwandlung komplettieren, findest zu nicht?«

»Verwandlung?«

»Richtig. Von der arbeitenden Frau zur -«

»Jetzt sag nicht ›Prinzessin‹. Ich hasse derlei Bezeichnungen.«

»Von der arbeitenden Frau zur schwer verliebten Verlobten eines der begehrtesten Junggesellen der Westküste.«

»Das ist ja noch schlimmer!«, rief sie und prustete los, obwohl sie eigentlich hatte ernst bleiben wollen.

»Ach komm schon, entspann dich und genieß es«, sagte er tadelnd, öffnete die Schatulle und entnahm ihr ein Collier und ein Armband aus funkelnden, glasklaren Steinen.

»O nein, Hale, das könnte ich niemals -«

»Das sind Kristalle, keine Diamanten«, sagte er rasch.

»Jetzt sag nicht, sogar du musst sparen«, zog sie ihn auf.

Er hob spöttisch eine dunkle Augenbraue, doch er erwiderte kein Wort und legte ihr die Kette stattdessen, ohne zu fragen, um den Hals, während sie am Armband nestelte. Die Kristalle fühlten sich eiskalt auf ihrer Haut an. Seine warmen Finger streiften ihren Nacken und jagten ihr einen leichten Schauder das Rückgrat hinab.

Valerie warf einen Blick in den Spiegel, richtete das Collier aus und sah, wie die Glassteine funkelnd das Licht reflektierten. Hales Augen waren bewundernd auf sie gerichtet. Valeries Mund wurde staubtrocken. Rasch wandte sie sich ab und suchte etwas in ihrer Handtasche. Was hatte er nur an sich, das sie dazu brachte, sich wie ein unbeholfenes Schulmädchen zu fühlen? Sie war eine erwachsene Frau, um Himmels willen, und obwohl sie nicht gerade welterfahren war, war sie auch nicht unschuldig wie ein Kind.

»Valerie.« Seine Stimme hinter ihr war nicht mehr als ein Flüstern. Er legte seine Hände auf ihre nackten Oberarme. Sein Atem strich über ihren Haaransatz, und sie spürte, wie ihre Haut warm wurde. »Ich wollte nur, dass du weißt -«

Klopf. Klopf. Klopf. »Valerie? Bist du dort drinnen? Hans würde gern servieren«, ertönte Stewarts Stimme auf der anderen Seite der Tür.

Erschrocken trat Valerie einen Schritt von Hale zurück, als wollte sie seiner erotischen Aura entfliehen, und öffnete die Tür. Stewart stand davor, wartend, einen Drink in der Hand. Er musterte sie von Kopf bis Fuß, dann stieß er einen langen, anerkennenden Pfiff aus. »Na sieh mal einer an«, sagte er leise, beinahe ehrfürchtig, dann erblickte er Hale.

»Wir sind schon unterwegs«, knurrte dieser.

Valerie unterdrückte ein Lächeln. »Sei freundlich, Liebling«, rügte sie ihn liebevoll, legte eine Hand auf Hales Arm und hakte sich mit der anderen bei Stewart ein.

Hale wurde stocksteif, doch Valerie tat so, als bemerkte sie das nicht. Sie betraten den Speiseraum.

Bei Valeries Anblick klappte Reginas Kinn herab, aber sie fing sich schnell und deutete auf die Bar. »Darf ich dir einen Aperitif anbieten?«

»Für mich nicht, nein danke«, lehnte Valerie ab.

Hale machte sich gar nicht erst die Mühe zu antworten, sondern marschierte schnurstracks zur Bar und schenkte sich großzügig Scotch in einen Tumbler. Er spürte Reginas neugierigen Blick, wusste, dass die Knöchel der Hand, die das Glas hielt, weiß hervortraten, doch das war ihm gleich. Am liebsten hätte er die Faust in Stewart Stowells dämliche Visage geschmettert!

Die Eifersucht überkam ihn mit einer solchen Wucht, dass seine Schläfen zu pochen anfingen. *Dummkopf*, schalt er sich, denn Eifersucht und der überwältigende Drang, diese Frau zu besitzen, waren die typischen Eigenschaften eines Dummkopfs – daher hatte er solche Gefühle stets verachtet.

Zu seiner Überraschung hörte er Regina murmeln: »Schönes Kleid.« Die jüngere Frau betrachtete den erlesenen Stoff, in den Valerie gewandet war, und Hale stellte fest, dass das höhnische Funkeln in ihren Augen fehlte.

»Danke.« Valerie schaute in seine Richtung. »Hale hat es mir geschenkt.«

»Es ist ... umwerfend«, gab Regina zu.

»Nun kommt doch endlich, wir wollen essen!« Beth fegte in den Speiseraum, ein Wirbelwind aus pfirsichfarbener Seide. Ihr Blick blieb an Valerie hängen. Sie lächelte, doch sie sagte kein Wort, bis Hans die Kammmuscheln in Sahnesoße auftrug.

Heute Abend war das Gespräch entspannter. Der Wetterwechsel schien die Gemüter heiterer zu stimmen. Stewart lachte und scherzte und flirtete ausgiebig mit Valerie, die seine verführerischen Blicke und Bemerkungen genoss. Hale, der vollendete Schauspieler, spielte seine Rolle als eifersüchtiger Bräutigam vortrefflich. Er wurde sogar noch stiller und in sich gekehrter, als nacheinander der Salat, die Suppe und das Hauptgericht aufgetragen wurden.

»Jetzt musst du mir aber mal verraten, wo Hale und du euch kennengelernt habt«, drängte Stewart, als der Kaffee serviert wurde.

Überrascht über diese Frage, verstummte Valerie, die sich während des Abendessens ausgezeichnet geschlagen hatte. Sie warf Hale einen hilfesuchenden Blick zu, doch er begegnete ihr mit eiskalten Augen. »Wir – wir sind uns vor ein paar Monaten zum ersten Mal begegnet.«

Regina spielte mit ihrer Rotgoldkette. »Und wo? Auf einer Party? Vielleicht auf einer dieser Wohltätigkeitsveranstaltungen?«

»Nein …« Valeries Blick wurde flehentlich, doch Hale nahm schweigend einen Schluck Kaffee. Offensichtlich würde er sie hängen lassen. Nun gut, dieses Spiel konnten auch zwei spielen.

»Wo dann?«

»Ich habe mich bei seiner Firma um einen Job beworben.«

»Oh«, sagte Regina.

Stewart, der soeben nach der Weinflasche gegriffen hatte, hielt inne.

Und Hale – Hales kalte Augen wurden augenblicklich glutheiß.

»Tatsächlich?«, fragte Stewart interessiert.

»Nun, das war natürlich nur der Anfang«, plapperte Valerie munter weiter, obwohl Hale unter dem Tisch ihr Bein drückte, als wollte er sie warnen, es ja nicht zu weit zu treiben. Lächelnd legte sie den Kopf schräg und schaute ihn unschuldig an. Die Hand auf ihrem Bein brannte sich durch den feinen Stoff ihres Kleides.

»Und dann haben die Dinge eben ihren Lauf genommen.«

»Hast du sie angestellt?«, fragte Stewart, dessen Augen amüsiert blitzten.

Hale zwang sich zu einem trägen Lächeln. »Erst nachdem ich sie überzeugt hatte, meine Frau zu werden.«

William und Beth kicherten. Valeries Kehle war wie zugeschweißt. Sie bekam kaum noch Luft. Kein Laut wollte über ihre Lippen dringen. Das Grinsen, mit dem Hale sie bedachte, war absolut boshaft.

»Nun, das klingt ja wie aus einem Roman«, stellte Regina fest, die immer noch an ihrer Kette spielte.

»Das kann man wohl sagen.«

Stewart schenkte sich großzügig Wein ein, und in just diesem Moment wurde Valerie klar, dass er ein wahrer Snob war – schockiert darüber, dass Hale sich mit einer Frau abgab, die für ihn arbeitete.

Als sie ihren Kaffee getrunken hatten und die Konversation langsam verebbte, spürte Valerie die Spannung im Raum. Ihre Eröffnung, dass sie sich bei Donovan Enterprises beworben hatte, hatte für reichlich spekulative Blicke von den beiden jüngeren Stowells gesorgt.

Bevor sie noch etwas sagen konnte, was weitere prüfende Nachfragen, ihre Verlobung mit Hale betreffend, nach sich ziehen könnte, entschuldigte sie sich und eilte die Treppe hinauf an Deck.

Eine steife Brise wehte aus Westen. Lavendelfarbenes Wasser erstreckte sich bis zum Horizont, wo es auf einen rosa getönten Himmel traf. Ein paar dünne Wolken verdeckten die untergehende Sonne, im Norden lag eine kleine Inselgruppe, moosgrün wegen der vielen Tannenbäume.

Die Hände auf die Reling gelegt, betrachtete Valerie den Ozean. Eine Seemöwe kreiste über dem Wasser und schoss plötzlich pfeilschnell hinab. Die erste Woche an Bord der *Regina* war fast vorüber. Jetzt musste sie nur noch durchhalten. Die Takelage knarrte im Wind, und wie immer dröhnten die Motoren gleichmäßig durch die sich herabsenkende Nacht.

Sie nahm nicht wahr, dass Hale sich zu ihr gesellte, bemerkte ihn erst, als er seine große Männerhand keine drei Zentimeter von ihrer entfernt auf die Reling legte. Als sie aufblickte, sah sie, dass er verärgert die Lippen zusammenpresste. »Warum zum Teufel hast du ihnen erzählt, dass wir uns bei einem Einstellungsgespräch kennengelernt haben?«, knurrte er.

»Du hättest Stewarts Frage besser selbst beantwortet«, gab sie zurück, »aber nein, daran hattest du kein Interesse, nicht wahr?«

»Oh, ich hatte durchaus Interesse, aber nicht daran. Vielmehr fand ich es interessant, wie sich meine Verlobte einem anderen Mann an den Hals geworfen hat.«

»Ich?« Sie musste unweigerlich lachen. »Ich habe mich ... Nein, das kannst du nicht ernst meinen. Du glaubst doch nicht etwa, ich würde mich für Stewart interessieren.« Sie kicherte und sah, wie sich sein Nacken tiefrot färbte. »Das ist ein starkes Stück, Hale. Ein ausgesprochen starkes Stück. Stewart und *ich*?« Sie konnte gar nicht mehr aufhören zu lachen.

165

Er riss grob an seiner Fliege. »So hat es für mich ausgesehen.«

»Stewart hat mit mir geflirtet, ja, aber -«

»Und du hast ihn dazu verführt!«

»Das stimmt nicht.«

»Komm schon, gib's zu, du hast jede Minute genossen!«

»Findest du nicht, dass du den Part des eifersüchtigen Geliebten ein bisschen zu weit treibst?«, fragte sie kopfschüttelnd. »Hier oben an Deck ist doch niemand, der uns zuhören könnte.«

»Es ist doch völlig gleich, ob uns jemand zuhört oder nicht!«, stieß Hale mit zusammengebissenen Zähnen hervor.

Ach du liebe Güte, nun übertrieb er's aber wirklich. Hätte sie es nicht besser gewusst, so hätte sie geschworen, dass er tatsächlich eifersüchtig war. Auf Stewart! Valerie versuchte, ihr Lachen zu unterdrücken, doch es wollte ihr nicht gelingen. Die Vorstellung war so urkomisch, dass sie sofort wieder losprustete. »Nur zu deiner Information, Stewart ist nicht mein Typ.«

»Wer ist dann dein Typ?«

»Das ist doch egal.«

»Hör mal, wir hatten eine Abmachung«, sagte er, sah ihr direkt ins Gesicht und legte eine Hand auf ihre. »Eine Abmachung, die Tag *und Nacht* gilt und die vorsieht, dass du jede einzelne Stunde des Tages deine Rolle spielst. Vorgesehen ist allerdings nicht, dass du mit anderen Männern flirtest, sondern dass du *mich* anhimmelst und den anderen mit aller Macht weismachst, dass wir zwei verliebt sind.«

Valerie blieb das Lachen im Halse stecken. »Du machst Witze, oder?«

»Absolut nicht.«

»Aber niemand führt sich heutzutage so auf!«

»Meine zukünftige Ehefrau schon.«

»Dann tut es mir leid, Mr. Donovan, dass du den Rest deines Lebens als einsamer Mann verbringen wirst. Keine halbwegs vernünftige Frau in unserem Alter ist bereit, einen Affentanz um ihren Mann zu veranstalten -«

»Das erwarte ich auch gar nicht.«

»Na Gott sei Dank«, erwiderte sie sarkastisch.

»Finde dich damit ab, Valerie, dass wir das auf *meine* Art und Weise durchziehen.«

»Aber sicher doch, Sir!«, erwiderte sie schnippisch. »Etwas anderes wäre mir niemals in den Sinn gekommen, Sir!«

Seine Nasenlöcher bebten, seine Augen wurden dunkel. Er wandte sich zur Treppe.

»Und übrigens, Mr. Donovan, Sir«, forderte sie ihn heraus und überholte ihn. »Sie können all Ihre Kleider und den Schmuck zurücknehmen und über Bord werfen, denn ich werde ohnehin nichts davon tragen!« Zitternd vor Ärger griff sie sich an den Hals in der Absicht, ihm das verdammte Collier ins Gesicht zu werfen. Unglücklicherweise verfing sie sich mit den Fingern in ihrem Franzosenzopf und löste lediglich ein paar Flechten. Eine dicke Haarsträhne fiel ihr lose über die Schulter.

»Du behältst die Kleider«, beharrte er. Seine Augen blieben an der Haarsträhne hängen, die sich dunkel von ihrer weichen Haut abhob.

»Ganz bestimmt nicht!«

Er fluchte leise, als wollte er eine plötzlich aufwallende Woge der Begierde unterdrücken. Doch trotz seiner Mühe überrollte sie ihn, und er ergab sich. Mit einer schnellen Bewegung schloss er sie in seine Arme und zog sie so fest an sich, dass er ihr die Luft aus den Lungen presste. Valerie japste erschrocken, als er seine Lippen mit einer Leidenschaft auf ihre drückte, die ihre Knie weich werden ließ. Ihr Herz fing an, wie wild zu pochen, und sie schlang die Arme um seinen Nacken, nicht wegen des möglichen Publikums, sondern weil sie sich an ihm festhalten musste, um nicht zu Boden zu sacken.

Seine Lippen waren warm, feucht und sinnlich. Sie schloss die Augen und verlor sich im Duft seines Aftershaves, dem kühlen Atem der See und dem einlullenden Dröhnen der Schiffsmotoren. Er ließ seine Hände über ihren nackten Rücken gleiten und erforschte die intime Höhle ihres Mundes, als koste er eine berauschende, verbotene Frucht.

»Oh, Valerie«, flüsterte er, als er seinen Mund endlich von ihrem losriss und sich mit zitternden Fingern durch sein windzerzaustes Haar fuhr. »Das – das war ein Fehler!«

Mit hämmerndem Herzen sah sie auf, doch es gab kein Publikum, das Deck war – abgesehen von ihnen beiden – leer. Sie schaute ihm in die Augen und sah heiße Leidenschaft darin lodern.

»Warum hast du mich geküsst?«, fragte sie. »Es ist doch niemand hier.«

Er presste die Kiefer zusammen und wandte sich ab, um ins schäumende Kielwasser der *Regina* zu blicken. »Ich wünschte, das wüsste ich«, sagte er so leise, dass sie seine Worte fast nicht gehört hätte. Die Schöße seiner Smoking-Jacke flatterten im Wind. »Ich wünschte bei Gott, dass ich das wüsste.«

Kapitel neun

»Wir legen in Portland an«, verkündete William am nächsten Morgen.

»Wieso, um alles in der Welt?«, fragte Stewart träge. Er lag auf einer gestreiften Chaiselongue auf Deck und beschattete die Augen, als würde ihm das Sonnenlicht zu schaffen machen.

Valerie, die in der Nacht furchtbar schlecht geschlafen hatte, war froh über die Gelegenheit, den begrenzten Räumlichkeiten auf der *Regina* zu entkommen. Die Spannung zwischen Hale und ihr war nahezu greifbar, und sie brauchte dringend eine Pause.

»Astoria ist näher«, murrte Stewart.

»Ich weiß, aber deine Schwester möchte shoppen gehen, und Portland ist größer.«

»Und ein ganzes Stück von der Küste entfernt. Warum kann sie nicht die Läden stürmen, wenn wir wieder in San Francisco sind? *Das* ist eine echte Großstadt.«

»Der Rest der Reise wird stattfinden wie geplant. Nächste Station ist Victoria«, erwiderte William.

»Na großartig«, murmelte Stewart.

Beth gesellte sich zu ihnen und warf ihrem Sohn einen ungehaltenen Blick zu. »Hör auf zu jammern, Stewart, und versuch lieber, diese Reise zu genießen. Warum hast du es eigentlich so eilig, nach San Francisco zurückzukehren?«

»Gute Frage«, räumte Stewart mit finsterem Blick ein.

169

»Wenn Dad wirklich an Donovan verkauft, muss ich ja gar nicht mehr in die Firma zurückkehren.«

Beth war nicht in der Stimmung, bei ihrem Sohn gut Wetter zu machen. »Ich nehme an, du wirst dir einen neuen Job suchen müssen.«

Bei dieser Bemerkung schob sich Stewart die Kapitänsmütze tiefer ins Gesicht, verschränkte die Arme vor der Brust und schloss die Augen.

Valerie gab vor, sich für ihre Zeitschrift zu interessieren, obwohl sie sich insgeheim prächtig über die Possen der Familie Stowell amüsierte. Dass eine so bodenständige Frau wie Beth und ein knallharter Geschäftsmann wie William derart verwöhnte, verweichlichte Kinder großgezogen hatten, ging über ihren Verstand.

Was Hale und William betraf, so hatten sie sich wieder einmal ins Arbeitszimmer zurückgezogen, um die letzten Details der Firmenübernahme auszutüfteln, und Valerie war dankbar dafür. Sie brauchte Abstand von Hale. Musste über den gestrigen Kuss nachdenken, der sie die ganze Nacht lang wach gehalten hatte. Was hatte das zu bedeuten? War es möglich, dass er Gefühle für sie entwickelte? Sie konnte es nicht glauben – wollte nicht glauben, dass sie ihm tatsächlich etwas bedeutete.

Die *Regina* fuhr bei Astoria durch die Mündung des Columbia River und weiter landeinwärts Richtung Portland, wo die gewaltigen graugrünen Wassermassen die Grenze zwischen den Bundesstaaten Oregon und Washington bildeten. Auf beiden Seiten des Flusslaufs ragten bewaldete Hügel auf, und Valerie war froh über die Aussicht, bald wieder festen Boden unter den Füßen zu haben.

Das Sonnenlicht tauchte die Hügel in gleißende Helligkeit und brachte den Fluss zum Funkeln. Valerie lehnte sich gegen die Reling und versuchte nicht daran zu denken, dass Hale Donovan der charmanteste, geistreichste, bestaussehende und gleichzeitig nervtötendste Mann war, den sie je kennengelernt hatte. Sie mochte seinen Humor, es sei denn, seine Scherze gingen auf ihre Kosten, und es faszinierte sie, wie unkonventionell er war. Wäre die Situation eine andere, dachte sie leicht wehmütig, so hätte sie sich tatsächlich in einen Mann wie ihn verlieben können. »Zum Glück ist alles nur eine Farce«, murmelte sie und fühlte den Wind, der sich in ihren Haaren fing.

Als der Kapitän die Yacht vom Columbia River in den tiefen Kanal des Willamette River steuerte, schob sich Valerie die Haare aus der Stirn und betrachtete mit zusammengekniffenen Lidern die Küste, die vor ihren Augen vorüberzog. Dabei entdeckte sie Hale, der keine fünf Meter von ihr entfernt stand.

Er lehnte ebenfalls an der Reling und betrachtete Valerie durch seine verspiegelte Sonnenbrille. »Guten Morgen«, sagte er gedehnt und verzog die Lippen zu einem Grinsen.

»Guten Morgen«, erwiderte sie kurz angebunden, verlegen, weil er sie beobachtet hatte. »Bist du schon länger hier?«

»Erst seit ein paar Minuten.« Er rieb sich bedächtig das frisch rasierte Kinn und sagte: »Wir sollten besser ein paar Dinge klarstellen, solange wir allein sind.«

Jetzt kommt es – dachte sie ungehalten –, *ein weiterer königlicher Erlass.*

»Es geht um deine Flirterei mit Stewart -«

Sie öffnete den Mund zum Protest, doch er hob abwehrend die Hand. »Nur für die Zukunft, okay? Ich weiß, dass ich mich gestern Abend aufgeführt habe wie Attila der Hunnenkönig, was nicht richtig war, aber ich will nicht, dass dieser Deal mit Stowell platzt.«

»Das ist mir klar.« Sie versuchte, den Blick von seinen verführerisch schmalen Lippen loszureißen, doch ihre Augen hafteten wie festgeklebt an seinen markanten Zügen. »Vergessen wir einfach, was gestern Abend passiert ist.«

Als wäre das so einfach, dachte er. Der Kuss hatte ihm völlig den Kopf verdreht. Er hatte den Großteil der Nacht wach gelegen, erfüllt von einer Sehnsucht, der nachzugeben er nicht wagte. »Das ist leichter gesagt als getan.«

»Die Reise dauert ja nicht mehr lange.«

Aber sie wäre eine Qual – pure Folter. Hier mit ihr zu stehen, ihre schlanken, gebräunten Beine zu betrachten, die der Saum ihrer Shorts umspielte, zu sehen, wie sich der Wind in ihrem Haar verfing, sich vorzustellen, wie er seine Hände um ihre schmale Taille legte, war mehr, als er ertragen konnte. Sie brachte seine Gefühle in Aufruhr, und seine Willenskraft, die Kraft, ihr zu widerstehen, wurde von Tag zu Tag, von Minute zu Minute schwächer. Früher oder später würde er ihr erliegen.

Unter dem gewaltigen Netz aus Brücken, die den Willamette River überspannten, fuhren sie nach Portland hinein. Wolkenkratzer aus Backstein und Mörtel, Beton und Stahl, Glas und Marmor säumten die Ufer. Auf der westlichen Seite, wo die hohen Häuser sanft geschwungenen grünen Hügeln Platz machten, erstreckte sich ein Park mit Bäumen und glitzernden Springbrunnen. Richtung

Osten hinter der Stadt erhob sich der rauchblaue zerklüftete Höhenzug der Kaskadenkette.

Valerie konnte es gar nicht erwarten, an Land zu gehen. Nachdem sie vereinbart hatten, sich mit Hale und Stewart in einem Restaurant zu treffen, verabschiedeten sich Valerie und Regina, um die Geschäfte in der Nähe des Hafens zu plündern. Valerie schrieb rasch eine Postkarte an ihre Mutter, dann folgte sie Regina, die sich hier offenbar gut auskannte.

William Stowells Tochter war offensichtlich in ihrem Element. Sie schlenderten durch ein Kaufhaus nach dem anderen. »Die Läden hier sind zwar nicht ganz so raffiniert wie die in San Francisco oder L. A.«, sagte sie und blieb vor einem Kosmetikstand stehen, um an einem Parfüm zu schnuppern, »aber ein paar sind wirklich originell.«

Dem musste Valerie zustimmen, als Regina eine kleine, aber gut sortierte Boutique in der 23rd Avenue ansteuerte. Sie bot auf zwei Etagen die exotischsten, teuersten Kleidungsstücke, die in ganz Portland zu finden waren. Regina entschied sich für zwei Hüte, drei Paar Schuhe und mehrere knallenge Designerjeans, zwei Paar Ohrringe und ein weiteres umwerfendes schwarzes Kleid. Sie reichte der Verkäuferin ihre Kreditkarte, und als alles kassiert war, wandte sie sich Valerie zu.

»Das ist einfach fabelhaft«, verkündete sie aufgedreht. »Willst du denn gar nichts anprobieren?«

Valerie dachte schuldbewusst an ihren überquellenden Kleiderschrank an Bord der *Regina*. Das Letzte, was sie jetzt brauchen konnte, waren weitere Klamotten.

»Heute nicht«, erwiderte sie ausweichend und half Regina mit den Einkaufstaschen.

»Beehren Sie uns bald wieder«, sagte die Verkäuferin, ein zufriedenes Lächeln auf dem Gesicht.

Regina schaltete ihr Tausend-Watt-Strahlen ein und versprach: »Das mache ich, wenn ich das nächste Mal in der Stadt bin.«

Beladen mit Reginas Einkäufen nahmen sie ein Taxi zum Hafen und schlenderten die Ufermauer entlang, wo sie die Segelboote, Lastkähne und Schlepper beobachteten, die den Willamette River flussaufwärts fuhren. Bäume beschatteten den Weg, ein trockener Ostwind brachte die Blätter zum Rascheln.

Das Restaurant, ein schmales Backsteingebäude mit einem eingefriedeten Innenhof, blickte auf den Fluss hinaus. Große Pflanztöpfe mit farbenprächtigen Petunien, Springkraut und Efeu standen zwischen den Tischen. Hale und Stewart saßen an einem Tisch, der von einem gestreiften Sonnenschirm beschattet wurde. Sie nippten an großen Gläsern und wirkten überraschend harmonisch.

»Habt ihr die Stadt leer gekauft?«, fragte Stewart, der die Taschen und Päckchen seiner Schwester beäugte.

»Noch nicht.« Beschwingt von ihrer kleinen Exkursion, ließ sich Regina auf einen freien Stuhl fallen und bestellte etwas zu trinken. »Gib mir noch zwei Tage!«

»Aha«, scherzte Stewart, »der große amerikanische Ausverkauf.«

Valerie kicherte, und sogar Hale musste lachen. Als die vier ihren Krabbensalat mit warmen Brötchen serviert bekamen und zu essen begannen, verspürte Valerie zum ersten Mal seit Beginn der Kreuzfahrt so etwas wie Kameradschaftlichkeit innerhalb der Gruppe. Selbst Hale zeigte sich

174

von seiner besten Seite, lachte und scherzte und zwinkerte Valerie zu, wenn er ihre Hand drückte, als würde er sie von Herzen lieben.

Später kehrten Regina und Stewart zur Yacht zurück, während Hale und Valerie noch einen Spaziergang am Ufer entlang unternahmen. Sie berührten einander nicht, obwohl sie dicht nebeneinandergingen. Im Park spielte eine Jazzband, und sie blieben stehen, um eine Weile zuzuhören. Paare mit Kindern und viele andere Leute lagen auf Decken ausgestreckt im dicken Gras und lauschten den komplizierten Tonfolgen. Der Himmel verwandelte sich von Blau in Bernstein, bis er schließlich einen rauchigen Altrosé-Ton annahm.

Hale breitete seine Jacke auf dem Boden aus, und sie setzten sich und hörten schweigend zu, genossen Schulter an Schulter den friedlichen Sommerabend. Wie von Zauberhand gingen plötzlich die Laternen an und erleuchteten den immer dunkler werdenden Abendhimmel. Die Wolkenkratzer sahen aus wie strahlende Gitternetze, deren Leuchtquadrate sich in den dunklen Tiefen des Willamette River spiegelten. Die Fontänen der Springbrunnen, getaucht in das farbige Licht der Unterwasserlampen, sprühten in den tintenblauen Himmel.

Valerie lehnte sich an Hale und schmiegte ihren Kopf in seine Halsbeuge. Er legte seinen Arm um ihre Schultern.

»Regina hat sich getäuscht, was den Regen in Oregon angeht«, stellte Valerie fest und schaute hinauf in den klaren, nachtblauen Himmel. »Es stimmt nicht, dass es die ganze Zeit regnet.«

Hale lachte leise und zupfte an einem Grashalm, während die Band ein neues Stück anstimmte. »Ich bin zwei-, dreimal im Jahr hier, und das seit über zehn Jahren. Nur einmal habe ich erlebt, dass es regnet.«

»Dann ist das also nur ein Märchen.«

»Oder ich habe schlicht und einfach Glück gehabt.« Er sah ihr in die Augen, dann wandte er sich wieder dem schwarzen Band des Flusses zu.

Valerie betrachtete seinen kräftigen Hals, so nah, so männlich. Auf seinem Kinn lag ein Bartschatten, und sie konnte seinen maskulinen Duft riechen. Ja, Hale Donovan war in der Tat ein Prachtexemplar von Mann!

Als die Musik aufhörte und die Band ihre Instrumente einpackte, sagte Hale: »Wir sollten jetzt besser aufbrechen.«

»Du hast recht.« Sie stand auf und klopfte sich den Staub vom Rock.

Ein frischer Wind wehte über das Wasser, fing sich in Hales Haar und brachte den schweren Geruch des Flusses mit sich. Valerie rieb sich fröstelnd die nackten Oberarme, und ohne zu fragen, legte ihr Hale seine Jacke über die Schultern. »Frierst du?«

»Nein – nicht wirklich.« Die Wärme seiner Jacke, die wunderbar nach ihm duftete, war angenehm. Sie blickte zu ihm auf und sah, wie entspannt und gleichzeitig nachdenklich sein Gesicht wirkte.

»Das war ein ... interessanter Tag«, sagte er.

»Nicht wahr?« *Ich wünschte, er würde niemals enden*, dachte sie ein wenig traurig. Warum konnte dieses Gefühl der Nähe, diese Verbundenheit zwischen ihnen nicht für immer bestehen? Warum mussten sie sich gegenseitig ständig an die Gurgel gehen?

Sie schlenderten zum Hafen, und Hale half ihr an Bord der sacht hin und her schaukelnden *Regina*. Unten im Salon waren Beth und William in ein mörderisches Cribbage-Spiel vertieft.

»Nun, da seid ihr ja!«, sagte Beth. Sie strahlte, weil sie soeben gewonnen hatte, während ihr Mann voller Zorn seine Karten auf den Tisch warf. »Ihr habt das Abendessen verpasst.«

»Das tut mir leid«, stammelte Valerie verlegen.

Beth winkte ab. »Machen Sie sich keine Gedanken deswegen. Ich bin froh, dass ihr zwei endlich einmal ein bisschen Zeit miteinander verbracht habt.«

Hale drückte Valeries Taille und warf ihr einen bewundernden Blick zu. Echt oder vorgetäuscht? Wahre Gefühle oder Teil der Scharade? Valerie konnte es nicht sagen. Sie schlang ihren Arm um ihn und erwiderte sein Lächeln.

»Es war wunderschön«, gab sie leise zu.

»Wunderbar! William und ich haben den Tag mit dem Einkaufen von Lebensmitteln und ein wenig Sightseeing verbracht. Anschließend haben wir beschlossen, Karten zu spielen -«

»Was ein großer Fehler war«, ließ sich William gutmütig knurrend vernehmen.

Beth verdrehte die Augen und fuhr fort: »William möchte, dass wir als Nächstes Victoria ansteuern. Dann geht es durch die San Juan Islands nach Vancouver, British Columbia und durch den Puget Sound nach Seattle, bevor wir die Rückreise nach San Francisco antreten.«

»Das klingt himmlisch«, sagte Valerie voller Vorfreude. Wenn sie ihre Beziehung zu Hale für den Rest der Reise in halbwegs ruhige Gewässer lenken konnte und vorausgesetzt, Reginas gute Stimmung hielt an, würde die Fahrt wundervoll werden – wenngleich sie natürlich auf keinen Fall so dumm sein durfte, sich in Hale Donovan zu verlieben.

Niemals, schwor sie sich insgeheim und löste ihren Arm von Hales Mitte. Diese Reise war lediglich eine Art Vorbereitung, ein Test. Sobald sie nach San Francisco zurückgekehrt waren, würde sie ihren richtigen Job aufnehmen, und dann konnte sie Hale beweisen, was für eine vertrauenswürdige, effiziente und belastbare Angestellte sie in Wirklichkeit war.

Die nächsten drei Tage waren die glücklichsten in Valeries Leben. Das Wetter war perfekt, Regina gut gelaunt, Stewart kleinlaut und Hale der aufmerksamste, charmanteste Verlobte, den sich eine Frau nur wünschen konnte. Er blieb die ganze Zeit an ihrer Seite, und sie sprachen stundenlang über die Geschäfte, die Weltpolitik, die Wirtschaft, über Segeln, Reiten und alles, was ihnen gerade in den Sinn kam. Das einzige Thema, das tabu zu sein schien, war seine Vergangenheit. Nicht ein einziges Mal erwähnte er seine Kindheit, erzählte ihr keine einzige Anekdote aus seiner Zeit als Teenager. Obwohl Valerie inzwischen viel über Regina und Stewart erfahren hatte, wusste sie über Hale Donovans Kindheit und Jugend nicht mehr als am ersten Tag ihrer Kreuzfahrt.

Am folgenden Tag änderte sich die Windrichtung und damit auch ihrer aller gute Laune. Die Luft wurde stickig und schwül, die Stimmung gereizt. Regina fing wieder an zu schmollen und schlug Valerie gegenüber einen scharfen Ton an.

Stewart, der seit einigen Tagen vor dem Abendessen keinen Alkohol angerührt hatte, mixte sich schon am Nachmittag die ersten Martinis. Hale wurde seltsam still. Valerie fühlte seinen Blick auf sich, aber anstatt des fröhlichen Zwinkerns sah sie etwas Grüblerisches in den grauen Tiefen seiner Augen – etwas Gefährliches, Lauerndes. Er lächelte den ganzen Tag über nicht ein einziges Mal. Die Brauen zusammengezogen, blieb er höflich, begann jedoch keinmal von sich aus ein Gespräch.

Beim Dinner war Regina mürrisch, stocherte in ihrem pochierten Lachs und beschwerte sich bitterlich bei Hans.

»Der ist nicht genügend durch«, behauptete sie und spießte ein Stück von dem mit Zitrone beträufelten Fisch auf. »Hätte ich Sushi essen wollen, hätte ich mir Sushi bestellt!«

Natürlich war alles in Ordnung mit ihrem Lachssteak, trotzdem brachte ihr Hans, dessen Gesicht leuchtend orange angelaufen war, ein neues, das sie mit gerümpfter Nase auf dem Teller zerdrückte.

»Ich habe Fisch so satt«, verkündete sie missmutig.

»Nun, du gewöhnst dich besser daran, denn das ist alles, was wir für den Rest dieser Reise eingekauft haben«, erwiderte ihre Mutter schnippisch. Sie betrachtete ihre Tochter mit zusammengekniffenen Augen. »Und wag es ja nicht noch einmal, Hans so zu behandeln!«

Reginas Wangen brannten, doch sie warf trotzig den Kopf zurück und schob ihren Teller beiseite.

Beth seufzte und schien noch etwas hinzufügen zu wollen, doch William, bemüht, die Wogen zu glätten, schlug vor, in den Salon hinüberzugehen, wo sie ihren Kaffee trinken und Bridge spielen wollten.

Regina schmollte und wandte ihre Aufmerksamkeit ihrem Handy zu. Stewart schien sich mehr für die Bar als für das Kartenspiel zu interessieren, weshalb es an Hale und Valerie war, Beth und William herauszufordern.

Sie verloren die erste Partie und gleich auch noch die nächste. Hale sagte kaum ein Wort. Valeries Magen verknotete sich, doch sie spielte so gerissen, wie sie konnte, was ihr recht gut gelang, beachtete man die Tatsache, dass sie das Spiel gerade erst erlernt hatte. Mehr als einmal ertappte sie Hale dabei, wie er sie mit ernstem Gesicht anstarrte – als hätte sie etwas getan, was seine Missbilligung erregte.

Valerie konnte es kaum erwarten, dass sie endlich aufhörten zu spielen, denn vorher gab es keine Möglichkeit, Hales prüfendem Blick zu entrinnen oder ihn in ein stilles Eckchen zu ziehen, um ihn zu fragen, was los war. Es blieb ihr nichts anderes übrig, als sich zu gedulden und Bridge zu spielen, als hinge ihr Leben davon ab.

»Morgen früh werden wir in Victoria anlegen«, verkündete William, knallte eine Karte auf den Tisch und machte einen Stich.

»Wie lange bleiben wir dort?«, fragte Regina missmutig.

»Nur einen Tag und eine Nacht.«

»Gut.«

»Langweilig, oder?«, fragte Stewart spöttisch.

Regina seufzte. »Es gibt eben Leute, die Wichtigeres zu tun haben, aber zu denen zählst du offenbar nicht«, versetzte sie gereizt.

180

»Autsch«, murmelte Stewart und starrte in sein halb volles Glas Scotch.

»Die zwei sind heute Abend ganz schön kratzbürstig, hab ich recht?«, flüsterte William seiner Frau zu.

Beth nickte, schürzte die Lippen und legte einen Trumpf ab, womit sie die Partie gewann.

Das war Valeries Chance. »Ich würde mich gern zurückziehen«, verkündete sie, stand auf und streckte sich. »Vielleicht möchte jemand anders für mich einspringen ...«

»Liebend gern!«, flötete Regina, die schlagartig das Interesse an ihrem Handy verlor. »Hale, du bist mein Partner!«

Valerie war verblüfft. Sie hatte damit gerechnet, dass sowohl Stewart als auch Regina Hales und ihren Platz am Bridge-Tisch einnahmen. Den ganzen Abend über hatte sie gehofft, ein wenig Zeit allein mit Hale verbringen zu können, um herauszufinden, was ihn derart verstimmt hatte. Doch jetzt glänzten Reginas Augen, und ihre rosigen Lippen waren zu einem erwartungsvollen Lächeln verzogen.

Hale warf William einen raschen Blick zu, als wolle er ablehnen, doch dann sagte er: »Selbstverständlich, es sei denn, Stewart möchte für mich übernehmen -«

Stewart verdrehte die Augen. »Ich habe heute Abend keine Lust, mich zerfleischen zu lassen, vielen Dank. Mom und Dad sind einfach viel zu blutrünstig.«

»Dann sind jetzt wir zwei zusammen!«, rief Regina mit strahlenden Augen. Sie flog förmlich durch den Salon, um Valeries Platz einzunehmen.

»Du könntest an meiner Stelle spielen«, bot sein Vater an.

»Mit Mom?« Stewart schüttelte den Kopf, doch er verzog

181

einen seiner Mundwinkel zu einem schiefen Grinsen. »Damit sie mich in Grund und Boden stampft, wenn ich eine falsche Karte spiele? Nein, danke!«

»Ich habe dich *noch nie* in Grund und Boden gestampft«, entgegnete Beth mit einem amüsierten Lachen. »Obwohl du es jeden einzelnen Tag in deinem Leben verdient gehabt hättest!«

Valerie war froh, ihren munteren Zankereien zu entkommen. Sie tat so, als würde sie das zornige Funkeln in Hales Augen nicht bemerken, und überließ ihn Regina, die sich schier umbrachte, um seine Spielpartnerin zu werden. Valerie hatte gehofft, Regina hätte ihre Schwärmerei für Hale endlich aufgegeben, zumindest hatte das in den letzten Tagen so gewirkt, doch offensichtlich hatte sie sich vertan. Und sie hatte sich auch bei etwas anderem verrechnet – bei ihrer eigenen Reaktion. Reginas kokette Annäherungsversuche versetzten ihr einen heftigen Stich der Eifersucht. Obwohl sie wusste, wie lächerlich das war, wünschte sie sich, sie wäre nicht vom Tisch aufgestanden – hätte Regina diese Chance nicht gegeben.

»Sei nicht albern«, murmelte sie, als sie die Kabinentür hinter sich schloss. »Du machst dir in Wahrheit nichts aus ihm! Ganz bestimmt nicht!«

Sie warf sich aufs Bett und griff nach dem Buch, das sie von zu Hause mitgebracht hatte, nur um festzustellen, dass es verschwunden war. Sie schaute auf ihrem Nachttisch nach, auf dem Tisch und im Bücherregal, doch sie konnte den Krimi, den sie schon seit zwei Jahren hatte lesen wollen, nicht finden. »Seltsam«, dachte sie laut, doch sie hatte nicht vor, in den Salon zurückzukehren, um nachzusehen, ob sie ihn dort hatte liegen lassen. Zweifelsohne wäre Hale immer noch sauer auf sie, und sie hatte gelernt, dass es besser war, ihm in solchen Situationen aus dem Weg zu gehen.

Sie hörte Reginas perlendes Gelächter und Hales herzhaftes Lachen. Ihr Herz zog sich schmerzhaft zusammen. »Das kann dir doch egal sein«, redete sie sich ein, aber als sie den Reißverschluss ihres Kleides öffnete, fiel ihr Blick auf ihr Spiegelbild. Ihre Mundwinkel hingen herab, tiefe Falten furchten ihre Stirn.

Das Kleid in elegant blasser Pfirsichfarbe, gesponsert von Donovan Enterprises, glitt zu Boden. Valerie ließ sich auf den Stuhl vor dem kleinen Schreibtisch fallen. Ihr Herz schmerzte. Sie stützte das Kinn in die hohle Hand und starrte in den Spiegel. »Du bist ein schlechtes Mädchen«, sagte sie zu ihrem Konterfei, als ihr das Undenkbare bewusst wurde.

Nach einer Weile senkte sie den Kopf, zog die Nadeln aus ihrem Haar und spürte, wie ihr das Gewicht des geflochtenen Zopfes auf die Schultern fiel. Sie nahm ihre Halskette ab und ließ sie ins geöffnete Schmuckkästchen fallen, dann klappte sie es zu und betrachtete den Diamanten an ihrer Hand – jenen schrecklich schönen Stein, der sie daran gemahnte, dass ihre Verlobung, diese Kreuzfahrt und die Aufmerksamkeiten von Hale Donovan nur vorgetäuscht waren.

Ihre Wangen wurden heiß, und sie verschloss die Augen vor der Wahrheit. Ob es ihr gefiel oder nicht, sie war dabei, sich in Hale Donovan zu verlieben.

»Ach du liebe Güte«, wisperte sie, als die Gewissheit sie traf wie ein Blitzschlag. Sie warf sich ein weites T-Shirt über und ließ sich aufs Bett sinken, ohne sich zuzudecken. Die Nacht war warm, die Luft in der kleinen Kabine stickig. Valerie knipste das Licht aus und lauschte auf die Geräusche, die aus dem Salon zu ihr herüberdrangen. Alle zehn Minuten warf sie einen Blick auf ihren Wecker. Die Neonziffern schienen sie zu verhöhnen. Unruhig wälzte sie sich auf dem Bett hin und her und wartete darauf, endlich Hales Schritte in dem kleinen Flur zu hören. Ob er wohl an ihre Kabinentür klopfen würde? Zum ersten Mal seit Beginn dieser Reise hatte sie die Zwischentür unverriegelt gelassen.

Sie wollte so gern mit ihm reden ... allein. Noch nie zuvor hatte sie solch eine Angst vor den eigenen Gefühlen verspürt, dabei hatten ihre Gefühle sie noch nie getäuscht. *Außer bei Luke.* Ja, Luke war der Grund gewesen, weshalb sie beschlossen hatte, sich nie mehr zu verlieben.

Eine Stunde verstrich, bevor sie Hale draußen im Flur hörte. Vor ihrer Tür verharrten seine Schritte. Das Herz schlug Valerie bis zum Hals.

Doch sosehr sie auch darauf wartete, er klopfte nicht. Stattdessen vernahm sie, wie seine Kabinentür auf- und wieder zuging. Valerie setzte sich auf und hörte, wie er in seinem Zimmer rumorte. Sie stellte sich vor, wie er seine Jacke auszog und die Fliege abnahm, sein Hemd aufknöpfte, den Kummerbund löste ...

Sie biss die Zähne zusammen und ballte die Hände, die sich um den Rand ihrer Bettdecke geschlossen hatten, zu Fäusten. Es kostete sie einige Mühe, nicht aus dem Bett zu springen und durch die Verbindungstür hinüber in seine Kabine zu stürzen, doch was würde er sagen, wenn sie den ersten Schritt tat und plötzlich vor ihm stand? Und was würde sie tun? Ob sie sich davon abhalten konnte, ihre erotischen Fantasien in die Tat umzusetzen und ihn mit sich aufs Bett zu zerren?

Sie hörte ihn seufzen, und ihr Herz geriet in Aufruhr. Entschlossen kniff sie die Augen zu und versuchte einzuschlafen, nur um doch wieder auf die Uhr zu starren und zuzusehen, wie die Minuten verstrichen.

»Schlaf, schlaf«, beschwor sie sich.

Sie musste tatsächlich eingedämmert sein, denn als sie das nächste Mal auf die Uhr schaute, zeigten die Neonziffern zwei Uhr dreißig an. Ihre Haut war schweißnass, so drückend war es in der Kabine.

Stöhnend schlug sie die Bettdecke zurück, unter die sie kurz vor dem Einschlafen geschlüpft war, setzte sich auf und stellte die Füße auf den Boden. Sie warf einen verstohlenen Blick auf die Verbindungstür. Ihr Puls schoss in die Höhe. Sie liebte ihn. So einfach war das.

Wütend auf sich selbst, schob sie sich das Haar aus den Augen. Wie konnte sie sich nur in einen Mann wie Hale Donovan verlieben, einen Mann, dem Geld über alles ging, einen Mann, der keine Vergangenheit zu haben schien, einen Mann, der eine fremde Frau als seine Verlobte engagierte, um einen Freund oder Geschäftspartner zu täuschen?

Ihre Schläfen begannen zu pochen. *Bist du denn auch nur einen Deut besser? William und Beth Stowell sind unglaublich nett zu dir, und trotzdem machst du ihnen etwas vor – machst mit bei dieser billigen Scharade.*

Wohl wissend, dass an Schlaf nicht mehr zu denken war, schlüpfte sie in ihre Hausschuhe und verließ leise ihre Kabine, um hinauf an Deck zu gehen. Sie brauchte frische Luft und einen klaren Kopf zum Nachdenken.

Oben ging es ihr sogleich besser. Das Mondlicht warf einen silbernen Pfad auf das dunkle Wasser, die Sterne spiegelten sich blinkend auf der tintigen Oberfläche. Die Luft war absolut windstill, und abgesehen von dem einlullenden Dröhnen der Schiffsmotoren war alles ruhig und friedlich.

Valerie atmete ein paarmal tief durch, dann ging sie an eine Seite des Decks und legte die Ellbogen auf die Reling, um ins schwarze Wasser hinabzublicken.

Auf ihrer Stirn sammelten sich Schweißtröpfchen. Eine Sekunde lang schloss sie die Augen, bis sie das unheimliche Gefühl verspürte, beobachtet zu werden. Ihre Nackenhärchen sträubten sich.

»Was ist los? Konntest du nicht schlafen?«, durchschnitt Hales Stimme die Stille.

Vor Schreck wäre Valerie fast aus der Haut gefahren. Sie wirbelte herum und sah ihn vor sich stehen, bis zur Taille nackt, die Muskeln an Brust und Armen schimmernd im silbrigen Licht des Mondes.

»Ich – ich wusste nicht, dass du hier bist.«

Er erwiderte nichts, betrachtete sie bloß mit wachsamen Augen.

»Aber ich bin froh darüber«, wagte sie einen Vorstoß.

»Tatsächlich?«

Was für ein Spiel spielte er jetzt wieder?

»Ich dachte, wir sollten reden.«

Er zog die dunklen Brauen in die Höhe, dann hakte er die Daumen in die Gürtelschlaufen seiner Jeans und sagte: »Schieß los.«

186

»Etwas stimmt nicht mit dir.«

»Was soll nicht stimmen?«

»Genau das wüsste ich gern. Seit du heute früh an Deck gekommen bist, bist du wie ausgewechselt. Launisch.«

»Ach ja?«

Er machte sich über sie lustig, so viel stand fest. Trotzdem biss sie auf den Köder an. »Ach nein?«

Er zuckte die Achseln. Seine Muskeln spannten sich kurz an und entspannten sich wieder. Valeries Brust zog sich zusammen.

»Was ist los, Hale? Was stimmt nicht?«

Seine Augen verdunkelten sich. Er musterte sie und sagte: »Du hast mich belogen.«

Die Anschuldigung hing zwischen ihnen. Wovon sprach er? »Dich belogen?« Sie schüttelte den Kopf und drehte die Handflächen nach oben. »Ich habe dich nicht belogen -«

»Nicht?«, fiel er ihr ärgerlich ins Wort und verzog die Lippen zu einem sardonischen Grinsen.

»Nein.«

»Bist du dir da sicher?«

»Absolut.«

»Dann verrat mir doch mal«, sagte er mit bebenden Nasenflügeln, »wer eigentlich dieser Luke ist.«

Kapitel zehn

»Wie hast du von Luke erfahren?«, fragte sie verblüfft.

»Dadurch ...« Er warf ein Taschenbuch in die Luft und fing es geschickt wieder auf. Selbst auf dem unbeleuchteten Deck erkannte sie das Titelblatt des Krimis, den sie zuvor gesucht hatte.

»Woher hast du das Buch?«

»Du hast es unten im Salon liegen gelassen. Ich habe es mitgenommen, um es dir zu geben, und da ist die erste Seite aufgeklappt.«

Mehr musste er nicht sagen. Luke hatte ihr das Buch vor zwei Jahren geschenkt. Sie kannte die Widmung auswendig. »Für immer und ewig wird mein Herz dir gehören. Ich liebe dich. Luke«. Er hatte ihr das Buch geschenkt – auf den Tag genau ein Jahr nachdem sie sich im Seminar für Politikwissenschaft kennengelernt hatten. Eine Woche später hatte er sie verlassen.

Hale reichte ihr das Taschenbuch. »Ich dachte, es gäbe keinen Mann in deinem Leben.«

»Gibt es auch nicht.«

»Und warum bringst du dann dieses Buch mit? Als Erinnerung?«

»Nein ...« Sie blätterte durch die Seiten, dann warf sie den Krimi auf einen Tisch, der ganz in der Nähe stand. Stirnrunzelnd gab sie zu: »Es hat lange gedauert, bis ich über ihn hinweg war.«

Wolken schoben sich vor den Mond und warfen tanzende Schatten auf Hales markante Züge, die deutlich seine Verärgerung widerspiegelten. »Wie lange?«

»Zwei Jahre.«

»Und die Möglichkeit, dass ihr wieder zusammenfindet, besteht nicht?«

»Nein!«, platzte sie heraus, dann biss sie sich auf die Lippen und versuchte, die in ihr aufsteigende Wut zu zügeln. »Außerdem, was geht dich das eigentlich an?«

»Ich möchte nur nicht, dass er hier aufkreuzt und mir in die Suppe spuckt. Du hast gesagt, es gäbe keine männlichen Freunde oder eifersüchtigen Geliebten in deinem Leben, um die ich mir Sorgen machen müsste.«

»Gibt es auch nicht.«

»Mit Ausnahme von Luke.«

»Luke ist jemand aus meiner Vergangenheit«, stellte sie richtig. Sie war wütend und hätte Hale am liebsten auf seinen Platz verwiesen. Er hatte kein Recht, ihr Schuldgefühle zu machen, nur weil sie eine Vergangenheit hatte, und genau das würde sie ihm sagen. »In unserem Vertrag steht nichts davon, dass auch etwas, was vor zwei Jahren passiert ist, von Bedeutung ist.«

»Möglich.«

Jetzt konnte sie nicht länger an sich halten, so sehr brachte sie seine überhebliche Art auf die Palme. Zitternd vor Zorn straffte sie die Schultern und blickte ihn mit lodernden Augen an. »Nun, zumindest *habe* ich eine Vergangenheit. Ich habe Freunde und eine Familie und Jahrbücher und Erinnerungen an mein Leben in den vergangenen vierundzwanzig Jahren, aber du ... du« – sie fuchtelte wild gestikulierend mit den Händen –, »soweit ich weiß, hast du

189

bis zum College gar nicht existiert! Du besitzt nichts, rein gar nichts, was beweisen könnte, dass du schon vorher am Leben warst!«

Er zog scharf die Luft ein, dann umschloss er ihre Handgelenke mit stahlhartem Griff. »Genug!«

»Was ist los, Hale? Was verbirgst du?«

»Nichts, verdammt noch mal!«

»Nun, ich auch nicht.« Sie riss ihre Hände los und eilte in Richtung Treppe, aber er holte sie ein.

Geschmeidig wie eine Raubkatze fasste er sie bei der Hand und zog sie zu sich heran. »Was ist mit unserer Waffenruhe?«

»Du hast sie gebrochen – du mit deiner Neugier!« Sie streckte den Arm aus, angelte das Taschenbuch vom Tisch und wedelte damit vor seinem Gesicht herum.

»Und du hast sie gebrochen, indem du gelogen hast!«

»Ich habe nicht gelogen.«

»Nein, sicher nicht, du hast mir lediglich ein paar entscheidende Details vorenthalten.«

»Das stimmt, aber nicht mein ganzes Leben, Hale«, erwiderte sie, dann atmete sie tief durch. »Ich habe nicht mein ganzes Leben vor dir versteckt. Du hast meine Mutter kennengelernt, hast gesehen, wo ich wohne, hast mir Fragen gestellt, die ich dir beantwortet habe. Ich dagegen sehe mich mit einer Steinmauer konfrontiert.«

»Vielleicht habe ich keine Vergangenheit«, sagte er leise.

»Das ist doch verrückt ...«

»Das ist ganz und gar nicht verrückt, das kannst du mir glauben.« Er lockerte seinen Griff ein wenig, doch er ließ ihr Handgelenk nicht los. Im Halbdunkel sah sie die Traurigkeit, die sich über seine Züge legte und die harten Kanten seines Gesichts weicher erscheinen ließ.

Wie mochte er als Junge gewesen sein?, fragte sie sich, und es schmerzte sie innerlich, dass sie ihn damals noch nicht gekannt hatte. War er immer so abgebrüht gewesen, so emotionslos – oder hatten erst die späteren Jahre diesen kaltschnäuzigen Geschäftsmann aus ihm gemacht?

Seine Augen wanderten zu ihren Lippen. Er schluckte. Sanft strich er mit den Fingerspitzen über die Innenseite ihres Handgelenks. Langsam zog er sie an sich, senkte den Kopf und ließ seine Lippen über ihren schweben. Sein Atem strich sanft über ihr Kinn.

»Oh, Valerie«, murmelte er und seufzte leise. »Liebe, süße Valerie ...« Er berührte ihren Mund, tastend, gefühlvoll.

Valeries Puls erwachte zum Leben, fing an zu rasen, getrieben von einer Leidenschaft, die von seinem Körper auf ihren übersprang. Ihr Herz schlug Purzelbäume. Sie drückte ihren Körper an seinen, ihr weiches Fleisch schien mit seinen Schenkeln, Hüften, mit seiner Brust zu verschmelzen.

Er nahm ihre Hände in seine, dann legte er die Arme so fest um sie, dass ihre Brüste gegen ihn gepresst wurden. Sie spürte, wie sich ihre Brustwarzen unter ihrem dünnen T-Shirt aufrichteten. Sie atmete tief den Moschusduft seiner Männlichkeit ein, schmeckte das Salz auf seinen Lippen und schmiegte sich noch enger an ihn. Erwartungsvoll hob sie ihm den geöffneten Mund entgegen. *Liebe mich*, flehte sie stumm.

»Was soll ich bloß mit dir machen?«, murmelte er. Seine Zunge drang in ihren offenen Mund ein. Valerie fing an zu zittern.

191

Bereitwillig schlang sie die Arme um seinen Nacken und erwiderte voller Leidenschaft seine Küsse. Was hatte dieser Mann an sich, dass er sie in der einen Sekunde fast zum Weinen brachte und in der nächsten dazu, dass sie die Wände hochging, während sie sich in der übernächsten nichts sehnlicher wünschte, als ihn heiß und gierig zu lieben?

Ihr wurde warm vor Hunger – Hunger nach ihm. Warm von einem inneren Feuer, das noch kein Mann in ihr entfacht hatte. *Bitte, Hale, liebe mich*, schrie ihre Seele stumm, während ihr Verstand sich mit aller Kraft dagegen auflehnte.

Er hob den Kopf, seine Augen glänzten vor Leidenschaft, seine Hände bebten, als er damit ihr Gesicht umschloss.

»Das – das darf nicht passieren«, krächzte er und versuchte vergeblich, seine Atmung unter Kontrolle zu bringen. »Noch nicht.«

»Niemals«, pflichtete sie ihm bei.

»Allmächtiger.« Vor Frust mit den Zähnen knirschend ließ er sie los, dann räusperte er sich und strich sich die Haare aus dem Gesicht. »Ich hätte dich niemals engagieren dürfen. Ich hätte vom ersten Augenblick an wissen müssen, dass das ein Riesenfehler sein würde.« *Doch stattdessen habe ich darauf bestanden – habe dich gedrängt, nahezu gezwungen, auf mein Anliegen einzugehen, denn tief im Innern habe ich diesen Augenblick herbeigesehnt, wollte spüren, wie du in meinen Armen zitterst. Verflucht, schon als ich dich zum allerersten Mal gesehen habe, wollte ich dich lieben, lieben bis zur Besinnungslosigkeit.*

Hale trat zurück, bis er mit dem Rücken gegen die Wand des Deckaufbaus stieß. Das Blut rauschte in seinen Ohren, sein Kopf hämmerte, sein Herz wummerte wie ein Presslufthammer. Sein Mund war staubtrocken. Er kniff die Augen zusammen, um den verführerischen Anblick auszublenden, den sie bot. Die Wolken hatten sich verzogen, das Mondlicht spielte in ihrem Haar, ihre Augen glitzerten vor Begierde, sodass er sich kaum noch beherrschen konnte. Er ballte die Hände hinter seinem Rücken zu Fäusten.

»Ich glaube, wir machen für heute lieber Schluss, Valerie.«

Bevor er noch etwas Dummes tun konnte, wie sie ein weiteres Mal zu küssen, zwang er sich, die Augen zu öffnen und die Treppe hinunterzugehen. Blitzschnell durchquerte er den Salon und verschwand in seiner Kabine. Seine Hände zitterten immer noch heftig, und das Feuer in seinen Lenden wollte nicht aufhören zu brennen. Allein bei dem Gedanken daran, wie sie warm und bereitwillig in seinen Armen gelegen hatte, wurde ihm unendlich heiß.

Er warf sich aufs Bett, dann rollte er sich stöhnend auf die Seite und schloss fest die Augen, obwohl er ganz genau wusste, dass es ihm nicht gelingen würde, die Gedanken an sie auszublenden und einzuschlafen.

Einen kurzen Augenblick später hörte er sie auf der Treppe. Die Tür zu ihrer Kabine öffnete und schloss sich. Er schauderte und wünschte sich inständig, er wäre ihr niemals begegnet.

Die *Regina* pflügte durch die Juan-de-Fuca-Straße, um am nächsten Morgen in Victoria vor Anker zu gehen. Valerie redete sich ein, es sei das Beste, die gestrige Nacht zu vergessen, doch in dem Augenblick, als sie Hale erblickte, wusste sie, dass sich ihre nächtliche Begegnung nicht so einfach unter den Teppich kehren ließe. Er wich ihrem Blick aus, seine Mundwinkel waren nach unten gezogen.

Valerie tat so, als interessierte sie sich für die Aussicht, wenngleich sie spürte, dass er sie mit einer Intensität musterte, die ihr bis ins Mark drang. Ihre Finger, die die Reling umklammerten, wurden weiß, doch sie hielt die Augen fest auf die See gerichtet, während die *Regina* langsam in den Hafen einfuhr.

Segelboote, Kabinenkreuzer und alle nur vorstellbaren anderen Boote wetteiferten um einen Platz in der Marina. Hohe Masten und Takelagen schaukelten auf dem Wasser, weiße Yachten glänzten im Morgenlicht.

Hinter dem nicht unbeträchtlichen Aufgebot an Wasserfahrzeugen war das Hafenviertel von Victoria zu erkennen, die Promenade und Straßen summten vor morgendlicher Geschäftigkeit. Touristen schlenderten bereits zu dieser frühen Stunde am Wasser entlang, Autos und Busse fuhren an ihnen vorbei. Angrenzend an die Straße entdeckte Valerie gepflegte Rasenflächen und blühende Sträucher – die Außenanlagen des Parlaments, das aussah wie eine Mischung aus einem englischen Schloss und einer muslimischen Moschee. Hoch oben am strahlend blauen Himmel kreisten Tauben und Möwen, eine rotweiße kanadische Flagge knatterte im Wind.

»Victoria ist eine meiner Lieblingsstädte«, verkündete Beth, als sie sich zu Hale und Valerie an Deck gesellte. »So viel Kultur! So viel Leben!« Lächelnd bewunderte sie die Aussicht, steckte ein paar verirrte Haarsträhnen unter ihren breitkrempigen Hut und setzte ihre Sonnenbrille auf. »Ich kann es kaum erwarten, einkaufen zu gehen. All diese interessanten Geschäfte und englischen Pubs! Und erst mal der Tee – ich freue mich so sehr auf den englischen Fünf-Uhr-Tee. Ihr müsst unbedingt auch Tee trinken gehen!«

»Oh, das tun wir«, willigte Hale zu Valeries Überraschung leichthin ein. Nach der gestrigen Nacht hatte sie erwartet, dass er Distanz halten würde. »Ich wollte ohnehin vorschlagen, dass wir auch unser Frühstück an Land einnehmen.«

»Was für eine wundervolle Idee! Ich gebe Hans gleich Bescheid, dass er heute Morgen nichts vorbereiten muss.« Beth eilte die Treppe hinunter unter Deck und ließ Hale und Valerie allein zurück.

»Komm«, forderte Hale sie auf und nahm ihre Hand, »lass uns aufbrechen, bevor wir uns wieder Regina und Stewart anschließen müssen.«

Valerie verschränkte ihre Finger mit seinen und blickte ihn mit schräg gelegtem Kopf an. »Bist du dir sicher, dass das eine gute Idee ist?«

»Nein, im Gegenteil. Ich bin mir sicher, dass das vermutlich eine der schlechtesten Ideen ist, die ich seit einer ganzen Weile hatte.«

»Noch schlechter als eine vorgetäuschte Verlobung?«

Er stöhnte. »Langsam fange ich wirklich an, das zu bedauern!« Doch um seine Augen herum bildeten sich verräterische Lachfältchen, und er flüsterte: »Aber es funktioniert, hab ich recht?«

»Sag bloß.«

Er drückte ihre Hand. »Es funktioniert sogar zu gut, leider.«

Sie gingen zusammen an Land, schlenderten zwischen

den Docks hindurch und spazierten durch die angrenzenden schmalen Straßen, in denen Pferdefuhrwerke mit Autos und Lastwagen wetteiferten. Buchhandlungen, Porzellanläden, Kunstgalerien und echte englische Pubs reihten sich dicht an dicht in den quadratischen Backsteingebäuden aneinander, Körbe voller Blumen hingen von altmodischen Laternenpfählen.

Hale und Valerie aßen Belgische Waffeln und Käse-Plinsen in einem kleinen Café, das auf einen der Plätze hinausging. Er erwähnte ihre Begegnung im Mondschein mit keinem Wort, und auch sie schwieg, obwohl sie ihn dabei ertappte, dass er sie über den Rand seiner Tasse hinweg anstarrte, die Augen dunkel und durchdringend.

Er versucht so zu tun, als habe es die vergangene Nacht nicht gegeben, wurde ihr klar. *Aber das, was gewesen ist, lässt sich nicht leugnen.*

Ihr Magen fing an zu brennen, und sie schob die Reste ihres Frühstücks beiseite. Die Tasse nervös in den Händen drehend, fragte sie: »Was möchtest du dir als Nächstes ansehen?«

»Das ist mir gleich.«

»Die Parkanlagen? Ein Museum? Die Geschäfte?«

»Du darfst wählen«, schlug er vor, dann griff er nach ihrer Hand. »Aber erst erzähl mir von Luke.«

»Da gibt es nichts zu erzählen.«

Er glaubte ihr nicht. Seine Augen schalten sie eine Lügnerin. »Es muss doch etwas zwischen euch vorgefallen sein.«

»Vielleicht«, erwiderte sie achselzuckend. Sie zog ihre Hand weg, schloss sie erneut um ihre Kaffeetasse und lehnte sich in ihrem Stuhl zurück. »Ich habe ihn auf dem College kennengelernt. Er war brillant, doch er surfte lieber, als dass er lernte. Er musste auch nicht viel lernen, ihm flog alles zu. Im ersten Jahr, in dem wir zusammen waren, war alles gut, aber dann ...« Sie starrte in ihre Tasse, als könnte sie dort die Antworten auf die Fragen finden, mit denen sie sich seit zwei Jahren das Hirn zermarterte. »Er hat beschlossen, sich selbst zu finden. Deshalb hat er alles aufgegeben – sein Stipendium, seinen Porsche, sein Surfbrett und mich –, um quer durch Montana zu wandern.«

»Was ist denn in Montana?«

»Das wüsste ich auch gern. Oder vielleicht besser nicht.«

»Eine andere Frau?«

Valerie versuchte, den Kloß hinunterzuschlucken, der sich in ihrer Kehle gebildet hatte. »Ich habe keine Ahnung«, gab sie zu und nahm einen Schluck Kaffee, der inzwischen kalt geworden war. »Er hat sich nur ziemlich vage geäußert. Er kannte einen Typen, der eine Blockhütte in den Bergen besitzt. Dort wollte er den Sommer verbringen. Das war vor zwei Jahren. Seitdem habe ich nichts mehr von ihm gehört.«

»Habt ihr euch geliebt?«

Diese Frage hatte sie sich schon ungefähr tausendmal gestellt. »Ich glaube schon.«

»Und jetzt?«

»Jetzt bin ich davon überzeugt, dass es keine Liebe gewesen sein kann. Sonst hätte er mich nicht verlassen.«

Hales Lippen zuckten. »Du bist eine Romantikerin? Das hätte ich nicht gedacht. Ich hatte dich eher für pragmatisch gehalten.«

»Das bin ich auch – normalerweise.«

»Aber du bist überzeugt davon, dass wahre Liebe ewig hält.«

»Du nicht?«

Sie hatte erwartet, er würde behaupten, dass es keine wahre Liebe gab. Stattdessen runzelte er die Stirn. »Ich weiß es nicht.« Sein Blick begegnete ihrem für einen magischen Augenblick. »Ich weiß es einfach nicht.«

Der Kellner kam mit der Rechnung, und als sie das Lokal verließen, hakte sich Valerie bei ihm ein und schob all ihre Gedanken an Luke beiseite. Nein, sie hatte Luke nie wirklich geliebt, und das war ihr jetzt auch egal. Luke war Teil ihrer Vergangenheit. Hale, so hoffte sie, war ihre Zukunft.

Hale bestand darauf, dass sie eine Kutschfahrt machten, winkte einen Fahrer mit einem schwarzen Zylinder herbei und bezahlte. Sie kletterten auf den offenen Wagen, die Peitsche knallte, und das Pferd, ein kräftiger grauer Wallach, trappelte geräuschvoll die Straße entlang.

Hale legte den Arm um Valeries Schultern und zog sie an sich, während der Kutscher ihnen die Sehenswürdigkeiten erklärte. Der Himmel war strahlend blau, die Luft erfüllt von Blumenduft, dem salzigen Geruch der See und Pferdeschweiß. Valerie genoss die Romantik ihres gemeinsamen Abenteuers, seufzte zufrieden und kuschelte sich dicht an Hale.

»Glücklich?«, fragte er und strich ihr übers Haar.

»Hmm.«

Über das Klappern der Pferdehufe hinweg vernahm sie das beständige Schlagen seines Herzens. Der Kutscher bog durch ein schmiedeeisernes Tor, bewacht von zwei gewaltigen handgemeißelten Löwen.

In Hales Arme geschmiegt, beobachtete Valerie das faszinierende Treiben in dieser geschäftigen Stadt und wünschte sich, dieser Tag würde nie zu Ende gehen.

Sie nahmen ihren Tee in einem fabelhaften Glasgebäude ein, das einen üppigen Park beherbergte. Es duftete nach fetter Erde und exotischen Pflanzen, Vogelgezwitscher ertönte.

Valerie und Hale ließen sich an einem kleinen Tisch nieder, tranken Tee und aßen köstliche Häppchen. Hale war charmant und entspannt, seine grauen Augen sahen sie warm an, sein Lächeln wirkte ansteckend.

»Beth hat recht, Victoria ist eine wunderschöne Stadt«, sagte Valerie, als ihr Gespräch abflaute.

»Vielleicht sollten wir hier die Nacht verbringen.«

Sie hätte sich beinahe an ihrem Tee verschluckt. »Hier – wir zwei zusammen?«

Er sah sich in dem Gebäude mit den üppigen Bäumen und Gewächsen um. »Nicht hier – ich dachte, du würdest ein anheimelndes viktorianisches Gasthaus vorziehen.«

»Ich denke, wir sollten auf die Yacht zurückkehren.«

»In unsere getrennten Kabinen?«

Sie reckte das Kinn. »Was glaubst du denn?« Obwohl sie sich alle Mühe gab, entrüstet zu klingen, ließ ihre Stimme sie im Stich, und sie spürte, dass ihre Augen verräterisch funkelten.

Er stellte seine Tasse ab und sah ihr direkt ins Gesicht. »Wir haben das, was gestern Nacht passiert ist, lange genug ignoriert, findest du nicht?«

»Ich dachte, du wolltest, dass wir den Abend vergessen.«

»Das habe ich versucht. Vergeblich.«

Dem konnte sie nichts entgegensetzen. Mit zitternden Händen griff sie nach ihrer Tasse. »Ich bin nicht an einer Affäre interessiert«, erklärte sie unverblümt. Ihre Wangen brannten. »Das habe ich dir von Anfang an gesagt.«

»Ich weiß, Valerie«, erwiderte er leise. »Auch ich hatte kein Interesse daran. Zumindest habe ich das bislang geglaubt. Doch du hast mich dazu gebracht, meine Meinung zu ändern.«

Sie schob ihren Stuhl zurück und stand auf. »Ich denke, wir sollten jetzt aufbrechen -«

Wieder umfasste er ihr Handgelenk. »Du kannst es leugnen, soviel du willst, aber da ist etwas zwischen uns – etwas, was mehr ist als Freundschaft.«

»Ich glaube kaum, dass wir Freunde sind.«

»Aber wir könnten Geliebte sein.«

Herrgott, warum klopfte bloß ihr Herz so laut? »Wir sind Geschäftspartner, Hale. Mehr nicht.«

»Du machst dir etwas vor.«

»Das glaube ich nicht.« Anstatt weiter mit ihm zu streiten – was ohnehin nur eskalieren und am Ende zu nichts führen würde –, verließ Valerie das Café und schlenderte Richtung Marina.

Hale schloss mit großen Schritten zu ihr auf. »Versuch nicht, mich glauben zu machen, dass du nicht weißt, was passiert ist«, sagte er zornig, »du hast es nämlich auch gespürt.«

Sie wollte leugnen, doch er schüttelte den Kopf und legte einen Finger auf ihre Lippen. »Pscht«, sagte er, dann setzte er sich wieder in Bewegung. »Und versuch nicht, mir weiszumachen, dass du gestern Abend geschauspielert hast. Wir waren allein, und du hast meinen Kuss erwidert. Ob du's wahrhaben möchtest oder nicht, Valerie« – er machte einen ausladenden Schritt um sie herum und blieb vor ihr stehen. »Wir sind dabei, uns zu verlieben!«

Abrupt hielt sie an. Meinte er das ernst? *Liebe?* »Ich glaube, du verwechselst Liebe mit Lust.«

»Nein, ganz bestimmt nicht. Ich kenne nämlich beides.«

»Tatsächlich? Und wen hast du geliebt? Leigh – wie war noch gleich ihr Name?«

Bei der Vorstellung warf er den Kopf zurück und lachte. »Nein, nicht Leigh. Ihr Nachname ist übrigens Carmichael. Sie wäre am Boden zerstört, wenn sie wüsste, dass du keine Ahnung hast, wer sie ist.«

»Tut mir leid -« Sie versuchte, sich an ihm vorbeizudrängen, doch er umfasste ihre Schultern und hielt sie fest, sodass die anderen Passanten um sie herumgehen mussten. »Wir geben ein ziemlich lächerliches Bild ab«, bemerkte sie.

»Leigh hat mir nie etwas bedeutet.«

»Sie war deine Geliebte.«

Hale seufzte. »Das ist lange her.«

»Da behauptet Regina etwas anderes.«

»Seit wann glaubst du Regina?«, fragte er. In seinen Augen lag ein amüsiertes Funkeln. »Mach dir wegen Leigh keine Sorgen. Sie ist längst nicht mehr Teil meines Lebens. Und jetzt komm.« Als hätte das Gespräch nie stattgefunden, fasste er ihre Hand und zog sie über die Straße hinter sich her.

201

»Wohin gehen wir?«

»Zu einem echten englischen Pub.«

»Wir haben doch eben erst gegessen.«

Er bedachte sie mit einem schelmischen Grinsen. »Ich weiß, aber wir haben gerade noch genügend Zeit, dass ich bei einer Runde Darts gegen dich antreten kann.«

»Darts?« *War er verrückt geworden?* Doch sie widersprach nicht, und nachdem sie durch mehrere Antiquitätenläden und ein Süßwarengeschäft geschlendert waren, führte er sie in ein kleines, dunkles Pub, wo Fish & Chips, Kidney Pie und dunkles Ale serviert wurden.

Valerie entspannte sich, aß so viel Kabeljau in Bierteig, wie sie in sich hineinstopfen konnte, dann verblüffte sie Hale, indem sie ihn beim Dartspielen besiegte. Die nächsten beiden Runden verlor sie.

Als sie zur *Regina* zurückkehrten, war der Himmel bereits dunkel und die Luft kühl. Als sie am Ufer entlangbummelten, flammten in den umliegenden Gebäuden die Lichter auf.

Hale legte den Arm um Valeries Schulter, und sie wehrte sich nicht dagegen. Dieser Tag war zu perfekt gewesen, als dass sie ihn verderben wollte. Seine Hand an ihrem Arm, warm und besitzergreifend, fühlte sich richtig an.

Das Mondlicht zauberte silberne Streifen auf das dunkle Wasser im Hafen, der sanfte Wind von der See bauschte Valeries Haar. Sie warf Hale einen Seitenblick zu, und ihr Herz zog sich zusammen beim Anblick seines markanten Profils. Mein Gott, wie sehr sie ihn liebte! Sie kannte ihn noch keine zwei Wochen, und doch war er der Mann, in den sie sich unsterblich verliebt hatte. Obwohl sie das nicht durfte. Doch trotz all der Schwüre und Versprechungen, die sie sich selbst gegeben hatte, war genau das passiert.

Auf der Yacht war alles still und ruhig – und warm nach diesem heißen Sommertag. Die Stowells waren nicht an Bord, und anscheinend hatten auch der Kapitän und die Crew beschlossen, sich einen schönen Abend an Land zu machen. Valerie war mit Hale allein. Mutterseelenallein auf dem sanft schaukelnden Boot. Das wussten sie beide, obwohl keiner von ihnen das Offensichtliche erwähnte.

»Es ist spät«, sagte sie unsicher.

»Wie wär's mit einem kleinen Schlummertrunk?«

»Lieber nicht.« Das Letzte, das sie jetzt brauchte, war ein Drink! Sie sah in Hales erotische graue Augen, sah den dünnen Schweißfilm, der sich auf seiner Haut bildete, seine angespannten Nackenmuskeln, und sie wusste, dass sie vorsichtig sein musste.

»Ich sage dann besser mal gute Nacht.«

»Das muss nicht sein.«

»Doch, natürlich muss es das.«

»Meinetwegen könnte dieser Abend immer weitergehen.«

Er stand dicht vor ihr, sein Atem strich über ihr Gesicht. Die Hitze seines Körpers strahlte auf ihren ab. »Ich glaube, das wäre nicht gut.«

»Immer die anständige Dame, hab ich recht?« Er fuhr mit dem Finger die Kurve ihres Kinns nach, dann hob er es, um ihre Lippen zu berühren.

»Anständig? Nein. Eine Dame? Manchmal. Aber ich gebe mein Bestes, eine kluge Frau zu sein.« Valerie bebte innerlich, doch sie zwang sich, sich nichts anmerken zu lassen. Er sollte nicht wissen, welch heftige Reaktionen er in ihr auslöste – auch wenn er das längst gespürt hatte.

Sein Finger glitt ihren Hals hinunter und blieb auf den zarten, runden Enden ihres Schlüsselbeins liegen. Er umkreiste sie langsam und beobachtete fasziniert, wie der Puls an ihrem Hals schneller zu schlagen begann.

»Trau dich, Valerie«, sagte er und schlang die Arme um sie. »Vertrau deinen Instinkten, nur ein einziges Mal.«

Er senkte den Kopf und strich mit den Lippen über ihre. Ihr Blut fing Feuer, begann zu kochen, als sein Mund härter, fordernder wurde.

Sie kämpfte gegen den überwältigenden Drang an, einfach zu kapitulieren, schloss dennoch die Augen und lehnte sich an ihn, öffnete die Lippen, um seine zärtlich liebkosende Zunge zu empfangen, seine zitternden Hände in ihrem Haar zu spüren.

Den Kopf zurückgelegt, stöhnte sie auf, als Hale ihre Halsbeuge küsste, mit der Zunge hinunter zum Ausschnitt ihres Kleides glitt und eine brennende Spur des Verlangens auf ihrer nackten Haut hinterließ.

Ihre Brüste schmerzten vor Sehnsucht, erotische Fantasien zogen an ihrem inneren Auge vorbei. *Was schadet es? Er hat doch gesagt, er liebt dich! Glaub ihm – vertrau ihm. Gönn dir doch ein einziges Mal im Leben ein kleines bisschen Glück!*

Als er sie von den Füßen hob, protestierte sie nicht, sondern schlang die Arme um seinen Nacken und betrachtete ihn durch halb geschlossene Lider. Ihr Haar ergoss sich über seinen Arm, als er sie zu seiner Kabinentür trug, davor stehen blieb und sie erneut küsste. Sie erwiderte seinen

Kuss voller Leidenschaft und strich mit ihren Fingern über sein Nackenhaar.

Entschlossen blendete sie die Zweifel aus, die an ihr nagten, und überließ sich ganz dem Gefühl seiner Lippen und Hände auf ihrem Körper, spürte die Wärme, die sie durchflutete.

»Willst du bei mir bleiben?«, murmelte er ihr ins Ohr, und sein Atem setzte ihre Haut in Flammen.

Sie bekam kaum Luft, als er sie küsste und in seine Kabine trug. Irgendwo tief im Innern spürte sie, dass sie soeben einen gewaltigen Fehler beging, doch sie konnte nicht aufhören, ihn zu küssen. Sie liebte ihn. Und das war alles, was zählte.

Hale legte sie vorsichtig aufs Bett, beugte sich über sie und streichelte ihren Körper.

»Valerie, liebe süße Valerie«, murmelte er heiser. Sein Atem ging abgehackt und keuchend. Er legte eine Hand in die Kuhle zwischen ihren Brüsten und spürte das Pochen ihres Herzens. »Ich möchte dich lieben.«

Er umfasste ihre Brust, deren Spitze sich unter dem weichen Stoff erwartungsvoll aufrichtete. Valerie zog scharf die Luft ein. In ihr erwuchs ein Verlangen, das nur er stillen konnte.

Hale streichelte ihre Brust, doch Valerie drehte sich schnell auf die Seite. »Nein – nein«, stammelte sie, obwohl ihr Körper alles andere als Nein sagte. Sie wollte mehr von seinen sanften, süßen Berührungen, doch sie zwang sich, an die Zeit nach dieser einen wundervollen Nacht zu denken.

»Ich liebe dich.«

Sie sah die Begierde in seinen Augen lodern und wusste, dass die Lust aus ihnen sprach. »Bitte, sag das nicht ...«

»Heirate mich, Valerie.«

Heiraten? »Sag das nicht, Hale ... Du musst nicht -«

»Ich verstehe das nicht als Verpflichtung!«, stieß er hervor, als sie sich vom Bett hochrappelte und ein paar Schritte zurücktrat.

Ärger und Verwirrung trübten seinen Blick, und sie erinnerte sich an das letzte Mal, als sie in eine Situation wie diese geraten war, als ihr Chef bei Liddell International seinen schweren, schwitzenden Körper auf sie gewälzt und sie angefleht hatte, mit ihm zu schlafen. Zum Glück war sie ihm entronnen. Doch das hier war etwas anderes. Etwas viel Schlimmeres. Sie sehnte sich danach, bei Hale zu bleiben – sich mit ihm zu vereinigen.

Unbeholfen streckte sie die Hand aus und berührte sein Kinn.

Er stöhnte, dann schob er sanft ihre Hand beiseite. »Es ist besser, du gehst jetzt«, stieß er mit zusammengebissenen Zähnen hervor. »Nein – tu das nicht«, sagte er, als sie stattdessen einen Schritt auf ihn zumachte. »Ich warne dich, Valerie – alles kann selbst ich nicht ertragen.«

»Aber -«

»Geh einfach. Und verriegle diese dämliche Tür!«

Ihre Brust war so eng, dass sie nicht sprechen konnte. Sie drehte sich um, ging hinüber in ihre Kabine und schloss die Tür hinter sich, doch den Riegel legte sie nicht vor. Wenn er zu ihr käme, würde sie ihn nicht mehr aufhalten. Dazu liebte sie ihn zu sehr.

Sie warf sich aufs Bett, versuchte vernünftig zu denken

und sich vor Augen zu führen, dass diese Liebe ein Fehler war.

Denk nach, Valerie!, befahl sie sich selbst. Und das tat sie. Die ganze Nacht lang. Und während dieser langen Nacht fasste sie den Entschluss, dass sie das Risiko eingehen würde. Einem Mann wie Hale Donovan begegnete man nur einmal im Leben, und sie sollte ihm ihr Vertrauen schenken. Nicht heute Nacht, aber gleich am Morgen, und wenn sich die Dinge so entwickelten, wie sie hoffte, für den Rest ihres Lebens.

Er hatte sie gebeten, ihn zu heiraten, oder etwa nicht? Gleich morgen früh wollte sie herausfinden, ob er zu seinen Worten stand.

Sie liebte ihn. Punkt. Und jetzt hatte sie die Chance, seine Braut zu werden.

Sie träumte von Liebe und Ehe, stellte sich vor, wie sie Hale Donovans Kinder zur Welt bringen würde, und glitt in einen unruhigen Schlaf. Ja, sie liebte diesen Mann, und ja, sie würde ihm vertrauen.

Kurz darauf erwachte sie wieder, stellte fest, dass draußen schon die Morgendämmerung anbrach, und lächelte.

Sie würde Hales Heiratsantrag annehmen. Sie würde diese Scharade beenden. Und ja, sie würde mit ihm schlafen. Alles würde perfekt sein, dachte sie, bevor sie endgültig einschlief.

Kapitel elf

Am nächsten Morgen – William und Beth verbrachten ein paar letzte Stunden in Victoria –, kam die schönste, beeindruckendste Frau an Bord der *Regina*, die Valerie je zu Gesicht bekommen hatte. Sie hatte blitzende, jadegrüne Augen, glänzendes schwarzes Haar, sahneweiße Haut und einen Schmollmund, und sie führte sich auf, als würde die Yacht ihr gehören.

»Leigh!« Regina schnappte nach Luft und warf Valerie einen fragenden Blick zu.

Leigh? Leigh Carmichael?

»Das nenne ich eine Überraschung!«, sprudelte Regina hervor.

Leigh lachte kehlig. »Ich dachte, ihr würdet mich erwarten.« Noch bevor Regina etwas erwidern konnte, lehnte sie sich über die Reling und rief: »Könnten Sie mir bitte mein Gepäck hochbringen?«

Erstaunt sah Valerie zu, wie ein Taxifahrer mehrere überdimensionierte Taschen hinauf an Deck schleppte, während er den Motor seines Wagens im Leerlauf ließ. Leigh bezahlte ihn, dann ließ sie sich auf einen Liegestuhl fallen und nahm ihren Hut ab. »Wo ist Hale?«

»Oh, er ist irgendwo an Bord«, erwiderte Regina und warf Valerie einen nervösen Blick zu.

Leigh grinste. »Das wird eine Überraschung! Er wollte, dass ich mich ihm schon in San Francisco anschließe, aber ich konnte nicht früher weg. Ich war in Europa, wie du vermutlich weißt.« Seufzend fächelte sie sich mit ihrem Stroh-hut Luft zu. »Mein Gott, ist das warm!« Ihr Blick fiel auf einen Krug Eistee, und sie fragte: »Macht es dir etwas aus ...«

»Bediene dich«, sagte Regina.

Valeries Magen schnürte sich zusammen. Dann hatte Hale Leigh also ebenfalls gebeten, seine Verlobte zu spielen, und sie hatte den Stolz besessen abzulehnen. Und nun? Warum hatte er gelogen? Er hatte geschworen, dass seine Affäre mit Leigh längst vorüber war. Wenn dem tatsächlich so war – woher hatte sie gewusst, wo sie ihn finden konnte? Verzweifelt rang Valerie die Hände.

»Wo sind denn alle?« Leigh schenkte sich ein Glas Eistee ein und drückte sich das Glas gegen die Stirn, dann stieß sie einen zufriedenen Seufzer aus.

»Mom und Dad sind in der Stadt, doch sie kommen bald zurück. Stewart ist bei Hale, und Valerie und ich ha-ben hier oben ein wenig geplaudert.«

Leighs Augen schweiften zu Valerie und musterten sie, als hätte sie sie eben erst bemerkt. »Bist du eine Freundin von Regina? Ich darf doch Du sagen, oder?«

Valerie spürte, wie ihr der Schweiß ausbrach. Die Bluse klebte ihr am Rücken, und sie musste all ihre Willenskraft zusammennehmen, um Leighs Blick standzuhalten.

»Wir haben uns auf der Kreuzfahrt angefreundet«, sagte sie. Sie hoffte, unbefangen zu klingen, obwohl soeben ihre Welt in die Brüche ging. Offensichtlich war Hales Bezie-hung mit Leigh alles andere als vorbei.

Regina, die sich ausgesprochen unwohl zu fühlen schien, stellte die beiden hastig einander vor. »Das ist Valerie Pryce. Leigh Carmichael.«

Valerie zwang sich zu einem Lächeln. »Ich habe viel von dir gehört«, sagte sie lahm.

Leigh zog die perfekt geschwungenen dunklen Augenbrauen zusammen. »Du musst mit Stewart hier sein.« Sie betrachtete den Ring an Valeries linker Hand, dann lächelte sie ebenfalls. Ihre grünen Augen funkelten fröhlich. »Sag nichts – du wirst ihn heiraten!«, jubelte sie, warf den Kopf zurück und lachte. »Ich kann's nicht glauben! Endlich hat jemand den unbezähmbaren Stewart Stowell an die Leine gelegt!«

Valerie nahm sich zusammen und schüttelte den Kopf. »Das stimmt nicht wirklich. Ich habe ihn gerade erst kennengelernt.«

»Aber der Ring ... Ich dachte ...« Leigh verstummte. Ihr schönes Gesicht wurde leichenblass.

Es gab keinen Grund zu lügen. Valerie stand mit dem Rücken zur Wand. »Ich bin mit Hale hier«, erklärte sie so ruhig wie möglich.

Es dauerte einen kleinen Augenblick, bis Leigh sich gefasst hatte. Sie nahm einen Schluck von ihrem Eistee und wiederholte: »Mit Hale?«

»Ja.«

Leigh betrachtete die Eiswürfel in ihrem Glas und sagte: »Dann hast du also von mir erfahren.« Seufzend fragte sie: »Hat sich Hale die Mühe gemacht zu erwähnen, dass wir verlobt sind?«

Valerie fühlte sich, als hätte ihr jemand in den Magen getreten.

»Nun, vermutlich nicht.« Leigh wedelte abschätzig mit der Hand.

Regina warf Valerie einen Blick zu. »Aber das ist unmöglich -«

»Bloß weil wir uns ein paar Wochen nicht gesehen haben?«, fragte Leigh hochnäsig, doch sie wirkte nervöser als vorhin, als sie an Bord gekommen war. »Ich gebe zu, dass ich mich ein wenig unbehaglich gefühlt habe, als Hale angerufen und mich gebeten hat, ihn zu begleiten. Wir hatten unsere Verlobung noch nicht verkündet, nicht offiziell, aber was wäre ein passenderer Ort als dieser hier?« Sie deutete auf das Teakholzdeck, das sonnengesprenkelte Wasser und die flatternden Segel der kleineren Boote.

»Ja, was gäbe es für einen besseren Ort?«, flüsterte Valerie mit brennender Kehle. All diese Lügen. Die gestrige Nacht. Sein Liebesschwur. Wie oft hatte er ihn ausgesprochen? Wie vielen Frauen hatte er gesagt, dass er sie liebte? Tief im Herzen wollte sie glauben, dass sie die Einzige war – dass er sie nicht belogen hatte, doch es gelang ihr nicht.

Regina runzelte die Stirn. »Ich verstehe nicht. Valerie und Hale -«

»- arbeiten zusammen«, beendete Valerie ihren Satz und warf Regina einen Blick zu, der sie hätte töten können. Je weniger hier gesagt wurde, desto besser. Sie wusste nicht, welches Spiel Leigh spielte, aber es war sicher besser, sie ausreden zu lassen, bevor sie irgendwelche Statements zu ihrer vermeintlichen Verlobung mit Hale abgab. *Vermeintlichen* Verlobung, wohlgemerkt. Vielleicht log Leigh, vielleicht nicht.

»Es ist mir ein bisschen peinlich, das zuzugeben«, fuhr Leigh fort, während sie sich ein zweites Glas Eistee einschenkte, »aber Hale hat mich angerufen, als ich gerade in

211

Marseille war, und wir hatten eine alberne kleine Auseinandersetzung. Ich habe ihm gesagt, dass ich nicht herkommen und unsere Verlobung bekannt geben möchte, bevor es nicht in den Zeitungen stand.« Sie fing den Blick eines der Crew-Mitglieder auf. »Oh, Jim, würden Sie sich bitte um meine Taschen kümmern?«, fragte sie und deutete auf den Riesenstapel zueinander passender Gepäckstücke.

»Leigh?« Hales Stimme durchschnitt die warme Morgenluft.

Valerie erstarrte, als sie ihn auf der Treppe entdeckte.

Er sah aus, als würde er im nächsten Augenblick einen Mord begehen wollen. Die Hände in die Hüften gestemmt, funkelte er Leigh an, bevor er seinen Blick auf Valerie richtete.

Leigh entspannte sich, ihre Augen fingen an zu strahlen. »Oh, da bist du ja!«, rief sie, sprang auf und rannte quer übers Deck, um die Arme um seinen Nacken zu schlingen. »Einen Augenblick lang dachte ich schon, ich wäre sprichwörtlich auf dem falschen Dampfer!«

Tja, das bin wohl eher ich, dachte Valerie beklommen.

»Du hast Valerie schon kennengelernt«, stellte Hale fest.

»Gerade eben!«

Hale regte sich nicht. Sein Gesicht sah aus, als sei es aus Granit gemeißelt. »Was tust du hier?«, fragte er und befreite sich aus ihrer Umarmung.

»Ich bitte dich«, gurrte sie, »jetzt sag nicht, dass du immer noch sauer auf mich bist! Es tut mir leid, dass ich dich nicht in San Francisco getroffen habe, aber das kam mir wirklich ungelegen. Du hast mich überrascht.«

»*Ich* habe dich überrascht?«, fragte er, ohne den Blick

von Valerie zu wenden. Du liebe Güte, was tat Leigh hier? Hatte sie von seiner Verlobung erfahren? Und Valerie – er sah, wie sie kraftlos auf einen der Liegestühle sank.

Leigh spielte mit ihrer Halskette. »Kaum jemand bekommt in weiter Ferne einen Heiratsantrag -«

»Ich kann mich nicht erinnern, dir einen Heiratsantrag gemacht zu haben«, entgegnete er ruhig.

Leigh wedelte seine Bemerkung mit einer ungeduldigen Handbewegung beiseite. »Ach komm schon! Du hast mich in Marseille angerufen und mich gebeten, deine Frau zu werden. Auf dieser Reise wollten wir unsere Verlobung bekannt geben!«

»Ich denke, da hast du etwas missverstanden«, sagte er mit zusammengepressten Lippen, während er ihre Finger von seinem Hemd löste.

»Aber -«

Hale machte einen Schritt von Leigh weg und legte die Hand auf Valeries Schulter. In dem Moment, als er sie berührte, spürte er, dass sie zitterte. »Du sagtest, du hättest Valerie bereits kennengelernt.«

Leigh nickte.

»Gut. Denn *sie* ist die Frau, die ich heiraten werde.«

»Heiraten? *Sie?*« Leigh schürzte protestierend die Lippen. »Entschuldige bitte!«

»Es ist schon in Ordnung«, sagte Valerie und erhob sich rasch, ohne dass Hale ihre Schulter losließ. Es gab keinen Grund, diese Täuschung aufrechtzuerhalten. Regina wusste ohnehin längst, dass etwas nicht stimmte. In diesem Augenblick betraten Beth und William Stowell, ins Gespräch vertieft, die Yacht.

Hales Schwindel hatte ein Ende.

William sah auf, erblickte Leigh und erstarrte. Im selben Moment entdeckte auch Beth die seltsame Gruppe. »Ach du liebe Güte«, flüsterte sie erschrocken und schlug die Hand vor den Mund.

Furchen, tief wie der Grand Canyon, bildeten sich auf William Stowells rundem Gesicht.

»Nun, Leigh«, sagte er endlich, als sich das Schweigen allzu lange dehnte. »Ich hatte nicht erwartet, dich hier zu sehen.«

»Offensichtlich nicht«, erwiderte diese trocken und warf Hale einen schmollenden Blick zu.

Valerie drehte sich der Magen um, und sie wünschte sich nichts sehnlicher als eine Möglichkeit zur Flucht, aber Hales Hand schloss sich nur noch fester um ihre Schulter.

»Es hat ein Missverständnis gegeben, das ist alles«, sagte er. »Ich habe Leigh in Marseille angerufen«, erklärte er und sah die umwerfende Frau vor ihm mit zusammengekniffenen Augen an. »Wir haben über das Heiraten und über diese Reise gesprochen.«

Valerie sackte noch weiter in sich zusammen.

»Sie hatte allerdings kein Interesse daran, ihren Aufenthalt in Europa zu verkürzen. Während ihrer Abwesenheit habe ich Valerie kennengelernt. Sie kam zu mir ins Büro, um sich zu bewerben, und ich wusste sofort, dass sie die Frau ist, mit der ich den Rest meines Lebens verbringen möchte.«

»*Sie?*«, fragte Leigh ungläubig.

»Leigh, ich möchte dir meine Verlobte vorstellen«, sagte Hale und legte Valerie den Arm um die Taille.

214

Valerie war klar, dass sie Klarheit schaffen musste, wollte sie keine noch größere Szene verursachen. »Ich denke, da liegt ein Irrtum vor«, erklärte sie daher, ohne sich vom Fleck zu rühren.

»Und zwar ein ganz gewaltiger«, pflichtete Leigh ihr mit Nachdruck bei. »Ich bin gerade um die halbe Welt geflogen, um hierherzukommen!« Sie richtete ihre funkelnden grünen Augen auf Hale und wedelte aufgebracht mit dem Zeigefinger vor seinem Gesicht herum. »Du! Du hast mich gebeten, dass wir uns treffen – du hast mir die Reiseroute geschickt! Wie ist es möglich, dass du dich innerhalb so kurzer Zeit in eine andere verliebt hast? Das ist doch reine Heuchelei!«

»Hier ist gar nichts geheuchelt«, beharrte Hale.

»Ach komm schon, Hale. Wach auf!« Leigh deutete auf die Stowells. »Für wie dumm hältst du die eigentlich?«

Valerie schnappte nach Luft.

»Das reicht«, schaltete sich Beth ein.

Doch Leigh ließ sich nicht bremsen. »Du erwartest doch nicht, dass sie dir glauben, dass du, ein eingefleischter Junggeselle, eine Frau heiratest, die du kaum kennst!« Sie sah den Rest der Gruppe bestätigungsheischend an.

»Ich bin ebenfalls der Meinung, dass es genug ist«, sagte Valerie. »Hale kann alles erklären. Wenn ihr mich für eine Minute entschuldigen würdet -«

»Du gehst nirgendwohin«, bestimmte Hale.

»Du kannst mich kaum daran hindern.«

»Valerie, bitte -«

Doch sie würde sich keine weiteren Lügen anhören – keine einzige. Das konnte sie nicht ertragen.

»Wir reden später«, sagte sie. Hinter ihren Augenlidern brannten Tränen. Jetzt war sie diejenige, die log, denn sie hatte nicht die Absicht, sich mit ihm auseinanderzusetzen. Wäre sie erst einmal von diesem verdammten Boot hinunter, würde sie ihn nie wiedersehen.

»Wenn Sie mich bitte entschuldigen würden«, wiederholte sie, an die Stowells gewandt, schüttelte Hales Arm ab und hastete die Stufen hinunter.

»Ich liebe dich!«, rief Hale ihr hinterher. Sämtliche Geräusche um sie herum schienen zu verstummen.

Valerie zögerte. Wenn sie ihm doch nur glauben könnte! Sie warf einen Blick zurück auf die anderen und entschied, dass er noch immer seine Rolle spielte. Mühsam schluckte sie den heißen, dicken Kloß in ihrer Kehle hinunter und griff nach dem Treppengeländer. Sie würde nicht zusammenbrechen. Nicht jetzt. Ihre Augen brannten noch heftiger. Blind vor Tränen lief sie zu ihrer Kabine.

Warum hatte sie sich je auf diesen verrückten Plan eingelassen? Während der letzten Tage hatte sie die Stowells schätzen gelernt, und jetzt wussten sie, dass sie nicht mehr war als eine schäbige Heuchlerin, eine Frau, die sie absichtlich getäuscht hatte, sodass sie jetzt dastanden wie Trottel.

Beschämt riss sie die Türen ihres Kleiderschranks auf und zerrte ihren Koffer und die kleine Reisetasche heraus. Sie war Beth eine Erklärung schuldig. Und was war mit Hale? Mein Gott, ob sie ihn jemals vergessen konnte?

Mit zitternden Fingern öffnete sie ihren Koffer und warf ihre Kleidung hinein, nicht die eleganten Roben, die Hale für sie gekauft hatte, sondern ihre eigenen Klamotten. Den Rest ihrer Sachen verstaute sie in der Reisetasche.

»Du musst nicht abreisen«, erklang plötzlich Hales Stimme, nicht lauter als ein Flüstern.

Sie fuhr herum und sah ihn in der Tür stehen. »Doch, das muss ich«, widersprach sie mit zittriger Stimme, ärgerlich, weil sie kurz davor war, in Tränen auszubrechen.

»Wenn du mir doch bloß zuhören würdest -«

»Nein, Hale, diesmal hörst du mir zu«, sagte sie. Ihre Augen brannten, ihr Kinn zitterte, doch sie ließ sich nicht beirren. »Das Spiel ist aus. Aus und vorbei! Ich weiß nicht, was du William Stowell sagen willst oder ob es überhaupt noch etwas bedeutet. Leigh ist hier, sie kann dir Regina vom Leib halten. Im Grunde musst du William nur überzeugen, dass du einen Fehler gemacht hast – die Frauen betreffend, nicht, was die Übernahme seiner Firma angeht.«

»So einfach ist das nicht.«

»Es ist so einfach, wie du es drehst!«

Sie griff nach ihrer Reisetasche, doch Hale machte einen Schritt in die Kabine und schloss die Tür hinter sich. Valeries Knie drohten nachzugeben, aber sie zwang sich, aufrecht stehen zu bleiben.

»Lass mich ausreden, Valerie«, beharrte er, den Rücken gegen das Türblatt gelehnt. Sein Gesicht wirkte angespannt, seine Hände zitterten, als er sich die Haare aus der Stirn strich. »Bitte bleib so lange, bis ich dich davon überzeugt habe, dass ich dich liebe.«

»Wir sind allein, Hale. Du musst nicht schauspielern.«

»Ich schauspielere nicht, verdammt noch mal! Ich liebe dich, Valerie. Das musst du mir glauben!«

Sein großspuriges Grinsen war verschwunden, selbst sein

Ärger schien verflogen zu sein. Falten zeigten sich auf seinem Gesicht, seine Augen blickten ernst.

Wie gern sie ihm geglaubt, ihm vertraut hätte! Doch sie musste an Leigh Carmichael denken, an die Lügen, daran, wie sie William Stowell getäuscht hatten, an ihre Rolle bei diesem Spiel, und ihr wurde klar, was für ein hervorragender Schauspieler Hale Donovan war. Hatte er ihr während der vergangenen Tage nicht immer wieder bewiesen, dass er sich der jeweiligen Situation anpassen konnte wie ein Chamäleon?

Ihre Kehle war so trocken, dass sie kaum sprechen konnte. Sie räusperte sich, dennoch brachte sie kaum mehr hervor als ein heiseres Wispern. »Bitte ... geh. Bevor wir noch etwas sagen oder tun, was wir hinterher bereuen.«

»Dafür ist es zu spät«, sagte er. »Ich bereue, dass ich nicht von Anfang an ehrlich zu dir war, Valerie. Schon als ich dich zum ersten Mal gesehen habe, wusste ich, dass du die Frau bist, die ich lieben kann – das war der Grund dafür, warum ich dich ausgewählt habe.«

»Nein«, stieß sie hervor. *Glaub ihm nicht! Er hat schon immer gelogen, um das zu bekommen, was er will! Niemand weiß das besser als du!*

»Ich möchte, dass du mich heiratest«, sagte er langsam. Seine Stimme klang ruhig, während er sie mit seinen stahlgrauen Augen fest im Blick behielt. Er trat nicht näher, blieb direkt vor der Tür stehen, verharrte stumm.

Valerie spürte, wie etwas in ihrem Innern nachgab. »Ich möchte gehen, Hale.«

»Nicht bevor du sagst, dass du mich heiraten wirst.«

»Und was dann, Hale?«, blaffte sie. »Dann kehren wir nach San Francisco zurück – und wie geht es weiter?«

»Dann heiraten wir.«

»Das meinst du doch nicht ernst!«

»Ernster, als ich je etwas in meinem Leben gemeint habe«, erklärte er feierlich.

Er wirkte aufrichtig, doch sie durfte nicht vergessen, dass er ein Mann mit einem Ziel war, ein Mann, der sie »gekauft« hatte, um die Firma eines anderen Mannes zu erwerben.

»Lebe wohl, Hale«, sagte sie, hob ihr Gepäck vom Boden auf und wartete darauf, dass er beiseitetrat und die Tür freigab.

Stattdessen machte er einen Schritt auf sie zu. »Vertrau mir, Valerie.«

»Hale?«, ertönte da Leighs Stimme auf dem Flur, gefolgt von eiligen Schritten.

Valerie drängte sich an Hale vorbei und griff nach dem Türknauf. »Sie sucht dich.«

»Sie bedeutet mir nichts.«

Valerie schloss die Finger um den Knauf. »Nun, dann sollte ihr das vielleicht mal jemand sagen.«

»Das mache ich.«

Sie öffnete die Tür, doch er drückte sie mit der Schulter wieder zu. »Bitte, Valerie.«

Valerie blinzelte. »Ich will dir ja glauben, Hale, aber ich kann nicht. Du hast mir von Anfang an klargemacht, dass das Ganze eine vorübergehende Sache ist, eine Rolle, Teil unseres Vertrags. Du kannst doch jetzt nicht erwarten, dass ich dir nach allem, was du gesagt und getan hast, abnehme, dass du dich tatsächlich in mich verliebt hast.«

Er lächelte traurig. »Das habe ich aber. Und ich glaube,

du hast dich auch in mich verliebt. Du bist bloß zu stur, um das zuzugeben.«

»Stur?«, wiederholte sie.

»Wie ein Esel.«

»Hale?« Leighs Stimme klang ungeduldig. »Würde mir freundlicherweise mal jemand erklären, was hier los ist?«

»Das ist dein Stichwort«, sagte Valerie, als Leigh an Hales Kabinentür klopfte.

»Warte auf mich«, sagte er und trat hinaus auf den Flur.

Valerie rührte sich nicht vom Fleck. Zumindest so lange nicht, bis sie sicher war, dass Leigh Hale mit Beschlag belegt und woanders hingezogen hatte. Noch bevor sie etwas so Dummes tun konnte, wie auf ihr albernes Herz zu hören, zog sie den Diamantring vom Finger, legte ihn in eine Schale auf ihrem Nachttisch und schlich zur Tür hinaus. Mit ein bisschen Glück würde es ihr gelingen, sich rasch von den Stowells zu verabschieden, ein Taxi zu nehmen und in den ersten Flieger von Victoria nach San Francisco zu setzen.

Kapitel zwölf

»Ich verstehe das nicht«, sagte Valeries Mutter, nachdem Valerie sie lange und ausführlich ins Bild gesetzt hatte. »Das Ganze war nur vorgetäuscht?«

Valerie stand im Wohnzimmer ihrer Mutter und trat von einem Fuß auf den anderen. »Hale und ich hatten nie die Absicht zu heiraten.«

»Dann hast du mich also belogen.«

»Ja, Mom, das habe ich«, gab Valerie zu und fühlte sich wieder wie ein Schulmädchen.

»Schade.« Anna seufzte. »Weißt du, irgendwie mochte ich ihn.«

»Donovan? Du bist doch fast durch die Decke gegangen, als ich dir mitgeteilt habe, dass wir heiraten wollen.«

Anna grinste. »Das war ein echter Schock für mich, das kannst du mir glauben. Aber wie du weißt, wünsche ich mir nichts sehnlicher, als dass du heiratest und glücklich bist.«

»Mit Hale Donovan?« Valerie schüttelte den Kopf. »Der Mann ist unmöglich.«

»Außerdem«, fügte Anna wehmütig hinzu, »wird es langsam Zeit, dass ich Enkel bekomme, die ich verwöhnen kann.«

»Mom!« Valerie schnappte nach Luft. »Was sagst du da? Du bist doch noch gar nicht wieder richtig auf dem Damm ...«

»Bald schon.« Anna lachte. »Und Enkel sind genau die Medizin, die ich brauche.«

Valerie verdrehte die Augen. »Gott bewahre«, flüsterte sie und wandte sich zum Gehen.

»Nun, vielleicht ändert sich das ja noch«, überlegte Anne. »Du arbeitest doch für Donovan Enterprises, oder?« Sie reichte Valerie Shamus, der unglücklich in seinem Transportkörbchen kauerte.

»Nicht mehr.«

»Aber du hattest einen Vertrag.«

»Ich glaube, das habe ich vermasselt«, erklärte Valerie seufzend. Sie war erst seit vier Stunden wieder in San Francisco, doch es kam ihr vor wie eine Ewigkeit, seit sie Hale verlassen hatte.

Shamus miaute lautstark.

»Ganz ruhig«, beschwichtigte Valerie den dicken Kater. »Hör mal, Mom, ich rufe dich morgen an. Ich wollte nur, dass du die Wahrheit erfährst, bevor sie in den Zeitungen steht.«

»Und wann wird das sein?«

»Keine Ahnung«, gab Valerie zu, winkte ihrer Mutter und zog die Tür hinter sich zu.

Draußen stieg sie in ihr Auto und fuhr nach Hause.

»Und was machen wir zwei jetzt?«, fragte sie ihren Stubentiger, während die Dämmerung über der Stadt hereinbrach und die Hügel in ein tiefviolettes Licht hüllte. »Gehen Sie zurück auf Anfang‹?«

Shamus ließ sich nicht zu einer Antwort herab.

Valerie stellte den Wagen auf dem üblichen Parkplatz ab, nahm den Transportkorb und ihre beiden Gepäckstücke und stieg die Treppen zu ihrem Apartment hinauf. Oben angekommen, steckte sie den Schlüssel ins Schloss und trat mit dem Fuß die Tür auf.

»Es wird aber auch Zeit, dass du hier aufkreuzt«, begrüßte Hale sie gedehnt.

Valerie erstarrte. Shamus fauchte. Sie ließ ihren Koffer fallen, und Hale besaß die Dreistigkeit zu grinsen. Lässig auf die Bettcouch gefläzt, die Fersen seiner Nikes auf einen Stuhl gelegt, bedachte er sie mit jenem schiefen Lächeln, das sie so unwiderstehlich fand. Auf seinem Kinn lag ein dunkler Bartschatten, um seinen Mund zeigten sich Falten der Anspannung, doch seine Augen blickten ihr warm und verführerisch entgegen. Er trug seine verwaschene Jeans und die abgewetzte Lederjacke und sah so aus, als gehörte er hierher.

Allein sein Anblick brach ihr beinahe das Herz. Warum konnte sie sich nicht einfach dazu zwingen, ihn zu hassen?

»Mach doch bitte die Tür zu, Val.«

»W-was hast du hier zu suchen?«

»Ich denke, wir haben noch etwas zu besprechen.«

»Aber ... wie ...?« Sie sah sich im Zimmer um. »Wie bist du hier reingekommen?«

»Du hattest den hier in deiner Badetasche vergessen.« Er zog einen Schlüsselbund hervor. Ihre Ersatzschlüssel. Offenbar hatte sie die Tasche in der Eile auf der *Regina* stehen gelassen.

Valerie lehnte sich gegen die Wand. »Und du konntest nicht widerstehen, die Schlüssel an dich zu nehmen und hier einzubrechen.«

»Ich bin nicht eingebrochen. Ich habe lediglich die Tür aufgesperrt.«

Obwohl ihr Herz zu rasen begann, versuchte Valerie, einen kühlen Kopf zu bewahren. Sie legte ihren Mantel ab und ließ Shamus frei. Der Kater raste schnurstracks zur Balkontür. »Was ist mit den Stowells?«

Hale zog eine dunkle Augenbraue in die Höhe. »Was soll mit ihnen sein?«

»Wo sind sie?«

»Auf der Yacht, nehme ich an.«

»Du weißt es nicht?«

»Nein.« Er streckte sich, stand auf und kam auf sie zu, um die Tür zu schließen, die noch immer offen stand. »Und es ist mir auch egal.«

»Augenblick mal, ich verstehe nicht -«

Dicht vor ihr blieb er stehen und sagte leise: »Ich habe William Stowell mitgeteilt, dass ich nicht länger an seiner Firma interessiert bin.« Er berührte behutsam eine Haarsträhne, die sich in Valeries Gesicht verirrt hatte. Ihre Haut fing an zu prickeln, und sie spürte, wie ihr ein Schauder den Rücken hinabrieselte. »Stewart ist begeistert über diese plötzliche Wende, William tobt, und Beth – nun, sie hat mir geraten, dir so schnell wie möglich hinterherzujagen.«

»Dann bist du also deshalb hier?«

»Nein.«

Sein Atem strich ihr übers Gesicht, seine sanften Berührungen brachten sie völlig durcheinander. Valerie schluckte. »Warum dann?«

»Rate mal.«

»Das kann ich nicht.«

»Deinetwegen.«

Ihr Herz machte einen Satz. *Glaub ihm nicht, Valerie. Er will doch etwas! Mit Sicherheit steckt etwas anderes dahinter.* »Meinetwegen? Aber warum?«

»Weil du dir heute mal eben fünfundzwanzigtausend Dollar und den besten Job, den du in dieser Stadt finden kannst, durch die Lappen hast gehen lassen. Wenn du unseren Vertrag sorgfältig durchgelesen hast, müsste dir klar sein, dass du eine Wettbewerbsklausel unterzeichnet hast und an mich gebunden bist.«

Sie zuckte zusammen und dachte an den Vertrag. »Du willst, dass ich daran festhalte?«

»Selbstverständlich.«

Skeptisch kniff sie die Augen zusammen. »Aber warum?«

»Weil du in den kommenden sechs Monaten für mich arbeiten sollst. Das war deine Idee, erinnerst du dich?«

»Aber nicht als deine Verlobte.«

»Nein. Als meine Assistentin. Und als meine Frau.«

Die Worte verblüfften sie. »Als deine Frau?«

»Heirate mich, Valerie.«

Meinte er das ernst? Ihre Handflächen fingen an zu schwitzen. »Ich glaube nicht, dass wir William Stowell davon überzeugen können, dass wir immer noch verlobt sind.«

»Das hat doch nichts mit Stowell zu tun.«

»Nicht? Womit denn dann?«

»Mit dir und mir«, erwiderte er gedehnt.

Sie musste standhaft bleiben. Ihr Herz hämmerte, und sie leckte sich nervös die trockenen Lippen. »Findest du nicht, dass das jetzt schon viel zu lange so geht?«

»Selbst ein Leben lang ist mir nicht genug.«

Valerie musterte ihn fassungslos, doch dann nahm sie sich zusammen. »Hör mal, Hale, ich weiß nicht, warum du hier bist und warum du versuchst, mich von deinen hehren

Absichten zu überzeugen, doch das ist im Grunde auch egal. Und solltest du tatsächlich auf dieser Wettbewerbsklausel herumhacken wollen, dann suche ich mir eben einen anderen Job auf einem völlig anderen Gebiet, um dir nicht in die Quere zu kommen.«

Hale schüttelte den Kopf. »Du wolltest für mich arbeiten, hab ich recht? Und du wolltest beweisen, dass du das Zeug hast, meine Assistentin zu sein.«

»Ja.«

»Dann gebe ich dir jetzt die Chance, meine Assistentin als Ehefrau zu werden.«

Langsam griff er in seine Jackentasche und zog sein Taschentuch heraus. »Du hast nicht nur deine Badetasche auf der Yacht vergessen.« Er schlug den Stoff auseinander und hielt ihr den Diamantring hin, den er ihr keine zwei Wochen zuvor gekauft hatte.

Sie schüttelte den Kopf und widerstand dem absurden Drang, die Arme um ihn zu schlingen und ihm zu sagen, dass sie nichts lieber wollte, als seine Frau zu werden, dass sie mehr als bereit dazu war, den Rest ihres Lebens mit ihm zu verbringen, dass sie von niemand anderem träumte als von ihm.

Stattdessen sagte sie mit bemüht vernünftiger Stimme: »Wir wissen doch gar nichts voneinander.«

»Ich weiß alles, was ich wissen muss.«

Ihr Kopf drehte sich, ihre Kehle schnürte sich zusammen. Das alles ging viel zu schnell! Obwohl sie wusste, dass sie ihre Hand zurückziehen sollte, als er sie ergriff, um ihr den Ring anzustecken, hielt sie still.

»Komm.« Er umschloss ihre Hand mit seiner und trat durch die geöffnete Balkontür hinaus.

Shamus flitzte hinter einen der rosenbepflanzten Kübel. Die Geräusche der Stadt schienen weit entfernt, die Lichter in der dunklen Bucht wetteiferten mit den Sternen um die Wette.

»Also«, sagte Hale, während ihm ein frischer Wind durchs Haar fuhr, »was möchtest du über mich wissen?«

»Zum Beispiel, was mit deiner Familie ist.«

Er schnitt eine Grimasse, seine Augen wurden düster wie die Nacht. Sekunden verstrichen, Minuten.

»Na schön«, sagte er schließlich. »Meinen Vater habe ich nie kennengelernt. Er hat sich schon vor meiner Geburt aus dem Staub gemacht.«

»Und deine Mutter?«, fragte sie und bemerkte den Schmerz in seinen Augen.

»Meine Mutter.« Sein Gesicht wurde hart. »Meine Mutter hat mich weggegeben, als ich zwei Jahre alt war. Ich erinnere mich nicht an sie. Das einzige Foto, das ich von ihr besaß, habe ich weggeworfen, als mir klar wurde, dass sie mich nicht wiedersehen wollte.«

»Als du zwei warst?«, flüsterte Valerie ergriffen.

»Ich war ihr im Weg. Sie hatte einen wohlhabenden Mann gefunden, einen Mann, der kein Interesse daran hatte, das Kind eines anderen großzuziehen.«

»Oh, Hale, nein ...« Die Tränen, gegen die sie den ganzen Tag lang angekämpft hatte, brachen sich Bahn. »Aber deine Großeltern?«

»Waren längst tot. Ich bin in diversen Heimen aufgewachsen. Manche waren ganz okay. Andere ...« Er zuckte die Achseln, runzelte die Stirn und zog seine Hand zurück, um sie in die Hosentasche zu stecken. »Ich habe meine

Mutter nie wiedergesehen.« Seine Stimme klang völlig emotionslos. Valerie wischte sich eine Träne von der Wange. Ihr Herz schmerzte, wenn sie an den kleinen, ungeliebten Jungen dachte, der er einst gewesen war. Kein Wunder, dass er Geld für so wichtig gehalten hatte – schließlich hatte es ihm die Mutter geraubt. Offenbar war er zu der Überzeugung gelangt, mit Geld könnte er sich alles kaufen, was er nur wollte.

»Das tut mir leid.«

»Das muss es nicht.« Er schenkte ihr ein mattes Lächeln. »Was willst du sonst noch von mir wissen?«

»Alles«, gab sie zu.

»Alles.« Er atmete tief durch. »Das könnte länger dauern.«

»Ich habe Zeit«, sagte sie leise.

Das Mondlicht fing sich in seinen Augen. »Hast du?«

»Wenn ›für immer‹ lange genug ist ...«

Er blinzelte erstaunt, dann trat ein Lächeln auf sein Gesicht, das sich langsam von einem Ohr zum anderen ausbreitete. »Aha, Ms. Pryce, nimmst du etwa meinen Antrag an?«

Valerie lachte. »Nenn es, wie du willst.«

»O nein. Diesmal machen wir Nägel mit Köpfen. Damit du nicht noch einmal die Chance bekommst, mir zu entwischen.« Damit schlang er seine kräftigen Arme um sie und drückte sie an sich. Seine Lippen schwebten über ihren, dann küsste er sie, lange und voller Leidenschaft.

Ihr Puls schnellte in die Höhe, und sie verspürte eine wundervolle innere Wärme. Sie schlang die Arme um seinen Nacken und schmiegte sich an ihn. Es gab so viel, was sie über ihn erfahren wollte – so viel Liebenswertes. Doch dafür hatte sie noch den Rest ihres Lebens Zeit.

Als er endlich den Kopf hob, legte er das Kinn auf ihren Scheitel und flüsterte leise: »Ich liebe dich, Valerie.«

»Und ich liebe dich.«

»Lake Tahoe ist nur ein paar Stunden entfernt«, sagte er und warf einen Blick auf seine Uhr. »Wir könnten noch vor Mitternacht verheiratet sein.«

»Noch heute Nacht?« Sie schnappte nach Luft.

»Noch heute Nacht.«

»Aber was ist mit Shamus?«

»Wir sind morgen wieder zurück.«

»Und meine Mutter -«

»- wird aus der Zeitung davon erfahren.«

Valerie lachte und dachte an die Bemerkung ihrer Mutter. »Weißt du was? Ich glaube, das würde ihr gefallen.«

»Ich liebe dich, Valerie Pryce.«

»Und ich liebe dich.« Sie sah zu ihm auf und lächelte. »Aber das entbindet dich nicht von unserem Vertrag. Ich habe vor, für Donovan Enterprises zu arbeiten und zu beweisen, dass ich den Job als deine persönliche Assistentin meistere.«

Hale lachte. »Das hast du bereits bewiesen.«

»Glaub ja nicht, du kannst dich da hinauswinden.«

»Das würde mir nicht im Traum einfallen«, sagte er. »Im Gegenteil, ich bin sogar der Ansicht, wir sollten einen neuen Vertrag aufsetzen. Einen Vertrag, der genau festlegt, welches deine Pflichten als meine Ehefrau sein werden, was ich von dir erwarte, wie du deine Tage zu verbringen hast.«

»Nie im Leben, Donovan. Das einzige Papier, das wir brauchen, ist die Heiratsurkunde.«

»Amen«, flüsterte er und küsste sie wieder, dann schlang er die Arme um sie, als wollte er sie nie wieder loslassen. »Bleib bei mir, Valerie. Für immer.«

»Das mache ich«, gelobte sie und meinte es auch so.

Epilog

Lake Tahoe

Valerie stand am Rand des Anlegers und kniff die Augen gegen die untergehende Sonne zusammen. Der Himmel stand in Flammen, Boote schnitten durch das klare Wasser, der Strand war voller Menschen.

Aber wo war Hale?

Eine große Yacht glitt an ihren Liegeplatz in der nahe gelegenen Marina, und für eine Sekunde fühlte sich Valerie an die *Regina* und die knapp zwei Wochen auf dem prächtigen Boot erinnert, in denen sie sich in Hale verliebt hatte. Das war vor fast drei Jahren gewesen. Als die Sonne hinter den bewaldeten Bergen im Westen versank, rieb sie sich fröstelnd die Arme.

»He!«, rief Hale hinter ihr, und ihr Herz schlug einen Purzelbaum, wie immer, wenn sie den Klang seiner Stimme vernahm.

Sie drehte sich um und sah ihn über die Planken des Anlegers auf sie zukommen, ihren zweijährigen Sohn Nate auf den Schultern. Der Junge, der dunkles Haar und große Augen hatte, grinste breit, als er seine Mutter erblickte. »Sieh nur, Mommy, wie groß ich bin!«

»Ja, das bist du, Kumpel«, sagte sie und lief barfuß auf die beiden zu. Sie lächelte ihren Sohn an, dessen knuffige Beinchen über Hales breiten Schultern baumelten.

»Größer als du!«, gluckste Nate und blickte auf seine Mutter herab. Hale lachte.

Ihre Kehle wurde noch immer rau beim Anblick ihres Mannes, und wenn er seine Hand auf ihre Schulter legte, fing ihre Haut an zu kribbeln. Sie hoffte, dass das niemals vergehen würde. Die drei Jahre mit ihm waren die besten ihres Lebens gewesen.

Sie ging neben Hale her, er in verwaschener Jeans und T-Shirt, sie in einem kurzen Rock und dünner Bluse. Sie schlenderten durch den Sand und ein Kieferngehölz zu ihrem Haus am Ufer des Sees.

Ihr Leben hatte sich verändert, seit sie Hales Heiratsantrag angenommen hatte. Vier Wochen nach jener ersten schicksalhaften Begegnung, bei der sie in sein Büro marschiert und sich um einen Job beworben hatte, hatten sie hier in einer kleinen, privaten Zeremonie den Bund der Ehe geschlossen.

Ihre Mutter war da gewesen, und tatsächlich hatte sie sich begeistert über diese Verbindung gezeigt. Gesundheitlich hatte sie große Fortschritte gemacht und konnte mithilfe einer Krücke wieder laufen. Sie hatte sogar jemanden kennengelernt, obwohl sie Valerie versicherte, sie würde es »langsam angehen lassen, zumindest langsamer, als du es getan hast. Was nicht allzu schwer sein dürfte, wenn man bedenkt, dass du schneller geheiratet hast als Kim Cochran in *Goldener Treibsand*.«

Kurz nach der Hochzeit war Valerie schwanger geworden, und sie hatte als Hales Assistentin gearbeitet, bis im Büro ihre Fruchtblase geplatzt war. Seitdem blieb sie mit ihrem Sohn im gemeinsamen Penthouse mit einem fantastischen Blick über die Bucht von San Francisco. An den Wochenenden kamen sie hierher, in das Blockhaus, das

Hale vor einiger Zeit gekauft hatte. Klein und rustikal, war es vor rund hundert Jahren am Ufer des Sees erbaut worden. Umgeben von Pinien, mit einer unglaublich schönen Aussicht auf den See, war dieses gemütliche Blockhaus für sie mehr als ihr zweites Zuhause – es war eine Art Rückzugsort, eine Zuflucht. Hier konnte Hale sich entspannen und ungetrübte Stunden mit seiner Familie verbringen. Es war einfach perfekt.

Seit Hale Vater geworden war, galt sein Interesse längst nicht mehr einzig und allein den Geschäften.

»Rate mal, von wem ich heute gehört habe«, fragte er, als sie die zwei Stufen zu der breiten Veranda hinaufgingen, auf der eine Hollywoodschaukel gemächlich in der sanften Brise hin und her schwang.

»Keine Ahnung.«

»Von Stewart Stowell.«

»Tatsächlich?«

»Ja.« Er hielt ihr die Fliegengittertür auf, dann sagte er: »Pass auf deinen Kopf auf, Nate«, und duckte sich, um nach ihr das Blockhaus zu betreten, das so ganz anders war als ihr elegantes Penthouse in der Stadt. Um den Kamin standen bequeme Polstermöbel, ein großes Fenster ging auf das Kieferngehölz und den dahinterliegenden See hinaus. Die Küche war klein, aber effizient eingerichtet, und die beiden Schlafzimmer hätten mühelos in das geräumige Schlafzimmer unter dem Dach ihres Penthouses gepasst.

Wie sehr Valerie dieses Haus hier liebte!

»Was wollte Stewart?«

»Dass ich in die Firma investiere.«

»Wie bitte?«

»Tja, das ist interessant, nicht wahr?« Hale stellte seinen Sohn auf dem Fußboden ab. Nate wackelte zu einer Spielzeugkiste, in die Valerie gerade erst seine Spielsachen eingeräumt hatte. Binnen drei Sekunden hatte er die Kiste umgedreht und saß inmitten eines großen Haufens von Plastiklastwagen, Zugwaggons und Bilderbüchern.

»Daddy, komm spielen«, forderte er seinen Vater auf.

»Gleich, Kumpel. Gib mir noch eine Minute.«

Ausnahmsweise protestierte Nate nicht, sondern fing an, die mit Magneten versehenen Zugwaggons aneinanderzureihen.

»Was hast du gesagt, als er dir den Vorschlag gemacht hat?«

»Danke, lieber nicht.« Hale schüttelte den Kopf. »Stewart hat bekommen, was er wollte, jetzt muss er die Konsequenzen tragen. Ich wette, sein alter Herr erleidet einen Herzinfarkt, wenn er davon erfährt. Du weißt ja, wie das alte Sprichwort lautet: Sei vorsichtig mit deinen Wünschen, du weißt nie, ob sie in Erfüllung gehen. Nun, Stewarts Wunsch, die Firma zu übernehmen, ist in Erfüllung gegangen. Nun muss er sehen, was er daraus macht.« Hale machte eine Pause, dann fügte er hinzu: »Ach ja, rate mal, was ich noch erfahren habe!«

»Ja?«

»Regina will heiraten.«

»Tatsächlich? Wen?«

»Einen italienischen Schiffstycoon, der doppelt so alt ist wie sie selbst und auf drei Exfrauen zurückblicken kann, außerdem auf ein halbes Dutzend Kinder. Laut Stewart schäumt William, aber es scheint eine beschlossene Sache

234

zu sein.« Hale ging in die Küche. Valerie hörte, wie er die Kühlschranktür öffnete und wieder schloss.

»Ob sie uns zum Hochzeitsempfang einlädt?«, fragte sie laut.

Hale lachte. »Würdest du denn hingehen wollen?«

»Nein!«

Hale prustete los, ein Geräusch, das ihr inzwischen so vertraut war und das jedes Mal ihr Herz erwärmte. Fröhlich rief er aus der Küche: »Kann ich dir etwas mitbringen? Bier? Wein? Limo?«

»Danke, im Augenblick nicht.«

Er kehrte ins Wohnzimmer zurück, öffnete eine Bierflasche und nahm einen Schluck, dann streckte er sich auf dem Teppich aus und half Nate, die Schienen für seine kleine Magneteisenbahn zusammenzustecken. Valerie ließ sich ebenfalls auf dem Fußboden nieder und fragte sich, wie sie nur so viel Glück haben konnte, diesem wundervollen Mann begegnet zu sein, der ihr diesen wundervollen Sohn geschenkt hatte. Das Leben meinte es offenbar gut mit ihr.

»So«, sagte Hale und warf ihr über die Schulter einen Blick zu. »Nate und ich sind in die Stadt gefahren und haben das hier besorgt.« Er griff in seine Tasche und zog eine kleine Schmuckschatulle heraus.

»Was ist das? Oh!«

»Du glaubst doch nicht etwa, ich hätte unseren Hochzeitstag vergessen, oder?«

»Unser Hochzeitstag ist nächste Woche.«

»Tja nun, vielleicht haben wir beschlossen, einen Frühstart hinzulegen, nicht wahr, Kumpel?«

Nate erwiderte nichts, er war viel zu beschäftigt mit seinen Eisenbahnwaggons.

Hale reichte Valerie die Schachtel, und ihr Herz fing an zu pochen. »Was ist darin? Ein Wattebausch? Oder ein Garnröllchen? Ist es nicht das, was man zum zweiten Hochzeitstag schenkt? Baumwolle.«

»Altmodisch. Heute schenkt man etwas aus Porzellan, glaube ich.«

»Als würdest du das wissen.«

»Ich weiß mehr, als du denkst.«

»Amen.« Sie nahm die kleine Schachtel aus seiner ausgestreckten Hand, öffnete sie und entdeckte ein Paar Ohrringe, die perfekt zu dem Ring passten, den er ihr vor ihrer Kreuzfahrt als »falschen« Verlobungsring geschenkt hatte und der völlig unerwartet zu ihrem echten Verlobungsring geworden war.

»Oh ...« Fasziniert betrachtete sie die funkelnden Diamanten. »Die ... die sind ja atemberaubend. Vielen Dank«, flüsterte sie gerührt. »Aber komm schon, die sind doch niemals von einem hiesigen Juwelier.«

»Schuldig im Sinne der Anklage. Ich habe sie bei dem Juwelier bestellt, bei dem wir auch den Ring gekauft haben.«

Sie hielt sie probeweise an ihre Ohren.

»Schön.«

»Mehr als schön. Sie sind wundervoll«, sagte sie und ließ sich von Hale helfen, sie anzulegen. Hale küsste ihre Halsbeuge, bevor er ihr Haar wieder über ihre Schulter fallen ließ. »Ich hab auch noch etwas für dich«, verkündete sie geheimnisvoll.

»Tatsächlich?« Er zog erwartungsvoll die Brauen in die

236

Höhe und warf einen hoffnungsvollen Blick auf die offene Schlafzimmertür.

»Hm. Das vielleicht auch.« Sie schenkte ihm ein verführerisches Lächeln und fügte hinzu: »Aber nein, das ist nicht die eigentliche Überraschung.«

»Was dann?«

»Du wirst schon sehen.« Zwinkernd stand sie auf, dann eilte sie ins Bad. Er sah ihr nach, das Bier in der einen, einen Spielzeugwaggon in der anderen Hand.

»Ich kann es kaum erwarten!«, rief er ihr hinterher.

Sie nahm ihr Geschenk aus einer Kommodenschublade und kehrte ins Wohnzimmer zurück, wo sie sich wieder neben ihn auf den Fußboden setzte. »Das musst du aber.«

»Warten? Wieso? Wovon redest du?«

»Es dauert noch eine kleine Weile.«

»Wie lange?«, fragte er aufgeregt, doch seine Augen begannen zu leuchten.

»Ungefähr acht Monate, vielleicht auch nur siebeneinhalb«, sagte sie und reichte ihm den Schwangerschaftstest, den sie zuvor gemacht hatte.

»Augenblick mal. Soll das etwa heißen ...?« Er blickte auf den Teststreifen.

»Hmm. Du, Hale Donovan, wirst wieder Vater, und unser Nathan wird lernen müssen zu teilen, weil er bald ein großer Bruder ist.«

Ein glückliches Lächeln breitete sich auf Hales Lippen aus. Noch bevor Valerie weitersprechen konnte, zog er sie in seine Arme, drückte sie an sich und küsste sie fest auf den Mund.

»He!«, rief sie lachend und schnappte nach Luft. In diesem Augenblick war sie die glücklichste Frau auf der Welt.

Hale legte eine Hand auf ihren flachen Bauch. »Noch ein Kind.« Tränen glänzten in seinen Augen. »Weißt du, Valerie, du und Nathan und dieses kleine Wesen seid die einzige Familie, die ich je hatte, alles, was ich je wollte. Ich ... ich ...«

»Du bist der beste Dad, den man sich nur vorstellen kann«, sagte sie und fühlte, wie sich ihre Kehle zusammenschnürte. Tränen brannten hinter ihren Augenlidern.

»Mein Gott, wie sehr ich dich liebe.«

»Und ich liebe dich.«

»Ich hätte nie gedacht, dass ...« Seine Stimme verklang.

»Wir bleiben für immer zusammen«, versprach sie.

Er lachte. »Ich werde dich daran erinnern.« Er küsste sie wieder, dann wischte er sich die Augen. »Als du mein Büro betreten hast, wusste ich sofort, dass du die Eine für mich bist, aber ich hatte ja keine Ahnung, dass wir einmal all das zusammen haben würden ...«

»Daddy! Eisenbahn spielen!«, forderte Nate und warf seinem Vater einen ungeduldigen Blick zu.

»Alles klar, Kumpel!« Hale räusperte sich, gab Valerie noch einen schnellen Kuss, dann wandte er seine Aufmerksamkeit seinem Sohn zu. »Alles klar.«

Lisa Jackson

Ich geb dich nicht auf

Roman

Aus dem amerikanischen
von Kristina Lake-Zapp

Weltbild

Kapitel eins

Das alte Karussell nahm Fahrt auf, das fast schon museumsreife Getriebe knirschte, der Dieselmotor spie schwarze Rauchwolken in den sommerlich blauen Himmel Oregons.

Shawna McGuire klammerte sich an den Hals ihres Holzpferds und warf einen Blick über die Schulter auf Parker Harrison. Sie spürte, wie ihr das Herz aufging. Groß, mit den breiten Schultern eines geborenen Sportlers und braunem, von der Sonne goldgesträhntem Haar, saß er auf einem prächtigen Tiger. Seine blauen Augen ruhten besitzergreifend auf ihr, um seinen Hals baumelte eine Kamera.

Shawna grinste ungeniert übers ganze Gesicht. Morgen früh würden Parker und sie verheiratet sein!

Das Karussell drehte sich schneller. Die leuchtenden Farben – Rosa, Blau und Gelb – verwischten.

»Schnapp dir den Ring, Shawna! Los, du schaffst es!«, schrie Parker. Seine tiefe Stimme kam kaum gegen die blecherne Musik der Dampfpfeifenorgel und das Dröhnen des Dieselmotors an.

Lachend, das honigblonde Haar im Fahrtwind wehend, sah sie, wie er ihr zuzwinkerte, die Kamera auf sie richtete und auf den Auslöser drückte.

»Schnapp ihn dir, *Doktor!*«, rief er noch einmal. *Doktor*, das war sie, dachte sie stolz. Dr. Shawna McGuire, Ärztin am Columbia Memorial Hospital.

»Na los, Shawna, mach schon!«

Shawna nahm die Herausforderung an und sah wieder nach vorn, die smaragdgrünen Augen auf die Trophäe gerichtet, einen leuchtenden Messingring mit flatternden, pastellfarbenen Bändern. Verlockend nahe hing er neben dem sich drehenden Karussell. Sie streckte die Hand danach aus, fuhr auf ihrem Holzpferd direkt daran vorbei, doch ihre Finger griffen ins Leere. Fast wäre sie von ihrem strahlend weißen Hengst gestürzt. Sie hörte Parker lachen und wandte sich gerade rechtzeitig um, um zu sehen, wie er sich die Trophäe schnappte. Ein breites, schadenfrohes Lächeln trat auf sein kantiges Gesicht und ließ ihr Herz schneller schlagen.

Sie dachte an ihre bevorstehende Hochzeit. Schon morgen früh sollte es so weit sein! Es war fast zu schön, um wahr zu sein. In weniger als vierundzwanzig Stunden würde sie im Rosengarten der Pioneer Church Mrs. Parker Harrison werden und anschließend mit ihrem frischgebackenen Ehemann für eine Woche zum Flittern in die Karibik fliegen. Keine vollgestopften Einsatzpläne im Krankenhaus, keine Doppelschichten, kein Telefon, keine Patienten – nur Parker.

Sie sah, wie er den Messingring mitsamt den pastellfarbenen Bändern in seine vordere Jeanstasche stopfte. Das Karussell wurde langsamer.

»So macht man das!«, schrie er, die Hände vor dem Mund zu einem Trichter geformt, damit sie ihn auch ja hören konnte.

»Unausstehlicher, arroganter ...«, murmelte sie, doch in ihren Wangen bildeten sich Grübchen, und sie brach in herzhaftes Gelächter aus, schloss ihre Finger um die Stange,

242

an der ihr Reittier befestigt war, und warf den Kopf zurück. Das lange Haar ergoss sich über ihre Schultern. Sie hörte Parker ebenfalls lachen. Sie war jung und verliebt – nichts konnte besser sein.

Als die Fahrt vorüber war, stieg sie von ihrem glänzenden weißen Pferd und fühlte Parkers starke Arme um sich.

»Das war der jämmerlichste Versuch, den ich je gesehen habe«, flüsterte er ihr ins Ohr und hob sie vom Karussell auf den Boden.

»Es sind eben nicht alle Profisportler«, neckte sie ihn und sah mit ihren grünen Augen, umrahmt von honigblonden Wimpern, zu ihm auf. »Ein paar Menschen müssen sich eben andere Ziele stecken, höhere intellektuelle, humanistische Belange betreffend.«

»Unsinn!«

»Unsinn?«, wiederholte sie und zog eine Augenbraue in die Höhe.

»Spar dir das für jemanden, der dir diesen Mist abkauft, Doktor. Ich habe gewonnen, und du bist blamiert.«

»Nun, ein bisschen vielleicht«, räumte sie mit glänzenden Augen ein. »Aber es ist tröstlich zu wissen, dass wir uns, sollte ich jemals meinen Beruf aufgeben und du dein Tennisspielen, auf dein Einkommen als professioneller Karusselltrophäenjäger verlassen können!«

»Das werde ich dir heimzahlen, Dr. McGuire«, versprach er und drückte ihre schmale Taille. Seine Hand verfing sich in den Falten ihres leichten Baumwollkleids. »Und meine Rache wird fürchterlich sein!«

»Nichts als leere Versprechungen«, witzelte sie, entwand sich seinem Griff und schoss durch die Menge davon. Tro-

243

ckenes Gras strich über ihre Knöchel, und schließlich blieb sie vor einem Stand mit Erfrischungen stehen, dicht gefolgt von Parker. »Eine Tüte Popcorn und eine mit Erdnüssen«, bestellte sie bei der Verkäuferin unter der gestreiften Markise. Sie war außer Atem, ihre Wangen glühten, ihre Augen glitzerten schalkhaft. »Und dieser Herr hier«, sie deutete auf Parker, der gleich hinter ihr stand, »wird die Rechnung übernehmen.«

»Ich stehe ja jetzt schon unter dem Pantoffel«, murmelte Parker, suchte in seinem Portemonnaie nach einem Fünf-Dollar-Schein und reichte ihn der Verkäuferin. »Eines Tages«, fuhr er fort, und seine blauen Augen funkelten, als er eine Erdnuss aus der Schale löste und sie in seinen Mund warf.

»Was ist eines Tages?«, forderte sie ihn heraus, und ihr Puls schoss erneut in die Höhe, als er auf ihre Lippen blickte. Einen Augenblick lang glaubte sie, er würde sie küssen, gleich hier, inmitten der Menschenmenge, vor dem Erfrischungsstand. Mein Gott, wie sehr sie ihn liebte!

»Wart's nur ab, junge Dame«, warnte er sie mit tiefer, heiserer Stimme. Seine Halsschlagader fing an zu pochen.

Shawnas Herz begann schneller zu schlagen.

»Was?«

Zwei kichernde Teenager näherten sich dem Erfrischungsstand und brachen den Zauber. »Mr. Harrison?«, fragte das größere, rothaarige Mädchen, während seine Freundin, die eine feste Zahnspange trug, knallrot anlief.

Parker warf einen Blick über die Schulter und wirbelte herum. »Ja?«

»Ich hab dir doch gesagt, dass er es ist!«, sprudelte das

Mädchen mit der Zahnspange hervor und wäre vor Aufregung beinahe auf und ab gehüpft. Seine braunen Augen strahlten erwartungsvoll.

»Könnten wir ... ähm ... Würde es Ihnen etwas ausmachen ...« Die Rothaarige wühlte in ihrer Handtasche. »Könnten wir bitte ein Autogramm von Ihnen bekommen?«

»Sicher«, sagte Parker, nahm Stift und Papier, die sie ihm reichte, und schrieb seinen Namen.

»Ich bin Sara, und das hier ist Kelly. Sara ohne ›h‹.«

»Okay!« Parker schrieb eine Widmung.

»Ähm, ist Brad hier?«

»Nein, tut mir leid«, sagte Parker, das Gesicht zu einem schiefen Grinsen verzogen.

»Schade«, murmelte Sara, offensichtlich enttäuscht, und steckte Stift und Autogramm in ihre Tasche.

Kelly lächelte übers ganze Gesicht. Das Drahtgestell in ihrem Mund blitzte. »Vielen herzlichen Dank!«

Die beiden Mädchen winkten zum Abschied und zogen kichernd weiter.

»Das ist der Preis des Ruhms«, spöttelte Parker.

»Gar nicht schlecht für eine ehemalige Größe, mit der Betonung auf ›ehemalig‹«, entgegnete Shawna trocken, unfähig, den Stolz in ihrer Stimme zu verbergen. »Zumal du ja immer noch Brad Lomax' Coach bist. Wie du sicher weißt, ist er jetzt der Star.«

Parkers Grinsen wurde noch schiefer. »Gib's zu, McGuire, du bist noch sauer, weil du den Ring nicht erwischt hast.« Er legte den Arm um ihre Schultern und zog sie an sich.

»Vielleicht ein kleines bisschen«, räumte sie mit einem glücklichen Seufzer ein. Der Tag war perfekt, abgesehen von der drückenden Schwüle. Hoch über ihren Köpfen schwankten die Äste hoher Tannenbäume sanft in der heißen Sommerluft, während von Westen her dunkle Wolken aufzogen.

Shawna schwebte förmlich, als sie über den »Jahrmarkt aus vergangenen Zeiten« schlenderten. Am Fuße der Kaskadenkette, auf mehreren Hektar Farmland verstreut, standen graubraune Zelte, farbenprächtige, glitzernde Fahrgeschäfte und bunte Erfrischungsstände vor dem Hintergrund der spektakulären Berge. Dampforgelmusik erfüllte die Luft, Marktschreier priesen der lärmenden Menge ihre Waren an oder forderten sie zu verschiedenen Spielen auf. Überall roch es nach Pferden, Sägemehl, Popcorn und Karamell.

»Willst du auch mal ausprobieren, wie viel Kraft du hast?«, fragte Shawna und deutete auf einen Holzfäller, der vor einer Attraktion stand, die »Hau den Lukas« genannt wurde. Der bullige Mann hob einen schweren Hammer über den Kopf und ließ ihn mit aller Kraft herabsausen. Der Hammer schlug auf einen gefederten Kopf auf und ließ ein in einer Röhre befindliches Metallstück in die Höhe schnellen.

Parker verzog zynisch die Lippen. »Ich passe. Ich will mir schließlich nicht meinen Tennisarm ruinieren!«

»Verstehe.«

Parker fuhr sich mit den Fingern durchs Haar. »Es gibt noch einen weiteren Grund«, gab er zu.

»Und der wäre?« Shawna zog fragend eine Augenbraue in die Höhe.

»Ich will mir meine Kräfte für morgen Nacht aufsparen.«

Seine Stimme wurde noch tiefer, seine Augen blitzten geheimnisvoll. »Da gibt es nämlich eine ganz bestimmte Dame, die meine gesamte Aufmerksamkeit und meinen vollen körperlichen Einsatz fordern wird.«

»Tatsächlich?« Sie steckte ihm etwas Popcorn in den Mund und grinste. »Dann solltest du sie besser nicht enttäuschen.«

»Das werde ich nicht«, versprach er. Sein Blick glitt zu ihrem Mund.

Shawna schluckte. Immer wenn er sie so ansah, so sinnlich, so verführerisch, fing ihr Herz an, doppelt so schnell zu schlagen wie sonst. Sie wandte die Augen ab. Ihr Blick fiel über seine Schulter hinweg auf eine kleine, dicke Frau, die, einen leuchtend bunten Schal um den Kopf geschlungen, vor einem der Zelte stand.

Sie fing Shawnas Blick auf und rief: »Soll ich Ihnen die Zukunft vorhersagen?« Ihre großen Kreolen schwangen hin und her, als sie Shawna und Parker mit rot lackierten Fingernägeln herbeiwinkte.

»Ich weiß nicht ...«

»Warum nicht?«, fragte Parker und schob Shawna in das abgedunkelte, enge Zelt. Es roch nach Staub und süßlichem Parfüm. Shawna nahm auf einem staubigen Kissen vor einem kleinen Tisch Platz und fragte sich, warum in aller Welt sie hier gelandet war. Der Fußboden war voller Sägemehl und Stroh, und das einzige Licht, das von draußen hereinfiel, drang durch einen schmalen Schlitz oben in der Zeltplane. Der Ort war ihr unheimlich.

Parker legte einen Fünf-Dollar-Schein auf den Tisch und setzte sich neben Shawna, einen Arm noch immer lässig um ihre Schultern gelegt, die langen Beine übereinandergeschlagen.

Das Geld verschwand blitzschnell in den voluminösen Rockfalten der Zigeunerin, die auf einem Stapel Kissen auf der anderen Seite des Tisches Platz nahm.

»Sie zuerst?«, fragte sie und warf Shawna ein freundliches Lächeln zu. Von draußen drang ein Sonnenstrahl ins Zelt und ließ ihre Goldkronen aufblitzen.

Shawna warf Parker einen Blick zu, zuckte die Achseln und sagte dann: »Sicher. Warum nicht?«

»Gut!« Die Wahrsagerin klatschte in die runzeligen Hände. »Dann zeigen Sie mir Ihre Handflächen, damit ich Ihr Schicksal daraus lesen kann.« Sie nahm Shawnas Hand in ihre und strich sanft über die glatte Haut, fuhr mit der Fingerspitze die Linien in Shawnas Handfläche nach.

»Ich sehe, dass Sie lange und schwer gearbeitet haben.«

Das kann man wohl sagen, dachte Shawna trocken. Während ihres Studiums, erst auf dem College, dann an der medizinischen Fakultät, hatte sie mehr Stunden als Bartenderin hinter dem Tresen verbracht, als sie zählen wollte. Es waren ausgesprochen anstrengende Jahre gewesen, Spätschichten und Seminare am frühen Morgen, doch endlich hatte sie es letztes Jahr geschafft und ihre Ausbildung zur Internistin abgeschlossen. Aber auch jetzt noch jonglierte sie ständig mit ihren Sprechstunden und Einsatzplänen in der Klinik und arbeitete härter, als sie es sich je hätte träumen lassen.

»Und Sie haben eine glückliche Familie.«

»Ja«, gab Shawna stolz zu. »Einen Bruder und meine Eltern.«

Die Frau nickte, als würde sie deren Gesichter in Shawnas Handfläche vor sich sehen. »Sie werden ein langes, erfolgreiches Leben führen«, sagte sie gedehnt, dann wanderten ihre Finger über eine andere Linie in Shawnas Hand, nur um kurz darauf innezuhalten. Das Gesicht der Zigeunerin umwölkte sich. Sie schürzte die Lippen und ließ Shawnas Handgelenk los, so schnell, wie sie es eben ergriffen hatte. »Ihre Zeit ist um«, sagte sie leise. Ihre alten braunen Augen strahlten Güte aus.

»Was?«

»Wollen Sie auch noch?«, fragte sie, an Parker gewandt.

Parker schüttelte perplex den Kopf.

»Der Nächste, bitte!«, rief die Wahrsagerin in Richtung des Zelteingangs.

»Das ist alles?«, wiederholte Shawna überrascht. Sie kannte sich nicht aus mit Wahrsagerei, aber sie hatte gerade Gefallen daran gefunden, außerdem hatte sie den Eindruck, dass irgendetwas an ihrer Fünf-Dollar-Zukunft nicht vollständig war.

»Ja. Ich habe Ihnen alles gesagt, was ich sehen kann. Jetzt ist der Nächste an der Reihe ...«

»Augenblick mal. Was ist mit meinem Liebesleben?« Sie zwinkerte Parker zu.

Die Wahrsagerin zögerte.

»Ich dachte, Sie könnten alles sehen«, forderte Shawna sie heraus. »Zumindest steht das auf Ihrem Schild am Eingang.«

»Es gibt Dinge, die besser ungesagt bleiben«, flüsterte die Frau und machte Anstalten, aufzustehen.

»Ich komme damit zurecht«, versicherte Shawna, obwohl ihr etwas mulmig zumute wurde.

»Glauben Sie mir, Sie möchten es nicht wissen«, beharrte die Wahrsagerin, jetzt leicht ungeduldig.

»Natürlich möchte ich es wissen«, widersprach Shawna. Obwohl sie nicht wirklich an diesen Hokuspokus glaubte, wollte sie doch etwas für ihr Geld geboten bekommen. »Ich möchte alles wissen.« Sie streckte der Zigeunerin die geöffnete Handfläche entgegen.

»Sie ist sehr stur«, ließ sich Parker vernehmen.

»Das merke ich.« Die Wahrsagerin setzte sich gemächlich auf dem Kissenstapel zurecht, schloss Shawnas Finger und sah ihr direkt in die Augen. »Ich sehe einen Mann in Ihrem Leben, der Ihnen sehr viel bedeutet – Sie lieben ihn von ganzem Herzen, zu sehr vielleicht.«

»Und?«, fragte Shawna leicht gereizt, weil sie spürte, wie sich ihre Nackenhärchen vor Furcht sträubten.

»Sie werden ihn verlieren«, sagte die Frau traurig, warf einen Blick auf Parker und erhob sich rasch. »Und jetzt gehen Sie«, forderte sie die beiden auf und strich sich das Stroh vom Rock. »Gehen Sie.«

»Komm«, sagte Parker mit skeptischem Blick, nahm Shawna bei der Hand und zog sie aus dem dunklen Zelt.

Draußen schlug ihnen die heiße, drückende Luft entgegen, die ihnen im Vergleich zu dem stickigen Zeltinneren jedoch geradezu erfrischend vorkam. »Du hast sie bestochen, hab ich recht?«, fragte Shawna vorwurfsvoll. »Das Ganze war ein abgekartetes Spiel!« Sie blickte unbehaglich auf das kleine Zelt zurück.

»Nein! Jetzt erzähl mir nicht, du glaubst den Unsinn, den sie dir weismachen wollte.«

»Natürlich nicht, aber unheimlich war es trotzdem.« Schaudernd rieb sie sich die Arme. Trotz der sommerlichen Hitze war ihr plötzlich kalt.

»Und es war weit gefehlt, um nicht zu sagen: völliger Quatsch!« Lachend zog Parker sie an der Hand hinter sich her und führte sie durch ein Tannenwäldchen, weg von der Menge und dem Jahrmarkt.

Die schweren, nadelbewehrten Äste boten ihnen ein wenig Schatten und Privatsphäre und kühlten die Schweißtropfen, die sich in Shawnas Nacken zu sammeln begannen.

»Du glaubst ihr doch nicht etwa, oder?«, fragte er und sah ihr prüfend in die Augen.

»Nein, aber ...«

»Warte nur, bis die Ärzteschaft Wind von der Sache bekommt!«

Shawna musste unweigerlich grinsen. Sie drehte ihr Haar zu einem losen Zopf und hob ihn an, weg von ihrem Nacken. »Du machst dich über mich lustig.«

»Vielleicht ein ganz kleines bisschen.« Er trat näher und drängte sie, die Hände locker auf ihre Schultern gelegt, mit dem Rücken gegen den rauen Stamm einer Douglastanne. »Das hast du verdient, nachdem du mich so wegen des vermaledeiten Messingrings aufgezogen hast!«

»Schuldig im Sinne der Anklage«, räumte sie ein. Sie ließ ihr Haar los und schlang die Arme um seine schmale, durchtrainierte Mitte. Unter seinem dünnen Hemd konnte sie seine Muskeln spüren.

»Gut.« Er zog den Messingring aus seiner Tasche und steckte ihn ihr spielerisch an den Finger. »Mit diesem Ring nehme ich dich zur Frau, auch wenn er viel zu groß ist«, sagte er leise und betrachtete die pastellfarbenen Bänder, die über ihren Arm fielen.

Shawna musste die Glückstränen wegblinzeln, die ihre Wimpern nässten. »Ich kann es kaum erwarten«, flüsterte sie, »dass wir endlich richtig heiraten.«

»Ich auch nicht.« Er legte seine Stirn gegen ihre und betrachtete die Grübchen, die sich in ihren Wangen bildeten, wenn sie lächelte.

Shawnas Puls beschleunigte sich. Sein warmer Atem strich ihr übers Gesicht, seine Finger griffen in ihr honiggoldenes Haar und zwirbelten eine der langen, weichen Strähnen. Seine Lippen verzogen sich zu einem süffisanten Grinsen. »Und jetzt, Dr. McGuire, gib acht. Ich habe vor, dich mir zu Willen zu machen!«, drohte er.

»Gleich hier? An Ort und Stelle?«, fragte sie unschuldig.

»Für den Anfang, ja.« Er streifte verführerisch mit den Lippen über ihre, und Shawna seufzte in seinen geöffneten Mund.

Sie spürte, wie ihr heiß wurde. Ihre Knie drohten nachzugeben. Er küsste ihre Augenlider, ihren Hals, und sie stöhnte und öffnete erwartungsvoll die Lippen. Seine Hände fühlten sich stark an und kraftvoll, und sie wusste, dass Parker immer für sie Sorge tragen, sie beschützen würde. Tief in ihrem Innern loderte ein Feuer der Begierde, das nur er löschen konnte.

»Ich liebe dich«, flüsterte sie. Der Wind fuhr ihr durchs Haar und wehte es aus ihrem Gesicht, genau wie ihre Worte.

»Und ich liebe dich.« Er hob den Kopf und sah ihr in die Augen, in denen pure Leidenschaft loderte. »Morgen Nacht werde ich dir zeigen, wie sehr.«

»Müssen wir wirklich so lange warten?«, fragte sie und schürzte enttäuscht die Lippen. Sie waren jetzt seit sechs Wochen zusammen, und sie hatten noch nie richtig miteinander geschlafen. Das war zwar fürchterlich altmodisch, aber es war eine Art Spiel zwischen ihnen – sie beide hatten es so gewollt.

»So lange ist es doch gar nicht mehr« sagte Parker tröstend, »außerdem hatten wir eine Abmachung, schon vergessen?«

»Das war albern.«

»Gut möglich«, pflichtete er ihr bei. »Und es war die Hölle.« Seine markanten Züge wurden angespannt. »Aber warst nicht du diejenige, die behauptet hat: ›Alles Bedeutsame lohnt das Warten‹?«

»Das ist eine ziemlich verkürzte Version, aber im Grunde – ja.«

»Und bis jetzt haben wir durchgehalten.«

»Was für eine Tortur«, gab sie zu. »Das nächste Mal, wenn ich eine so pathetische, idealistische dumme Idee habe, erschieß mich bitte!«

Grinsend drückte er ihr einen Kuss auf die Stirn. »Ich nehme an, das bedeutet, dass ich meine Geliebte aufgeben muss.«

»Deine *was?*«, schäumte sie, wohlwissend, dass er sie nur aufzog. *Seine Geliebte!* Diese geheimnisvolle Frau – ein reines Hirngespinst – war schon immer ein Scherz zwischen ihnen gewesen, ein Scherz, der mehr schmerzte, als sie zugeben wollte. »Oooh, du bist wahrhaftig der arroganteste, selbstsüchtigste, egozentrischste -«

Er umfasste mit einer Hand ihre Handgelenke und hob

sie hoch über ihren Kopf. »Na los, sprich nur weiter«, drängte er sie und ließ die Augen langsam, Zentimeter für Zentimeter an ihr hinabwandern, angefangen bei ihren strahlend grünen Augen, den geschürzten, vollen Lippen, über ihre Halsbeuge, in der ihr flatternder Puls zu sehen war, dann tiefer, bis hin zu den üppig gerundeten Hügeln ihrer Brüste, die sich gegen den apricotfarbenen Baumwollstoff drückten und sich mit jedem ihrer keuchenden Atemzüge hoben und senkten.

»- aufgeblasenste, anmaßendste, unverfrorenste Mistkerl, dem ich je begegnet bin!«

Er senkte den Kopf und küsste die empfindsamen Rundungen ihres Schlüsselbeins, und sie spürte, wie sie innerlich schier zerfloss. »Hast du noch etwas vergessen?«, fragte er. Sein Atem strich warm über ihre ohnehin glühend heiße Haut.

»Eine Million Dinge!«

»Zum Beispiel?«

»Deine Unersättlichkeit«, stieß sie hervor und zog scharf die Luft ein, als sie seine feuchte Zunge auf ihrem Hals spürte. »Hör auf damit«, stammelte sie, zu schwach für wirklichen Protest.

»Bist du die Frau, die noch vor ein paar Minuten um mehr gebettelt hat?«

»Parker ...«

Er erstickte ihren Widerstand damit, dass er eilig seinen Mund auf ihren legte und sich fordernd an sie drückte. Er küsste sie mit der Leidenschaft, die in ihm brannte, seit sie einander zum ersten Mal begegnet waren. Den Rücken gegen den Baumstamm gepresst, die Hände um seinen Na-

254

cken geschlungen, übertrug sich die unhaltbare Begierde von seinen Lippen auf ihre.

Er rieb seinen Schritt an ihrer Scham, sodass sie überdeutlich den steinharten Beweis seiner Leidenschaft spürte.

»Bitte -«, wisperte sie, und er stöhnte.

Seine Zunge umspielte ihre Lippen, dann drang er in die warme Süße ihres offenen Mundes ein.

»Parker ...«, stöhnte sie erstickt und schloss die Augen.

Plötzlich spannten sich sämtliche Muskeln in seinem Körper an, und er entließ sie so schnell aus seinen Armen, wie er sie zuvor umschlungen hatte. Leise fluchend trat er einen Schritt von ihr fort. »Du bist gefährlich, weißt du das?« Mit zitternden Fingern schob er sich das Haar aus den Augen. »Ich – ich denke, wir sollten jetzt besser gehen.«

Shawna schluckte mit einiger Mühe, doch sie nickte. Ihre Wangen brannten, ihr Herz raste unkontrolliert, und sie hatte Mühe, Luft zu bekommen. »Aber Morgen, Mr. Harrison, kommst du mir nicht so leicht davon.«

»Reiz mich nicht noch mehr«, warnte er sie, die Lippen zusammengepresst in dem Bestreben, seine Selbstbeherrschung zurückzugewinnen.

»Das würde mir nicht im Traum einfallen«, versprach sie, und ihre Augen, grün wie die Tannen um sie herum, blickten plötzlich ernst drein.

Er verschränkte seine Finger mit ihren und zog sie hinter sich her zum Parkplatz. »Lass uns aufbrechen. Wenn ich mich richtig erinnere, müssen wir heute Abend noch die Generalprobe für die Trauung sowie das Probeessen hinter uns bringen.«

»Leider«, stöhnte sie und fuhr sich mit den Fingern durch ihr zerzaustes Haar, während sie sich den Weg durch die ungleichmäßigen Reihen parkender Fahrzeuge zu ihrem Auto bahnten. »Hochzeitsgeneralproben sind etwas Schreckliches. Ich hätte auf dich hören sollen, als du mit mir durchbrennen und mich in aller Heimlichkeit heiraten wolltest.«

»Beim nächsten Mal weißt du's besser.«

»Es wird kein nächstes Mal geben«, gelobte sie, als er ihr die Tür seines Jeeps öffnete und sie in das aufgeheizte Wageninnere kletterte. »Du wirst mich für den Rest deines Lebens am Hals haben!«

»Genau das wünsche ich mir.« Er glitt hinters Lenkrad, öffnete die Fenster und startete den Motor.

»Obwohl du dann deine Geliebte aufgeben musst?«

Er verschluckte sich und warf ihr hustend einen amüsierten Seitenblick zu. Die Lippen zu einem zynischen Grinsen verzogen, setzte er aus der Lücke und holperte über das unebene, von Furchen durchzogene Feld, das als Parkplatz diente.

»Was ich nicht alles aus Liebe tun würde«, murmelte er, dann legte er den Vorwärtsgang ein und schaltete das Radio an.

Shawna starrte aus dem Fenster auf die vorüberziehende Landschaft. In der Ferne schoben sich düstere Wolken rund um die zerklüfteten Hänge des Mount Hood zusammen. Die Schatten, die auf das hügelige, trockene Ackerland fielen, wurden länger. Der Wind frischte auf, sonnenverbranntes Weideland wechselte die Farbe, wurde von Gold zu Braun. Grasende Rinder hoben die Köpfe in Erwartung des aufziehenden Sturms, Gräser und Wildblumen entlang der Zäune bogen sich in der feuchtheißen Brise.

»Sieht so aus, als braute sich ein Unwetter zusammen.« Parker blickte auf den harten, ausgetrockneten Boden und runzelte die Stirn. »Wir könnten ein bisschen Regen gebrauchen.«

»Aber nicht heute Abend und morgen schon gar nicht«, widersprach Shawna. »Nicht an unserem Hochzeitstag.« *Morgen*, dachte sie mit einem Lächeln. Sie versuchte, die finstere Prophezeiung der Zigeunerin und die Aussicht auf Regen zu verdrängen. »Morgen wird ein perfekter Tag werden!«

»... möget ihr zusammen glücklich werden. Auf Braut und Bräutigam! Lebet hoch!«, sagte Jake, warf seiner Schwester ein Lächeln zu und reckte sein Weinglas in die Luft.

Strahlend hob Shawna ihr Glas und musterte ihren dunkelhaarigen Bruder bewundernd.

»Hoch! Hoch!«, fielen die restlichen Gäste mit ein. Gläser klirrten, muntere Gespräche und Gelächter füllten den großen Bankettsaal des edwardianischen Hotels in der Innenstadt von Portland. Der Raum war voller Familienmitglieder und Freunde, die zu den Feierlichkeiten geladen waren. Nach dem Probedurchlauf, bei dem es nur wenige Patzer gegeben hatte, und einem wundervollen Essen folgten nun die weinseligen Tischreden.

»Wie war ich?«, fragte Jake und ließ sich auf seinen Stuhl fallen.

»Eloquent«, gab Shawna lächelnd zu. »Ich wusste gar nicht, dass du so etwas kannst.«

»Das kommt, weil du mir nie zugehört hast«, witzelte er, dann zwinkerte er Parker zu, die Ellbogen auf den Tisch gestützt. »Ich hoffe, du hast sie besser im Griff als ich.«

»Bestimmt«, prophezeite Parker und lockerte seine Krawatte.

»He, Augenblick mal«, protestierte Shawna, doch sie lachte und nahm einen Schluck kalten Chablis.

»Ich kann es kaum noch erwarten«, ließ sich Gerri, Shawnas beste Freundin, vernehmen. »Wann ist es denn endlich morgen früh?« Sie lächelte. »Ich dachte schon, dieser Tag würde niemals kommen, und dann ist es doch tatsächlich jemandem gelungen, die gute Frau Doktor zu überreden, mit ihm die Ringe zu tauschen.« Gerri schüttelte ihr rotbraunes Haupt, lehnte sich zurück und zündete sich eine Zigarette an, bevor sie ihr Feuerzeug geräuschvoll zuklappte, um ihren Worten Nachdruck zu verleihen.

»Ich bin doch nicht mit meiner Arbeit verheiratet«, protestierte Shawna.

»Nicht mehr. Aber genau das warst du. Damals, in der medizinischen Fakultät, war es kein Zuckerschlecken, mit dir befreundet zu sein. Ich wiederhole: *kein Zuckerschlecken!*«

Parker umarmte seine zukünftige Frau. »Ich habe vor, das zu ändern, und ich werde gleich morgen damit anfangen!«

»Oh, tatsächlich?«, fragte Shawna mit zusammengekniffenen Augen. »Du solltest eines wissen, Mr. Harrison, *du* wirst derjenige sein, der sich anzupassen, um nicht zu sagen unterzuordnen hat.«

»Das kann ja heiter werden«, befand Jake. »Parker Harrison, der Pantoffelheld.«

»Darauf trinke ich!« Brad Lomax, Parkers prominentester Schüler, lehnte sich über Shawnas Schulter und verschüttete etwas von seinem Getränk auf das Leinentischtuch. Sein schwarzes Haar war zerrauft, seine Krawatte längst gelockert, und sein Atem roch nach Bourbon. Er war den ganzen Abend über schlecht gelaunt gewesen und hatte offenbar beschlossen, sämtliche Probleme, wie immer sie aussehen mochten, in Alkohol zu ertränken.

»Vielleicht solltest du es etwas langsamer angehen lassen«, schlug Parker ihm vor, als sich der junge Mann schwankend über den Tisch beugte.

»Wie bitte? Wo wir mitten beim Feiern sind? Ganz bestimmt nicht!« Um seine Worte zu betonen, kippte er seinen Drink und bedeutete dem Kellner, ihm noch einen zu bringen.

Parker sah ihn mit ernstem Blick an. »Wirklich, Brad, du hast genug für heute.«

»Ich habe niemals genug!« Er nahm sich ein Glas Champagner vom Tablett eines vorbeigehenden Kellners. »Das geht auf seine Rechnung!«, rief Brad und deutete mit dem Daumen auf Parker. »Das ist seine letzte Nacht in Freiheit! Was für eine Verschwendung, wenn ihr mich fragt.«

Jake schaute von Parker zu Brad und wieder zurück. »Vielleicht sollte ich ihn nach Hause bringen.«

Doch Brad griff in seine Tasche und zog einen Schlüsselbund hervor. »Das schaffe ich schon selbst«, widersprach er unwirsch.

»Brad ...«

»Ich fahre, wann ich will.« Er beugte sich vor und legte einen Arm um Parker, den anderen um Shawna. »Wer

259

weiß, vielleicht heirate ich ja selbst irgendwann«, lallte er grinsend.

»Das will ich erleben«, sagte Parker. »Ich glaube kaum, dass dich eine Frau an die Leine nehmen kann.«

Brad lachte. Wieder schwappte sein Drink über. Er stützte sich haltsuchend auf Shawna.

»Warum erzählst du mir nicht auf dem Weg nach Hause von deinen Heiratsplänen?«, fragte Parker und fasste Brads Arm.

»Aber die Party ist doch noch gar nicht vorbei ...«

»Für uns schon. Wir haben morgen einen vollen Terminkalender. Ich möchte nicht, dass du einen Kater hast und deshalb die Trauung verpasst!«

»Bestimmt nicht!«

»Genau. Weil ich dich jetzt nach Hause bringe.« Er nahm Brad den Drink aus der Hand, stellte ihn auf dem Tisch ab und griff nach den Autoschlüsseln. Dann beugte er sich zu Shawna hinunter und küsste sie auf die Stirn. »Bis morgen früh, ja?«

»Um Punkt elf Uhr«, antwortete sie und sah ihn mit strahlenden Augen an.

»Das werde ich um nichts auf der Welt verpassen.«

»Ich auch nicht«, lallte Brad. Den Arm um Parkers breite Schultern gelegt, ließ er sich von ihm zur Tür führen. »Übrigens muss ich mit dir reden«, sagte er vertrauensvoll zu Parker. »Ich brauche deinen Rat.«

»Das ist doch nichts Neues.«

»Fahr vorsichtig«, sagte Jake zu Parker. »Draußen schüttet es wie aus Eimern – zum ersten Mal seit Monaten. Die Straßen könnten rutschig sein.«

260

»Ich passe schon auf«, versprach Parker.

Jake sah den beiden hinterher. »Ich verstehe nicht, warum Parker duldet, dass Brad sich so benimmt«, sagte er stirnrunzelnd.

Shawna zuckte die Achseln. »Du weißt, dass Brad Parkers Star-Nachwuchstalent ist, immerhin steht er auf Platz neun der Landesrangliste. Parker erwartet, dass er in seine Fußstapfen tritt, es bis an die Spitze schafft – und den Grand Slam gewinnt. Das volle Programm sozusagen.«

»Ist er so gut?« Jake wirkte nicht überzeugt, und Shawna verstand, warum. Als Psychiater hatte er mehr als genug junge Menschen gesehen, die zu schnell an die Spitze gelangt waren und mit dem Ruhm oder plötzlichen Reichtum nicht zurechtkamen.

Shawna setzte sich. »Parker behauptet, er sei der geborene Spitzensportler, der Beste, den er je gesehen habe.«

Jake schüttelte den Kopf und schaute erneut zu der Tür hinüber, durch die Parker und Brad verschwunden waren. »Das mag ja stimmen, aber der Junge ist ein Hitzkopf und hat Riesenkomplexe.«

»Vielen Dank für deine professionelle Einschätzung, Dr. McGuire.«

»Ist das die freundliche Variante, ›Halt dich da raus!‹ zu sagen?«, fragte Jake.

Shawna schüttelte den Kopf. »Nein, das ist die freundliche Variante, das Gespräch in heiteren Bahnen zu belassen – bitte keine tiefsinnigen Gedanken, okay? Ich heirate morgen.«

»Wie könnte ich das vergessen?« Er stieß den Rand seines Glases gegen ihrs, flüsterte: »Ich wünsche dir alles

Glück auf der Welt« und trank einen Schluck von seinem Wein. »Und weißt du, was das Beste an dieser Hochzeit ist?«

»Mit Parker zusammenzuleben?«

»Nein. Die Tatsache, dass heute der letzte Tag ist, an dem zwei Dr. McGuires am Columbia Memorial Hospital beschäftigt sind. Schluss, aus. Von nun an gibt es keine Verwechslungen mehr, keine fehlgeleiteten Nachrichten oder Telefonanrufe!«

»Stimmt. Ab morgen bin ich Dr. Harrison.« Sie zog die Nase kraus. »Klingt ganz anders, stimmt's?«

»Für mich klingt das großartig.«

»Für mich auch«, pflichtete sie ihm bei und starrte mit einem versonnenen Lächeln in ihr Weinglas. »Für mich auch.«

Sie fühlte, wie jemand sie an der Schulter berührte, und schaute auf. Ihr Vater stand hinter ihrem Stuhl, ein großer, korpulenter Mann, gekleidet in seinen besten Anzug, ein etwas wehmütiges Lächeln auf den Lippen. »Wie wär's mit einem kleinen Tänzchen?«

»Sehr gern«, sagte sie, schob ihren Stuhl zurück und nahm seine Hand. »Aber danach geht's ab nach Hause.«

»Müde?«

»Hmm, und ich möchte morgen gut aussehen.«

»Mach dir darüber keine Gedanken. Du wirst die schönste Braut sein, die je den Mittelgang der Kirche entlanggeschritten ist.«

»Die Hochzeit wird im Rosengarten stattfinden, hast du das etwa vergessen?« Sie lachte. Ihr Vater verzog die Lippen.

»Ich nehme nicht an, dass ich dich noch dazu überreden

kann, dein Ehegelübde vor dem Altar in der Kirche abzulegen?«

»Nein. Draußen«, beharrte sie und sah aus dem Fenster hinaus in den dunklen Spätabend. Regen schimmerte auf den Fensterscheiben. »Selbst wenn es weiter so schüttet, werden wir in der Laube im Rosengarten heiraten. Aber dort gibt es ja auch einen Altar.«

»Du warst immer schon stur«, murmelte ihr Vater und wirbelte sie übers Parkett. »Genau wie deine Mutter.«

»Manche Leute behaupten, der Apfel fällt nicht weit vom Stamm, doch sie beziehen sich dabei nicht auf Mom.«

Malcolm McGuire drehte sich lachend mit seiner Tochter im Walzertakt. »Ich weiß, es ist sozusagen fünf vor zwölf, aber manchmal frage ich mich, ob du es nicht ein bisschen zu eilig hast. Ich meine, du kennst Parker doch noch gar nicht so lange.«

»Zu spät, Dad. Wenn du mir ausreden möchtest, ihn zu heiraten, hast du definitiv zu lange damit gewartet.«

»Versteh mich nicht falsch: Ich mag Parker.«

»Gut, denn ab morgen wird er dein Schwiegersohn sein.«

»Ich hoffe nur, du bürdest dir nicht zu viel auf«, sagte er nachdenklich. »Du hast kaum dein Studium abgeschlossen und deinen Beruf aufgenommen, da übernimmst du auch noch die Verantwortung und Pflichten einer Ehefrau ...«

»... und Mutter?«, neckte sie ihn.

Malcolm zog die Augenbrauen hoch. »Ich weiß, dass du dir Kinder wünschst, aber das kann noch warten.«

»Ich bin doch schon achtundzwanzig!«

»Das ist kein Alter, Shawna. Parker und du, ihr seid beide noch jung.«

»Und verliebt. Also hör auf, dir Sorgen zu machen«, ermahnte sie ihn lächelnd. »Ich bin jetzt ein großes Mädchen. Ich kann auf mich selbst aufpassen. Und wenn ich es nicht kann, passt eben Parker auf mich auf.«

»Das muss er auch«, sagte ihr Vater augenzwinkernd. »Sonst bekommt er es mit mir zu tun.«

Als die letzten Töne des Walzers verklangen, tätschelte er den Arm seiner Tochter und geleitete sie zurück zu ihrem Stuhl, doch sie blieb stehen, griff nach ihrem Mantel, den sie über die Stuhllehne gelegt hatte, und schlüpfte hinein. Malcolm McGuire blickte sich suchend im Saal um. »Und wo steckt dein zukünftiger Ehemann? Nun sag bloß nicht, er hat sich jetzt schon aus dem Staub gemacht.«

»Sehr komisch, Dad.« Sie zog ihr Haar aus dem Kragen ihres Regenmantels und ließ es über die Schultern fallen. »Er bringt Brad Lomax nach Hause. Aber mach dir keine Sorgen, Dad, er wird morgen pünktlich zur Stelle sein. Bis morgen früh!«

Sie klemmte sich ihre Handtasche unter den Arm und eilte die Treppe hinunter, da sie keine Lust hatte, auf den Aufzug zu warten. Im Erdgeschoss angekommen, stürmte sie durch die Lobby des alten edwardianischen Hotels und drückte die schwere Holztür auf, die auf die Straße hinausführte.

Es regnete Bindfäden, Donner grollte. Nur ein typisches Sommergewitter, redete sie sich ein, nichts, worüber sie sich Gedanken machen müsste. Morgen früh wäre alles frisch und sauber, die Regentropfen auf den Rosenblättern würden im Sonnenschein glitzern. Alles wäre perfekt! Nichts würde ihre Hochzeit trüben können – schon gar nicht das Wetter.

264

Kapitel zwei

Shawna beobachtete, wie ihre Mutter die cremefarbene Spitze ihres Schleiers zurechtzupfte. »Gut so?«, fragte Doris McGuire, als sie dem Blick ihrer Tochter im Spiegel begegnete.

»Schön, Mom. Wirklich ...« Aber Shawnas Stirn war gerunzelt, und ihre grünen Augen blickten besorgt. *Wo war Parker?*

Doris trat einen Schritt zurück, um besser sehen zu können. Auch Shawna begutachtete ihr Spiegelbild. Elfenbeinfarbene Spitze umschloss ihren Hals, der Rock unterhalb der schmal geschnittenen Taille war aus cremefarbener Seide und lief zu einer langen Schleppe aus, die sie im Augenblick über dem Arm trug. Unter ihrem Schleier lugten honiggoldene Haarsträhnen hervor. Der Anblick war perfekt, abgesehen von dem sorgenvollen Ausdruck in ihren Augen. »Parker ist noch nicht hier, oder?«, fragte Shawna.

»Entspann dich. Jake hat gesagt, er gibt uns Bescheid, sobald er eintrifft.« Sie glättete die Falten in ihrem Rock und zwang sich zu einem Lächeln.

»Aber er sollte sich schon vor einer halben Stunde mit Reverend Smith treffen!«

Doris wischte Shawnas Bedenken beiseite. »Vielleicht steht er im Stau. Du weißt doch, wie dicht der Verkehr seit dem Sturm gestern Abend ist. Parker wird gleich hier sein. Wart's nur ab. Ehe du dichs versiehst, bist du Mrs. Parker Harrison und in der Karibik.«

»Hoffentlich«, sagte Shawna, bemüht, die Furcht, die in ihr aufstieg, zu verdrängen. Parker kam ein paar Minuten zu spät, na und? Kein Grund zur Sorge. Oder doch? In den sechs Wochen, die sie ihn nun kannte, hatte er sich nicht ein einziges Mal verspätet.

Shawna schaute durch die Fensterscheibe hinaus in den grauen Tag und entdeckte die gelben Bänder, die um die weißen Latten der Laube im Rosengarten gewunden waren. Sie tanzten wild um den Freiluftaltar der Pioneer Church, während schwere, dunkelviolette Wolken am Himmel entlangzogen.

Doris warf einen Blick auf die Uhr und seufzte. »Wir haben noch genügend Zeit, die Zeremonie nach innen zu verlegen«, schlug sie ruhig vor. »Ich bin mir sicher, die Gäste hätten nichts dagegen.«

»Nein!« Shawna schüttelte so heftig den Kopf, dass sich ihr Schleier zu lösen drohte. Sie hörte, wie schroff ihre Stimme klang, und sah, wie ihre Mutter sich versteifte. »Es tut mir leid, Mom«, sagte sie rasch. »Ich wollte nicht grob sein.«

»Schon gut – das ist das Lampenfieber. Du solltest versuchen, dich ein bisschen zu entspannen«, bat ihre Mutter und berührte sie sanft am Arm. »Parker wird gleich hier sein.« Aber Doris' Stimme bebte, und Shawna entging nicht, dass ihre Mutter vor Sorge die Lippen zusammenpresste.

»Ich hoffe, du hast Recht«, flüsterte sie ohne echte Überzeugung. Die ersten Tropfen fielen vom Himmel und rannen über die Fensterscheiben. Shawna blickte hinaus auf den Parkplatz und wünschte sich inständig, Parkers roten Jeep in eine Parklücke setzen zu sehen. Stattdessen erblickte sie Jakes Wagen. Wasser spritzte unter seinen Reifen auf, als er in einer tiefen Pfütze zum Stehen kam.

»Wohin ist Jake gefahren?«, fragte sie. »Ich dachte, er wäre im Rosengarten ...« Sie verstummte, als sie sah, wie ihr Bruder aus dem Wagen sprang und sich durch die Gäste drängte, die sich vor der Kirche versammelten.

»Shawna!«, drang Jakes Stimme durch die Tür, eine Sekunde später hämmerte er gegen das Türblatt. »Shawna!«

Die Furcht brach wie eine gewaltige Woge über ihr zusammen.

»Komm rein, um Himmels willen«, sagte Doris und riss die Tür auf.

Jake stürmte ins Zimmer. Seine Haare klebten klatschnass am Kopf, sein Smoking war zerknittert, sein Gesicht aschfahl. »Ich habe es gerade erst erfahren – es hat gestern Abend einen Unfall gegeben.«

»Einen Unfall?«, wiederholte Shawna und musterte sein vor Entsetzen verzerrtes Gesicht. »Nein ...«

»Parker und Brad hatten einen fürchterlichen Unfall. Man hat sie erst vor ein paar Stunden gefunden und ins Mercy Hospital gebracht.«

»Das muss ein Irrtum sein!«, schrie Shawna, deren Welt in ebendieser Sekunde in Scherben ging. Parker durfte nicht verletzt sein! Erst gestern waren sie doch noch auf dem Jahrmarkt gewesen, hatten gelacht, einander berührt, geküsst ...

»Nein, das ist kein Irrtum.«

»Jake ...«, sagte Doris flehentlich, doch Jake war bereits an Shawnas Seite und griff stützend nach ihrem Arm, als fürchte er, sie würde zusammenbrechen.

»Es ist ernst, Schwesterherz.«

Shawna blickte ihn ungläubig mit weit aufgerissenen Augen an. »Wenn das stimmt ...«

»Verdammt noch mal, Shawna, glaubst du, ich platze hier hinein mit einer Behauptung, die ich nicht überprüft habe?«, unterbrach er sie mit leiser Stimme.

Ihre letzten Hoffnungen verflogen, und sie klammerte sich an ihn, schloss die Finger um seinen Arm und stieß angstvoll schluchzend hervor: »Warum hat mich denn niemand informiert? Ich bin Ärztin, Herrgott noch mal!«

»Aber nicht im Mercy Hospital. Niemand dort wusste, um wen es sich handelt.«

»Aber er ist berühmt ...«

»Das zählt nicht«, erklärte Jake nüchtern. Sein Blick sprach Bände, und zum ersten Mal wurde Shawna bewusst, dass Parker, ihr geliebter Parker, womöglich sterben würde.

»O Gott«, flüsterte sie und kämpfte gegen die Schwärze an, die ihr vor Augen trat. »Ich muss zu ihm.«

»Aber das geht nicht«, protestierte ihre Mutter schwach. »Nicht jetzt ...«

»Natürlich geht das!« Sie riss den Schleier vom Kopf, schnappte sich ihre Handtasche, dann raffte sie ihren langen, voluminösen Rock und rannte aus dem Zimmer Richtung Seitentür.

»Warte, Shawna!«, rief Jake ihr nach und beeilte sich, sie einzuholen. »Ich fahre dich!«

Aber sie hörte ihm nicht zu und fischte stattdessen die Autoschlüssel aus ihrer Tasche. Mit zitternden Fingern öffnete sie die Fahrertür ihres kleinen Kombis, stieg ein und steckte den Schlüssel ins Zündschloss. Der Motor erwachte dröhnend zum Leben. Shawna legte den Gang ein und raste mit quietschenden Reifen vom Parkplatz Richtung Highway. Sie fuhr wie eine Wahnsinnige, die Gedanken bei Parker, während sie ein stummes Stoßgebet nach dem anderen zum Himmel schickte, dass er noch am Leben war.

Auch wenn Jake es nicht ausgesprochen hatte, hatte sie es in seinen Augen gelesen: *Parker wird womöglich sterben.*

»Bitte nicht, lieber Gott, bitte nicht!«, flüsterte sie mit zitternder Stimme, das Kinn entschlossen vorgereckt. »Du darfst ihn nicht sterben lassen! Auf gar keinen Fall!«

Sie schaltete einen Gang zurück, bog um eine Kurve und wäre fast von der Spur abgekommen. Der Wagen kämpfte sich eine steile Straße hinauf. Zweimal geriet der Kombi auf dem regennassen Asphalt ins Rutschen, doch endlich bog sie auf den Parkplatz des Krankenhauses ein und ignorierte das Schild, welches besagte, dass hier nur die Angestellten parken durften. Mit hämmerndem Herzen stellte sie den Motor ab, zog die Handbremse an und rannte über den Parkplatz, wobei ihr völlig egal war, dass der Saum ihres Kleides durch die Pfützen schleifte und Schlammspritzer die cremefarbene Seide verunzierten. Dann stürmte sie durch die Glastüren in die Notaufnahme.

Dort angekommen, trat sie an den Empfang und wischte sich das Regenwasser, vermischt mit ihren Tränen, vom Gesicht.

»Ich möchte zu Parker Harrison«, sagte sie atemlos zu der gleichmütig dreinblickenden jungen Frau am Schreibtisch. »Ich bin Dr. McGuire vom Columbia Memorial Hospital. Ich bin Mr. Harrisons Hausärztin. Er wurde heute früh hier eingeliefert, und ich muss auf der Stelle zu ihm!«

»Er wird im Augenblick operiert ...«

»Operiert!«, wiederholte Shawna fassungslos. »Wer ist der leitende Arzt?«

»Dr. Lowery.«

»Dann möchte ich Dr. Lowery sprechen.« Shawnas Augen strahlten Autorität und Entschlossenheit aus, obwohl sie innerlich vor Furcht beinahe verging. Sie wusste, dass ihre Forderungen unangemessen waren und völlig unüblich, doch das war ihr egal. Parker lag in diesem Krankenhaus und kämpfte aller Wahrscheinlichkeit nach um sein Leben, und sie würde Himmel und Hölle in Bewegung setzen, um zu ihm zu gelangen.

»Sie müssen sich gedulden«, erklärte die Empfangsschwester und warf einen Blick auf Shawnas nasse Haare und das ruinierte Hochzeitskleid.

»Ich bestehe darauf, ihn zu sprechen. Auf der Stelle.«

»Es tut mir leid, Dr. McGuire. Wenn Sie möchten, können Sie im Ärztezimmer warten, und ich gebe Dr. Lowery Bescheid, dass Sie hier sind.«

Shawna, der klar war, dass sie keine andere Wahl hatte, biss die Zähne zusammen. »Können Sie mir sagen, wie ernst es ist? Was für Verletzungen hat er davongetragen?«

»Diese Informationen darf ich leider nicht weitergeben.«

Shawna rührte sich nicht vom Fleck. »Dann holen Sie eben jemanden her, der mir Auskunft erteilen kann«, beharrte sie stur.

»Wenn Sie bitte einen Augenblick warten würden.«

Shawna unterdrückte den überwältigenden Drang, die Informationen aus der jungen Frau herauszuschütteln, atmete tief durch und versuchte, ihre Fassung wiederzugewinnen.

»Gut ... aber bitte schicken Sie jemanden ins Ärztezimmer. Ich muss wissen, wie es um ihn bestellt ist ... als seine Ärztin und seine Verlobte.«

Das Gesicht der Krankenschwester wurde weicher. »Sie haben auf ihn gewartet, hab ich recht?«, fragte sie leise und betrachtete erneut Shawnas schmutziges Seidenkleid.

»Ja«, erwiderte Shawna. Ihre Kehle schnürte sich zusammen, Tränen traten in ihre Augen. »Sie verstehen sicher, dass ich ihn sehen muss.«

»Sobald jemand frei ist, schicke ich ihn zu Ihnen«, versprach die junge Frau.

»Vielen Dank.« Als Shawna sich abwandte, stellte sie fest, dass sämtliche Augen in der Notaufnahme auf sie gerichtet waren. Erst jetzt bemerkte sie die Leute, die auf den Plastikbänken saßen und darauf warteten, aufgerufen zu werden. Kleine Kinder weinten und kuschelten sich an ihre Mütter, ältere Menschen mit blassen, eingefallenen Gesichtern verharrten steif auf ihren Plätzen, den Blick auf Shawnas derangierte Erscheinung gerichtet.

Shawna wandte sich wieder der jungen Schwester zu und zwang sich, einen ruhigen Ton anzuschlagen. »Bitte lassen Sie mich wissen, wenn sich sein Zustand verändert.« *Egal, ob zum Guten oder zum Schlechten*, fügte sie stumm hinzu.

»Das mache ich, Dr. McGuire. Das Ärztezimmer ist gleich links neben dem Aufzug im ersten Stock.«

»Vielen Dank«, sagte Shawna, raffte ihren Rock und straffte die Schultern, dann machte sie sich auf den Weg den Flur entlang. Die Absätze ihrer durchweichten Satinpumps klackerten über den Fliesenboden.

»Shawna! Warte!«, hallte Jakes Stimme durch den Gang. Mit ein paar schnellen Schritten war er neben ihr, noch immer in seinem Smoking, einen panischen Ausdruck im Gesicht. »Was hast du herausgefunden?«, erkundigte er sich leise.

»Nicht viel. Ich bin unterwegs ins Ärztezimmer im ersten Stock. Sie wollen jemanden zu mir schicken, der mir Auskunft erteilen kann. Der Oberarzt ist ein gewisser Dr. Lowery.«

»Ich werde mich mal umhören ... ich hab hier ein paar Beziehungen«, sagte Jake.

»Ach?«

»Manchmal werde ich von den Kollegen aus der Psychiatrie zu besonders schwierigen Fällen hinzugezogen. Komm«, drängte er sie, nahm ihren Ellbogen und führte sie Richtung Aufzüge. »Du kannst dich in der Damentoilette im ersten Stock umziehen.«

»Umziehen?«, wiederholte sie, dann bemerkte sie, dass er ihren kleinen Nylonkoffer mitgebracht hatte, eines der Gepäckstücke, die sie für ihren Flitterurlaub zusammengepackt hatte. Innerlich wie betäubt nahm sie den Koffer aus seiner ausgestreckten Hand.

»Danke«, murmelte sie. »Ich schulde dir was.«

»Jede Menge sogar. Ich setze es auf die Liste«, erwiderte er, doch der Scherz verpuffte. »Mom hat das durchgesehen«, fügte er hinzu und deutete auf die Tasche. »Sie dachte, du würdest etwas Passenderes brauchen als das Kleid, das du trägst.« Stirnrunzelnd betrachtete er Shawnas schmutziges Hochzeitskleid.

272

Das Mitgefühl in Jakes Augen berührte sie, und plötzlich fühlte sie sich schwach. Ihre Kehle war rau und brannte vor Tränen, die sie nicht vergießen durfte. »Ach, Jake. Warum ist das nur passiert?«, fragte sie. Die Aufzugtüren öffneten sich mit einem leisen Zischen, und sie traten ein.

»Ich wünschte, ich könnte dir eine Antwort darauf geben.«

»Alles, was ich wissen will, ist, ob Parker wieder ganz gesund wird.«

»Das werde ich in Erfahrung bringen«, versprach er. Der Aufzug hielt an, und Shawna trat hinaus in den ersten Stock. Jake hielt sein Bein in die Lichtschranke, drückte einen Knopf und deutete den Gang entlang. »Das Ärztezimmer ist gleich dort drüben, hinter der Ecke, und die Toilette – keine Ahnung, aber sie müsste ganz in der Nähe sein. Ich treffe dich im Ärztezimmer, sobald ich Tom Handleman gefunden habe ... für gewöhnlich ist er der leitende Chirurg. Vermutlich werde ich dir dann Genaueres berichten können.«

»Danke«, wisperte sie. Jake schnitt eine Grimasse. »Lass uns einfach nur hoffen, dass es nicht allzu schlimm um Parker und Brad steht.«

»Das tut es nicht! Sie werden bald wieder auf die Beine kommen, ganz bestimmt!«

»Ich hoffe es, Shawna.«

Er zog das Bein aus der Lichtschranke, und die Aufzugtüren schlossen sich. Shawna, von Kopf bis Fuß zitternd, machte sich auf die Suche nach dem Waschraum. Dort angekommen, versuchte sie sich zu beruhigen, indem sie sich kaltes Wasser ins Gesicht spritzte. Als sie in den Spiegel blickte, erkannte sie sich kaum wieder. Noch vor zwei Stunden war sie eine strahlende Braut gewesen, die sich vor dem großen Spiegel für ihren Bräutigam schön machte. Jetzt wirkte sie um zehn Jahre gealtert – die Augen gerötet, der Mund angespannt und umgeben von Fältchen, die Haut bleich. Sie zog ihr Hochzeitskleid aus und schlüpfte in eine weiße Leinenhose, einen Baumwollpulli und ein Paar Laufschuhe. Die Sachen hatte sie tragen wollen, wenn sie mit Parker Hand in Hand am strahlend weißen Strand von Martinique entlangschlenderte.

Parker. Ihr Herz zog sich schmerzhaft zusammen.

Schnell knüllte sie ihr Kleid zusammen und stopfte es in den kleinen Reisekoffer, dann ermahnte sie sich, stark und professionell zu sein. Parker würde es schaffen. *Musste* es schaffen.

Sie ging ins Ärztezimmer und schenkte sich mit zitternden Händen eine Tasse Kaffee ein. Ärzte und Krankenschwestern saßen an den runden Tischen zusammen und unterhielten sich, lachten. Es schien sie nicht zu kümmern, dass Parker, ihr Parker, irgendwo in diesem Gebäude mit seinen labyrinthartigen Gängen um sein Leben kämpfte. Sie zwang sich, ruhig zu bleiben, und setzte sich auf einen Stuhl in einer Ecke neben einen Topf mit einer spitzblättrigen Grünpflanze. Von hier aus hatte sie freien Blick auf die Tür.

Ärzte kamen und gingen, ein paar von ihnen mit Zwei-Tage-Bärten und rotgeränderten Augen, andere in frisch gebügelten Kitteln und mit strahlendem Lächeln. Jedes Mal, wenn die Tür aufschwang, flog Shawnas Blick erwartungsvoll hinüber, in der Hoffnung, dass Jake ins Zimmer gestürmt käme und ihr mitteilte, dass der ganze Albtraum auf einem Missverständnis beruhte, dass es Parker gut ging, dass alles noch so war wie zuvor, dass sie noch heute Nachmittag an Bord eines Flugzeugs gehen würden, das sie an einen weißen, sonnenbeschienenen Strand mit türkisfarbenem Wasser brachte ...

Komm schon, Jake, beschwor sie ihren Bruder innerlich, während sie auf die Uhr blickte. Quälend langsam verstrichen die Minuten. Sie horchte auf die Gespräche, die um sie herum geführt wurden. Vielleicht schnappte sie ja etwas auf – einen Hinweis darauf, dass Parker nicht tot war, dass seine Verletzungen nur oberflächlich waren, doch niemand erwähnte Parker Harrison.

Bitte, lieber Gott, mach, dass es ihm gut geht! Bitte!

Sie würgte ihren Kaffee hinunter und knüllte soeben den Pappbecher zusammen, als Jake die Tür aufstieß und schnurstracks auf sie zueilte. Bei ihm war ein junger Mann – groß und schlank, mit vollem, grau meliertem Haar, einer Brille mit Drahtgestell und einem nüchternen Gesichtsausdruck. »Dr. McGuire?«, fragte er.

Shawna sah dem jungen Arzt in die Augen und machte sich aufs Schlimmste gefasst.

»Das ist Tom Handleman, Shawna. Er war bei Parker im OP«, stellte Jack ihn vor.

»Und?«, fragte sie leise und ballte die Hände zu Fäusten.

»Er lebt«, sagte Tom. »Er war lange Zeit im Auto eingeklemmt, aber seine Verletzungen sind nicht so schlimm, wie wir befürchtet hatten.«

»Gott sei Dank«, stieß sie hervor. Vor Erleichterung brach ihre Stimme.

»Er hat mehrere gebrochene Rippen, einen Milzriss, ein Schädel-Hirn-Trauma und eine Kniescheibenfraktur, außerdem einen Meniskusriss und mehrere Bänderrisse. Dazu natürlich Schnittwunden im Gesicht und Prellungen ...«

»Und das nennen Sie ›nicht schlimm‹?«, unterbrach sie ihn. Aus ihrem ohnehin bleichen Gesicht war auch noch das letzte bisschen Farbe gewichen.

Jake begegnete ihrem besorgten Blick. »Bitte, Shawna, lass ihn ausreden.«

»Ich habe nicht gesagt, dass sein Zustand nicht ernst ist«, stellte Tom klar. »Aber Mr. Harrisons Verletzungen sind nicht mehr lebensbedrohlich.«

»Schädel-Hirn-Trauma«, wiederholte sie, »Milzriss ...«

»Richtig, aber wir haben die Blutungen unter Kontrolle gebracht, und sein Zustand ist stabil. Wie ich sagte: Das Schädel-Hirn-Trauma ist nicht so schlimm, wie Lowery und ich zunächst angenommen hatten.«

»Kein bleibender Gehirnschaden?«, fragte sie.

»Bislang gibt es dafür keinerlei Anzeichen. Aber er muss am Knie operiert werden, sobald er stabil genug ist für einen weiteren Eingriff.«

Shawna wischte sich mit zitternder Hand die Stirn. *Parker würde wieder gesund werden!* Vor Erleichterung drohten ihre Knie nachzugeben. »Kann ich ihn sehen?«

»Im Augenblick nicht. Er ist noch im Aufwachraum«, sagte Tom ruhig. »Doch in ein paar Stunden, wenn er wieder bei Bewusstsein ist – dann spricht nichts dagegen.«

»War er bei Bewusstsein, als er eingeliefert wurde?«

»Nein.« Dr. Handleman schüttelte den Kopf. »Aber wir

gehen davon aus, dass er wach wird, sobald die Narkose nachlässt.«

Jake legte seine Hand auf Shawnas Schulter. »Da ist noch etwas«, sagte er leise.

Sein düsterer Gesichtsausdruck und der Druck seiner Finger waren ihr Warnung genug. Sie dachte an den anderen Mann in Parkers Wagen. »Brad?«, flüsterte sie, obwohl sie längst ahnte, dass Parkers vielversprechendster Nachwuchsstar und Freund tot war.

»Brad Lomax war bereits tot, als er in der Klinik eintraf«, erklärte Tom.

»Tot?«, wiederholte sie und spürte, wie ihre Erleiterung neuerlicher Verzweiflung wich.

»Er wurde aus dem Wagen geschleudert. Als Todesursache konnten wir Genickbruch feststellen.«

»Nein!«, schrie sie entsetzt auf.

Jakes Griff wurde fester. *Das durfte nicht wahr sein! Tom musste sich irren!* Sie sah die Köpfe, die sich in ihre Richtung drehten, die fragenden Blicke der anderen Ärzte.

»Es tut mir leid«, erklärte Tom. »Wir konnten nichts mehr für ihn tun.«

»Aber er war doch erst zweiundzwanzig!«

»Shawna ...« Jakes Finger lockerten sich.

Tränen strömten aus ihren Augen. »Ich kann es einfach nicht glauben!«

»Sie sind Ärztin, Miss McGuire«, sagte Tom mit fester Stimme, doch seine Augen waren dunkel vor Mitleid. »Sie wissen so gut wie ich, dass so etwas nun einmal vorkommt. Es ist nicht fair, ich weiß, aber so ist das Leben nun einmal.«

Schniefend schüttelte Shawna Jakes Hand ab. Trotz ihrer tiefen Trauer zwang sie sich zu einer professionellen Reaktion. »Vielen Dank, Doktor«, murmelte sie und streckte die Hand aus, obwohl sie sich am liebsten zu einem Häuflein Elend zusammengekauert hätte. Als Ärztin war sie es gewohnt, mit dem Tod konfrontiert zu werden, doch es war nie leicht, vor allem nicht, wenn man den Menschen, der sein Leben verloren hatte, kannte, wenn er ein Freund war, den Parker sehr gern gehabt hatte.

Tom schüttelte ihre Hand. »Ich gebe Ihnen Bescheid, wenn Mr. Harrison aufwacht und in sein Zimmer gebracht wird. Fahren Sie doch nach Hause und ruhen sich ein paar Stunden aus.«

»Nein ... ich, ähm, das kann ich nicht«, sagte sie.

»Das bleibt natürlich Ihnen überlassen. Geben Sie Bescheid, wenn ich noch etwas für Sie tun kann«, fügte er hinzu, dann drehte er sich um und verließ das Ärztezimmer.

»Ach, Jake«, sagte sie. Ihr Bruder legte schützend den Arm um sie und führte sie hinaus auf den Gang. »Ich kann einfach nicht glauben, dass Brad tot ist ...«

»Das ist schwer, ich weiß, aber du musst mir zuhören«, drängte er sie und drückte ihr den Nylonkoffer in die Hand, den er für sie getragen hatte. »Du musst jetzt stark sein, für Parker. Wenn er aufwacht und erfährt, dass Brad tot ist, wird er sich furchtbar schuldig fühlen ...«

»Aber es war nicht seine Schuld. Das kann ich mir einfach nicht vorstellen.«

»Ich weiß«, flüsterte er. »Aber Parker wird genau davon ausgehen. Das Unfalltrauma, kombiniert mit dem überwältigenden Schuldgefühl, für Brads Tod verantwortlich zu sein, wird ihm schwer zu schaffen machen.« Er drückte sie an sich und lächelte sie angespannt an. »Du wirst sein Fels in der Brandung sein müssen, jemand, an dem er sich festhalten kann, und das wird nicht leicht sein.«

Sie begegnete seinem Blick, und in ihren Augen flammte Entschlossenheit auf. »Ich werde alles für ihn tun, was ich kann«, versprach sie.

Jakes Mundwinkel zuckte nach oben. »Ich weiß, Schwesterherz.«

»Das Einzige, was jetzt zählt, ist, dass es Parker bald wieder besser geht.«

»Und dass ihr zwei heiratet.«

Ihre Finger schlossen sich um den Griff ihres kleinen Koffers, und sie strich sich eine verirrte Haarsträhne aus den Augen. »Das ist im Augenblick nicht das Wichtigste«, sagte sie und schob all ihre Fantasien, ihre gemeinsame Zukunft mit Parker betreffend, zur Seite. »Ich muss dafür sorgen, dass er all das durchsteht. Und das werde ich, komme, was wolle!«

***

Die nächsten vier Stunden waren eine Qual. Shawna schlenderte durch die Krankenhausflure und versuchte, die nervöse Anspannung loszuwerden, die in ihrem Magen zwickte und sie alle fünf Minuten auf die Uhr sehen ließ.

Jake war zur Kirche zurückgekehrt, um den Gästen und ihren Eltern zu erklären, was passiert war, aber sie selbst hatte sich geweigert, ihren Wachtposten aufzugeben.

»Dr. McGuire?«

Sie drehte sich um und sah, wie Dr. Handleman eiligen Schritts auf sie zukam.

»Was ist passiert?«, fragte sie. »Ich dachte, Parker sollte schon vor zwei Stunden in ein Einzelzimmer verlegt werden.«

»Ich weiß«, pflichtete er ihr bei, das Gesicht abgekämpft, »aber die Situation hat sich geändert. Leider hat Mr. Harrison das Bewusstsein nicht wiedererlangt. Wir haben diverse Tests durchgeführt, die Narkose ist beendet, trotzdem schläft er immer noch.«

Furcht kroch Shawna das Rückgrat hinauf. »Und das bedeutet?«

»Vielleicht kommt er binnen der nächsten vierundzwanzig Stunden zu sich.«

»Und wenn nicht?«, fragte sie, obgleich sie die Antwort längst kannte. Voller Panik hämmerte ihr Herz gegen ihren Brustkorb.

»Dann werden wir eben abwarten müssen.«

»Sie meinen, er liegt im Koma.«

Tom schob seine Brille den Nasenrücken hinauf und runzelte die Stirn. »So sieht es aus.«

»Für wie lange?«

»Das können wir nicht sagen.«

»Wie lange?«, wiederholte sie mit zusammengebissenen Zähnen.

»Dr. McGuire, Sie verstehen doch sicher, wovon ich rede«, erinnerte er sie so sanft wie möglich. »So etwas kann man unmöglich wissen. Vielleicht nur ein paar Stunden ...«

»Vielleicht aber auch auf unabsehbare Zeit«, beendete sie seinen Satz und unterdrückte den Drang, laut zu schreien.

»Das ist unwahrscheinlich.«

»Aber nicht ausgeschlossen.«

Er zwang sich zu einem erschöpften Lächeln. »Ein länger anhaltendes Koma, vor allem nach einem traumatischen Ereignis, ist nicht ungewöhnlich.«

»Was ist mit seinem Knie?«

»Das kann warten, wenn auch nicht allzu lange. Wir müssen verhindern, dass die Knochen falsch zusammenwachsen, sonst bekommen wir noch mehr Probleme, als wir bereits haben.«

»Er ist Tennisprofi von Beruf«, wisperte sie.

»Wir werden uns um ihn kümmern«, versprach er. »Sie können ihn jetzt sehen, wenn Sie möchten. Er ist in Zimmer vierhundertzwölf.«

»Danke.« Ohne sich umzublicken, eilte sie zum Aufzug, bemüht, die Panik zu unterdrücken, die in ihr aufstieg. Im vierten Stock hastete sie mit großen Schritten den Korridor entlang, vorbei an ratternden Rollliegen, klappernden Essenswagen und den sich leise unterhaltenden Schwestern im Stationszimmer.

»Entschuldigen Sie, Miss«, sagte eine der Schwestern, als Shawna die Tür zur Vierhundertzwölf erreicht hatte. »Mr. Harrison darf keinen Besuch empfangen.«

Shawna sah die jüngere Frau an und straffte die Schultern in der Hoffnung, autoritärer zu klingen, als sie sich fühlte. »Ich bin Dr. McGuire. Ich arbeite am Columbia Memorial Hospital. Mr. Harrison ist mein Patient, und Dr. Handleman sagte, ich dürfte bei ihm warten, bis er das Bewusstsein wiedererlangt.«

»Das ist in Ordnung«, mischte sich eine andere Schwester ein. »Ich habe einen Anruf von Dr. Handleman erhalten. Dr. McGuire darf zu ihm.«

»Vielen Dank«, sagte Shawna und betrat den abgedunkelten Raum, in dem Parkers Bett stand. Unter einem frischen weißen Leinenlaken lag er flach auf dem Rücken, eine Infusion im Arm, einen breiten Verband um den Kopf, mit dem er kaum zu erkennen war.

»Ach, Parker«, flüsterte sie mit zugeschnürtem Hals. Ihre Augen brannten vor Tränen.

Sie betrachtete seine Brust, die sich langsam hob und wieder senkte, sah seine fahle Haut, die vielen kleinen Schnitte in seinem Gesicht, und fragte sich, ob er je wieder derselbe wundervolle Mann sein würde, den sie gekannt hatte. »Ich liebe dich«, schwor sie und verschränkte ihre Finger mit seinen.

Sie dachte an gestern, an die heiße, schwüle Luft, an den Messingring mit den pastellfarbenen Bändern und an die düstere Prophezeiung der alten Zigeunerin. Erschöpft schloss sie die Augen.

Sie lieben ihn zu sehr – Sie werden ihn verlieren, hatte die Wahrsagerin vorausgesagt.

»Niemals«, sagte Shawna laut und ließ sich zitternd auf einen Stuhl neben seinem Bett sinken. Zärtlichkeiten murmelnd, schwor sie, dass sie alles in ihrer Macht als Ärztin und Frau Stehende tun würde, damit es ihm wieder besser ging.

Kapitel drei

Ein Frühstückswagen ratterte draußen vor Parkers Zimmer über den Gang, und Shawna schreckte aus ihrem unruhigen Schlaf hoch. Abrupt riss sie die Augen auf und sah sich um. Sie hatte den ganzen Tag und die ganze Nacht an Parkers Bett verbracht, ihn beobachtet, gewartet und gebetet.

Jetzt streckte sie sich, rieb sich die verspannten Nackenmuskeln und blickte auf Parkers regloses Gesicht hinab. Sie konnte immer noch nicht glauben, dass ihr gemeinsames Leben ein derart drastisches Ende genommen hatte.

»Komm schon, Parker«, flüsterte sie und fuhr ihm behutsam mit den Fingerspitzen über die Stirn, inständig hoffend, er würde die Lider aufschlagen, doch sie flatterten nicht einmal. »Du schaffst es.«

Ein leises Hüsteln erregte ihre Aufmerksamkeit, und sie schaute zur Tür hinüber, wo ihr Bruder im Türrahmen lehnte. »Wie geht's ihm?«, fragte Jake.

Shawna zuckte die Achseln. »Unverändert.«

Seufzend fuhr er sich mit den Fingern durchs Haar. »Soll ich dir einen Kaffee besorgen?«

Sie schüttelte den Kopf und richtete den Blick wieder auf Parker. »Ich glaube nicht, dass ich im Augenblick ...«

»Hast du etwas gegessen, seit du hier bist?«

»Nein, aber das ist auch nicht ...«

»Doch, das ist nötig, kein Aber. Wir holen dir etwas zum Frühstück. Du tust Parker keinen Gefallen, wenn du dich zu Tode hungerst, klar, Doktor?«

283

»Einverstanden.« Widerwillig kam sie auf die Füße, streckte sich noch einmal und öffnete dann die Jalousien. Draußen glitzerte die Spätsommersonne auf den Pfützen. Insgeheim hoffte Shawna, das Sonnenlicht würde Parker aufwecken. Sie warf einen Blick über die Schulter, die Zähne in die Unterlippe gegraben, und betrachtete wieder einmal das gleichmäßige Auf und Ab seiner Brust, doch ansonsten lag er totenstill da.

»Komm«, sagte Jake leise.

Ohne zu protestieren, verließ sie mit ihrem Bruder das Zimmer. Auf dem Weg in die Cafeteria war sie blind für die übliche Krankenhausroutine: die Schwestern und Pfleger, die Medikamente verteilten, das unablässige Schnarren der Gegensprechanlage, das durch die Gänge hallte, die Krankenblätter und -akten in den Schwesternzimmern und das Klingeln der Telefone.

Jake stieß die Tür zur Cafeteria auf. Besteck klapperte, Fett zischte, in der Luft hing der Geruch nach brutzelndem Speck, Würstchen, Ahornsirup und Kaffee. Trotz ihrer Verzweiflung fing Shawnas Magen an zu knurren, und sie ließ Jake einen Teller mit Eiern, Schinkenspeck und Toast für sie bestellen.

Shawna setzte sich an einen Tisch mit zerschrammter Kunststoffoberfläche und wartete darauf, dass Jake ihre Bestellung brachte und ihr gegenüber Platz nahm. Sie versuchte, etwas zu essen, doch sie konnte nicht anders als die Ohren zu spitzen und zu versuchen, etwas von dem Klatsch und Tratsch um sie herum aufzuschnappen. Vielleicht würde sie ja etwas über Parker in Erfahrung bringen. Zwei Schwestern an einem Tisch in der Nähe unterhielten sich gedämpft, aber Shawna konnte ihre Worte trotzdem verstehen.

»Das ist wirklich zu schade«, sagte die Dickere der beiden und schnalzte mit der Zunge. »Ausgerechnet Parker Harrison! Ich hab mir immer seine Spiele im Fernsehen angeschaut.«

»Du und der Rest des Landes«, pflichtete ihre Kollegin ihr bei.

Shawnas Hände begannen zu zittern.

»Ausgerechnet an seinem Hochzeitstag!«, sagte die erste Frau. »Und denk nur an den Jungen und seine Familie.«

»Den Jungen?«

»Brad Lomax. War schon tot, als sie ihn eingeliefert haben. Lowery konnte nichts mehr für ihn tun.«

Shawna fühlte, wie sich sämtliche Muskeln in ihrem Körper anspannten. Sie schluckte ein Stück Toast, doch es schien ihr im Halse stecken zu bleiben.

»Das erklärt, warum die Reporter das Krankenhaus belagern«, sagte die schlanke Schwester.

»Sicher. Aber das ist noch nicht alles. Seine Verlobte ist auch hier. Soweit ich weiß, ist sie Ärztin am Columbia Memorial Hospital. Sie ist die ganze Zeit über bei ihm. Ist in ihrem Hochzeitskleid hier eingetroffen und hat verlangt, zu ihm gelassen zu werden.«

»Die Arme.«

Shawna ließ die Gabel fallen und ballte zornig die Fäuste. Wie konnten sie es wagen, über Parker zu tratschen?

»Das kann man wohl sagen. Und jetzt liegt er im Koma, und niemand weiß, wann er wieder aufwacht.«

»Oder ob er überhaupt aufwacht.«

285

Shawna klappte den Mund auf, doch Jake hob die Hand und schüttelte den Kopf. »Lass gut sein. Das ist doch nur so dahingesagt.«

»Aber sie reden über Parker und mich!«

»Parker ist ein bekannter Mann. Und Brad Lomax war ebenfalls berühmt. Entspann dich, Shawna, mit Krankenhaustratsch kennst du dich doch aus.«

»Aber nicht, wenn es um Parker geht«, murmelte sie. Der Appetit war ihr gründlich vergangen. Die beiden Krankenschwestern brachten ihre Tabletts zurück, und Shawna bemühte sich, sich zu beruhigen. Natürlich hatte Parkers Unfall für Wirbel gesorgt, und die Leute tratschten nun mal gern. Jack hatte recht. Mit Gerüchten und der Neugier der anderen würde sie fertigwerden müssen.

»Ich weiß, dass das schwer ist. Aber es wird nicht besser werden, zumindest eine Zeitlang nicht.« Er aß seinen letzten Pfannkuchen auf und schob den Teller zur Seite. »Du musst wissen, dass sich bereits einige Zeitungsfuzzis bei dir gemeldet haben. Auf deinem Anrufbeantworter waren heute früh mehrere Nachrichten.«

»Du warst in meiner Wohnung?«

»Ich habe deine Tasche zurückgebracht und Mom das Hochzeitskleid gegeben. Sie bringt es in die Reinigung, aber es wird wohl nicht mehr so aussehen wie vorher.«

»Das ist doch egal«, sagte Shawna, die sich fragte, ob sie das Kleid jemals wieder tragen würde. »Wie geht es Mom und Dad?«

»Sie machen sich Sorgen um dich und Parker.«

»Das kann ich mir denken«, flüsterte sie, dankbar für

ihre Eltern und die Kraft, die sie ihr gaben. Während Parker stark war, weil er allein aufgewachsen war, ohne seine Eltern je kennengelernt zu haben, hatte Shawna ihre Stärke stets aus der Sicherheit und Unterstützung gezogen, die ihre Familie ihr gab.

»Mom hat beschlossen, sich erst einmal zurückzuhalten.«

»Und Dad?«

»Möchte am liebsten das Krankenhaus stürmen.«

»Das kann ich mir denken.«

»Aber Mom hat ihn überzeugt, dass du anrufst, wenn du sie brauchst.«

»Und dass du ihnen ausrichten wirst, wenn nicht«, fügte Shawna hinzu.

Lächelnd sagte Jake: »Sie versuchen lediglich, dir etwas Raum zu geben – aber vielleicht möchtest du dich ja trotzdem bei ihnen melden.«

»Das mache ich. Später. Sobald Parker aufgewacht ist.«

Jake zog skeptisch eine Augenbraue in die Höhe, doch wenn er irgendwelche Zweifel hegte, so behielt er sie für sich. »Okay, ich werd's ihnen sagen.«

Shawna tat nicht länger so, als würde sie etwas essen wollen, und griff nach ihrem Tablett, um es zur Abräumstation zu tragen. Sie war fast eine halbe Stunde fort gewesen und wollte schleunigst zurück zu Parker.

»Es gibt etwas, woran du unbedingt denken solltest«, sagte Jake, als sie sich zwischen den dicht besetzten Tischen hindurch zum Ausgang schlängelten.

»Und das wäre?«

»Wenn du das Krankenhaus verlässt, solltest du besser

287

den Hinterausgang benutzen, es sei denn, du möchtest die vielen persönlichen Fragen der Reporter beantworten.«

»Verstehe. Danke für die Warnung.«

Sie wandte sich Richtung Aufzug, doch Jake hielt sie am Ellbogen fest.

»Da ist noch etwas. Brad Lomax' Beerdigung findet übermorgen statt. Mom hat veranlasst, dass ein Blumengebinde in deinem und Parkers Namen geschickt wird.«

Bei der Erwähnung von Brads Namen zuckte Shawna zusammen. Es fiel ihr nach wie vor schwer zu akzeptieren, dass er tot war. Außerdem musste sie ständig daran denken, wie Parker sich fühlen würde, wenn er erführe, was seinem Schützling zugestoßen war.

»Mom ist ein Engel«, befand Shawna, »aber ich glaube, ich werde lieber persönlich hingehen.«

»Das Begräbnis findet im engsten Familienkreis statt«, erklärte Jake. »Du solltest jetzt nicht weiter darüber nachdenken.«

Erleichtert sagte Shawna: »Ich versuche es. Bis später.« Sie winkte ihrem Bruder zu und eilte zur Treppe, weil es ihr zu lange dauerte, auf den Aufzug zu warten. Sie musste so schnell wie möglich zu Parker, um sicherzustellen, dass sie diejenige wäre, die ihm die Nachricht von Brads Tod überbrachte. Vorausgesetzt, Parker würde endlich aus dem Koma erwachen.

Parker hatte das Gefühl, sein Kopf würde explodieren. Langsam öffnete er ein Auge und ignorierte den Schmerz, der durch sein Gehirn schoss. Er versuchte, eine Hand an den Kopf zu heben, doch seine verkrampften Muskeln reg-

288

ten sich nicht und seine mühevoll tastenden Finger spürten nichts außer kalten Metallstäben.

Wo bin ich?, fragte er sich und versuchte, sich zu konzentrieren. Er hatte einen üblen Geschmack im Mund, Schmerz durchfuhr seinen Körper. Er schluckte und versuchte, sich zu räuspern, doch es wollte ihm nicht gelingen.

»Er wacht auf!«, flüsterte eine Frau. In ihrer Stimme, die ihm vage bekannt vorkam, schwang Erleichterung mit, doch er konnte sie nicht recht zuordnen. »Rufen Sie Dr. Handleman oder Dr. Lowery! Sagen Sie ihnen, Parker Harrison wacht auf!«

Wieso? Und wer sind Lowery und Handleman? Ärzte? War es das, was sie gesagt hatte?

»Parker? Kannst du mich hören? Parker, mein Liebster?«

Er blinzelte heftig und konzentrierte sich auf das Gesicht, das sich dicht an seines drückte. Es war ein schönes Gesicht mit ebenmäßigen Zügen, rosigen Wangen und besorgt dreinblickenden grünen Augen. Langes, leicht welliges honigblondes Haar fiel der jungen Frau über die Schultern und streifte seinen Nacken.

»O Gott, ich bin so froh, dass du aufgewacht bist«, sagte sie mit bewegter Stimme. Tränen hingen in ihren Wimpern, und er bemerkte die angespannten Linien um ihren Mund und ihre eingefallenen Wangen.

Sie weint! Diese schöne junge Frau vergießt tatsächlich Tränen – meinetwegen? Verblüfft beobachtete er, wie ihr die Tränen über die Wangen liefen und eine nach der anderen aufs Bettlaken tropften. Tatsächlich – sie weinte seinetwegen! Aber warum?

Sie legte die Hände auf seine Schultern und vergrub das

Gesicht in seiner Halsbeuge. Diese intime Berührung kam ihm irgendwie richtig vor, auch wenn er nicht recht verstand, warum. »Ich habe mir solche Sorgen gemacht! Drei Tage! Drei ganze Tage! Gott sei Dank bist du wieder da!«

Sein Blick schoss durch das kleine Zimmer. Fernseher, Bettgitter, Tropf und Blumen über Blumen auf jeder verfügbaren Abstellfläche. Langsam dämmerte ihm, dass er sich in einem Krankenhaus befand. Dann bildete er sich den höllischen Schmerz in seinem Kopf also nicht nur ein, und das alles war kein böser Traum. Irgendwie war er in einem Krankenhausbett gelandet, komplett bewegungsunfähig!

»Guten Morgen, Mr. Harrison«, begrüßte ihn eine tiefe Männerstimme.

Die Frau richtete sich auf und wischte sich rasch die Tränen ab.

Parkers Augen schweiften zu einem Mann, den er nicht kannte. Dem weißen Kittel nach zu urteilen war er Arzt. Er trat ans Bett, blickte Parker durch seine dicke Drahtgestellbrille an und lächelte. Das Namensschild konnte Parker nicht erkennen. Der Arzt nahm Parkers Handgelenk und schaute auf die Uhr.

»Ich bin Dr. Handleman«, sagte er dann. »Sie sind seit drei Tagen unser Patient im Mercy Hospital.«

Seit drei Tagen? Wovon um alles auf der Welt redete der Mann? Erinnerungsfetzen, grauenvolle, unscharfe Bilder, schossen ihm durch den Kopf, doch er begriff nicht, was sie bedeuteten.

Die Augenbrauen konzentriert zusammengezogen, versuchte Parker nachzudenken, sich zu erinnern, doch sein gesamtes Leben war ein verschwommener Wirrwarr nicht zusammenpassender Bilder, farblos, bruchstückhaft, wie in einem Traum. Er hatte absolut keine Ahnung, wer diese Leute waren und warum er hier war.

»Sie haben großes Glück gehabt«, fuhr der Arzt fort und ließ Parkers Handgelenk los. »Nicht viele Menschen überleben einen so schweren Unfall.«

Parker blinzelte, dann räusperte er sich und versuchte zu sprechen. »Unfall?«, krächzte er. Der Klang seiner eigenen Stimme erschien ihm fremd.

»Erinnern Sie sich nicht?« Das Gesicht des Arztes verdüsterte sich.

»W-was mache ich hier?«, flüsterte Parker heiser. Seine Augen wanderten von dem Doktor zu der Frau, die sich haltsuchend an der Lehne des Stuhls abstützte, der neben seinem Bett stand. Auch sie trug einen weißen Arztkittel und ein Stethoskop, weshalb er davon ausging, dass sie ebenfalls zur Krankenhausbelegschaft gehörte. *Und warum dann die Tränen?* »Wer sind Sie?«, fragte er und verzog voller Konzentration das Gesicht. Er hörte ihren erstickten Aufschrei und sah, wie ihre Schultern herabsackten. »Kenne ich Sie?«

Kapitel vier

Fast wäre Shawna das Herz stehengeblieben. »Parker?«, wisperte sie, bemüht, ihre Stimme ruhig klingen zu lassen. Vorsichtig nahm sie seine bandagierte Hand in ihre. »Erkennst du mich nicht mehr?«

Er kniff die Augen zusammen und versuchte, sich zu erinnern, doch vergeblich. Kein Funke des Wiedererkennens flackerte in seinen Augen auf.

»Ich bin Shawna«, erklärte sie langsam und hoffte, dass ihre Lippen nicht allzu sehr zitterten. »Shawna McGuire.«

»Sie sind Ärztin?«, fragte er, und Shawna wäre am liebsten gestorben.

»Ja ... aber mehr als das.«

Tom Handleman fing ihren Blick auf. Sie erkannte die Warnung in seinen Augen, Parker nicht zu sehr zu strapazieren, aber Shawna ignorierte ihn. Es war wichtig, dass Parker sich erinnerte. Er musste sich erinnern! Er konnte doch nicht einfach die Liebe vergessen, die sie füreinander empfunden hatten!

»Wir wollten heiraten«, sagte sie ruhig und sah, wie er bestürzt die dichten Augenbrauen zusammenzog. »Am Morgen nach deinem Unfall habe ich im Rosengarten der Pioneer Church auf dich gewartet ... aber du bist nicht gekommen.«

Er sagte kein Wort, starrte sie bloß an, als wäre sie eine völlig Fremde.

»Das reicht für den Augenblick«, sagte Tom Handleman,

trat näher an Parkers Bett und knipste seine Stiftlampe an, um diese emotionsgeladene Szene zu beenden. »Ich würde Sie gern kurz untersuchen, Mr. Harrison.«

Doch bevor Tom mit seiner Stiftlampe in Parkers Augen leuchten konnte, umfasste dieser das Handgelenk des Arztes. Das frische weiße Laken rutschte ob dieser plötzlichen Bewegung zur Seite und gab den Blick auf Parkers nacktes Bein und die Verbände frei, durchtränkt von getrocknetem Blut. »Was zum Teufel geht hier vor?«, fragte er mit schroffer Stimme. »Was ist passiert? Wovon redet sie?« Sein Blick wanderte zurück zu Shawna. »Welche Hochzeit? Ich war nie verlobt ...« Er schaute auf Shawnas linke Hand und den funkelnden Diamanten an ihrem Ringfinger.

»Mr. Harrison, bitte ...«

»Was zum Teufel ist mit mir passiert?«, wiederholte Parker und versuchte, sich aufzusetzen, nur um vor Schmerz bleich zu werden.

»Parker, bitte«, wisperte Shawna und legte ihm die Hände auf die Schultern. »Beruhige dich. Wir werden das alles klären. Du wirst dich erinnern, das verspreche ich dir.« Doch sie musste gegen den Kloß in ihrer Kehle ankämpfen und alles daransetzen, ihre Professionalität zu wahren. Dennoch wollte es ihr nicht gelingen, Parker distanziert und gelassen zu begegnen. »Dr. Handleman ist dein Arzt.«

»Ich *kenne* keinen Dr. Handleman. Wo ist Jack Pederson?«

»Wer?«, fragte Handleman und schrieb schnell etwas auf Parkers Krankenblatt.

Shawna warf Tom einen nervösen Blick zu. »Jack war Parkers Trainer.«

293

»War?«, wiederholte Parker, das Gesicht verzerrt vor Schmerz und der Anstrengung, die winzigen Bruchstücke seiner Vergangenheit zusammenzusetzen, die an die Oberfläche seines Bewusstseins drängten, nur um anschließend noch weiter in den trüben Tiefen des Vergessens zu versinken. »*War?*«

»Das ist schon ein paar Jahre her«, sagte Shawna rasch.

»Was reden Sie denn da? Erst letzten Samstag haben Jack und ich -« Doch er sprach den Satz nicht zu Ende. Stattdessen richtete er seine verstörten blauen Augen auf Handleman. »Nein, das war nicht am Samstag«, flüsterte er, fuhr sich mit einer Hand durchs Haar und blieb an den dicken Verbänden um seinen Kopf hängen. Unwillkürlich biss er die Zähne zusammen. »Es ist besser, Sie setzen mich ins Bild«, sagte er, ließ die Hand sinken und musterte Tom Handleman fragend. »Was ist mit mir passiert?«

»Sie hatten vor ein paar Tagen einen Unfall, Mr. Harrison.«

Parker schloss die Augen und versuchte vergeblich, sich zu erinnern.

»Laut Auskunft der Polizei ist ein Lkw auf Ihre Spur geraten. Sie wollten ihm ausweichen und sind mit Ihrem Jeep durch die Leitplanke und eine Böschung hinuntergerast. Dort unten waren Sie mehrere Stunden lang in Ihrem Wagen eingeklemmt – Totalschaden. Nachdem man Sie befreit hatte, hat man Sie hierhergebracht und operiert, seitdem waren Sie bewusstlos.«

Schweigend ließ sich Parker von Tom die Art seiner Verletzungen erklären und wie seine Chancen auf eine vollständige Genesung standen.

294

»Jetzt, da Sie aufgewacht sind und die Schwellung an Ihrem Bein zurückgegangen ist, werden wir die Knieoperation in Angriff nehmen. Es wird eine Weile dauern, bis alles verheilt ist, und Sie werden sich einer längeren Physiotherapie unterziehen müssen, doch dann sind Sie wieder wie neu – zumindest fast.«

»Wie lange wird das dauern?«

»Das hängt von Ihrer Mitarbeit ab und natürlich auch davon, wie schnell die Wunden verheilen.«

»Nennen Sie mir einen ungefähren Zeitraum.«

Handleman verschränkte die Arme vor der Brust und drückte Parkers Krankenblatt an seinen weißen Kittel. »Ich will ehrlich zu Ihnen sein, Mr. Harrison.«

»Das weiß ich zu schätzen – und nennen Sie mich doch bitte Parker.«

»Gern, Parker. Die Physiotherapie wird zwischen drei Monaten und einem ganzen Jahr dauern, vielleicht werden Sie später sogar wieder Tennis spielen können – wenn alles nach Plan läuft. Wenn Sie diszipliniert mitarbeiten, gehe ich davon aus, dass Sie schon in sechs Monaten an Krücken gehen können.«

Parkers Gesicht versteinerte, sein Blick wanderte ungläubig zwischen Tom und Shawna hin und her. »Aha. Das beantwortet zumindest eine Frage. Aber sagen Sie: Was ist mit dem Fahrer des Trucks – ist er verletzt?«

»Kein einziger Kratzer«, antwortete Tom. »Leider war er viel zu betrunken, um den Unfall zu melden, weshalb man Sie erst mehrere Stunden später entdeckt hat.«

Ein Muskel an Parkers Kinn zuckte, als er versuchte, sich zu erinnern. Schreckliche Bilder zogen an seinem inneren

Auge vorbei, doch er konnte sie nicht einordnen. Nichtsdestotrotz fing sein Herz an, unregelmäßig zu pochen, seine Hände unter den Bandagen begannen zu schwitzen.

»Da ist noch etwas«, sagte er und rieb sich die Augen. »Etwas – ich kann mich nicht erinnern. Etwas ... Wichtiges.« *Mein Gott, was war das nur?*

Shawna räusperte sich. Obwohl sie versuchte, ruhig zu bleiben, bemerkte Parker die Panik, die in ihr aufstieg. Sie warf Handleman einen unsicheren Blick zu und spielte mit ihrer Perlenkette. »Ich denke, wir sollten dich im Augenblick nicht noch mehr strapazieren«, sagte sie.

»Sie wissen doch etwas, Sie beide«, sagte Parker. »Etwas, was Sie mir nicht sagen wollen.«

Shawna, die das dringende Bedürfnis verspürte, ihn zu schützen, selbst wenn das bedeutete, dass sie ihn belügen musste, ihm die grauenhafte Wahrheit vorenthalten musste, legte ihm die Hand auf den Arm. »Ruh dich jetzt aus.«

»Ist das Ihr Rat als Ärztin«, fragte Parker, »oder versuchen Sie bloß, mich hinzuhalten?«

Warum behandelst du mich wie eine Fremde?, hätte Shawna am liebsten geschrien. *Verdammt, ich bin deine Verlobte, deine Braut!*, doch stattdessen sagte sie, um eine ruhige Stimme bemüht: »Ich würde mich freuen, wenn du mich ebenfalls duzt, Parker. Wie ich schon sagte: Ich verspreche dir, dass deine Erinnerung zurückkehrt – vertrau mir.«

Parker schien etwas entgegnen zu wollen, doch er biss sich auf die Lippe und schwieg.

»Sie sollten sich wirklich ausruhen, Parker«, sprang Tom Shawna bei. »Ich schicke Ihnen eine Schwester, damit Sie Ihre Temperatur misst und Ihnen etwas zu essen bringt -«

»Augenblick noch.« Parkers Stimme klang ernst. »Irgendetwas ist hier faul, das spüre ich. Sie enthalten mir etwas vor, den Unfall betreffend.« *Doch was zum Teufel konnte das sein?* Dann fiel es ihm wie Schuppen von den Augen. »Es war noch jemand in den Unfall verwickelt«, sagte er ausdruckslos. »Wer?«

Shawnas Schultern versteiften sich, und sie umklammerte das kalte Metallgeländer.

Handleman bedachte Parker mit einem professionellen Lächeln. »Im Augenblick sollten Sie sich deswegen keine Gedanken machen.«

Parker setzte sich kerzengerade auf, riss den Tropf aus dem Ständer über seinem Kopf und ignorierte den stechenden Schmerz in seinem Knie. Entschlossen schlug er die Bettdecke zurück und versuchte, aus dem Bett zu steigen. »Natürlich mache ich mir Gedanken über denjenigen, der bei mir im Auto saß. Wo ist er – oder sie?« Seine Augen blitzten, als Handleman versuchte, ihn ins Bett zurückzubefördern. »Ich habe das Recht zu erfahren, was passiert ist!«

»Um Himmels willen, Parker – beruhigen Sie sich!«, sagte der Chirurg.

»Wer, verdammt noch mal?«

»Brad Lomax«, flüsterte Shawna, unfähig, die Qual in Parkers Augen noch länger ertragen zu können.

»Lomax?«

»Er saß bei dir im Auto. Er hatte zu viel getrunken bei unserem Probeessen für die Hochzeit, und du hast ihn nach Hause bringen wollen, damit er am nächsten Morgen zur Trauung wieder fit ist.«

297

»Aber ich erinnere mich nicht ...« Er schluckte. Seine Augen umwölkten sich. Irgendwo tief im Innern hörte er Reifenquietschen, das Splittern von Glas, einen durchdringenden Schrei. »O Gott«, krächzte er. Dann: »Wer ist dieser Brad Lomax?«

»Ein Tennisprofi. Dein Schüler.« Shawnas Augen wurden feucht, als sie sah, wie sich die Haut über seinen Wangenknochen spannte.

»Ich bin gefahren«, sagte er gedehnt, als würde er jedes einzelne Wort genau abwägen. »Lomax. Wie geht es ihm?«

»Es tut mir leid, er hat es nicht geschafft«, antwortete Tom.

»Er ist bei dem Unfall ums Leben gekommen?« Parkers Stimme klang bitter, voller Selbsthass. »Ich habe ihn umgebracht?«

»Es war ein Unfall«, fuhr Shawna schnell dazwischen. »Ein bedauernswerter Unfall – sein Gurt hat nicht richtig funktioniert, sodass er aus dem Jeep geschleudert und darunter eingekeilt wurde.«

Parker blinzelte mehrere Male, dann sank er langsam aufs Kissen zurück. Das konnte nicht sein – er kannte diese Leute nicht einmal! Vielleicht sollte er einfach versuchen, wieder einzuschlafen, und wenn er dann aufwachte, wäre dieser höllische Albtraum mit der schönen Frau und den seltsamen Erinnerungsfetzen vorbei. »Hat Lomax Familie?«

Nur dich, dachte Shawna, doch sie schüttelte ihren Kopf. »Nur einen Onkel und ein paar Cousins, glaube ich. Er war schon früh auf sich allein gestellt.«

»Sie sollten sich jetzt ausruhen«, riet Tom und bedeutete

einer Krankenschwester, die im Türrahmen stand, einzutreten. »Ich möchte, dass Sie Mr. Harrison ein Beruhigungsmittel geben.«

»Nein!« Parker riss die Augen auf.

»Die Verletzungen, der Schock, das Ganze ist einfach zu viel für Sie.«

»Damit kann ich umgehen«, erklärte Parker, einen grimmigen Ausdruck der Entschlossenheit auf dem Gesicht. »Keine Beruhigungsmittel, keine Schmerzmittel, verstanden?«

»Aber ...«

»Verstanden?«, wiederholte er. Etwas von seinem alten Feuer kehrte zurück. »Und versuchen Sie ja nicht, hier etwas hineinzumischen!« Er hob die Hand mit dem Infusionszugang und deutete auf den Tropf.

Handleman presste die Lippen zu einer dünnen Linie zusammen. »Legen Sie sich wieder hin, Mr. Harrison«, sagte er mit fester Stimme und wartete, bis Parker gehorchte. »Es ist meine Aufgabe, mich um Sie zu kümmern – dafür zu sorgen, dass Sie sich erholen. Aber ich brauche Ihre Hilfe. Entweder reißen Sie sich zusammen, oder ich lasse Sie von der Schwester ruhigstellen.«

Die Augen zusammengekniffen vor Zorn, starrte Parker an die Decke.

»Gut. Geben Sie mir Bescheid, wenn Sie Ihre Meinung bezüglich der Beruhigungs- oder Schmerzmittel ändern. So, Shawna, ich denke, Mr. Harrison braucht jetzt Ruhe.«

»Augenblick noch«, beharrte Parker und fasste nach Shawnas Hand. »Ich möchte mit dir reden. Allein.« Sein Blick bohrte sich durch Handlemans dicke Brillengläser,

299

und zum Glück verstand der Arzt die Botschaft. Er nickte, steckte sich sein Klemmbord unter den Arm und verließ das Zimmer, die Tür fest hinter sich schließend.

»Erzähl's mir, Shawna«, bat er sie, um einen ruhigen Tonfall bemüht, auch wenn sich seine Finger fest um ihre schlossen.

»Was?«

»Alles.«

Shawna seufzte und ließ sich auf den Stuhl am Bett sinken. Wie sollte sie die stürmische Liebe beschreiben, die ihre Beziehung ausgemacht hatte? Wie sollte sie Parker ins Gedächtnis rufen, dass er das außergewöhnliche Potenzial in einem verwahrlosten jugendlichen Straftäter erkannt und ihn in einen der vielversprechendsten Nachwuchstennisspieler der Nation verwandelt hatte? Dass der Junge für ihn so etwas wie ein jüngerer Bruder geworden war?

»Erzähl's mir«, beharrte er, begierig, etwas über sich selbst zu erfahren.

»Eins nach dem anderen. Woran erinnerst du dich?«

»An nicht genug«, erwiderte er, dann holte er tief Luft. »Längst nicht genug!«

»Ich werde dir alles berichten, was ich weiß«, sagte sie, »aber du musst mir versprechen, ruhig zu bleiben.«

»Ich weiß nicht, ob das möglich ist«, gab er zu.

»Dann kommen wir nicht zusammen.«

Er fluchte leise und zwang sich zu einem gekünstelten Grinsen. »Na gut«, willigte er ein. »Abgemacht.«

»Einverstanden.«

»Irgendwie habe ich das Gefühl, ich sollte mich an dich erinnern.«

»Absolut«, pflichtete sie ihm bei und fühlte sich zum ersten Mal, seit sie von dem schrecklichen Unfall erfahren hatte, ein wenig besser. Lächelnd blinzelte sie die Tränen zurück und berührte ihn sanft an der Stirn. »Ach, Parker, ich habe dich so vermisst – mein Gott, du kannst dir nicht vorstellen, wie sehr ich dich vermisst habe.« Ohne nachzudenken, beugte sie sich vor und küsste ihn, strich sanft mit den Lippen über die seinen und schmeckte das Salz ihrer eigenen Tränen auf seiner Haut.

Doch Parker erwiderte ihre Zärtlichkeiten nicht, sondern starrte sie bloß perplex mit seinen blauen Augen an.

Shawna räusperte sich. »Dieser Teil – die Einsamkeit – ist jetzt zum Glück vorbei«, sagte sie und schniefte. »Sobald du hier raus bist, werden wir heiraten und anschließend in die Karibik fliegen. Wir werden massenweise Kinder bekommen und miteinander glücklich sein bis an unser Lebensende!«

»He, nun mal langsam«, flüsterte er und fuhr sich mit der Hand übers Kinn. »Erzähl mir von Brad Lomax.«

Shawna war klar, dass er nicht lockerlassen würde. Obwohl sie den starken Drang verspürte, ihn zu schützen, wusste sie, dass er sich der Wahrheit früher oder später ohnehin stellen musste. Sie würde den Schlag abmildern, beschloss sie, doch sie würde ehrlich zu ihm sein.

»Brad Lomax«, sagte sie daher zögernd, »war ein Teufelsbraten, und er war der Schrecken eines jeden Tenniscourts. Du warst derjenige, der sein Talent erkannt hat, und du hast ihn unter deine Fittiche genommen. Ihr beide habt euch sehr nahe gestanden«, erklärte sie und sah den

Schmerz, der in Parkers Augen trat. »Du kanntest ihn länger, als du mich kanntest.«

»*Wie* nahe standen wir uns?«, fragte Parker heiser.

»Du warst sein Trainer, sein Mentor – eine Art großer Bruder. Er hat zu dir aufgesehen. In jener Nacht, der Nacht des Unfalls, hatte er zu viel getrunken und wollte mit dir reden. Du hast ihm angeboten, ihn nach Hause zu bringen.«

Ein Muskel an seinem Kinn zuckte. »Warum wollte er mit mir reden?«

Shawna zuckte die Achseln. »Keine Ahnung. Das weiß niemand.«

»Ich habe ihn umgebracht«, sagte Parker leise.

»Nein, Parker. Es war ein Unfall!«, erklärte sie mit Nachdruck.

»Wie alt war er?«

»Tu dir das nicht an.«

»Wie alt war er?« Seine Augen bohrten sich in ihre.

»Zweiundzwanzig«, flüsterte sie.

»O Gott.« Schaudernd schloss er die Augen. »Ich hätte derjenige sein sollen, den es erwischt, nicht er.«

Shawna widerstand dem überwältigenden Drang, tröstend seinen Kopf an ihrer Brust zu bergen. Die Qual, die sich auf seinen Zügen spiegelte, traf sie bis ins Mark. »Tu das nicht, Parker. Das ist nicht fair.«

Parker starrte sie an. In seinen Augen loderte eine Mischung aus Wut und Ehrfurcht, als er die Hand ausstreckte und mit den Fingern unter ihr Haar glitt, um ihren Nacken zu liebkosen.

Seine Berührung ließ sie erzittern.

»Ich erinnere mich nicht, wo ich dich kennengelernt habe oder wie. Ich weiß nicht einmal, wer du bist«, gab er mit heiserer Stimme zu. »Aber ich weiß, dass ich der größte Glückspilz unter der Sonne bin, wenn du tatsächlich vorhattest, mich zu heiraten.«

»Vorhast – im Präsens, bitte«, korrigierte sie. Ihre Kehle brannte vor nicht vergossenen Tränen. »Ich habe immer noch vor, mit dir vor den Altar zu treten, Parker Harrison, egal, ob du mit Gips kommst, an Krücken oder im Rollstuhl.«

Er zog ihren Kopf zu sich herab und zögerte kurz, bevor er mit seinen Lippen über ihre streifte. »Ich werde mich an dich erinnern«, versprach er, die Augen dunkel vor Schmerz. »Egal, wie lange es dauert!«

Ihr Herz machte einen Satz. Alles, was sie brauchten, war ein bisschen Zeit.

Tom Handleman steckte den Kopf ins Zimmer, seine Augen hinter der Brille blickten ernst. »Doktor?«

»Das ist mein Stichwort«, flüsterte Shawna und strich mit den Lippen über Parkers Haar. »Ich komme bald wieder.«

»Das will ich hoffen.«

Sie zwang sich, Zimmer vierhundertzwölf zu verlassen, zum ersten Mal seit Tagen optimistisch und beinahe fröhlich. Egal, dass Parker sich nicht an sie erinnerte. Egal, dass er eine leichte Amnesie erlitten hatte. Das Wichtigste war, dass sein Zustand stabil war und dass er sich von seinen körperlichen Verletzungen zu erholen begann. Auch wenn er psychisch und physisch noch einige Hürden zu überwinden hatte, war sie doch zuversichtlich, dass er mit ihrer

Hilfe sämtliche Hindernisse meistern würde, die das Schicksal ihm in den Weg legte. Es war nur eine Frage der Zeit, bevor er wieder auf die Füße kam und sie dort weitermachen konnten, wo sie aufgehört hatten.

Jake wartete im Gang auf sie. Er hockte auf einem der Stühle im Wartebereich, die Krawatte schief, die Hemdsärmel über die Unterarme geschoben. Ächzend stand er auf und ging neben seiner Schwester her. »Gute Nachrichten?«, vermutete er, während ein breites Grinsen auf sein bartverschattetes Gesicht trat.

»Super Nachrichten!«, frohlockte Shawna. »Er ist aufgewacht!«

»Das wurde aber auch Zeit!« Jake zwinkerte ihr zu. »Also, wann findet die Hochzeit statt?«

Shawna kicherte. »Ich glaube, Parker und ich müssen zunächst einige Hindernisse überwinden.«

»Meinst du Brads Tod?«

»Zum Beispiel«, sage sie, hakte sich bei ihrem Bruder ein und blieb mit ihm vor den Aufzügen stehen. »Du kannst mich zum Mittagessen einladen und ich erzähle dir den Rest«, schlug sie vor und drückte auf den Aufzugknopf.

»Es gibt noch weitere Hindernisse?«

»So einige«, sagte sie, während sie sich in den vollen Aufzug quetschten. »Er erinnert sich nicht an mich – und an vieles andere auch nicht«, fügte sie mit gesenkter Stimme hinzu.

Jake stieß einen leisen Pfiff aus.

»Du hast doch öfter mit solchen Fällen zu tun, oder?«, fragte sie angespannt.

»Ab und an schon«, bestätigte er.

304

»Dann könntest du vielleicht mit ihm arbeiten.«

»Vielleicht«, erwiderte er nachdenklich.

Die Aufzugtüren öffneten sich im Gang in der Nähe der Cafeteria. Shawna warf ihrem Bruder einen Blick zu und frotzelte: »Reiß dir bloß kein Bein aus, um ihm zu helfen.«

»Ich werde tun, was ich kann«, sagte er und rieb sich die Nackenmuskeln. »Unglücklicherweise musst du Geduld beweisen, und das ist nicht gerade deine Stärke.«

»Geduld?«

»Du weißt genauso gut wie ich, dass Gedächtnisverlust eine heikle Angelegenheit sein kann. Es ist durchaus möglich, dass er sich schon morgen an alles erinnert, aber ...«

»... es kann auch Wochen dauern«, beendete sie seufzend den Satz für ihn. »Das darf ich mir gar nicht vorstellen. Nicht jetzt. Jetzt muss ich erst einmal meinem Glücksstern danken, dass er am Leben ist und dass er wieder auf die Beine kommen wird.«

Vielleicht, dachte Jake, während er Shawna zu der Edelstahltheke führte, vorbei an Sahnetorten, Pudding und Obstsalat. Das würde erst die Zeit zeigen.

Parker versuchte, sich vom Bett zu rollen, aber ein scharfer Schmerz in seinem Knie und der Infusionsschlauch in seiner Hand hinderten ihn daran. Er verspürte den übermäßigen Drang, aufzustehen, aus dem Krankenhaus zu spazieren und sich auf die Suche nach den fehlenden Teilen seines Lebens zu machen – wo immer diese sein mochten. Erschöpft und entmutigt schloss er die Augen und konzentrierte sich.

Er wusste, wer er war. An manche Dinge konnte er sich glasklar erinnern – an den Tod seiner Eltern bei einem Bootsunfall, an den goldenen Glanz einer Tennis-Trophäe bei Sonnenschein. Doch sosehr er sich auch bemühte, es gelang ihm nicht, Brad Lomax' Gesicht heraufzubeschwören.

Und was war mit Shawna, der Frau mit dem honiggoldenen Haar, den weichen Lippen und den strahlend grünen Augen? Sie war Ärztin, und sie hatten heiraten wollen. Das schien nicht recht zu passen. Genauso wenig wie ihre Behauptung, er sei eine Art heldenhafter Gutmensch, der einen jungen Mann davor bewahrt hatte, sich selbst zu zerstören, indem er ihn in einen Tennisstar verwandelte. Nein, ihre idealistische Schilderung seines Lebens ergab nicht viel Sinn. Er erinnerte sich an Siege, an das Spielen vor Publikum, daran, wie er es genossen hatte, der Beste zu sein; er war rücksichtslos gewesen auf dem Platz, unfehlbar – ein Eisklotz, bar jeglicher Emotionen.

Und trotzdem schien sie ihn für eine Art zeitgenössischen barmherzigen Samariter zu halten. Was für ein Unsinn!

Erinnerungen versuchten in sein Bewusstsein vorzudringen – vergeblich. Frustriert presste er die Lider noch fester zusammen und ballte die Fäuste. Warum konnte er sich nicht erinnern? Warum nicht?

»Mr. Harrison?«

Er öffnete langsam ein Auge, dann das andere. Eine zierliche Krankenschwester stand in der offenen Tür.

»Schön, dass Sie wieder bei uns sind«, sagte sie und rollte einen klappernden Wagen mit Essen ins Zimmer – wenn man das unappetitlich aussehende Kartoffelpüree mit Bratensoße, das sie vor ihn hinstellte, denn so nennen konnte. »Darf ich Ihnen sonst noch etwas bringen?«

»Nichts«, erwiderte er unwirsch, in Gedanken bei der schönen Ärztin und dem Jungen, an dessen Gesicht er sich nicht erinnern konnte. *Ich brauche nichts anderes als meine Vergangenheit.*

Seufzend wandte sich die Schwester ab und verließ das Zimmer.

Parker schob das Tablett zur Seite und schloss wieder die Augen. Er wollte sich erinnern, unbedingt, konzentrierte sich auf das schwarze Loch, das seine Vergangenheit darstellte. *Shawna.* Hatte er sie gekannt? Woher? Hatte er sie wirklich heiraten wollen?

Der Schlaf übermannte ihn in warmen Wogen, Erinnerungsstücke flackerten durch sein Gehirn, spielten mit ihm. Im Traum sah er sich mit einer wunderschönen Frau in einem nebelverhangenen Rosengarten tanzen. Ihr Gesicht war hinter einem Schleier verborgen, und sie trug ein Kleid aus elfenbeinfarbener Seide und Spitze, er einen steifen Smoking. Ihr Duft und ihr Lachen umhüllten ihn, als sie stehen blieben, um einen Schluck Champagner aus feingeschliffenen Kristallgläsern zu nehmen. Dann flog sie wieder in seine Arme, und er verschüttete etwas Champagner auf ihr Kleid. Sie warf den Kopf zurück, doch ihr Schleier blieb an Ort und Stelle und verbarg ihre Augen, während er ihr den perlenden Champagner von der perlenbesetzten Spitze an ihrem Hals leckte.

»Ich liebe dich«, flüsterte sie. »Für immer.«

»Und ich liebe dich.«

Berauscht vom Alkohol und ihrer Nähe, drückte er seine Lippen auf ihre und schmeckte den kühlen, moussierenden Champagner auf ihren warmen Lippen.

Ihre Finger spielten mit seiner Fliege, lösten sie von seinem Hals, neckten ihn. Ihr Schleier hob sich ein kleines Stück, und er konnte einen flüchtigen Blick auf ihre Grübchen werfen, bevor sie sich ihm entwand und davonhuschte. Er wollte sie rufen, doch er kannte ihren Namen nicht, und er blieb stumm. Voller Furcht, sie zu verlieren, griff er nach ihrem Kleid, aber seine Finger griffen in die Luft. Sie entglitt ihm, machte sich davon, ohne dass er ihr Gesicht zu sehen bekommen hatte.

Parker riss die Augen auf und holte zitternd Luft. Seine Hand war zusammengekrampft, aber leer. Der Traum war so echt gewesen, so lebendig, als sei er tatsächlich zusammen mit der schönen Frau im Rosengarten gewesen. Bebend lag er in seinem abgedunkelten Krankenhauszimmer und fragte sich, ob der Traum Teil seiner Erinnerung gewesen war oder etwas, was er sich so sehr wünschte, dass er es förmlich als Traumbild heraufbeschworen hatte.

War die Frau Shawna McGuire gewesen?

Mein Gott, er hoffte es so sehr. Zweifelsohne war sie die faszinierendste Frau, die ihm je begegnet war.

Am nächsten Abend lehnte sich Shawna auf ihrem Stuhl im Sprechzimmer des Columbia Memorial Hospital zurück, bis die Lehne protestierend knarzte. Sie zog die Haarnadeln aus ihrer Hochsteckfrisur und ließ die langen Strähnen locker über die Schultern fallen wie einen schimmernden goldenen Vorhang. Dann schloss sie die Augen und stellte sich vor, dass Parker seine Erinnerung zurückgewann und sie endlich heiraten konnten, genau wie sie es geplant hatten.

»Bald«, redete sie sich ein, streckte sich und blätterte ihren Terminkalender durch.

Weil sie es nicht ertragen konnte, auch nur eine Stunde lang nichts zu tun zu haben, hatte sie ihren Urlaub – die Zeit, die sie mit Parker in der Karibik hatte verbringen wollen – verlegt, und heute war ihr erster voller Arbeitstag seit dem Unfall. Sie war todmüde. Die Digitaluhr auf ihrem Schreibtisch zeigte blinkend die Zeit an. Es war zwanzig Uhr fünfzehn. Seit dem Frühstück hatte sie nichts gegessen.

Sie hatte früh ihre Visite beendet, hatte Krankendiagnosen in ein kleines Diktiergerät auf ihrem Schreibtisch gesprochen, Briefe und Telefonanrufe beantwortet und zwischendurch mit dem Spezialisten für Amnesie am Columbia Memorial gesprochen. Ihre Ohren klingelten noch immer ob seiner zahlreichen Ratschläge.

»Der Verlauf einer Amnesie ist nur schwer vorhersagbar«, hatte Pat Barrington auf ihre Frage bezüglich Parker geantwortet. Barrington war Neurochirurg, ein freundlicher Mann mit einem roten Gesicht und einer Hornbrille, doch er hatte Shawna nichts sagen können, was sie nicht bereits wusste. »Offenbar ist das Parkers Reaktion auf das erlittene Trauma – sein Bewusstsein blockiert die Erinnerung an den Unfall und die Ereignisse, die dazu geführt haben«, hatte ihr Barrington auf dem Weg zum Aufzug erklärt.

»Aber warum erinnert er sich dann nicht an Brad Lomax oder an mich?«

»Weil ihr beide Teil dieser Erinnerungen seid. Der Unfall hat sich unmittelbar nach dem Probeessen für eure Hochzeit ereignet, also blendet sein Unterbewusstsein auch alles aus, was mit eurer Hochzeit zusammenhängt – selbst eure Verlobung. Gib ihm Zeit, Shawna. Er hat dich ganz bestimmt nicht vergessen.« Barrington hatte Shawna aufmunternd auf den Rücken geklopft.

Seufzend erhob sie sich und starrte aus dem Fenster hinaus in den dunklen Septemberabend. »Zeit«, flüsterte sie. War sie ihr Freund oder ihr Feind?

Kapitel fünf

Zwei Wochen später nippte Shawna an ihrer Teetasse und blickte aus dem Küchenfenster ihres Apartments hinaus in den Spätnachmittagshimmel. Parkers Zustand war unverändert, abgesehen davon, dass die Knieoperation erfolgreich verlaufen war. Er hatte bereits mit seiner Physiotherapie begonnen, um sein Bein so schnell wie möglich wieder belasten zu können, doch was Shawna und die Hochzeit betraf, so wusste er nach wie vor gar nichts. Obwohl Shawna ihn jeden Tag besuchte, in der Hoffnung, die Nebelwand des Vergessens, die ihn umgab, zu durchbrechen, betrachtete er sie nach wie vor ratlos und ohne die Wärme, die sie früher in seinen Augen gesehen hatte.

Shawna kippte den Rest Tee ins Spülbecken und beschloss, dass sie nicht länger warten wollte. Irgendwie musste sie seinem Gedächtnis auf die Sprünge helfen. Sie sehnte sich danach, ihn zu berühren, seine Arme um sich zu spüren, wollte, dass er so mit ihr redete, als sei sie nicht eine völlig Fremde für ihn.

»Langsam, aber sicher mutierst du zur Schlampe, McGuire«, murmelte sie und blickte sich um. Es war nicht zu übersehen, wie sehr sie ihre für gewöhnlich blitzsaubere, aufgeräumte Küche vernachlässigt hatte. In der Spüle stapelte sich das Geschirr, der Fußboden war stumpf, auf den Anrichten und den Bodenfliesen standen halb volle Kartons.

Vor dem Hochzeitstermin hatte sie die meisten ihrer Sachen zusammengepackt, doch jetzt hatte sie jegliches Interesse daran verloren, aus ihrer gemütlichen kleinen Wohnung auszuziehen, die seit mehreren Jahren ihr Zuhause war. Allerdings hatte sie das Mietverhältnis gekündigt, weshalb ihr nichts anderes übrig blieb, als zum Monatsende zu gehen.

Anstatt weiter über ihren Umzug nachzugrübeln, steckte sie zwei Bündel mit Schnappschüssen in ihre Handtasche, griff nach Mantel und Regenschirm und verließ eilig die Wohnung.

Draußen war es grau und nasskalt. Regen fiel, plätscherte durch die Dachrinnen des alten, um die Jahrhundertwende errichteten Gebäudes und tropfte auf die großen Blätter der Rhododendren und Azaleen, welche die asphaltierten Wege säumten.

»Dr. McGuire!«, rief eine brüchige Stimme. »Warten Sie!«

Shawna warf einen Blick über die Schulter und sah Mrs. Swenson, ihre Vermieterin, in einem leuchtend gelben Regenmantel mit großen Schritten in ihre Richtung eilen. Wohlwissend, was nun kommen würde, blieb Shawna stehen und rang sich ein Lächeln ab, obwohl sie am liebsten die Flucht ergriffen hätte. »Hallo, Mrs. Swenson.«

»Ich weiß, dass Sie fortmüssen«, sagte Mrs. Swenson und spähte in die Sträucher neben Shawnas Haustür, in denen Maestro, Shawnas getigerter Kater, hockte. Mrs. Swenson schürzte die Lippen, rückte ihren gelben Plastikregenhut zurecht und musterte Shawna mit ihren hellbraunen Augen. »Trotzdem wollte ich mit Ihnen über Ihre Wohnung reden. Ich kenne Ihre missliche Lage, Mr. Harrison betreffend, und ich bedaure Sie von Herzen – aber ich habe neue Mieter, die in zwei Wochen Ihr Apartment beziehen möchten.«

»Ich weiß«, sagte Shawna. Wäre ihr Leben nicht durch den Unfall auf den Kopf gestellt worden, wäre sie längst in Parkers Haus am Willamette River eingezogen, doch nun hatte sich das ja wohl vorerst erledigt. »Es ist alles nicht so gelaufen wie geplant.«

»Das ist mir klar«, sagte Mrs. Swenson freundlich, den Blick noch immer auf den Kater gerichtet. »Dennoch haben die Levertons vor, am übernächsten Wochenende einzuziehen. Ihr Mietvertrag ist bis dahin ausgelaufen, und es müssen noch die Wände gestrichen, die Vorhänge gereinigt werden und was sonst noch so anfällt. Ich möchte Sie nicht drängen ... aber mir bleibt keine andere Wahl.«

»Das verstehe ich«, räumte Shawna ein und ging ein weiteres Mal ihre Möglichkeiten durch. »Am Freitagabend bin ich weg, das verspreche ich Ihnen.«

»Das sind nur noch vier Tage«, betonte Mrs. Swenson und verzog nachdenklich ihr faltiges Gesicht.

»Ich habe bereits angefangen zu packen.« Nun, das stimmte nicht wirklich, aber ein paar Kisten waren immerhin schon halb voll. »Ich kann meine Sachen bei meinen Eltern unterstellen und vorübergehend bei ihnen wohnen – oder bei meinem Bruder Jake.« Die Wahrheit war, dass sie insgeheim nach wie vor überlegte, bei Parker einzuziehen – mit oder ohne Ehering. Während der vergangenen Wochen war ihr klargeworden, wie sehr sie ihn liebte und dass diese Liebe nicht zwangsläufig durch eine Urkunde beglaubigt werden musste. Viel wichtiger war es doch, bei ihm zu sein.

»Und was haben Sie mit ihm vor?«, fragte die alte Frau und deutete mit ihrem knorrigen Finger auf Maestro, der behände auf die Fensterbank von Mrs. Swensons Wohnung sprang, die gleich neben Shawnas lag. Mit nervös zuckendem Schwanz blickte er durch die Fensterscheibe auf den Käfig von Mrs. Swensons gelbem Sittich, der sein Gefieder aufstellte und so laut tschilpte, dass man ihn durch das Glas hören konnte.

»Er gehört mir eigentlich nicht ...«

»Aber Sie haben ihn gefüttert, hab ich recht?«

»Nun, ja, das stimmt. Er ist ein Streuner, und ...«

»Sie füttern ihn seit zwei Jahren«, stellte Mrs. Swenson klar. »Und wenn es nach ihm ginge, würde er meinen kleinen Pickles zum Abendessen verspeisen.«

»Dann nehme ich ihn eben mit.«

»Gut. Das erspart mir den Weg zum Tierheim.«

Shawna bezweifelte ernsthaft, dass die alte Dame das übers Herz bringen würde – eher würde sie Maestro ein Schüsselchen Milch hinstellen, vermutlich in der Mikrowelle aufgewärmt. Obwohl sie nach außen hin ruppig wirkte, trug Myrna Swenson ein goldenes Herz unter ihrer harten Schale.

»Ich werde Eva Leverton anrufen und ihr mitteilen, dass sie mit dem Packen beginnen kann.«

»Tun Sie das!« Shawna stieg in ihren Wagen und sah, wie Mrs. Swenson dem Vogel hinter der Fensterscheibe gut zuredete. Sie ließ den Motor an, lächelte schief und murmelte: »Pickles – was für ein alberner Name für einen Vogel!« Dann gab sie Gas und setzte aus der Parklücke.

Entschlossener denn je, Parker dabei zu unterstützen,

314

sein Gedächtnis wiederzuerlangen, fuhr Shawna über die Ross Island Bridge und die steile Straße zum Mercy Hospital hinauf.

Heute würde sich Parker an sie erinnern, redete sie sich mit einem resoluten Lächeln ein, dann trat sie auf die Bremse und stieß die Fahrertür auf. Tiefen Pfützen ausweichend, die sich auf dem Parkplatz des Mercy Hospital gebildet hatten, eilte sie in Richtung des alten Betonklotzes.

Sie hörte Parker, noch bevor sie ihn sah, als sie aus dem Aufzug in den Flur des vierten Stocks hinaustrat.

»He, passen Sie auf, Sie bringen mich ja noch um!«, blaffte er, und Shawna musste sich alle Mühe geben, nicht zu grinsen. Eins der ersten Anzeichen, dass es einem Patienten langsam besser ging, war eine allgemeine Gereiztheit, und Parker klang mächtig gereizt.

»Guten Morgen«, sagte Shawna und steckte vorsichtig den Kopf zur Tür hinein.

»Was soll daran gut sein?«, knurrte Parker.

»Ich sehe, unser Patient macht Fortschritte«, sagte sie zu der Schwester, die soeben versuchte, sein Bett zu richten.

»Aber nicht, was seine Laune angeht«, gab diese zurück.

»Das habe ich gehört«, ließ sich Parker vernehmen, doch er warf Shawna ein schelmisches Grinsen zu – ebenjenes schiefe Grinsen, das sie so liebte. Ihr Herz schlug einen albernen kleinen Purzelbaum, so wie es das immer tat, wenn er ihr sein berühmtes Lächeln schenkte.

»Sei freundlich, Parker«, ermahnte sie ihn, nahm einen Strauß verwelkter Rosen aus einer Keramikvase und warf die tropfenden Blumen in einen in der Nähe stehenden Abfallkorb. »Sonst weist Dr. Handleman deinen Physiotherapeuten an, dir auf die harte Tour zu kommen, und das soll mörderisch sein.«

»Hm.« Er lachte trotz seiner schlechten Laune. Die Schwester schlüpfte erleichtert zur Tür hinaus.

»Du machst dir hier nicht gerade Freunde«, stellte Shawna fest, setzte sich ans Fußende seines Betts und lehnte sich zurück, um ihn zu betrachten. Ihr honigfarbenes Haar fiel ihr locker über die Schultern, ein kleines Lächeln umspielte ihre Lippen.

»Sollte ich das denn?«

»Wenn du nicht möchtest, dass man dir ein kaltes Frühstück serviert, deine Temperatur um vier Uhr morgens misst oder dein Fernsehkabel auf mysteriöse Weise manipuliert wird ...«

»Ich stehe kurz davor, genau dafür jemanden zu bezahlen«, murmelte Parker. »Dann muss ich mir wenigstens das da nicht mehr anschauen.« Er nickte in Richtung des Fernsehers über seinem Kopf. Auf dem kleinen Bildschirm war eine Reporterin mit welligen Haaren und einem breiten Lächeln zu sehen, die hinter einem großen Pult saß und über die internationale Platzierung amerikanischer Tennisstars berichtete.

»... ist die Tenniswelt noch immer zutiefst erschüttert über den bedauerlichen Tod von Brad Lomax, des womöglich strahlendsten Sterns im Profitennis seit dem kometenhaften Aufstieg seines Mentors Parker Harrison Mitte der Siebzigerjahre.«

Auf dem Bildschirm erschien ein Foto von Brad, einen Arm voller Zuneigung um Parkers breite Schultern gelegt, den anderen hoch erhoben, um triumphierend eine blinkende Trophäe zu präsentieren. Brads dunkles Haar klebte an seinem Kopf, sein Gesicht war schweißüberströmt, und er hatte ein flauschiges weißes Handtuch um den Nacken gelegt. Parker, dessen braunes Haar in der Sonne glänzte, stand neben seinem Schützling, das Gesicht gebräunt und faltenlos, die Augen glänzend vor Stolz.

Shawna blickte Parker an, der mit gepeinigtem, aschfahlem Gesicht im Bett lag, und spürte, wie sich ihr Herz schmerzhaft zusammenzog. Die Reporterin fuhr fort: *»Lomax, dessen Eskapaden jenseits des Tenniscourts ebenso viel Aufmerksamkeit fanden wie seine berühmten Aufschläge, kam vor über zwei Wochen bei einem Autounfall ums Leben, als das Fahrzeug seines Trainers Parker Harrison von der Fahrbahn gedrängt wurde und eine dreißig Meter hohe Böschung hinabrollte.*

Harrisons Zustand ist stabil, doch die Gerüchte wollen nicht verstummen, er habe keine Erinnerung an die Beinahe-Kollision mit dem Lastwagen, der ...«

Mit bleichem Gesicht schaltete Shawna den Fernseher aus. »Ich verstehe nicht, warum du dir diesen Mist ansiehst!«

Parker antwortete nicht, schaute stattdessen aus dem Fenster in den verregneten Tag und auf die dunklen Tannenwipfel hinaus. »Ich versuche herauszufinden, wer ich bin.«

»Und ich habe dir gesagt ...«

»Aber ich will nicht die romantische Version, ich will nur die Fakten«, knurrte er und richtete seine Augen wieder auf Shawna. »Ich will mich erinnern, um meiner selbst willen. Ich will mich an *dich* erinnern!«

»Das wirst du. Ich verspreche es dir«, flüsterte sie.

Er seufzte frustriert, doch er berührte ihre Hand und legte dann seine Finger auf ihre. »Während der letzten Woche sind ständig Leute hier hereingeströmt – Menschen, die ich kennen müsste, aber nicht kannte. Freunde, Reporter, Ärzte und sogar der Bürgermeister, das muss man sich mal vorstellen! Sie bombardieren mich mit Fragen, wünschen mir gute Besserung, raten mir, das Ganze nicht allzu schwer zu nehmen, und die ganze Zeit über frage ich mich: ›Wer zum Teufel seid ihr?‹«

»Parker ...« Shawna beugte sich vor, strich ihm über die Wange und hoffte, die verfluchte Mauer durchbrechen zu können, die seine Erinnerung blockierte.

»Erzähl mir nicht, ich soll geduldig sein«, sagte er scharf, doch in seinen Augen, die forschend über ihr Gesicht wanderten, lag Wärme. »Sieh dich doch bloß mal im Zimmer um!« Überall lagen stapelweise Karten und Briefe, standen riesige Körbe mit Obst und Gebäck neben einem wahren Meer von Blumen. »Wer *sind* all diese Leute?«, fragte er noch einmal, offensichtlich überfordert.

Am liebsten hätte Shawna geweint. »Menschen, die dich gernhaben, Parker«, antwortete sie mit rauer Stimme und legte die Hände auf seine, spürte die Wärme seiner Handflächen an ihrer Haut. Sie wusste den Trost zu schätzen, den seine Finger ihr spendeten, als er ihr sanft über die Wangenknochen streichelte. »Menschen, die uns gernhaben.«

Er ließ die Hand fallen und fluchte leise. »Und ich kann mich nicht einmal an die Hälfte von ihnen erinnern! Hier liege ich, umgeben von so vielen Blumen, dass ich damit die Flöße bei der Rosenparade schmücken könnte, und von genügend Früchten, um die verhungernden Menschen auf der ganzen Welt zu ernähren ...«

»Du übertreibst«, bremste sie ihn.

»Nun, vielleicht ein kleines bisschen«, gab er zu und verzog die Lippen zu einem spöttischen Grinsen.

»Ziemlich heftig!«

»Na schön, ziemlich heftig.«

Sie streichelte seine Augenbrauen in der Hoffnung, die tiefen Falten auf seiner Stirn zu glätten. »Unglücklicherweise kann keiner von uns beiden ungeschehen machen, was passiert ist. Glaubst du nicht, ich würde die Zeit zurückdrehen und verhindern, was passiert ist, wenn ich es irgendwie könnte? Wenn ich dich dadurch zurückbekommen könnte – so wie du vor dem Unfall warst?« Sie schluckte, doch der dicke Klumpen, der sich in ihrem Hals gebildet hatte, wollte nicht weichen.

Er legte seine Stirn gegen ihre. Sein Blick schweifte über die sanft geschwungenen Konturen ihres Gesichts, er sah die dichten Wimpern über ihren Augen, die kleinen Sorgenfältchen auf ihrer Stirn, spürte ihren warmen Atem. Alte Gefühle, gefangen in dem schwarzen Loch der Vergangenheit, rührten sich, doch sie stiegen nicht an die Oberfläche.

»Ach, warum nur kann ich mich nicht an dich erinnern?« Seine Stimme klang so gequält und sehnsuchtsvoll, dass sie ihr Gesicht an seiner Schulter vergrub und die Finger in die Falten seiner Bettdecke krallte.

»Versuch es«, flehte sie.

»Das mache ich ja – immer und immer wieder.« Seine Augen glänzten wässrig, als er ihr mit dem Daumen übers

Kinn strich. »Du kannst dir gar nicht verstellen, wie gern ich mich an dich erinnern würde ...«

Seine Worte schmerzten sie, doch noch bevor sie etwas erwidern konnte, hob er ihr Gesicht und berührte vorsichtig ihre Lippen mit seinen. Warm und nachgiebig boten sie die Verheißung auf eine gemeinsame Zukunft – das spürte sie!

Shawnas Herz begann schneller zu schlagen.

Parkers Kuss war vorsichtig, zögernd, als würde er ihre Lippen zum ersten Mal erkunden.

Tränen traten ihr in die Augen, und sie stöhnte leise und lehnte sich vorsichtig gegen ihn.

Liebe mich, flehte sie stumm. *Liebe mich so, wie du es einst getan hast.*

Der Kuss war so unschuldig, so fragend, dass sie sich fühlte wie ein verlegenes, verwirrtes Schulmädchen.

»Ich liebe dich«, flüsterte sie. Ihre Finger umfassten seine Schultern, als wollte sie sich an ihn klammern, heiße Tränen liefen ihr über die Wangen. »Ach, Parker, ich liebe dich so!«

Er zog sie in seine Arme, bis sie halb auf ihm lag, sodass sie sein Herz schlagen hörte und seine harten Brustmuskeln spürte.

Parker wühlte mit den Händen in ihrem Haar. »Ich habe das Gefühl, dich gar nicht verdient zu haben«, murmelte er ihr ins Ohr. In seinen leuchtend blauen Augen flackerte Begierde auf.

Von der Tür her erklang Jakes Räuspern. Shawna blickte auf und sah ihren Bruder im Rahmen stehen, der ungeduldig von einem Fuß auf den anderen trat.

320

»Ich, ähm, ich hoffe, ich störe nicht«, sagte er, von einem Ohr zum anderen grinsend. Die Hände in den Taschen seiner Cordhose versenkt, schlenderte er in das kleine Zimmer.

Shawna wischte sich eilig die Wangen. »Dein Timing lässt einiges zu wünschen übrig.«

»Ich weiß«, winkte er ab und sah Parker an. »Wie geht es unserem Patienten?«

»Er ist ziemlich missmutig«, antwortete Shawna.

»Auf mich macht er aber so gar keinen missmutigen Eindruck.« Jake nahm sich einen glänzenden roten Apfel aus einem der Obstkörbe und polierte ihn an seinem Tweed-Jackett.

»Du hast nicht mitbekommen, wie er mit der Schwester umgesprungen ist.«

Jake bedachte Parker mit einem zynischen Grinsen. »Das kann ich mir nicht vorstellen, doch nicht Parker, der Held des Profitennis!« Immer noch grinsend biss er in den Apfel.

»Dieser Ort hier fördert nun mal nicht meine beste Seite zutage«, bemerkte Parker und fasste den Mann ins Auge, der beinahe sein Schwager geworden wäre.

»Offensichtlich nicht«, pflichtete Shawna ihm bei. »Aber wenn heute bei der Physiotherapie alles glattläuft und morgen auch, könntest du Ende der Woche hier raus sein, vorausgesetzt, du trittst nicht wieder Dr. Handleman auf die Füße. Deine Physiotherapie kannst du auch außerhalb des Krankenhauses fortsetzen, als ambulanter Patient.«

»Kein Wunder, dass er so schlecht drauf ist«, sagte Jake und nahm einen weiteren großen Bissen von seinem Apfel.

321

»»Ambulanter Patient«, das klingt schrecklich, wenn du mich fragst!«

»Ich frage dich aber nicht«, sagte Shawna, doch sie lächelte. Jake hatte es immer geschafft, sie zum Lachen zu bringen. Schon als Kind hatte sie auf ihn zählen können, und sein schräger Humor hatte ihre Laune noch jedes Mal heben können, selbst in finstersten Zeiten.

Jake warf das Kerngehäuse in den Mülleimer, dann blickte er von Shawna zu Parker. »So, was können wir tun, um dich wieder auf die Beine zu bringen?«

»Du bist der Psychiater«, sagte Parker mit versteinerter Miene. »Sag du's mir.«

Shawna griff in ihre Handtasche. »Vielleicht kann ich helfen.« Den fragenden Blick ihres Bruders ignorierend, zog sie ein dickes Bündel mit Fotos heraus. »Ich dachte, die hier würden deinem Gedächtnis vielleicht auf die Sprünge helfen.«

Ihre Hände zitterten, als sie ihm die Schnappschüsse vom Jahrmarkt einen nach dem anderen reichte. Ihr Atem ging schneller, als sie die Fotos von sich selbst sah – auf dem Karussell, das lange blonde Haar im Fahrtwind flatternd, die grünen Augen voller Übermut, während sie sich an den Hals des weißen Hengstes klammerte, ihres hölzernen Reittiers, und die Hand nach dem Messingring mit den flatternden pastellfarbenen Bändern ausstreckte.

Andere Fotos zeigten Parker, wie er versuchte, sich eine Erdnuss in den Mund zu werfen, oder mit seiner Trophäe prahlte, eines zeigte die schwarzäugige Zigeunerin, die sie in ihr graubraunes Zelt lockte. Jetzt, in diesem Krankenhauszimmer, gerade mal gute zwei Wochen später, kam ihr der »Jahrmarkt aus vergangenen Zeiten« vor wie aus einem anderen Leben, die Prophezeiung der Wahrsagerin schwebte wie ein Damoklesschwert über ihr.

Parker betrachtete eingehend jedes einzelne Foto, die Brauen gefurcht vor Konzentration.

Shawna hielt die Luft an. Konnte er den bewundernden Glanz in ihren Augen erkennen, sehen, wie glücklich sie in seine Kamera schaute? Die liebevolle Art und Weise, mit der er sie aufgenommen hatte? Und was war mit den Fotos von ihm, der er sorglos und unbekümmert in die Linse blickte? War es nicht offensichtlich, dass sie bis über beide Ohren ineinander verliebt gewesen waren?

Für einen kurzen Augenblick dachte sie, er würde reagieren, hoffte, dass ein Schimmer des Wiedererkennens in seinem Blick aufflackerte, doch ihre Hoffnung wurde enttäuscht.

»Nichts?«, fragte sie und wappnete sich.

Er schloss die Augen. »Nein – nichts«, sagte er, die Stimme rau vor Enttäuschung. »Was wir geteilt haben – was auf diesem Jahrmarkt zwischen uns war –, ist ... ist nicht mehr da.«

»Es ist sehr wohl noch da, nur an einer falschen Stelle«, schaltete sich Jake rasch ein, der die schwärende Wunde in Shawnas Seele erahnte. »Du wirst es bestimmt wiederfinden.«

»Das würde ich gern«, gab Parker zu, doch er blieb nachdenklich, distanziert. Die dicken Augenbrauen gefurcht, versuchte er das schwarze Loch in dem Wandteppich aus Erinnerungen zu füllen, den die Schnappschüsse gewebt hatten.

»Ich muss wieder los«, sagte Jake und warf seiner Schwes-

323

ter einen bedeutungsvollen Blick zu. »Mom und Dad erwarten dich heute Abend zum Essen.«

»Aber ich kann nicht«, entgegnete sie, unfähig, Parker allein zu lassen. Sie spürte, dass sie nur noch ein paar Minuten brauchte, um einen Durchbruch in seiner Erinnerung zu erzielen.

»Du musst nicht meinetwegen bleiben«, schaltete sich Parker ein und blickte missmutig auf die Fotos, die auf seinem Bett verstreut lagen.

Shawna betrachtete sie mit seinen Augen – Bilder eines jungen, verliebten Paars, das voller ungetrübter Vorfreude in die gemeinsame Zukunft blickte – und krümmte sich innerlich, konnte sie doch instinktiv nachvollziehen, was er empfand: seinen Ärger, seinen Groll, den Schmerz und die Verzweiflung über das schwarze Loch, das er nicht zu füllen vermochte.

»Vielleicht hätte ich die Fotos nicht mitbringen sollen«, sagte sie eilig und wollte sie zurück in ihre Handtasche schieben.

Er riss ihr eines aus der Hand – das Bild, das sie mit geröteten Wangen und flatternden Haaren auf dem glänzend weißen Karussellpferd zeigte. »Das hier behalte ich«, sagte er, und sie sah, dass seine Züge etwas weicher wurden, »wenn es dir nichts ausmacht.«

»Bist du sicher?«

»Absolut.«

»Jetzt lass uns aufbrechen«, drängte Jake. »Du kannst ja später noch mal wiederkommen. Mom und Dad warten auf uns.«

Shawna fühlte die Hand ihres Bruders auf ihrem Arm.

Sie erhob sich. Auf dem Weg zur Tür drehte sie sich noch einmal zu Parker um, der reglos in seinem Bett lag und das Foto studierte. Ungeduldig schob Jake sie aus dem Zimmer und durchs Gebäude zum Ausgang.

»Das war dumm von dir!« Jake schrie beinahe, als sie das Krankenhaus verlassen hatten und auf seinen Wagen zusteuerten. »Es ist noch viel zu früh, um ihn mit Fotos aus der Vergangenheit zu konfrontieren, das müsste dir doch eigentlich klar sein!« Mit finsterem Gesicht öffnete er die Wagentür und stieg ein. Shawna rutschte auf den Beifahrersitz. »Du bringst mich aber schon nachher zurück?«, fragte sie, doch er ignorierte ihre Frage und schimpfte weiter: »Du kannst doch nicht einfach in sein Krankenzimmer platzen und ihm Bilder einer rosigen Zukunft in den Kopf pflanzen, die er hätte haben können, nun aber leider nicht hat. Das braucht Zeit! Denk doch mal an ihn, nicht nur an dich! Wo hast du deine Professionalität gelassen, *Doktor?*«

»In meiner Arzttasche, nehme ich an«, sagte Shawna und starrte blicklos aus dem Fenster. »Es tut mir leid.«

»Du musst dich nicht bei mir entschuldigen«, sagte Jake und atmete tief durch, bevor er ihr aufmunternd auf die Schulter klopfte. »Halt einfach durch. Versuch dir Parker als ganz normalen Patienten vorzustellen – nicht als deinen Verlobten, okay?«

»Ich werde mir Mühe geben, aber das ist ganz schön schwer.«

»Ich weiß«, sagte er, »aber er braucht jetzt deine ganze Kraft – und deine Geduld.« Jake bog von der Hauptstraße auf die ulmenbestandene Zufahrt zum Haus ihrer Eltern ab. »Na gut, Schwesterherz. Die Show beginnt. Halt die

Ohren steif, schon Mom und Dad zuliebe!«, neckte er sie, griff über ihren Schoß hinweg und stieß die Autotür für sie auf.

Als Shawna den gepflasterten Weg zum Haus entlangging, schob sie entschlossen all ihre Zweifel beiseite. Morgen würde sie Parker wiedersehen, und dann würde sie es langsamer angehen lassen. Sie würde geduldig warten, bis die Mauern, die seine Erinnerung blockierten, bröckelten – selbst wenn es sie schier umbrachte.

Noch lange nachdem Shawna das Zimmer verlassen hatte, starrte Parker auf das Foto in seiner Hand. Zweifelsohne war Dr. Shawna McGuire die faszinierendste, schönste und sturste Frau, der er jemals begegnet war.

Jetzt wusste er, warum er sich in sie verliebt hatte. Obwohl es ihm schwerfiel, das zuzugeben, und trotz all der Probleme, denen er sich nun stellen musste, war er dabei, genau dies ein zweites Mal zu tun. Ja, er war dabei, sich in seine Ärztin und Verlobte zu verlieben, so absurd dies auch klingen mochte. Es überraschte ihn, wie tief seine Gefühle für sie gingen. Sie reizte ihn sowohl körperlich als auch intellektuell. Doktor McGuire war eine Herausforderung – auch wenn er sich ihrer Liebe gewiss war. Allein schon in ihrer Nähe zu sein, ihr Parfüm zu riechen, den geheimnisvollen Schimmer in ihren intelligenten grünen Augen zu sehen, genügte, um ihn in den Wahnsinn zu treiben und eine unangenehme Hitze in seinen Lenden zu entfachen.

Leider musste er zurückhaltend sein, vorsichtig. Er war nicht mehr der Tennisstar mit einer strahlenden Zukunft, der sein Geld mit Werbung und der Förderung jüngerer, aufstrebender Talente verdiente. Seine Zukunft war völlig ungewiss.

Er blickte wieder auf die Frau auf dem Foto, die ihn anlächelte. Sie hatte ihm versichert, dass sie ihn liebte, und er glaubte ihr. Nur allzu gern hätte er sich von ihrem Enthusiasmus anstecken lassen. Als er sie geküsst hatte, hatte er mehr als einmal Bilder vor seinem inneren Auge gesehen, die salzige Luft eines Strandes gerochen oder frische Regentropfen in ihrem Haar, hatte ihr perlendes Lachen gehört, den gleichmäßigen Schlag ihres Herzens gespürt. Die Wirklichkeit vermischte sich mit Bildern und Gerüchen, die so schwer fassbar waren wie ein funkelnder Stern – strahlend hell in der einen Minute, trüb und wolkenverhangen in der nächsten.

Was hatte er ihr zu bieten, gefesselt an sein Krankenhausbett, mit Monaten, vielleicht Jahren Physiotherapie vor sich?

Nichts. Absolut gar nichts. Denn ganz gleich, welchen Illusionen sich Shawna hingab, in einer Sache irrte sie sich: Parker würde nie mehr der Mann sein, der er vor dem Unfall gewesen war. Seine Konstitution – physisch und psychisch – hatte sich, zusammen mit seiner Erinnerung, komplett verändert. Seine Lebensbedingungen und Zukunftsaussichten ebenfalls.

Brad Lomax war gestorben, genau wie Parkers Möglichkeit, als Trainer zu arbeiten oder Tennis zu spielen. Der Mann, in den sich Shawna McGuire verliebt hatte, existierte nicht mehr, und dieser neue Mann – der, der sich nicht einmal an sie erinnern konnte – war nur ein blasses Abbild des großen Parker Harrison. Wie lange würde sie an ihrer eigenen Erinnerung festhalten? Wie lange würde sie ihn lieben, wenn diese verblasste? Wenn die Liebe, die sie einst so freimütig gegeben hatte, zur Pflicht wurde?

Wieder wanderte sein Blick zu der Frau auf dem Bild. Ja, er wollte sie, liebte sie vielleicht sogar, dachte er wehmütig. Doch er würde nicht zulassen, dass sie eine Lüge liebte, sich opferte, weil sie an einen Traum glaubte, der zerplatzt war.

Zähneknirschend zerknüllte Parker den Schnappschuss von Shawna in der Faust – doch dann bereute er es plötzlich, versuchte, das Foto wieder glatt zu streichen, und steckte es zwischen die Seiten eines Buches, das ihm jemand ans Bett gelegt hatte.

»Herr im Himmel, hilf mir«, betete er. Seine Stimme hallte durch den leeren Raum. »Hilf mir, wieder ein ganzer Mensch zu werden.«

Kapitel sechs

Shawna nahm die Krankenakte einer Patientin aus der Ablage neben der Tür zum Untersuchungsraum. Sie war spät dran und musste sich zwingen, in die Gänge zu kommen.

»Nun leg mal einen Zahn zu, Doktor«, murmelte sie vor sich hin, während sie die Kartei überflog. Die Patientin, Melinda James, war neu in der Klinik, achtzehn Jahre alt und schien bei bester Gesundheit zu sein.

»Guten Tag«, sagte Shawna, stieß die Tür auf und sah eine schöne, schwarzhaarige junge Frau mit großen runden Augen auf dem Untersuchungstisch sitzen. Sie krallte eingeschüchtert die Finger in eine Decke, die sie sich um die Schultern gelegt hatte. Shawna hatte den Eindruck, sie hätte am liebsten die Flucht ergriffen.

»Ich bin Dr. McGuire«, stellte sie sich vor. »Und du bist Melinda?«

Melinda nickte und kaute nervös auf ihrer Lippe.

»Was kann ich für dich tun?«

»Ich, ähm, ich habe Ihren Namen in der Zeitung gelesen«, stieß Melinda hervor und wandte den Blick ab. »Sie sind die Ärztin, die mit Parker Harrison verlobt ist, hab ich recht?«

Bei der Erwähnung von Parker krampfte sich Shawnas Magen zusammen. War Melinda eine Reporterin, die vorgab, eine Patientin zu sein, um so an eine Insider-Story über Parker zu gelangen? Oder steckte etwas anderes dahinter? Nein, das konnte nicht sein, dafür war Melinda viel zu jung.

329

»Das ist richtig, doch ich verstehe nicht, was das hiermit zu tun hat.« Sie wies auf die Krankenakte. »Kennst du Parker?«

»Er hat sein Gedächtnis verloren, nicht wahr?«

Shawna bemühte sich, ihre Zunge im Zaum zu halten. Ganz offensichtlich war das Mädchen nervös – vielleicht versuchte es bloß, Konversation zu betreiben. »Ich darf keine Auskunft über Parkers Zustand geben. Also ...« Sie blickte auf die Akte. »Warum bist du hier? Welche Beschwerden hast du?«

Das Mädchen seufzte. »Tja, ich ... ähm, ich bin erst seit ein paar Monaten in Portland, deshalb habe ich hier noch keinen Arzt. In Cleveland bin ich zu einem Kinderarzt gegangen, aber ich denke, dafür bin ich inzwischen zu alt. Ich hab ein Problem, deshalb bin ich zu Ihnen gekommen.«

»Verstehe«, sagte Shawna und entspannte sich ein wenig. Sie zog einen Kugelschreiber aus ihrer Kitteltasche und fragte: »Wie hieß der Kinderarzt?«

Melinda schien zu zögern.

»Ich brauche diese Information für den Fall, dass wir Unterlagen von ihm anfordern müssen«, erklärte Shawna und lächelte das Mädchen aufmunternd an.

»Rankin, Harold Rankin«, antwortete Melinda rasch, und Shawna schrieb den Namen des Arztes in das dafür vorgesehene Feld auf ihrem Formular. »Danke.« Sie schob ihren Argwohn beiseite und legte die Akte auf einen Aktenschrank. »Du sagtest, du hast ein Problem. Was für ein Problem?«

Melinda zwirbelte die Decke zwischen ihren Fingern. »Ich bin krank.« Shawnas Blick ausweichend, stieß sie hervor: »Ich kann nichts bei mir behalten, aber ich bin ganz bestimmt nicht magersüchtig. Ich habe keine Ahnung, was mit mir nicht stimmt. Seit über einem Monat habe ich einen grippalen Infekt, der einfach nicht weggehen will. So lange war ich noch nie krank.«

»Einen grippalen Infekt?«, fragte Shawna und betrachtete skeptisch die gesunde Hautfarbe der jungen Frau und deren klare Augen. »Fühlst du dich fiebrig? Hast du Gliederschmerzen?«

»Nein, nicht wirklich. In der einen Minute geht es mir großartig, in der nächsten denke ich, ich muss mich gleich übergeben.«

»Und? Musst du?«

»Manchmal – vor allem am Nachmittag.« Melinda rang nervös die Hände. Auf ihrer Stirn bildeten sich kleine Schweißtropfen. »Und manchmal habe ich schreckliche Krämpfe.«

»Hast du noch weitere Symptome? Halsweh?«

Melinda schüttelte ihr kurzes glänzendes Haar und seufzte. »Ich hatte gehofft, es würde mir bald besser gehen, aber ...« Sie zuckte die Achseln und ließ kurz die Decke los.

»Nun, ich möchte dich gern untersuchen. Würdest du dich bitte hinlegen?« Die nächsten fünfzehn Minuten verbrachte Shawna damit, Melinda gründlich zu untersuchen, obwohl Melinda jedes Mal fast von der Liege sprang, wenn sie sie berührte.

»Wann hattest du zum letzten Mal deine Periode?«, fragte Shawna, als sie ihre Untersuchung abgeschlossen hatte und Melinda, die Decke wieder über den Schultern, vor ihr saß.

»Keine Ahnung. Vor zwei Monaten, glaube ich.«

»*Glaubst du?*«, wiederholte Shawna leicht fassungslos.

»Ich achte nicht so genau darauf – meine Periode war immer schon unregelmäßig.«

»Wie unregelmäßig?«

»Nun, nicht unbedingt alle achtundzwanzig oder dreißig Tage. Mal eine Woche früher, mal später.«

»Besteht die Möglichkeit einer Schwangerschaft?«

Melindas Augen weiteten sich, und sie leckte sich nervös die Lippen. »Aber – aber morgens wird mir nicht übel. Bloß am Nachmittag. Nie morgens.«

Shawna lächelte beruhigend. »Das ist bei jeder Frau unterschiedlich. Ich hatte mal eine Patientin, der nur abends übel war.«

Melinda kaute auf ihrer Unterlippe. »Ich – nun, das ist durchaus möglich«, flüsterte sie.

»Warum machen wir nicht einfach einen Schwangerschaftstest?«, schlug Shawna vor. »Es geht ganz schnell.«

»Wie schnell?«

»Sehr schnell. Ich habe eine Freundin im Labor. Eine Schwangerschaft festzustellen ist ganz leicht, und wenn etwas anderes dahintersteckt, werden wir es in ein paar Tagen erfahren. Und nun versuch bitte noch einmal, dich an das Datum deiner letzten Periode zu erinnern.«

Melinda schloss die Augen, während Shawna ihr Blut abnahm und eine Schwester bat, das Teströhrchen sofort ins Labor zu bringen.

»Ich weiß es wirklich nicht genau. So um den vierzehnten Juli herum.«

Shawna war nicht überrascht. Sämtliche Symptome deuteten auf eine Schwangerschaft hin.

»Jetzt haben wir bald Oktober«, stellte sie fest.

Melinda schürzte defensiv die Lippen. »Ich hab doch gesagt, dass meine Periode unregelmäßig kommt.«

»Na gut. Kein Grund, sich den Kopf zu zerbrechen, solange wir kein Ergebnis vorliegen haben.« Sie warf einen Blick auf die Uhr. »Du kannst dich in Ruhe anziehen. Wir sehen uns dann in meinem Sprechzimmer wieder – sagen wir um vier?«

»Gut.« Melinda griff nach ihren Sachen, während Shawna mit einem unguten Gefühl das Untersuchungszimmer verließ.

Als sie mit ihren Patienten fertig war und in ihr Sprechzimmer zurückkehrte, hätte sie am liebsten gleich Feierabend gemacht. Es war vier Uhr, und sie brannte darauf, ins Mercy Hospital zu fahren, um Zeit mit Parker zu verbringen. Doch erst würde sie sich um Melinda James kümmern müssen.

»Und?«, fragte Melinda schon beim Eintreten und ließ sich auf den Stuhl gegenüber von Shawnas Schreibtisch fallen.

Shawna überflog den Laborbericht und blickte dann das nervöse Mädchen an.

»Der Test war positiv, Melinda. Du bekommst ein Baby.«

Melinda stieß einen lauten Seufzer aus und fuhr sich mit den Fingern durchs Haar. »Ich fasse es nicht«, flüsterte sie, doch ihre Stimme klang wenig überzeugend, und Shawna fragte sich plötzlich, ob Melinda nicht schon die ganze Zeit über gewusst oder zumindest geahnt hatte, dass sie schwanger war. »Und es besteht nicht die geringste Chance auf einen Irrtum?«, fragte sie und deutete auf das rosafarbene Blatt Papier vor Shawna.

»Leider nicht.«

»Na großartig«, murmelte Melinda und blinzelte gegen die Tränen an.

»Ich nehme an, du bist nicht gerade glücklich darüber.«

»Nicht glücklich? Das ist eine Katastrophe! Mein Dad wird mich umbringen!«

»Vielleicht schätzt du deinen Vater falsch ein«, gab Shawna zu bedenken.

»Bestimmt nicht.«

»Was ist mit dem Vater deines Kindes?«, erkundigte sich Shawna.

Die Augen des Mädchens füllten sich mit Tränen. »Der Vater?«, wiederholte sie, schluckte und schüttelte den Kopf.

»Er hat das Recht, davon zu erfahren.«

»Das geht nicht«, erklärte Melinda entschieden.

»Gib ihm eine Chance.«

Melindas Augen glänzten vor Tränen. »Ich kann es ihm nicht sagen«, flüsterte sie. »Er glaubt, das alles sei meine Schuld. Das Letzte, das er gebrauchen kann, ist ein Baby.«

»Du weißt doch gar nicht ...«

»O doch, das weiß ich. Das hat er immer wieder gesagt.«

Shawna reichte ihr eine Packung Taschentücher, und Melinda tupfte die Tränen ab, doch es flossen immer neue.

»Ich – ich habe aufgepasst«, stammelte sie heftig blinzelnd. »Trotzdem wird er mir die Schuld geben, das weiß ich!«

»Manchmal ändert ein Mann seine Meinung, wenn man ihn damit konfrontiert, dass er tatsächlich Vater wird.«

»Aber das geht nicht!«, stieß Melinda schroff hervor.

Shawna stand auf, ging um den Schreibtisch herum und legte ihren Arm um die zitternden Schultern der jungen

Frau. »Ich möchte nicht aufdringlich sein«, sagte sie ruhig. »Was zwischen dir und dem Vater des Kindes ist, geht mich nichts an ...«

»Wenn Sie nur wüssten«, wisperte Melinda und blickte Shawna mit rotgeränderten Augen an, bevor sie ihren Blick senkte. Plötzlich stand sie auf und stieß Shawnas Arm weg. »Das ist mein Problem«, erklärte sie kurz und bündig. »Und ich – ich werde damit klarkommen.«

»Du solltest versuchen, das Baby nicht als Problem zu betrachten«, schlug Shawna vor und zog eine Karte aus einem kleinen Ständer auf ihrem Schreibtisch. »Nimm bitte diese Karte mit – darauf steht die Nummer von Dr. Chambers. Er ist einer der besten Gynäkologen der Stadt.«

»Ich würde eher einen Therapeuten brauchen«, sagte Miranda schniefend.

»Mein Bruder ist Psychiater«, erwiderte Shawna ruhig und kramte nach einer von Jakes Geschäftskarten. »Vielleicht solltest du mit ihm reden ...«

Melinda nahm die beiden Karten aus Shawnas ausgestreckter Hand. »Ich werde darüber nachdenken. Und dann rede ich mit meinem Vater.«

Shawna lächelte das Mädchen aufmunternd an. »Das ist der erste Schritt.«

»Aber denken Sie dran – das war *Ihre* Idee!«

»Ich übernehme die volle Verantwortung«, erwiderte Shawna, doch sie erkannte die Botschaft, die in den Augen der jungen Frau stand. Ohne es in Worte fassen zu müssen, teilte Melinda ihr mit, dass Shawna keine Ahnung hatte, was sie da sagte. Trotzig drehte sich Melinda James um und verließ mit großen Schritten das Sprechzimmer.

Shawna sah ihr nach und spürte, wie erneut diese ungute Vorahnung in ihr aufstieg. »Man kann nicht mit jedem gut auskommen«, sagte sie nachdenklich zu sich selbst und hängte ihren Arztkittel in den Kleiderschrank. Dann fuhr sie sich schnell mit der Bürste durch die Haare. Sie wurde das Gefühl nicht los, dass Melinda von Anfang an gewusst hatte, dass sie ein Kind bekam.

Kopfschüttelnd griff Shawna nach ihrer Handtasche und nahm die Jacke vom Haken, doch dann hielt sie inne. Anstatt die Jacke anzuziehen, hängte sie sie über die Stuhllehne und wählte die Telefonauskunft in Cleveland an, um nach der Nummer von Harold Rankin zu fragen, Melindas Kinderarzt.

»Es gibt mehrere H. Rankins«, teilte ihr die Frau von der Vermittlung mit.

»Ich suche einen Kinderarzt. Er muss eine Praxisnummer haben.« Die Frau schwieg für eine Weile. Dann sagte sie: »Es tut mir leid, es gibt keinen Dr. Rankin in Cleveland.«

»Nicht? Das kann nicht sein. Hören Sie, ich bin selbst Ärztin. Ich muss ihn wegen einer Patientin sprechen, und ich habe seine Nummer nicht«, beharrte Shawna, deren Zweifel immer größer wurden.

»Ich kann wirklich niemanden finden ...«

»Es ist wichtig!«

»Nun, ich glaube kaum, dass ich Ihnen weiterhelfen kann, aber ich schaue gern noch mal nach ... nein, es ist kein Dr. Harold Rankin aufgeführt. Augenblick noch ...« Ein paar Sekunden hörte Shawna nichts als Klicken, dann drang wieder die Stimme der Frau durch die Leitung. »Es tut mir leid, ich habe auch noch die Vororte überprüft. Kein Dr. Harold Rankin weit und breit.«

»Vielen Dank«, sagte Shawna leise und legte den Hörer auf. Dann hatte Melinda also gelogen – oder der Arzt war umgezogen. Was unwahrscheinlich war, denn dann wäre die hilfsbereite Frau von der Auskunft mit Sicherheit auf einen früheren Eintrag gestoßen. Melindas Worte, die sie noch vor der Untersuchung geäußert hatte, fielen ihr wieder ein. *Ich habe Ihren Namen in der Zeitung gelesen ... Sie sind die Ärztin, die mit Parker Harrison verlobt ist, hab ich recht? ... Er hat sein Gedächtnis verloren, nicht wahr?*

Ohne weiter zu überlegen, fuhr Shawna in ihre Jacke und stürmte aus der Tür ihres Sprechzimmers. Sie winkte der Schwester an der Rezeption zum Abschied, doch ihre Gedanken waren bei dem Gespräch mit Melinda und deren dunklen Augen, in denen neben Angst und Widerwillen noch etwas anderes gelegen hatte – Missgunst? Nein, das war Unsinn. Dennoch verbarg Melinda James etwas. Definitiv. Shawna hatte bloß keinen blassen Schimmer, was. Sie betrat den Aufzug zur Tiefgarage, den Autoschlüssel fest in der Hand. Was hatte eine schwangere Achtzehnjährige mit Parker zu tun?, fragte sie sich und wusste mit plötzlicher Gewissheit, dass ihr die Antwort gar nicht gefallen würde.

***

Parkers Bein rebellierte pochend gegen die Belastung, als er sich anschickte, das Physiotherapiezimmer zu durchqueren. Seine Hände rutschten auf dem kalten Metall der parallel laufenden Stahlschienen ab, aber er hielt sich aufrecht, bewegte sich mit purer Willenskraft Schritt für Schritt vorwärts. Jeder Muskel in seinem Körper schrie vor Schmerz, dennoch machte er weiter.

»Das war's, nur noch zwei Schritte«, ließ sich der resolute Therapeut mit einem aufmunternden Lächeln vernehmen.

Mit zusammengebissenen Zähnen versuchte Parker es noch einmal, hob den Fuß langsam vom Fußboden. Schmerz schoss durch sein frisch operiertes Knie, und er biss sich auf die Unterlippe, schmeckte seinen salzigen Schweiß. *Na los, Harrison*, spornte er sich selbst innerlich an und kniff die Augen zusammen, *tu's für Shawna, die schöne Ärztin, die so verrückt ist, dich zu lieben.*

Während der vergangenen Wochen hatte er sogenannte Flashbacks erfahren – ein durch ganz bestimmte Reize hervorgerufenes Wiedererleben vergangener Erlebnisse oder emotionaler Zustände. Diese kleinen Erinnerungsfetzen hatten sich tief in seine Seele gebrannt. Er konnte sich daran erinnern, mit ihr auf einem Segelboot gewesen zu sein, erinnerte sich an ihren gebräunten Körper, schlank und straff. Sie hatte sich gegen den Mast gelehnt, während das Boot über das klare, grüne Wasser geglitten war. Ihr blondes Haar hatte sich um ihren Kopf gebauscht wie eine goldene, im Licht der Nachmittagssonne schimmernde Wolke, und sie hatte gelacht, ein helles, perlendes Lachen, das über den Fluss hallte.

Selbst jetzt, als er sich zum Ende der Stangen vorkämpfte, konnte er sich an den Geruch des frischen Wassers und ihres Parfüms erinnern, an den Geschmack ihrer Haut, das Gefühl, wie sich ihr Körper, warm und feucht, an ihn schmiegte, als sie mit ihm am Sandstrand einer abgelegenen Insel lag.

Hatten sie sich geliebt? Diese eine köstliche Erinnerung fehlte ihm, wollte nicht aus den trüben Tiefen seines Gedächtnisses aufsteigen – wie so vieles aus seinem Leben. Obwohl er wusste, es *spüren* konnte, dass er sie geliebt hatte, war da etwas, was ihn davon abhielt, alles zu glauben, was sie ihm von ihrem gemeinsamen Leben erzählte – etwas Unschönes, nicht Nennbares, etwas, was mit der Tragödie um Brad Lomax zusammenhing.

»He! Sie haben es geschafft!«, rief der Therapeut, als Parker den letzten qualvollen Schritt tat.

Er war so sehr in seine Grübeleien, die Beziehung mit Shawna betreffend, vertieft gewesen, dass er gar nicht gemerkt hatte, dass er mit den ihm verordneten Übungen durch war. »Das glaubst du doch selbst nicht«, murmelte er gereizt, ohne dass der Physiotherapeut ihn hörte.

»Sie wissen, was das bedeutet, habe ich recht?«, fragte dieser jetzt und schob einen Rollstuhl zu den Stahlstangen, die in Parkers Augen das reinste Foltergerät darstellten.

»Was denn?«

»Dass Sie ein freier Mann sind. Das war der letzte Test. Wenn der Arzt einverstanden ist, können wir Sie entlassen, Sie müssten lediglich zu unseren gemeinsamen Übungen ins Krankenhaus zurückkehren.«

Parker wischte sich mit dem Handrücken den Schweiß aus den Augen und grinste. Mein Gott, war er froh, diesen Ort verlassen zu dürfen! Wäre er erst einmal zu Hause, würde er vielleicht anfangen, sich zu erinnern, könnte die Stücke seines Lebens mit Shawna zusammensetzen und ergänzen. Womöglich würden dann die Träume von jener geheimnisvollen Frau verschwinden, die ihn Nacht für Nacht aus dem Schlaf schrecken ließen, würde die trübe Vergangenheit wieder klar werden.

Der Physiotherapeut warf ihm ein weißes Frotteehandtuch zu, eine Krankenschwester betrat das Therapiezimmer.

Parker trocknete sich das Gesicht ab, dann legte er sich das Handtuch um den Nacken.

Die Hände auf die Griffe seines Rollstuhls gelegt, sagte die Schwester: »Ich bringe Sie zurück in Ihr Zimmer ...«

»Ich mache ich«, sagte Shawna. Parker drehte sich um und sah sie in der Tür stehen, eine Schulter gegen den Türrahmen gelehnt. Anscheinend hatte sie beobachtet, wie er sich die Stahlstangen entlanggequält hatte.

»Wie Sie meinen, Dr. McGuire«, erwiderte die Schwester.

»Danke.« Shawna lehnte sich über Parkers Schulter und flüsterte: »Zu dir oder zu mir?«

Trotz des schmerzhaften Pochens in seinem Knie und seines Unmuts darüber, sich nicht an die Vergangenheit erinnern zu können, musste Parker lachen. »Egal. Hauptsache du bringst mich so schnell wie möglich von hier weg.«

»Dein Wunsch ist mir Befehl.« Ohne zu zögern, rollte sie ihn durch die blank polierten Gänge des Untergeschosses und schob ihn in den wartenden Aufzug. Zischend schlossen sich die Türen hinter ihnen.

»Endlich allein«, murmelte sie.

»Was hab ich bloß getan, um dich zu verdienen?«, fragte

340

er und schaute mit warmen, erwartungsvollen Augen zu ihr auf.

Ihr Herz machte einen Satz, und sie drückte aus einem Impuls heraus auf den Halteknopf, dann beugte sie sich zu ihm hinab und presste ihre Lippen auf seine. »Du bist zweifelsohne das Beste, was mir in meinem Leben bislang passiert ist«, sagte sie und schluckte den dicken Kloß in ihrem Hals hinunter. »Du hast mir gezeigt, dass das Leben mehr zu bieten hat als Krankenakten, Diagnosen und diverse Therapieansätze. Bis ich dich kennenlernte, hatte ich mich immer nur um die anderen gekümmert, jetzt ging es plötzlich auch mal um mich ...«

»Ich kann nicht glauben ...«

»Natürlich nicht«, sagte sie lachend. Bestimmt würde er gleich widersprechen, ihr wieder einmal sagen, dass er ihre Liebe nicht verdient hatte. »Du hattest die ganze Zeit über recht, Parker«, vertraute sie ihm an. »Alles, was ich dir bislang erzählt habe, ist gelogen. Du hast mich in der Tat nicht verdient. Es ist bloß so: Ich bin ein armes, schwaches Frauchen, und du bist so stark, so sexy, so ein Macho!«

»Tatsächlich?«, fragte er und zog sie mit starken Armen auf seinen Schoß.

Sie küsste ihn. »Wolltest du nicht genau das hören?«

»Auf alle Fälle hörte es sich gut an«, gab er zu.

Sie legte den Kopf schräg, sodass ihre blonden Haare über seine Schulter fielen, und verzog die Lippen zu einem schelmischen Grinsen. »Nun, was ›stark und sexy‹ anbetrifft, war's auch so gemeint.«

»Bloß dass ich weit und breit kein armes, schwaches Frauchen sehe.«

»Gott sei Dank. Dann glaub mir doch einfach, dass du das Beste bist, was mir im Leben passiert ist. Egal, was geschieht, ich werde nie wieder riskieren, dich zu verlieren!«

»Das glaube ich dir sofort«, murmelte er, zog sie noch näher und küsste sie mit einer Leidenschaft, die ihr den Kopf verdrehte. Sie vergaß die Vergangenheit und die Zukunft, konzentrierte sich allein auf das Hier und Jetzt, auf die wundervolle Tatsache, dass Parker, ihr geliebter Parker, sie in seinen Armen hielt und sie so voller Begierde küsste wie vor dem Unfall – als würde er sie wieder genauso lieben wie zuvor.

Innerlich dahinschmelzend spürte sie, wie seine Hände über ihren Körper glitten, unter ihren Rocksaum, fordernd, besitzergreifend. Köstliche Schauer durchfluteten sie, voller Erregung wühlte sie in seinem Haar.

»Was machst du nur mit mir?«, flüsterte er heiser, tastete sich mit den Händen unter den Saum ihres Pullovers, dann schob er ihn hinauf und bahnte sich den Weg zu ihren erwartungsvollen Brüsten. Shawna seufzte leise, als er das weiche Fleisch berührte.

»Parker, bitte ...« Sie barg seinen Kopf an ihrer Brust und spürte seinen warmen Atem auf ihrer nackten Haut. Seine Lippen umkreisten spielerisch eine ihrer steil aufgerichteten Brustspitzen, die vor Begierde beinahe schmerzten.

»Oh, Shawna«, stöhnte Parker und lehnte sich widerstrebend zurück, die Augen glänzend vor Lust, während eine quälende Erinnerung in ihm aufstieg. »Du tust es schon wieder«, flüsterte er und rieb sich die hämmernde Schläfe. »Hör auf, Shawna!«

»Wovon redest du?«, fragte sie atemlos. Ihre Gefühle

fuhren Achterbahn ob seiner plötzlichen Zurückweisung. Warum stieß er sie von sich?

»Ich erinnere mich, Shawna«, sagte er und musterte sie durchdringend.

Sie lächelte erleichtert. Alles würde gut werden. Sie streckte die Hand aus, um ihm über die Wange zu streicheln, doch er zuckte zurück. »Dann weißt du also wieder, wie sehr wir einander geliebt haben ...«

»Ich weiß, dass du mich angemacht hast, gereizt hast, vorzugsweise an öffentlichen Orten, mich bis ans Limit getrieben hast, genau wie jetzt.«

»Wovon redest du, Parker?«, fragte sie entsetzt. Was sagte er da? Wenn er sich erinnerte, dann wusste er doch sicherlich, wie viel er ihr bedeutete!

»Es ist noch nicht alles wieder ganz klar«, gab er zu und schob sie von seinem Schoß. »Aber es gab Zeiten, da hast du mich beinahe um den Verstand gebracht!« Er drückte auf den Aufzugknopf. Die Kabine setzte sich mit einem Ruck in Bewegung, sodass Shawna um ein Haar das Gleichgewicht verloren hätte.

»Ich verstehe nicht ...«, wisperte sie.

Sein Gesicht wurde ausdruckslos. »Erinnerst du dich an den Jahrmarkt?«, fragte er. »An das Tannenwäldchen?«

Sie schnappte nach Luft, dachte an den rauen Stamm, der sich in ihren Rücken gedrückt hatte, daran, wie er ihre Handgelenke umfasst hielt, an ihr Gespräch über seine »Geliebte«.

»Das war doch nur ein Spiel«, sagte sie mit schwacher Stimme. »Unser Spiel.«

»Ein Spiel«, wiederholte er. Seine Augen, noch immer

glühend vor Leidenschaft, wichen ihren aus. »Weißt du, irgendwie hatte ich den Eindruck, dass wir beide uns geliebt haben – ein Liebespaar waren. Zumindest hast du mich das glauben gemacht.« Jetzt wandte er ihr doch den Blick zu. Seine Augen waren inzwischen kalt wie die See.

»Das waren wir auch«, sagte sie. Misstrauisch presste er die Kiefer zusammen. »Nun, zumindest fast. Wir hatten beschlossen, mit dem endgültigen Schritt bis zur Hochzeitsnacht zu warten.«

Parker zog verächtlich eine Augenbraue in die Höhe, dann sagte er mit zusammengebissenen Zähnen: »*Wir* haben das beschlossen? Du bist Ärztin, ich bin Tennisprofi. Wir sind keine Teenager mehr, und du erwartest, dass ich dir glaube, wir wollten das Katz-und-Maus-Spiel bis zur Ehe durchziehen?«

»Du hast doch gesagt, du würdest dich erinnern«, flüsterte sie, obwohl ihr klar war, dass seine Erinnerung verschwommen sein musste. Offenbar waren bestimmte Aspekte ihrer Beziehung nicht an die Oberfläche gedrungen.

»Ich sagte, ich erinnere mich, aber nicht ganz klar«, stieß er ärgerlich, wenngleich unsicher hervor. Es war, als versuchte er einen Vorwand zu finden, die Leidenschaft zu leugnen, die nur wenige Augenblicke zuvor zwischen ihnen gelodert hatte.

Die Aufzugkabine hielt an, die Türen öffneten sich. Shawna, deren Brüste noch immer schmerzten vor Verlangen, umfasste die Griffe von Parkers Rollstuhl und schob ihn hinaus auf den Gang im vierten Stock. Die Griffe glitten ihr aus den Händen, als Parker sich abstieß und aus eigener Kraft zu seinem Zimmer rollte.

Sie eilte ihm nach, sah, wie er den Rollstuhl unwirsch in die Ecke stieß und sich aufs Bett fallen ließ, das Gesicht weiß vor Anstrengung.

»Noch ist deine Erinnerung punktuell«, sagte sie und beugte sich über sein Bett. »Doch vermutlich wird sich das bald ändern.«

»Vielleicht«, sagte er, starrte auf ihre Lippen, die gefährlich nahe vor seinem Gesicht schwebten, und schluckte mühsam.

»Warum versuchst du nicht einfach, uns eine Chance zu geben? Wir haben uns geliebt, Sex hin oder her. Glaub mir.« Sie hörte ihn stöhnen.

»Tu mir das nicht an«, bat er, die Augen lodernd vor Verlangen.

»Ich werde tun, was ich tun muss«, flüsterte sie und küsste ihn, strich ihm mit den Brustspitzen über den Brustkorb, bis er nicht länger widerstehen konnte.

»Du machst einen Riesenfehler«, murmelte er und zog sie an sich.

»Das ist meine Entscheidung.«

»Aber ich bin nicht mehr derselbe ...«

»Das macht nichts«, sagte sie und seufzte tief. »Liebe mich einfach.«

»Das wäre zu leicht«, knurrte er, dann vergrub er sein Gesicht in ihrem Haar, atmete tief ihren süßen, weiblichen Duft ein, der ihn jede Nacht umfing, wenn die Erinnerung versuchte, sich einen Weg an die Oberfläche zu bahnen. Er drückte sie so fest an sich, dass sie die Wärme seines Körpers durch ihre Kleidung spürte. Sie klammerte sich an ihn, hörte nicht das Geräusch von Schritten auf dem Gang, die sich der Zimmertür näherten, bis Parker seine Lippen von ihren löste und über ihre Schulter blickte.

Shawna drehte sich um und sah Jake zusammen mit einem jungen, schwarzhaarigen Mädchen in der Tür stehen, das nervös von einem Fuß auf den anderen trat. Tolles Timing, wie immer, aber typisch für ihren Bruder.

»Melinda?«, fragte Shawna, als sie das Mädchen erkannte. Ihre Kehle war plötzlich staubtrocken. »Suchst du nach mir?«

»Ich muss weiter, Shawna!«, rief Jake. »Wollte sie nur schnell bei dir abliefern.« Damit drehte er sich um und eilte den Gang hinunter.

Melinda James wartete, bis er außer Hörweite war, dann sagte sie leise: »Nein, nicht nach Ihnen, Dr. McGuire«, und suchte mit ihren großen braunen Augen Parkers Blick. »Ich bin hier, weil ich mit ihm sprechen möchte – auf Ihren Rat hin.«

»Auf meinen Rat hin? Wie meinst du das?« Eine dunkle Vorahnung beschlich sie, und sie umfasste Parkers Schultern ein wenig fester. »Nein, das ist sicher ein Irrtum«, hörte sie sich sagen. Ihre Stimme klang, als wäre sie weit entfernt, wie in einem Traum.

»Sie haben mir geraten, mit ihm zu reden, und deshalb bin ich hier«, sagte Melinda furchtsam. Tränen sammelten sich in ihren Augen. »Parker Harrison ist der Vater meines Kindes.«

Kapitel sieben

»Er ist *was*?«, fragte Shawna ungläubig.

»Es ist die Wahrheit.«

»Augenblick mal ...« Ohne ein Zeichen des Wiedererkennens starrte Parker das Mädchen an. »Wer bist du?«

Shawna wollte ihn unvermittelt bitten, nicht ein Wort von Melindas Geschichte zu glauben, aber das tat sie nicht. Stattdessen zwang sie sich, seine Reaktion zu beobachten, während Melinda, zuerst zögerlich, dann schon überzeugender behauptete, dass sie und Parker einige Monate ein Verhältnis miteinander gehabt hätten und dass sie von ihm schwanger geworden sei.

Parker wurde blass, sein Mund war eine schmale Linie.

»Das ist absurd«, sagte Shawna schließlich, insgeheim betend, dass Parker ihr beipflichten würde.

»Wie alt bist du?«, fragte er das schwarzhaarige Mädchen.

»Achtzehn.«

»Achtzehn?«, wiederholte er perplex. Er kniff die Lider zusammen, als er sich zwang, vom Bett aufzustehen. »Und du behauptest, dass du und ich -«

»- ein Liebespaar waren«, beendete Melinda den Satz für ihn.

Shawna konnte das keine Minute länger ertragen. »Das ist eine Lüge. Parker, das Mädchen ist in meine Sprechstunde gekommen, hat mir alle möglichen Fragen über dich und deine Amnesie gestellt, und dann habe ich sie untersucht.«

»Und?«

»Sie ist in der Tat schwanger. Das ist richtig. Aber ... aber ... ich bin mir sicher, sie lügt. Du kannst unmöglich mit ihr zusammen gewesen sein. Das hätte ich doch mitbekommen!« Doch obwohl sie versuchte, überzeugend zu klingen, ihr Vertrauen zu beweisen, kam sie nicht umhin, sich daran zu erinnern, wie Parker sie oft damit geneckt hatte, eine Geliebte zu haben. *Ich nehme an, das bedeutet, dass ich meine Geliebte aufgeben muss*, hatte er gesagt. Sie hatte gelacht, obwohl sie jedes Mal einen Stich verspürte, wenn er sie damit aufzog. Die alten Zweifel meldeten sich zurück. War es möglich, dass er sich tatsächlich mit jemandem getroffen hatte – mit diesem Mädchen etwa?

»Du erinnerst dich nicht an mich?«, fragte Melinda.

Parker zuckte zusammen und schloss die Augen.

»Wir haben uns in der Nacht des Unfalls getroffen«, behauptete sie. »Du ... du warst mit Brad unterwegs, der ziemlich betrunken war.«

Parker riss die Augen auf. Shawna konnte Schmerz in den blauen Tiefen erkennen.

»Du bist bei mir zu Hause vorbeigekommen, und Brad wurde gewalttätig, also hast du ihn zurück ins Auto verfrachtet.«

»Das denkt sie sich aus«, sagte Shawna. »Vermutlich hat sie in der Zeitung darüber gelesen oder die Fernsehnachrichten verfolgt.«

Parker kämpfte mit seiner Erinnerung.

»Ich bin ihr schon einmal begegnet«, erklärte er nach einer spannungsgeladenen Weile. Seine Stimme klang bedächtig. »Ich war in ihrer Wohnung.«

»Nein!«, stieß Shawna hervor. Sie glaubte kein Wort von Melindas Lügen – kein einziges! Parker hätte sie niemals betrogen! Sie hätte ihn um ein Haar verloren, und sie würde sich ihn nicht wegnehmen lassen, nicht von diesem Mädchen, von niemandem. »Parker, du glaubst doch nicht im Ernst ...«

»Ich weiß nicht, was ich glauben soll!«, blaffte er.

»Wir haben so viel zusammen durchgestanden ...« Shawna drehte sich zu Melinda um. Ihre Professionalität verpuffte schlagartig. Melinda war nicht länger ihre Patientin, sondern eine dreiste junge Frau, die versuchte, den Mann hinters Licht zu führen, den Shawna liebte.

»Hör mal«, sagte sie. Ihre Stimme war so aufgewühlt wie ihre Emotionen. »Ich weiß nicht, wer du bist und warum du diesen Mann quälst, ich weiß nicht einmal, wie du an der Rezeption vorbeigekommen bist und warum mein Bruder dich hierhergebracht hat, aber ich fordere dich auf, unverzüglich zu gehen. Raus hier, sofort!«

»Hör auf, Shawna«, sagte Parker.

Doch Shawna ignorierte ihn. »Wenn nötig, werde ich das Sicherheitspersonal rufen. Du hast kein Recht, hier einzudringen und einen Patienten zu belästigen ...«

»*Ich* bin Ihre Patientin«, erinnerte Melinda sie. In ihren braunen Augen flackerte Zufriedenheit auf.

»Ich habe dich überwiesen an ...«

»Er ist der Vater meines Kindes, verdammt noch mal!«, schrie Melinda, sackte gegen die Wand und fing an, heftig zu schluchzen.

»Sie soll bleiben«, verkündete Parker, gerade als Tom Handleman mit flatterndem Kittel ins Zimmer marschiert

349

kam. »Was zum Teufel geht hier vor?«, fragte er, den Blick auf Shawna gerichtet. »Wer ist das denn?« Er deutete vorwurfsvoll auf die zusammengesackte Shawna.

»Eine Freundin«, erklärte Parker mit fester Stimme.

»Nein, Parker!«, flüsterte Shawna. »Sie lügt – sie hat zum Beispiel behauptet, ihr Kinderarzt in Cleveland habe Dr. Rankin geheißen. Ich habe versucht, ihn anzurufen, aber es gibt keinen Dr. Harold Rankin, in der ganzen Gegend nicht!«

»Dann ist er eben umgezogen«, sagte Melinda, bestärkt durch Parkers Unterstützung. »Es ist Jahre her, seit ich zum letzten Mal bei ihm war.«

»Sie soll gehen«, beschloss Shawna und drehte sich verzweifelt zu Tom Handleman um.

»Vielleicht kann sie Parker eine Hilfe sein«, schlug dieser vor.

»Eine Hilfe?«, murmelte Shawna. »Sie stellt falsche Behauptungen auf, belügt ihn, genau wie sie mich belogen hat!«

Melinda stieß sich von der Wand ab und straffte die schmalen Schultern, dann begegnete sie Parkers nachdenklichem Blick. »Ich – ich verstehe, dass Sie sich hintergangen fühlen, Dr. McGuire. Erst hat Parker Sie belogen und vorhin auch ich. Ich wollte lediglich herausfinden, ob es ihm gut geht. Ich war mir sicher, dass mich niemand zu ihm lassen würde. Und dann haben *Sie* mich überredet, ihm von dem Baby zu erzählen, und ich wusste, dass ich Sie hier bei ihm erreichen würde ...«

»Baby?«, fragte Handleman perplex und wurde blass.

»Ich denke, das war gut so. Jeder Vater hat das Recht,

von seinem Kind zu erfahren, egal, ob er es anerkennen möchte oder nicht.«

»Um Himmels willen«, flüsterte Tom. »Hören Sie, Miss ...«

»James«, ergänzte Melinda.

»Sie soll bleiben«, beharrte Parker.

»Du erinnerst dich an mich«, stellte Melinda fest.

Shawna wäre am liebsten gestorben, als sie sah, wie die beiden sich anblickten.

»Ich bin dir schon einmal begegnet«, gab Parker mit angespanntem Gesichtsausdruck zu. »Und ich möchte dich nicht kränken, Melinda.«

»Linnie. Du hast mich Linnie genannt. Erinnerst du dich?« Ihr Kinn zitterte, als sie gegen die Tränen ankämpfte, die ihr aus den Augen kullerten.

»Es tut mir leid ...«

»Du musst dich doch erinnern!«, schluchzte sie. »All die Nächte am Fluss ... all deine Versprechungen ...«

Großer Gott, was redete sie da? Shawnas Kehle schnürte sich zusammen. »Parker und ich, wir wollten – wir wollen – heiraten, und keiner von uns beiden glaubt, dass er der Vater deines Kindes ist, Melinda. Offensichtlich wollt ihr, du und dein Freund – wer immer er sein mag – von seiner misslichen Lage profitieren!«

»Nein«, flüsterte Melinda. »Es ist mir gleich, was *Sie* glauben, Dr. McGuire, aber Parker liebt mich! Er – er ...« Ihre Augen schossen durchs Zimmer, und sie blinzelte. »O bitte, Parker, erinnere dich«, flehte sie.

»Ich möchte meinen Rollstuhl haben«, sagte Parker an Tom Handleman gewandt, der ihm prompt den Stuhl zuschob. Parker umfasste die Griffe und stemmte sich vom Bett.

»Melinda«, sagte er leise. Bildete sich Shawna das nur ein, oder schwang Zuneigung in seiner Stimme mit, wenn er den Namen der jungen Frau aussprach? »Ich erinnere mich nicht, jemals mit dir geschlafen zu haben.«

»Dann willst du das Baby also nicht anerkennen?«

Er warf Shawna einen gehetzten Blick zu, den sie fassungslos erwiderte. »Darum geht es nicht. Ich möchte mir bloß sicher sein, dass es wirklich von mir ist.«

Shawna schüttelte den Kopf. »Nein ...«

»Dann machen wir doch einfach einen Vaterschaftstest«, schlug Melinda vor.

»He, Augenblick mal«, unterbrach Tom Handleman. »Erst einmal sollten sich alle beruhigen. Ich bitte Sie zu gehen, Miss James.« Sein Blick wanderte zu Shawna. »Sie auch, Dr. McGuire. Für Parker ist das Ganze eine große Belastung. Gönnen wir ihm eine Pause.«

»Es tut mir leid, aber das geht nicht«, widersprach Melinda standhaft. Shawna wunderte sich, wie zäh das Mädchen war. »Versteh mich nicht falsch, Parker. Ich habe kein Interesse daran, deinen Ruf zu ruinieren oder deinem beruflichen Ansehen zu schaden, aber mein Baby braucht seinen Vater.«

»Dann willst du also Geld«, stellte Parker zynisch fest und ließ sich aufs Bett zurückfallen.

»Auch darum geht es mir nicht«, widersprach Melinda. Shawna fröstelte. »Ich will meinem Kind einen Namen geben, und ich will, dass es weiß, wer sein Vater ist. Wenn du einen Vaterschaftstest brauchst, um dich zu vergewissern –

bitte sehr, ich habe nichts dagegen.« Sie holte tief Luft, um einen weiteren Schwall aufsteigender Tränen zurückzudrängen, und stolzierte leicht unsicher aus dem Zimmer.

Shawna sah Parker gequält an. »Du erinnerst dich an sie?«

Er nickte und legte eine Handfläche an die Stirn. »Bruchstückhaft.«

Shawna lehnte sich haltsuchend gegen sein Bett. Es hatte wochenlang gedauert, bis Parker sich an sie erinnerte – und dann fielen ihm auch nur winzige, oftmals unzusammenhängende Splitter ihrer gemeinsamen Vergangenheit ein. Melinda James dagegen hatte er binnen fünfzehn Minuten erkannt. Eine Woge der Furcht überrollte Shawna.

Konnten Melindas lächerliche Behauptungen wirklich wahr sein? Erinnerte sich Parker an Melinda, weil er mit ihr geschlafen hatte? Hatte sich ihr Gesicht deswegen unauslöschlich in sein Gedächtnis eingebrannt? Nein, das war albern – und tief im Innern wusste sie das auch, genau wie er.

Dennoch hatte sie das Gefühl, dass alles, woran sie geglaubt hatte, langsam, aber sicher in winzige Scherben zerfiel.

»Du und Brad – ihr habt euch in jener Nacht mit ihr getroffen?«, fragte sie mit kaum hörbarer Stimme.

Er nickte, das Kinn vorgereckt. »Ja.«

»Und du erinnerst dich daran?«

»Nicht an alles.«

»Vielleicht war sie Brads Freundin. Vielleicht ist das Baby von ihm.«

Parker kniff die Augen zusammen. »Das könnte natürlich sein. Ich weiß es nicht.«

Tom legte seine Hand auf Shawnas Arm und führte sie zur Tür. »Quälen Sie sich nicht«, sagte er. Seine Stimme klang besorgt. »Fahren Sie heim und denken Sie in Ruhe über alles nach. Parker wird ganz sicher dasselbe tun. Und morgen kommen Sie wieder und bringen ihn nach Hause.«

»Nach Hause?«, wiederholte sie verdutzt.

»Ja, ich habe vor, ihn morgen zu entlassen.« Er warf Parker einen Blick über die Schulter zu. »Es sei denn, der Besuch von Miss James sorgt für einen Rückfall.«

»Das hoffe ich nicht«, sagte Shawna, die Parker nun mit neuen Augen betrachtete. Sie versuchte, sich ein Lächeln abzuringen, doch sie scheiterte kläglich. »Hören Sie, Tom, ich muss unbedingt noch mit ihm reden. Nur ein paar Minuten. Bitte.«

»Nun, ein paar Minuten werden nicht schaden«, beschloss Tom, »aber machen Sie's kurz. Das war ein ziemlicher Schock für ihn.«

»Nicht nur für ihn«, sagte Shawna, nachdem Tom die Tür hinter sich geschlossen hatte.

Parker sah sie nicht an. Stattdessen starrte er mit gefurchter Stirn aus dem Fenster in den grauen Tag hinaus.

Hatte er sie betrogen? Das konnte sich Shawna nicht vorstellen. Melinda log garantiert. Aber warum? Und warum war Parker an jenem Abend bei der jungen Frau vorbeigefahren, bevor er Brad nach Hause gebracht hatte? Um ihre Affäre zu beenden? Oder hatte er vor der Hochzeit noch einmal mit ihr zusammen sein wollen? Bei der Vorstellung, wie die beiden einander küssten, miteinander schliefen, drehte sich ihr der Magen um.

354

»So viel zu dem Ritter in der schimmernden Rüstung«, spottete Parker.

»Ich glaube kein Wort von ihren Lügen. Und du solltest das auch nicht tun.«

»Genau das ist das Vertrackte an der Sache«, gab er zu, die Augen an die Decke gerichtet. »Ich weiß, dass ich sie kenne, aber ...«

»... aber du kannst dich nicht erinnern.« Shawna warf ihr Haar über die Schulter.

»Sie hat keinen Grund zu lügen.«

»Ich auch nicht, Parker. Ich weiß nichts von dem Mädchen, aber ich weiß, was wir miteinander geteilt haben, was uns verbunden hat und dass wir einander weder belogen noch betrogen haben.«

»Bist du dir da sicher?«

»Absolut«, flüsterte sie und wünschte sich sehnlichst, der hässliche Schatten des Zweifels, der auf ihrer Seele lastete, würde endlich verschwinden. »Es wäre allerdings schön, ich könnte das beweisen.«

Parker sah, wie sie die Tränen zurückdrängte, sah, wie sie entschlossen das Kinn vorschob, und liebte sie wegen ihres Stolzes und ihres Vertrauens in ihn. Ihr blondes Haar fiel ihr wie ein dichter Vorhang bis auf die Brust, ihre Augen, lodernd vor Empörung, glänzend vor nicht vergossenen Tränen, leuchteten grün wie der Wald im Abendlicht. Wie sehr er sie liebte! Er liebte Shawna McGuire, auch wenn er hier in diesem Krankenhausbett lag, hilflos der Behauptung ausgeliefert, eine andere Frau geschwängert zu haben. Er liebte sie unabhängig von den Erinnerungen, die nur fetzenweise an die Oberfläche seines Bewusstseins trieben. Nein, diese Liebe war neu, entstanden aus der Nähe zu ihr. Noch nie war er einer Frau begegnet, die so stolz, ein solcher Freigeist, so freigebig war, so unerschütterlich in ihrem Glauben an ihn.

»Glaubst du, du bist der Vater von Melindas Baby?«, fragte sie ihn rundheraus. Sie stand so dicht neben ihm, dass sie einander fast berührten.

»Ich weiß es nicht.«

Sie wurde blass, litt offenbar unaussprechliche Seelenqualen. Ohne nachzudenken, nahm er ihre Hand in seine und zog sie sanft zu sich heran.

»Ich weiß nur, dass ich der übelste Mistkerl auf der ganzen Welt wäre, wenn ich dir so etwas angetan hätte.«

Sie schluckte. »Das ... das hättest du niemals getan.«

»Ich hoffe bei Gott, dass du recht hast.« Seine Kehle wurde trocken, und obwohl er wusste, dass er sie besser nicht küssen sollte, konnte er nicht widerstehen. Besitzergreifend suchte sein Mund den ihren, dann löste er sich von ihr.

»Ich möchte dir nicht wehtun, Shawna«, flüsterte er heiser. »Niemals.«

»Du wirst mir nicht wehtun.«

Sanft strich er mit der Zunge über ihren Mund, und sie öffnete ihre Lippen, gerade als draußen auf dem Gang Stimmen ertönten. Schlagartig fiel ihr ein, dass sie Dr. Handleman versprochen hatte, nur ein paar Minuten zu bleiben. Außerdem konnte sie nicht klar denken, wenn sie in seinen Armen lag, und sie brauchte unbedingt Zeit für sich, um einen klaren Kopf zu bekommen nach dem

Schock, den ihr Melinda James versetzt hatte. Widerstrebend löste sie sich deshalb aus Parkers Umarmung.

»Ich möchte nicht gehen, Parker, aber ich muss. Anweisung von Dr. Handleman.«

»Zur Hölle mit Dr. Handlemans Anweisungen!«, murmelte er, unwillig, sie fortzulassen.

»Leg dich nicht mit den Ärzten an«, ermahnte sie ihn, doch ihre Stimme verriet, dass sie sich am liebsten selbst widersetzt hätte.

»Nicht gleich mit dem ganzen Berufszweig«, erwiderte er bedächtig, »nur mit einer ganz bestimmten, besonders schönen Ärztin.«

Ach, Parker. Sie spürte, wie sich ein dicker Kloß in ihrer Kehle bildete. »Ich komme später wieder«, versprach sie, küsste ihn sanft auf die Nasenspitze und hörte, wie er stöhnte.

»Du tust es schon wieder«, flüsterte er.

»Was?«

»Mich in den Wahnsinn treiben.« Sein Blick glitt an ihrem Körper hinab. Shawna errötete wie ein Schulmädchen und hastete zur Tür.

Während der Heimfahrt waren ihre Gedanken in einem Netz aus Zweifeln und Verzweiflung gefangen. War das möglich? Konnte Melindas Geschichte wirklich stimmen?

»Das ist doch absurd«, sagte sie zu sich selbst und lenkte ihren kleinen Kombi durch die kurvigen Straßen von Sellwood. Ahornbäume und Erlen verloren bereits ihre Blätter und ließen, wo sie nicht zu großen Haufen zusammengekehrt waren, die nassen Straßen in glänzendem Gold, Braun und Orange erstrahlen.

Als Shawna aus dem Wagen stieg, blies ihr eine frische Herbstbrise das Haar aus dem Gesicht und kühlte ihre brennenden Wangen.

»He, das wird aber auch Zeit!«, rief Jake und kletterte aus seinem zerbeulten alten Chevy Pick-up. »Ich dachte, du wärst längst hier aufgekreuzt. Wolltest du nicht schon vor einer halben Stunde da sein?«

Sie hatte völlig vergessen, dass er ihr beim Einpacken helfen wollte. »Ich – es tut mir leid. Ähm, mir ist etwas dazwischengekommen«, sagte sie und versuchte, sich zusammenzunehmen.

»Ach ja?« Jakes Augenbrauen schossen erwartungsvoll in die Höhe. »Jetzt sag nicht, dein Tenniscoach wird entlassen!«

»Morgen«, erwiderte Shawna und wandte den Blick ab, bevor ihr Bruder den Schmerz in ihren Augen sah.

»He – Wahnsinn! Was ist passiert?« Jake fasste sie bei den Schultern, dann hob er mit dem Finger ihr Kinn und musterte sie.

»Du wirst es nicht glauben.«

»Vielleicht ja doch. Erzähl's mir einfach.« Einen Arm um ihre Schultern gelegt, führte Jake seine Schwester zur Haustür und sperrte auf. In der Wohnung herrschte Chaos. Kisten und Taschen waren überall zwischen den Möbeln auf dem Wohnzimmerfußboden verstreut, zusammen mit Stapeln von Bildern und Klamotten.

»Erinnerst du dich an die junge Frau, meine angebliche Patientin, die du heute zu mir gebracht hast?«

Jake nickte.

Shawna ließ sich in eine Ecke sinken und erzählte ihrem

Bruder alles, was passiert war, von der Minute an, in der Melinda James in ihr Sprechzimmer spazierte, bis hin zu Melindas Besuch im Krankenhaus, wo sie die Bombe hatte platzen lassen, dass Parker der Vater ihres ungeborenen Kindes war.

»Und du hast ihr diese miese Geschichte abgekauft?«, fragte Jake entgeistert.

»Natürlich nicht.« Shawna war schon wieder den Tränen nahe.

»Das will ich auch hoffen! Ihre Behauptung ist einfach lächerlich!«

»Parker hat ihr geglaubt.«

»*Was?*«

»Er behauptet, er würde sich an sie erinnern, und er gibt zu, dass er in der Nacht des Unfalls zusammen mit Brad bei ihr war.«

Perplex hockte sich Jake auf einen zusammengerollten Teppich und kniff nachdenklich die Augen zusammen. »Ich fasse es nicht.«

»Ich auch nicht, aber du hättest dabei sein sollen.« Draußen forderte Maestro laut miauend Einlass. »Ich komme!«, rief Shawna. Sie versuchte aufzustehen, doch ihre Muskeln waren wie aus Gummi.

»Ich lasse ihn rein.« Jake rappelte sich hoch, öffnete die Tür, und der tropfnasse gelbe Streuner schoss ins Haus und schnurstracks auf Shawna zu. Er baute sich vor ihr auf und maunzte so lange, bis sie ihn streichelte.

»Wenigstens dir kann ich vertrauen«, sagte sie und spürte, wie ihre Laune ein wenig besser wurde. Maestro begann, sein Gesicht zu putzen, wobei er laut schnurrte.

359

»Du kannst auch Parker vertrauen«, sagte Jake. »Das wissen wir beide. Der Kerl ist verrückt nach dir.«

»Sag ihm das mal.«

Jake blickte seine Schwester stirnrunzelnd an. »Na schön, dann hat dieses durchgeknallte Mädchen eben die absurde Behauptung aufgestellt, Parker sei der Vater ihres ungeborenen Kindes, und Parker kann sich nicht genügend erinnern, um zu wissen, ob sie lügt oder nicht. Das ist nicht das Ende der Welt.« Er fing Shawnas Blick auf und seufzte. »Nun ja, vielleicht ist es fast das Ende«, räumte er ein, und selbst Shawna musste lächeln. »So, jetzt aber weiter. Was hast du als Nächstes vor?«

»Es wird dir nicht gefallen, das weiß ich«, sagte Shawna, stand auf und öffnete eine Dose Katzenfutter für Maestro.

»Verrat's mir.«

»Wenn morgen die Umzugsleute kommen, werde ich sie bitten, meine Sachen zu Parker nach Hause zu bringen.«

»Zu ihm nach Hause?«, fragte Jake verblüfft. »Weiß er das?«

»Nein.« Sie streckte das Rückgrat durch und sah ihren Bruder fest an. »Und du wirst es ihm auch nicht erzählen.«

»Das würde ich niemals wagen«, sagte Jake, der offensichtlich gehörigen Respekt vor Parkers aufbrausendem Temperament hatte. »Was ist mit Mom und Dad?«

»Ich werde es ihnen erklären.«

»Viel Glück. Da möchte ich allerdings lieber nicht zugegen sein.«

»Das kann ich dir nicht verübeln.« Mein Gott, warum passierte das nur alles, und warum ausgerechnet jetzt? Unweigerlich musste Shawna wieder an die Zigeunerin und ihre finstere Prophezeiung denken.

360

»Shawna?«, fragte Jake und furchte besorgt die Brauen. »Alles in Ordnung?«

Sie nickte und reckte stolz das Kinn. »Alles okay. Ich werde zu Parker halten, bis all das hier ausgestanden ist – so oder so.«

»Wie kann ich dich dabei unterstützen?«

»Würde es dir etwas ausmachen, auf Maestro aufzupassen, nur für ein paar Tage?«

Jake beäugte den Kater misstrauisch. Als würde er verstehen, dass er im Zentrum der Aufmerksamkeit stand, sprang Maestro auf den Küchentresen, machte einen Buckel und rieb sich an der Fensterbank.

»Ich habe eine Katzenallergie.«

»Er ist ohnehin die meiste Zeit draußen.«

»Bruno wird ihn bei lebendigem Leibe verschlingen.«

Shawna musste lachen. Bruno war ein riesiger Mischling, der Angst vor seinem eigenen Schatten hatte. »Bruno wird seinen großen Schwanz zwischen die Beine klemmen und Fersengeld geben.«

»Einverstanden.«

»Übrigens«, sagte sie und fühlte sich schon ein kleines bisschen besser. »Du solltest diesen seltsamen Fall von Katzenparanoia vielleicht mal genauer unter die Lupe nehmen – bei Bruno und bei dir!«

»Vielleicht sollte ich *deinen* Fall mal genauer unter die Lupe nehmen«, entgegnete Jake und klopfte ihr auf den Rücken. »Wir wissen beide, dass Parker dir nicht untreu war.«

»Aber er weiß es nicht«, stellte Shawna fest, die nicht ganz so zuversichtlich war wie ihr Bruder.

361

»Dann musst du ihn eben davon überzeugen.«

»Das versuche ich bereits, das kannst du mir glauben.« Sie strich sich das Haar aus den Augen und lehnte sich mit dem Hinterkopf gegen die Wand. »Aber das ist nicht das einzige Problem. Was ist mit Melinda und ihrem Baby? Warum lügt sie? Woher kennt Parker sie? Sosehr mich dieser Schlamassel auch ärgert, kann ich nicht einfach vergessen, dass Melinda erst achtzehn ist. Sie bekommt ein uneheliches Kind, Jake!«

»Hat sie denn keine Familie?«

»Keine Ahnung.« Shawna blies sich eine Haarsträhne aus den Augen. »Sie hat nur gesagt, ihr Dad würde sie umbringen, wenn er von ihrer Schwangerschaft erfährt. Allerdings hatte ich den Eindruck, das war nur so dahingesagt. Hoffentlich.«

»Du bist dir also nicht sicher.«

»Das ist ja das Frustrierende an dem Ganzen: Ich weiß gar nichts über sie, hatte ihren Namen noch nie gehört.«

»Gibt es noch etwas, was ich für dich tun kann?«

»Zum Beispiel?«

»Ich weiß auch nicht, irgendetwas halt.«

»Im Augenblick nicht«, sagte sie, dankbar für sein Angebot. »Danke sehr, aber das muss ich allein durchstehen.«

»Das glaube ich nicht!«, rief Doris McGuire entsetzt. Sie saß auf ihrem antiken Sofa und starrte ihre Tochter quer durchs Zimmer fassungslos an. »Parker und ein junges Mädchen?«

»Zumindest behauptet sie das«, sagte Shawna.

»Sie lügt!«

»Wer lügt?« Malcolm McGuire öffnete die Haustür und schüttelte die Regentropfen von seinem Hut, dann hängte er den Fedora an einen der Garderobenhaken in der Diele. »Wer lügt?«, fragte er noch einmal, als er das Wohnzimmer betrat und Shawna auf die Wange küsste. »Geht es um Parker?«

»Indirekt«, gab Shawna zu.

»Irgendein junges Mädchen behauptet, es sei von Parker schwanger!«, erklärte Doris, die Lippen geschürzt, die Augen funkelnd vor Empörung. »Ist das zu fassen?«

»Nun mal langsam«, sagte Malcolm. »Das müsst ihr mir von Anfang an erzählen.«

Während Shawna alles berichtete, was sich seit ihrer ersten Begegnung mit Melinda zugetragen hatte, goss sich Malcolm einen ordentlichen Schluck Scotch ein, dann hielt er kurz inne und füllte zwei weitere Gläser, die er seiner Frau und seiner Tochter reichte.

»Das glaubst du doch nicht, oder?«, fragte er, als Shawna geendet hatte, und sah ihr prüfend ins Gesicht.

»Natürlich nicht.«

»Aber du hast Zweifel.«

»Hättest du die nicht?«

»Niemals!«, erklärte Doris. Malcolms Gesicht wurde leicht blass.

»Manchmal macht man eben einen Fehler«, gab er zu bedenken.

»Er war mit Shawna *verlobt*, um Himmels willen!«

»Aber nicht mit ihr verheiratet«, fügte Malcolm bedächtig hinzu.

»Dad?« Wusste er etwas? Shawna musterte das faltige

Gesicht ihres Vaters, der seinen Drink leerte und sich schwer auf die Sofakante fallen ließ.

»Ich habe dich gewarnt, dass wir nicht allzu viel über Parker wissen, nicht wahr?«, sagte Malcolm. »Du kanntest ihn noch nicht lange – gerade mal sechs Wochen. Vielleicht hatte er eine weitere Freundin? Vorher wäre mir dieser Gedanke niemals gekommen, aber jetzt ... Warum sollte sie lügen?«

Tja, warum?

»Aber wir dürfen ihn auf keinen Fall vorschnell verurteilen«, fügte Malcolm hinzu. »Nicht, bis wir sämtliche Fakten kennen.«

»Ich habe den Eindruck, du verstehst nicht den Ernst der Lage«, warf Doris ein.

»Aber sicher doch. Und jetzt erzähl mir von Parker, Shawna. Was hat er dazu zu sagen?«

»Nicht viel.« Shawna berichtete ihren Eltern von der Szene im Krankenhauszimmer.

Mit finsterem Gesicht drehte Malcolm sein leeres Glas zwischen den Händen. Doris saß kerzengerade auf dem Sofa, schüttelte den Kopf und seufzte laut. »Er müsste lediglich einem Vaterschaftstest zustimmen, um zu beweisen, dass das Kind nicht von ihm ist – dann ginge alles seinen vorgesehenen Gang.«

»Vielleicht ist das nicht so einfach«, gab Malcolm ruhig zu bedenken. »Er muss an seine Karriere denken. Schlechte Presse könnte sich ungünstig darauf auswirken.«

»Wir reden hier von dem Mann, den Shawna heiraten möchte«, ließ sich Doris, brodelnd vor Zorn, vernehmen, »und du sitzt da und verteidigst ihn – als sei er wirklich mit ... mit dieser *Frau* zusammen gewesen!«

364

»Sie ist noch ein Mädchen«, gab Shawna zu bedenken.

»Achtzehn ist alt genug, um es besser zu wissen!«

Malcolm hob die Hand, um seine Frau zu beruhigen. »Ich sage doch bloß, dass wir einen kühlen Kopf bewahren sollten.«

Jetzt, da sie gesagt hatte, was sie zu sagen hatte, nahm Shawna ihre Jacke von der Rückenlehne des Schaukelstuhls.

»Ich glaube, Dad hat recht – wir sollten uns im Augenblick einfach zurückhalten.«

»Das Mädchen ist *schwanger*!«

»Ich weiß. Aber ich habe beschlossen, dass ich Parker durch diese Sache hindurchhelfen werde. Für ihn ist das genauso schwer wie für mich. Das ist einer der Gründe, warum ich beschlossen habe, bei ihm einzuziehen.«

»Wie bitte?«, fragte Doris entsetzt. Beinahe hätte sie ihren Drink fallen gelassen.

»Er wird morgen aus dem Krankenhaus entlassen. Ich werde ihn nach Hause bringen – zu seinem Haus –, und ich werde dortbleiben.«

»Aber das geht doch nicht ... Du bist nicht verheiratet! Noch dazu, wo dieses Mädchen diese lächerlichen Anschuldigungen erhebt ...«

»Heutzutage muss man nicht mehr verheiratet sein, um zusammenzuziehen, Mom. Außerdem ist Melinda James' Behauptung ein Grund mehr, Parkers Gedächtnis auf die Sprünge zu helfen.« Shawna sah, wie ihre Mutter zu weiterem Protest ansetzte, und machte eine abwehrende Handbewegung.

»Ich habe meinen Entschluss gefasst, Mom. Wäre es anders gekommen, würde ich längst als seine Ehefrau in diesem Haus leben. Trotzdem würden wir uns mit Melinda auseinandersetzen müssen – es sei denn, sie hat sich diese Geschichte ausgedacht, gerade weil er sein Gedächtnis verloren hat. In dem Fall möchte ich ihm erst recht zur Seite stehen. Ich wollte auch nur, dass ihr wisst, wo ihr mich erreichen könnt.«

»Aber ...«

»Ich liebe ihn, Mom.« Shawna berührte ihre Mutter sanft an der Schulter, die sich steif und unnachgiebig anfühlte. »Ich rufe euch in ein paar Tagen an.«

Noch bevor ihre Mutter oder ihr Vater versuchen konnte, sie von ihrem Entschluss abzubringen, verließ sie das Zimmer, nahm ihre Handtasche vom Garderobentisch und öffnete die Haustür. Sie war froh, vom Haus ihrer Eltern wegzukommen, denn sie brauchte dringend Zeit zum Nachdenken. Morgen würde sie den Kampf ihres Lebens mit Parker ausfechten müssen. Er hatte ihr bereits gesagt, dass er nicht wollte, dass sie sich an einen Krüppel band, dass sie nicht eher heiraten würden, bis er wieder so weit bei Kräften war, dass er für sich selbst sorgen konnte. Jetzt, nach Melindas Behauptung, war er sturer denn je.

Nun, dann hätte er eben Pech gehabt. Shawna würde zu ihm stehen, egal, was auf sie zukam, und selbst wenn er nie wieder gehen könnte, würde sie ihn heiraten wollen. Sie musste ihn nur noch davon überzeugen, dass ihre Einstellung die richtige war. Unwillkürlich drückte sie sich selbst die Daumen. Parker schob das Tablett mit seinem Abendessen zur Seite. Er war nicht hungrig und hatte auch keine Lust, sich zum Essen zu zwingen. Ächzend griff er nach den Krücken, die an seinem Bett lehnten.

Dr. Handleman und dieser Idiot von Physiotherapeut glaubten zwar nicht, dass er für Gehhilfen bereit war, doch er hatte sie so lange angebettelt, bis sie schließlich eingelenkt hatten. Morgen durfte er nach Hause, und er hatte nicht vor, das Krankenhaus im Rollstuhl zu verlassen wie ein hilfloser Invalide.

Die Zähne zusammengebissen wegen der quälenden Stiche in seinem Knie, rutschte er vom Bett und stützte sich auf die Krücken. Dann durchquerte er langsam das Zimmer, ohne auf das Knie zu achten, das genauso ungleichmäßig pochte wie sein Herz. Endlich lehnte er sich an die gegenüberliegende Wand, schwitzend, aber stolz, dass er diese Herausforderung gemeistert hatte.

Schwer atmend blickte er aus dem Fenster auf den Parkplatz vier Stockwerke unter ihm. Die Laternen leuchteten bläulich und spiegelten sich in den Pfützen wider, die ein gerade niedergegangener Platzregen hinterlassen hatte. Parker fühlte sich vage an ein anderes Unwetter erinnert ...

Regen war auf die Windschutzscheibe geprasselt, die Scheibenwischer kämpften mit den Wassermassen, während er eine kurvige Bergstraße hinaufgefahren war. Jemand – Brad? – saß zusammengesunken neben ihm auf dem Beifahrersitz. Besagter Beifahrer war gegen Parker gesackt, als der Jeep um eine enge Kurve bog, und dahinter, mitten auf der Straße, war ein riesiger Truck mit gleißend grellen Scheinwerfern auf sie zugeschossen. Offenbar hatte der Fahrer die Kontrolle über den Laster verloren, denn er drückte auf die Hupe, während er mit quietschenden Bremsen auf sie zugeschlittert kam. Parker riss instinktiv das Lenkrad herum, um dem gewaltigen Truck auszuweichen, durchbrach die Leitplanke und stürzte in die schwarze Tiefe dahinter.

Parker kniff die Augen zusammen und legte die Stirn gegen die kühle Fensterscheibe, während er mit aller Macht versuchte, die Erinnerungen an jene Nacht heraufzubeschwören, die nicht zueinanderpassenden Puzzleteile seiner Vergangenheit zusammenzusetzen.

Er erinnerte sich an Melinda – er hatte sie in jener Nacht gesehen. Doch sie war noch ein junges Mädchen – er hätte niemals mit ihr geschlafen! Oder doch?

Unwirsch ob seiner lückenhaften Erinnerung, stieß Parker einen deftigen Fluch aus. Eine seiner Krücken glitt ihm aus der Hand, landete auf dem kleinen Tisch und stieß ein Glas Wasser um. Ein Buch landete mit einem dumpfen Knall auf dem Fußboden. Aus den Seiten flatterte ein Bild – der Schnappschuss von Shawna auf dem Karussell.

Auf dem Foto waren ihre Wangen gerötet, ihre Augen strahlten, ihr Haar flatterte ungebändigt um ihr Gesicht. Zu der Zeit war er in sie verliebt gewesen. Das spürte er, konnte es an ihrem Gesichtsausdruck erkennen. Und jetzt hatte er sich wieder in sie verliebt, und diesmal, so mutmaßte er, gingen seine Gefühle für sie noch tiefer.

Trotz des unablässigen Schmerzes in seinem Knie bückte er sich, doch er kam an das Foto nicht heran; gerade außer Reichweite lag es in der dünnen Staubschicht unter seinem Bett.

Er runzelte die Stirn ob dieser Ironie. Das Foto war für ihn genauso unerreichbar wie Shawna selbst, denn er würde sie nicht einer derart ungewissen Zukunft aussetzen. Sie hatte etwas Besseres verdient als einen Mann, der womöglich nie wieder ohne Krücken laufen konnte – einen Mann, der sich nicht einmal daran zu erinnern vermochte, ob er sie womöglich betrogen hatte.

Kapitel acht

Shawna wappnete sich, wohlwissend, dass ihr kein einfacher Kampf bevorstand, und betrat Parkers Krankenhauszimmer. »Fertig?«, fragte sie munter.

»Wofür?« Parker stand, mit den Gehhilfen bewaffnet, neben seinem Bett, bekleidet mit seiner grauen Cordhose und einem cremefarbenen Pullover.

»Um nach Hause zu fahren.« Shawna nahm seinen Matchbeutel, den sie aus seiner Wohnung mitgebracht hatte, als sie kurz nach dem Unfall einige Kleidungsstücke und Rasierzeug für ihn besorgt hatte, und warf ihn sich über die Schulter. »Beeil dich, ich parke in zweiter Reihe«, sagte sie betont fröhlich, die unheilverkündenden Falten ignorierend, die sich auf seiner Stirn bildeten.

»Ich werde mir ein Taxi rufen«, sagte er ruhig.

»Das musst du nicht. Dein Haus liegt genau auf meinem Weg.«

»Wohin?«

»Zum Rest meines Lebens.«

Er zog scharf die Luft ein, fuhr sich mit der Hand durchs Haar und murmelte kopfschüttelnd: »Du bist unmöglich.«

»Das sagtest du bereits. Und jetzt komm schon.«

»Mr. Harrison?« Eine Schwester schob einen Rollstuhl ins Zimmer. Parker stieß einen unterdrückten Fluch aus.

»Ich brauche das Ding nicht.«

»Krankenhausvorschriften.«

»Vorschriften kann man ändern.«

»Komm, Parker, es bringt nichts, wenn du dich jetzt gegen das System auflehnst«, sagte Shawna und nahm der Schwester den Rollstuhl ab. »Jeder Patient, der hier rauswill, muss den Rollstuhl benutzen.«

Leise vor sich hin schimpfend setzte sich Parker in den Stuhl und hörte auch auf dem Weg nach draußen nicht auf zu meckern.

»Ich merke schon, wir sind heute ausgesprochen gut gelaunt«, kommentierte Shawna trocken.

»Fang bloß nicht mit diesem Krankenhausgewäsch an. ›Wir‹ sind ganz bestimmt nicht gut gelaunt, klar? *Ich* bin total angepisst.«

»Mein Fehler. Aber keine Sorge. Ich werde garantiert noch mehr Fehler machen, bevor der Tag vorbei ist.« Sie rollte ihn in den Aufzug und sagte kein Wort, bis sie die Türen der Notaufnahme hinter sich gelassen hatten – dieselben Türen, durch die sie vor Wochen in ihrem durchweichten Hochzeitskleid hineingerannt war. Der Tag schien eine Ewigkeit zurückzuliegen.

Sie stiegen in den kleinen Kombi, fuhren vom Parkplatz, dann hielt sich Shawna in Richtung Süden, durch die steilen, tannenbewachsenen Hügel von West-Portland zum Lake Oswego, wo Parkers großes Tudor-Haus auf den Klippen thronte.

Parker starrte schweigend aus dem Beifahrerfenster auf die vertraute Landschaft. Ahorn- und Eichenblätter leuchteten in kräftigen Orange- und Brauntönen, aufgewirbelt vom Fahrtwind.

Als sein Haus in Sicht kam, warf Shawna Parker einen

Seitenblick zu. Sein Gesicht wirkte angespannt, der Mund verkniffen, und er hatte die Stirn in Falten gelegt.

Zwei Stockwerke hoch, mit Spitzdach und Erkern, thronte das Gebäude über den grünen Wassern des Willamette River. Bäume und Sträucher umstanden eine breite, säulengetragene Veranda. Große Bleiglasfenster blinkten im rosafarbenen Licht der untergehenden Sonne.

Vor der Garage hielt Shawna an und stellte den Motor ab. Sie streckte soeben die Hand nach dem Türknauf aus, als Parkers Stimme sie innehalten ließ.

»Willst du mich gar nicht nach Melinda fragen?«

Sie erstarrte. Ihr Magen verknotete sich schmerzhaft. Mehr oder weniger gewollt hatte sie es bisher vermieden, das Thema anzuschneiden. »Gibt es denn etwas, was du mir dazu sagen möchtest?«

Er schluckte, wandte den Blick ab, dann riss er sich zusammen und sah ihr in die Augen. »Ich – ich fange an, mich zu erinnern«, gab er zu, jedes Wort sorgfältig abwägend. »Ein Teil meiner verlorenen Vergangenheit kommt langsam zurück, wird klarer.«

Sie wusste, was nun kommen würde, und krampfte die Finger so fest ums Lenkrad, dass ihre Knöchel weiß hervortraten. »Der Teil mit Melinda«, vermutete sie.

»Ja.«

»Erinnerst du dich daran, mit ihr zusammen gewesen zu sein?«

»Teilweise.«

»Hast du mit ihr geschlafen?«

Sie sah, wie er zögerte, dann schüttelte er den Kopf. »Ich glaube nicht, aber da ist irgendetwas ... etwas mit ihr oder an ihr, was ich nicht zuordnen kann. Wenn ich nur herausfinden würde, was.«

Shawna leckte sich nervös die Lippen und zwang sich, seinem Blick standzuhalten. »Ich glaube nicht, dass du mich betrogen hast, Parker«, sagte sie mit heiserer Stimme. »Ich glaube es einfach nicht.«

»Vielleicht wäre es einfacher, wenn du das glauben würdest«, flüsterte er.

»Warum?«

»Weil ich – weil ich spüre, dass eine gewaltige Verantwortung auf mir lastet.«

Sie berührte ihn leicht an der Schulter, deren Muskeln sich unter ihren Fingerspitzen verspannten. »Das Ganze braucht Zeit.«

»Das glaube ich kaum. Ich habe eher den Eindruck, die Zeit läuft mir davon.« So plötzlich er das Thema angeschnitten hatte, so plötzlich beendete er es auch, zog am Türgriff und stieß die Wagentür auf. Kalter Wind wehte ins Innere des Kombis. Parker stützte sich am Rahmen ab und versuchte, auszusteigen.

»He, warte!« Shawna stieß ihre eigene Tür auf und rannte um den Wagen herum, gerade als er sich aus seinem Sitz hievte und auf einem Bein balancierend stehen blieb, das Gesicht weiß vor Anstrengung.

»Was machst du denn da?«, fragte sie.

»Auf eigenen Beinen stehen«, erwiderte er ungerührt.

Die Doppeldeutigkeit seiner Worte war ihr bewusst, doch sie weigerte sich, sich davon aus dem Konzept bringen zu lassen. »Das sehe ich, aber es hätte nicht viel gefehlt und du wärst mit dem Gesicht im Dreck gelandet«, tadelte sie ihn. »Meinst du, Dr. Handleman würde es gefallen, wenn du dir das Knie verdrehst – nach all der Arbeit, die er geleistet hat?«

»Es ist mir scheißegal, was Dr. Handleman gefällt und was nicht.«

»Ah, da bricht ja wieder dein alter Charme durch«, neckte sie ihn, obwohl ihr Herz doppelt so schnell schlug wie zuvor. »Ich persönlich würde dich nur ungern wieder in einem Krankenhausbett sehen – im Streckverband oder in Schlimmerem –, und das nur wegen deines dämlichen, starrköpfigen männlichen Stolzes.« Damit öffnete sie den Kofferraum ihres Kombis und kämpfte mit dem zusammenklappbaren Rollstuhl. Ihr fiel auf, dass Parker blass geworden war, als sie das Krankenhaus erwähnt hatte. Gut! Sollte er ruhig darüber nachdenken.

»So, und jetzt hör auf, dich so kindisch zu benehmen und dich verhätscheln zu lassen.«

»Verhätscheln lassen? Von wem?«

»Von mir.« Sie schob den Rollstuhl zur Beifahrerseite.

»Ich will nicht, dass du mich verhätschelst.«

»Oh, da bin ich aber anderer Meinung. Sieh es als Belohnung für all die grausamen Stunden, die du mit deinem Physiotherapeuten verbringen wirst. Ich habe ihn bereits engagiert, damit du nicht mehr in die Klinik musst – er fängt morgen an.«

»Du hast *was*?«, explodierte Parker. »Ich werde nicht ...«

»Sicher wirst du. Und du wirst auf der Stelle von diesem Ach-ich-bin-ja-so-selbstständig-Egotrip runterkommen!«

Sie schob den Rollstuhl neben ihn, doch er hob abwehrend die Hand. »He, Augenblick mal. Gib mir eine Mi-

374

nute. Ich mag mich vielleicht nicht an alles aus meiner Vergangenheit erinnern, aber eines weiß ich ganz sicher: Ich würde mich niemals von einer Frau – auch nicht von einer Ärztin – herumschubsen lassen.«

»Nicht einmal von Melinda James?«, blaffte Shawna, die ihre Worte sofort bereute, als sie sah, dass sein Gesicht aschfahl wurde. Schuld und Reue spiegelten sich in seinen markanten Zügen wider.

»Mit Melinda werde ich schon fertig«, tönte er vollmundig, »auf meine eigene Weise.« Ohne den Rollstuhl eines Blickes zu würdigen, bückte er sich und zerrte an den Krücken, die sie in den Wagen gezwängt hatte.

»Du darfst nicht ...«

»Ich kann verdammt noch mal tun und lassen, was ich will, Dr. McGuire«, sagte er bissig. »Ich bin nicht mehr im Krankenhaus. Und du bist hier nicht der Boss.« Er klemmte sich die Krücken unter die Arme und schwang sich vorwärts, den mit großen Steinplatten gepflasterten Weg entlang, der zur Hintertür führte.

»Wenn du nicht aufpasst, bist du schneller wieder im Krankenhaus, als du denkst«, warnte sie ihn und schloss schnellen Schritts zu ihm auf.

»Du kannst jetzt nach Hause fahren, Shawna«, sagte er.

»Ich bin zu Hause.«

Er legte den Kopf schräg und fragte gereizt: »Du bist *was?*«

»Ich bin zu Hause.«

»Wie bitte?« Er wirbelte so schnell zu ihr herum, dass sich seine Gehhilfe in einer der Fugen verfing und ihm aus der Hand glitt. Er stürzte vornüber, griff hektisch nach den

375

unteren Zweigen einer in der Nähe stehenden Weide und landete mit einem dumpfen Aufprall im nassen Gras.

»Parker!« Shawna kniete sich neben ihn. »Es tut mir leid ...«

»Das war nicht deine Schuld.« Er zuckte vor Schmerz zusammen. »Und jetzt sag bitte, dass ich mich verhört habe.«

»Ich bin heute Morgen hier eingezogen«, erklärte sie, doch ihre Augen waren auf sein Bein geheftet. Ohne zu fragen, schob sie sein Hosenbein hoch, um sicherzugehen, dass die Naht an seinem Knie nicht aufgeplatzt war.

»Es geht mir gut.« Er griff nach ihrem Handgelenk und hielt es fest. »Du bist nicht meine Ärztin. Und du wirst nicht hier einziehen.«

»Zu spät«, sagte sie, griff mit der freien Hand in ihre Tasche und zog einen Schlüsselring hervor, an dem die Schlüssel zu seinem Haus, seinem Wagen sowie zur Garage baumelten. »Die hier hast du mir gegeben – ›In guten wie in schlechten Zeiten‹, erinnerst du dich?«

»Wir haben nicht geheiratet.«

»Das ist mir gleich. Ich habe mich dir versprochen, also gewöhn dich besser daran!« Sie begegnete seinem Blick mit ihren stolzen grünen Augen. Seine Finger hielten noch immer ihr Handgelenk umschlossen. Ihr stockte der Atem, als sie sah, wie seine Augen zu ihren Schlüsselbeinen und tiefer wanderten. »Egal, ob die Zeremonie stattgefunden hat oder nicht – ich betrachte mich als deine Ehefrau, und es bedarf schon höherer Gewalt, mich wieder loszuwerden.«

»Was ist, wenn tatsächlich eine andere Frau ein Kind von mir bekommt?«

376

Ihr Herz zog sich zusammen. »Dann müssen wir damit eben klarkommen.« Nervös leckte sie sich über die Lippen, ihr Selbstvertrauen schwand zusehends.

Er betrachtete ihren Mund. »Vielleicht sollte ich erst einmal *allein* klarkommen, bevor ich mit jemand anderem klarkomme«, gab er zu bedenken. Die letzten Sonnenstrahlen spielten in seinem Haar.

»Willst du mir sagen, du möchtest nicht, dass ich hier wohne?« Shawna konnte kaum einen klaren Gedanken fassen. Ihre Gedanken konzentrierten sich auf ihr Handgelenk und das provokante Streicheln seiner Finger über ihre Haut. Seine Augen, blau wie die See, glühten vor Begierde.

»Ich denke nur, dass wir beide – du und ich – nicht so tun können, als habe sich dieser Unfall nie ereignet, als würde Melinda James nicht existieren, und dass unser Leben so weitergeht wie im Märchen, wenn sich so viele Dinge zwischen uns drängen. Ich bin mir nicht sicher, ob es für uns ein ›Und sie lebten glücklich und zufrieden bis an ihr Lebensende‹ geben wird.« Er blickte wieder auf ihre Lippen, dann hob er die Hand zu ihrem Haar.

»Bitte, Parker, gib mir einfach eine Chance. Ich möchte dich nicht überrumpeln, aber wir brauchen Zeit zusammen, um die Dinge zu klären.«

Er zog sie an sich, küsste sie so leidenschaftlich, wie sie noch nie ein Mann geküsst hatte, nahm mit einem Feuer von ihren Lippen Besitz, das – wie sie wusste – tief in seiner Seele loderte.

Sie erwiderte seinen Kuss, schmiegte ihre Stirn an seine, spürte sein Haar, die Wärme seines Atems.

Er schlang seinen Arm um ihre Taille.

»Parker, bitte – liebe mich«, flüsterte sie dicht an seinem Ohr. Er stöhnte. »Lass mich dir helfen – uns helfen.« Sie legte ihm beide Hände auf die Wangen und hielt seinen Kopf zwischen ihren Handflächen. »Ich kann dich nicht aufgeben, Melinda und ihr Baby hin oder her.«

Noch bevor er etwas erwidern konnte, hörte Shawna die Hintertür aufschwingen, und Melinda James, die großen Augen finster vor unausgesprochenen Vorwürfen, trat auf die Veranda heraus.

»Was zum Teufel ...?«, flüsterte Parker, dann sagte er lauter: »Wie bist du denn ... Ach, mach dir nicht die Mühe zu antworten. Es ist ohnehin egal.«

Shawna wurde klar, dass er offenbar auch ihr einen Schlüssel gegeben hatte, und die Wunde, die sie so sorgsam zu verarzten versucht hatte, riss wieder auf, frisch und schmerzhaft.

»Erinnere mich daran, dass ich die Schlösser austauschen lasse«, murmelte Parker.

Shawna stand auf, strich ihren Rock glatt und streckte die Hände aus, um ihm hochzuhelfen, doch er winkte ab, entschlossen, es aus eigener Kraft zu schaffen.

»Ich ... ich wusste nicht, dass sie herkommen würde«, erklärte Melinda leise. Ihre braunen Augen schossen zwischen Shawna und Parker hin und her.

»Ich wohne hier«, entgegnete Shawna.

Melinda ließ beinahe ihre Handtasche fallen. »Sie tun *was*?«

Parkers Augenbrauen schossen in die Höhe. »Augenblick mal. *Ich* wohne hier. Ich. Allein.«

»Nicht mehr«, widersprach Shawna, die innerlich zusammenzuckte wegen seines harschen Tons. Vor zwei Monaten wäre sie nicht so kühn gewesen, doch nun stand sie mit dem Rücken zur Wand und Parkers körperliche und seelische Gesundheit auf der Kippe, also würde sie mit allen Mitteln kämpfen, um ihm beizustehen.

»Hast du sie dazu eingeladen?«, fragte Melinda und bedachte Parker mit einem anklagenden Blick.

»Sie hat sich selbst eingeladen.« Er rappelte sich hoch, griff nach den Krücken und setzte sich in Bewegung.

»Alles okay mit dir?«, fragte Melinda.

»Alles bestens«, blaffte er. Es gelang ihm nicht, den Zynismus aus seiner Stimme herauszuhalten. »Ich glaube, wir gehen besser ins Haus und klären ein paar Dinge.« Er warf Shawna einen Blick über die Schulter zu, die so tat, als würde sie sich ein paar verirrte Strähnen und nicht etwa Tränen aus den Augen streichen. »Kommst du, Doktor?«

»Das will ich mir um nichts auf der Welt entgehen lassen«, erwiderte sie betont gelassen und zwang sich zu einem Lächeln, obwohl der Schmerz sie innerlich fast zerriss.

Melinda war bereits auf dem Weg durch den Flur ins Wohnzimmer. »Das gefällt mir gar nicht«, flüsterte Shawna Parker zu, als sie zu ihm aufschloss.

»Mir auch nicht«, gab er zu. »Aber es gibt momentan so einiges, was mir nicht gefällt – Dinge, über die ich mir nicht sicher bin.«

»Zum Beispiel?«

Bevor sie die beiden Stufen hinabsteigen konnte, die ins Wohnzimmer führten, beugte er sich zu ihr, balancierte auf seinen Krücken und berührte sie an der Schulter. »Zum Beispiel das mit uns, Shawna.« Seine blauen Augen waren

379

dunkel und gequält. »Es ist so leicht, sich in dich zu verlieben, Shawna – zu leicht. Ich muss der glücklichste Mann der Welt gewesen sein ...«

»Das bist du immer noch.«

»... aber jetzt hat sich die Situation verändert. Sieh mich doch nur an! Ich kann immer noch nicht richtig gehen, und vielleicht wird mir das ohne diese verfluchten Dinger nie mehr gelingen!« Er hob eine seiner Krücken und fuchtelte frustriert damit herum. »Und dann ist da noch Melinda. Ich weiß nicht, ob sie die Wahrheit sagt oder nicht. Ich weiß es einfach nicht! Ich kann mich nicht erinnern.«

»Ich werde dir dabei helfen.«

Er stieß erschöpft die Luft aus und lehnte seine Stirn gegen ihre. Unwillkürlich krallte sie die Finger in die dicke Wolle seines Pullovers, wünschte sich verzweifelt, er würde sie verstehen, sich erinnern, die Liebe zurückgewinnen wollen, die sie miteinander geteilt hatten.

Er streichelte ihr über die Wange, als könnte er nicht wirklich glauben, dass sie da war, echt war.

»Du bist eine umwerfende, intelligente Frau, eine Ärztin, vor dir liegt eine strahlende Zukunft. Jeder Mann muss sich glücklich schätzen, wenn du ihn auch nur eines Blickes würdigst.«

»Ich bin nicht interessiert an ›jedermann‹«, erwiderte sie mit Nachdruck. »Nur an einem.«

»Ach, Shawna«, stöhnte er. Seine Finger begannen zu zittern.

Ein dicker Kloß bildete sich in ihrer Kehle, heiß, brennend. »Wieso habe ich ständig den Eindruck, du stößt mich zurück?«

»Weil ich das tue, tun *muss*. Ich darf dich nicht an mich binden, nicht in diesem Zustand!« Er deutete auf seine Beine, zornig, weil sie seinen Befehlen nicht gehorchten.

»Diese Entscheidung musst du schon mir überlassen.« Tränen stiegen ihr in die Augen, wenngleich sie tapfer lächelte.

Melinda tauchte in der Tür zum Wohnzimmer auf, hustete, schuldbewusst den Blick gesenkt, als habe sie gelauscht. »Wenn du willst, gehe ich«, sagte sie mit zitterndem Kinn.

»Noch nicht.« Parker straffte die Schultern und lockerte sie wieder, um die Muskelverspannungen zu lösen. »Noch nicht.« Er setzte sich wieder in Bewegung und hüpfte auf einem Bein auf Melinda zu, dann nahm er vorsichtig die beiden Stufen hinunter ins Wohnzimmer in Angriff.

Shawna, aufs Schlimmste gefasst, folgte ihm und stellte fest, dass Melinda bereits Feuer im Kamin gemacht und eine Kanne Kaffee auf den Tisch gestellt hatte. »Du bist offenbar schon eine ganze Weile hier.«

Melinda zuckte die Achseln, doch ihre braunen Augen blitzten trotzig. »Ich, ähm, ich hatte dich nicht hier erwartet.«

Shawna blickte sich im Zimmer um, als wäre sie zum ersten Mal hier. Ein dunkelbraunes Ledersofa mit mehreren dazu passenden Sesseln war um den Kamin aus Flusssteinen gruppiert, auf dem glänzenden Hartholzboden lagen helle, flauschige Teppiche. Alles war praktisch, aufgeräumt und strahlte Gemütlichkeit aus.

Parker hüpfte zu einem der Sessel, lehnte die Gehhilfen an die Lehne und ließ sich vorsichtig hineinsinken. Dann räusperte er sich und sagte an Melinda gewandt: »Ich finde,

381

wir sollten ein paar grundlegende Dinge klären. Erstens: Ich erinnere mich nicht an dich, zumindest nicht so, wie ich es sollte, wenn es stimmt, was du behauptest. Aber wenn das Kind wirklich von mir ist, werde ich mich dir gegenüber anständig verhalten.«

»Das ist alles, was ich erwarte«, erwiderte Melinda rasch. »Ich mache mir lediglich Sorgen um mein Baby.«

Shawnas Hände zitterten, ihre Knie wurden weich wie Gummi. Um sich nichts anmerken zu lassen, nahm sie ebenfalls auf einem der Sessel Platz. Die Vorstellung, dass Parker mit einer anderen Frau ein Kind gezeugt hatte, riss an ihrer Seele.

»Ich nehme an, das bedeutet, dass ich meine Geliebte aufge-ben muss«, hatte er auf dem Jahrmarkt lachend erklärt. Nun, offenbar hatte mehr dahintergesteckt, als sie sich je hätte träumen lassen. Was, wenn er sie die ganze Zeit über betrogen hatte? *Dann muss ich wohl damit zurechtkommen*, edete sie sich ein, auch wenn sie nicht wirklich davon überzeugt war.

»Also, wie haben wir uns kennengelernt?«, fragte Parker, beugte sich vor und zuckte zusammen. Sein Knie schmerzte höllisch.

»Ich – ich war mit Brad befreundet. Ich hab ihm beim Training zugesehen. Brad hat uns einander vorgestellt.«

»Und woher kanntest du Brad?«

Melinda blickte auf ihre Hände. »Wir waren in Cleveland auf derselben Schule, bevor sie ihn rausgeschmissen haben«, erklärte sie. »Wir sind miteinander gegangen.«

»Aber dann hast du Parker kennengelernt«, bohrte Shawna nach.

»Ja. Brad hat sich mit einer anderen getroffen. Parker und ich verstanden uns ausgezeichnet, und dann ...« Sie leckte sich die Lippen. »Dann haben wir uns ineinander verliebt. Wir waren zusammen, bis Sie aufgetaucht sind. Dann war ich plötzlich nur noch die Geliebte und Sie die Frau, die er heiraten wollte.«

Shawna stieß langsam die Luft aus, die sie unweigerlich angehalten hatte. *Die mysteriöse Geliebte.* Wie viel von Melindas Geschichte entsprach der Wahrheit, wie viel entsprang ihrer Fantasie? Wenn sich Parker doch nur erinnern könnte! Am liebsten hätte sie das Mädchen gehasst, doch das wollte ihr nicht gelingen. Melinda hatte offensichtlich vor irgendetwas oder irgendjemandem Angst, das stand ihr in ihr niedergeschlagenes Gesicht geschrieben.

»Hast du Familie?«, fragte Parker.

»Meinen Vater, aber er lebt nicht hier. Er ist Witwer.«

»Weiß er, dass du schwanger bist?«

»Bis gestern wusste ich es selbst nicht. *Sie* hat es mir gesagt.« Melinda deutete anklagend auf Shawna, als sei diese an ihrem Zustand schuld, dann sackten ihre Schultern nach unten. »Obwohl ich es geahnt hatte. Was meinen Vater betrifft, würde es ihn sowieso nicht interessieren, selbst wenn er es wüsste. Ich wohne schon seit zwei Jahren nicht mehr zu Hause.«

»In meiner Sprechstunde hast du behauptet, er würde dich umbringen«, sagte Shawna. Ihre Stimme war kaum mehr als ein Flüstern.

»Ach, das hab ich nur so gesagt.« Melinda schluckte, und Shawna konnte nicht anders, als Mitleid für sie zu empfinden. »Ich habe einen Fehler gemacht, ja«, fuhr sie fort, forscher jetzt. »Das ist doch keine große Sache, oder?« Sie straffte die Schultern. »Der Punkt ist vielmehr, dass ich in Schwierigkeiten stecke. Und das ist *seine* Schuld.« Sie nickte in Richtung Parker. »Sie wissen, dass ich nicht lüge, schließlich waren Sie diejenige, die den Test bei mir gemacht hat.«

Shawna zählte langsam bis zehn. Sie durfte auf keinen Fall die Selbstbeherrschung verlieren, nicht jetzt. »Na schön. Fangen wir noch mal von vorn an.«

»Ich bin nicht hergekommen, um mit Ihnen zu reden, Dr. McGuire.«

»Das hier betrifft uns alle«, mischte sich Parker ein.

»Hast du die Highschool beendet?«, fragte Shawna.

»Nein.« Melinda ließ sich auf die Ledercouch fallen und starrte an die Decke. »Ich wollte Model werden. Bis ich Parker kennenlernte.«

»Nachdem mit Brad Schluss war.«

»Richtig.«

Wieder kam Shawna nicht umhin, sich zu fragen, wie viel Wahrheit in der Geschichte des Mädchens stecken mochte. »Und dann bist du schwanger geworden, ohne es zu wissen, und Parker hat mich kennengelernt?«

»So ist es«, erklärte Melinda mit unsicherem Lächeln.

Parkers Gesichtsausdruck war nicht zu deuten. Mit zusammengepressten Lippen starrte er Melinda an, als suchte er nach Brüchen in ihrer Geschichte, Schlüsselwörtern, die ihm helfen könnten, herauszufinden, was wirklich passiert war. »Dann macht es dir sicher nichts aus, wenn ich einen Freund von mir bitte, deinen Vater aufzusuchen, um ein paar Dinge zu überprüfen«, sagte er nach einer Weile gedehnt.

Melinda wurde blass unter ihrer Bräune, doch sie erwiderte: »Tu, was du tun musst. Es wird nichts ändern, außer dass du mir dann vielleicht glaubst.« Aufgewühlt erhob sie sich vom Sofa, hängte sich den Riemen ihrer Handtasche über die Schulter und wandte sich zum Gehen. Die Absätze ihrer Stiefel klackerten laut auf den Dielenfliesen. Ein paar Sekunden später hörte Shawna, wie mit einem lauten Knall die Haustür ins Schloss fiel.

»Klingt es für dich so, als würde sie die Wahrheit sagen?«, fragte sie Parker.

»Ich weiß es nicht.« Parker stieß einen langen Seufzer aus, dann rappelte er sich ächzend aus seinem Sessel hoch. »Es fällt mir einfach nicht ein.« Er schleppte sich zum Kamin und lehnte sich mit der Schulter gegen die Flusssteine. Den Blick ins Feuer gerichtet, sagte er: »Sie scheint sich ihrer Sache ziemlich sicher zu sein. Anscheinend ist das ein Charakterzug, den ich bei Frauen bevorzuge.«

Das Licht der Flammen ließ ungleichmäßige rötliche Schatten auf seinem Gesicht tanzen und die harten Konturen verschwimmen. »Du weißt, dass du nicht hierbleiben kannst«, fügte er hinzu.

»Das muss ich aber.«

»Du schuldest mir nichts, falls du das denken solltest.«

»Du brauchst jemanden, der nach dir sieht.«

»Ganz bestimmt nicht!«, knurrte er. Seine Augen glommen wie die Kohlen des Feuers. »Was ich am wenigsten brauche, ist jemand, der meint, sich um mich kümmern zu müssen.«

»Du kapierst es einfach nicht, oder?«, fragte sie zornbebend. »Du kapierst einfach nicht, wie sehr ich dich liebe.«

»Geliebt hast. Vergangenheit, bitte.«

Sie stand auf, warf das Haar über die Schulter und begegnete seinem kompromisslosen Blick. »Ein Unfall verändert nicht die Tiefe meiner Gefühle, Parker. Ich liebe dich, und das ist alles, was zählt. Rein rechtlich, so nehme ich an, kannst du mich zwingen, dein Haus zu verlassen. Du könntest mir das Leben aber auch so unerträglich machen, dass ich schließlich das Handtuch werfe und freiwillig ausziehe. Du kannst allerdings nicht die simple Tatsache leugnen, dass ich dich liebe und immer lieben werde.« In das nun folgende Schweigen hinein sagte sie: »Ich habe das Gästezimmer für dich vorbereitet, damit du dich nicht mit der Treppe quälen musst. Deine Kleidung und persönlichen Dinge sind hier unten einsortiert.«

»Und du? Wo willst du schlafen?«

»Oben – zumindest im Augenblick. So lange, bis diese Sache mit Melinda geklärt ist.«

»Und dann?«

»Dann möchtest du hoffentlich, dass ich bei dir schlafe.«

»Als Mann und Frau?«

»Ja. Wenn ich dir doch endlich in deinen Dickschädel einhämmern könnte, dass wir zusammengehören! Und jetzt«, fügte sie mit Nachdruck hinzu, »werde ich das Abendbrot zubereiten, vorausgesetzt, diese Auseinandersetzung ist hiermit beendet.« Damit marschierte sie aus dem Zimmer.

Parker starrte ihr nach. Sprachlos. Verblüfft. Nichts lief so, wie er es geplant hatte. Seit sie sich wie ein Bulldozer in sein Leben zurückdrängte, schien er mehr und mehr die Kontrolle zu verlieren – nicht nur seine Vergangenheit betreffend, nein, auch die Gegenwart und vor allem die Zukunft.

Unglücklicherweise bewunderte er ihren Biss und ihre Entschlossenheit, musste lächeln, wenn er daran dachte, wie ihre Augen geleuchtet hatten, als sie ihm mitteilte, sie hätte durchaus vor, bei ihm – mit ihm – zu schlafen. Jeder andere Mann hätte diese Gelegenheit beim Schopf ergriffen – aber jeder andere Mann konnte auch seinen Mann stehen. Er vermochte das seit dem Unfall nicht mehr. Zumindest war er seitdem nicht auf die Probe gestellt worden. Ob er einen hochkriegen würde? Bestimmt würde er sich auch dahin gehend erholen. Immerhin verspürte er ein verdächtiges Zucken, wenn er Shawna küsste.

Parker griff nach seinen Krücken und schleppte sich den Flur entlang Richtung Küche. Shawna war eine so leidenschaftliche Frau, so voller Leben. Warum hätte er sie mit einem Mädchen betrügen sollen, das fast noch ein Kind war?

Mit der Schulter gegen die Wand gelehnt, sah er zu, wie Shawna in der Küche arbeitete. Sie hatte sich ein Trockentuch vor ihren Wollrock gebunden und sich das Haar mit einer Spange aus dem Gesicht gesteckt, ihre Schuhe standen in einer Ecke. In Socken und mit Lesebrille auf der Nase schnitt sie neben der Spüle Gemüse klein, derart in ihre Arbeit vertieft, dass sie sein Kommen gar nicht bemerkte. Sie summte bei der Arbeit – jawohl, er hatte richtig gehört, sie *summte* – und schien sich absolut wohl und zu Hause bei ihm zu fühlen. In *seinem* Haus, als hätte es ihre Auseinandersetzung und das Problem mit Melinda und ihrem ungeborenen Baby nie gegeben.

Ein Lächeln umspielte ihre Lippen, und plötzlich wurde ihm genauso leicht ums Herz, wie es ganz offenbar ihr zumute war. Sie war eine schöne, faszinierende Frau – eine Frau, die Entschlossenheit und Mut bewies –, eine Frau, die ihm ihre Liebe geschenkt hatte. Kompromisslos.

Wie hätte er sie jemals betrügen können? Tief im Innern wusste er, dass er das niemals getan hätte. Trotzdem durfte er die Tatsache nicht verdrängen, dass er sich an Melinda James erinnerte.

Shawna blickte auf, als hätte sie plötzlich seine Anwesenheit in ihrem Rücken gespürt, und errötete. »Ich habe dich nicht gehört.«

»Schon okay, ich habe dir nur zugesehen.«

»Komm rein und setz dich. Es gibt keinen Grund, dass du dich im Flur verstecken musst«, neckte sie ihn.

Parker grinste und hüpfte in die Küche, wo er sich auf einen der Stühle aus geflochtenem Bambusrohr fallen ließ und die Krücken gegen die Tischkante lehnte. »Lass dich nicht stören«, sagte er.

»Das würde mir nicht im Traum einfallen!« Sie schob ihre Lesebrille ein Stück höher und studierte weiter ihr Rezept. »Gleich erwartet dich der Kick deines Lebens«, versprach sie. »*Coq au vin* à la Shawna. Das wird einfach großartig.«

»Das kann ich mir vorstellen«, sagte er grinsend, die Arme vor der Brust verschränkt, das schmerzende Bein auf einen zweiten Stuhl gelegt. Es würde in der Tat großartig werden, doch er dachte dabei nicht an das Hühnchen in Rotweinsauce.

Kapitel neun

Shawna beäugte kritisch den Esszimmertisch. Er erstrahlte unter einer frischen Wachsschicht und reflektierte die kleinen Flammen der beiden cremefarbenen Kerzen. Sie hatte die Messingkerzenständer poliert und einen frischen Strauß Rosen, gebunden mit Schleierkraut, zwischen die flackernden Lichter gestellt.

Heute Abend würden sie feiern, ob Parker damit einverstanden war oder nicht. Sie wohnte jetzt seit über drei Wochen bei ihm, und bislang herrschte eine Art Waffenruhe zwischen ihnen. Zum Glück war Melinda nicht wieder aufgekreuzt, doch Parker hatte mehrere Male am Telefon mit ihr gesprochen.

»Kopf hoch!«, sagte sie zu sich selbst, als sie an das Mädchen dachte. Obwohl weder Parker noch sie je wieder auf das Thema Schwangerschaft zu sprechen gekommen waren, hing es immer in der Luft, bildete eine unsichtbare Barriere zwischen ihnen.

Während der letzten drei Wochen hatte Parker regelmäßig seine Physiotherapiestunden absolviert, ein paarmal im Mercy Hospital, meistens allerdings zu Hause.

Shawna steckte eine herausgefallene Blume zurück in die Vase und runzelte die Stirn. Als Ärztin wusste sie, dass Parker bis an seine Grenzen ging, um die Funktionsfähigkeit seiner Muskeln und Bänder zu erzwingen – als würde es seine Erinnerung befördern, wenn er sein Bein wieder voll benutzen konnte. Obwohl Shawna ihn förmlich angefleht hatte, es langsam angehen zu lassen, hörte er nicht auf sie und trieb sich, dickköpfig, wie er war, immer weiter an, bis zur absoluten Erschöpfung.

Am Ende der dritten Woche hatte er solche Fortschritte erzielt, dass er bereits ohne Gehhilfen laufen konnte, auch wenn Dr. Handleman ihm riet, es damit nicht zu übertreiben.

Um seinen Erfolg zu feiern, hatte Shawna sich den Nachmittag freigenommen, hatte gekocht und geputzt und auf ihn gewartet, wobei sie sich zum ersten Mal so fühlte, als gehörte sie tatsächlich in dieses Haus – fast als wäre sie seine Ehefrau.

Sie hörte seinen Wagen in der Auffahrt. Vor einer Woche hatten Tom Handleman und der Physiotherapeut ihm gestattet, wieder Auto zu fahren. Schon im Krankenhaus hatte er sich einen neuen Jeep bestellt, rot wie der alte. Lächelnd eilte sie in die Küche und kostete noch einmal das Bœuf Stroganoff, das auf dem Herd köchelte. *Perfekt!*

Parker öffnete die Hintertür, humpelte in die Küche und ließ sich auf einen der Küchenstühle fallen. Die Krücken hakte er mit dem Griff an der Lehne ein. Sein Haar war dunkel vor Schweiß, sein Gesicht verzerrt vor Anstrengung. Er zuckte zusammen, als er sein verletztes Bein hob und auf einen Stuhl legte.

»Hi«, sagte er, blickte zu Shawna hinüber und zwang sich zu einem erschöpften Lächeln.

Shawna beugte sich über den Tresen, der die Küche vom Esszimmer trennte. »Selber hi.«

»Ich dachte, du hättest Spätschicht.«

»Ich habe getauscht, damit wir zusammen zu Abend essen können«, sagte sie.

»Klingt gut«, erwiderte er, doch er wirkte abwesend, massierte sein Knie und presste die Lippen zusammen, als seine Finger eine besonders empfindliche Stelle berührten.

»Du treibst dich zu sehr an«, sagte sie leise, besorgt, dass er sich eher Schaden zufügen als Gutes tun würde.

»Das finde ich nicht.«

»Ich bin Ärztin.«

Er verdrehte die Augen. »Das ist ja was ganz Neues.«

»Parker, bitte«, sagte sie, kniete sich vor ihn und drückte ihm einen Kuss auf die schweißnasse Stirn. »Bleib locker!«

»Das kann ich nicht.«

»Du hast jede Menge Zeit.«

»Glaubst du wirklich?« Er starrte sie skeptisch an, beinahe misstrauisch.

»Du hast doch noch den Rest deines ...«

»Du hast leicht reden, *Doktor*«, blaffte er. »Du bist nicht für den Rest deines Lebens *damit* konfrontiert!« Er griff nach einer Krücke und wedelte aufgebracht damit herum, dann schleuderte er sie quer durchs Zimmer. Sie schlitterte über die blauen Bodenfliesen und prallte gegen die gegenüberliegende Wand.

Shawna hätte ihm am liebsten eine Standpauke gehalten, aber sie tat es nicht. Stattdessen stand sie auf, drückte ihr Rückgrat durch, drehte sich um und gab vor, sich mit der vor sich hin köchelnden Sauce zu befassen. »Wenn ich dich richtig verstehe, ist die Therapiestunde heute nicht gerade gut gelaufen.«

»Korrekt, Doktor. Aber du weißt ja ohnehin alles, hab

ich recht?« Er zeigte auf den Herd. »Was ich essen soll, wann ich schlafen soll, wie schnell ich mich erholen soll – steht doch alles in deinem ach-so-toll ausgetüftelten Terminplan!«

Seine Worte versetzten ihr einen Stich. Sie schnappte nach Luft, dann reckte sie das Kinn und tat so, als hätte er sie nicht verletzt. Die Spannung zwischen ihnen war von Woche zu Woche größer geworden. Er war enttäuscht, sagte sie sich in dem Bemühen, dem Ganzen nicht allzu viel Bedeutung beizumessen.

Er musste ihren Schmerz gespürt haben, denn er winkte halbherzig ab, wie um sich zu entschuldigen, dann legte er die Handflächen auf den Tisch und stemmte sich hoch.

»Ich wünschte, die Lage wäre anders«, sagte er nach einer Weile, die Tischkante mit beiden Händen fest umschlossen, »doch das ist sie nicht. Du bist eine gute Frau, Shawna – besser, als ich es verdient habe. Tu dir selbst einen Gefallen und vergiss mich. Such dir einen richtigen Mann.«

»Ich habe einen richtigen Mann«, flüsterte sie mit zugeschnürter Kehle. »Er ist einfach nur zu dickköpfig, um das zu begreifen.«

»Ich meinte …«

»Ich auch«, stieß sie leise, aber mit Nachdruck hervor. »Ich liebe dich, Parker, und ich werde dich immer lieben. So ist das nun mal.«

Er starrte sie an, dann lehnte er sich zurück und ließ den Kopf nach hinten gegen die Wand fallen. »Ach, Shawna«, stöhnte er, die Hände vors Gesicht geschlagen. »Du lebst in einer solchen Traumwelt. In einer Seifenblase.« Als er die

Hände wieder sinken ließ, hatte sich sein Gesicht in eine ausdruckslose Maske verwandelt.

»Wenn ich in einer Traumwelt lebe«, sagte sie ruhig, »so ist das eine Welt, die du geschaffen hast.«

»Dann ist diese Seifenblase eben geplatzt«, beschied er und straffte die Schultern. »*Puff!* – verschwunden. Und zwar in jener Nacht.«

Shawna verdrängte den Schmerz, der ihr Herz umklammerte. »Das glaube ich dir nicht, und das werde ich dir auch niemals glauben. Solange du nicht wieder ganz bei Kräften bist und dein Gedächtnis zurückerlangt hast, werde ich nicht aufgeben.«

»Shawna …«

»Es heißt: ›In guten wie in schlechten Zeiten‹, erinnerst du dich?«

»Schon wieder die alte Leier? Wir haben nicht geheiratet, Shawna.«

Noch nicht, dachte sie mit grimmiger Entschlossenheit. »Egal. In meinem Herzen bin ich an dich gebunden, und erst wenn du mir sagst, dass du dich an alles erinnerst, was wir miteinander geteilt haben, und dass es dir nichts bedeutet – dann werde ich aufgeben!«

»Ich möchte dich nun mal nicht verletzen«, räumte er ein. »Nie mehr.«

»Das tust du auch nicht.« Die Lüge blieb ihr fast auf der Zunge kleben.

»Ich wünschte, ich wäre mir da genauso sicher wie du.«

Mitleid stieg in ihr auf, als sie ihn so sah, den Körper schweißgebadet, die Schultern haltsuchend gegen die Wand gelehnt.

393

Als hätte er ihr die Gefühle an den Augen abgelesen, stieß er sich fluchend von der Wand ab und humpelte mit seinen Krücken den Flur hinunter zum Gästezimmer, in dem er immer noch kampierte, und knallte die Tür so fest hinter sich zu, dass das ganze Haus erzitterte.

Shawna starrte ihm nach. Warum bloß konnte er sich nicht mehr daran erinnern, wie stark ihre Liebe einst gewesen war? *Warum nicht?* Sie nahm sich zusammen, wenngleich sie das überwältigende Bedürfnis verspürte, einfach in sich zusammenzusacken und zu weinen wie ein Baby. Frustriert griff sie nach dem Telefon, in der Hoffnung, ihren Bruder oder ihre Freundin Gerri zu erreichen, egal, wen, Hauptsache, sie konnte ihr Herz ausschütten. Doch als sie den Hörer ans Ohr hob, hörte sie Parkers Stimme auf dem Anschluss im Gästezimmer.

»Das ist richtig ... ja, alles was du über sie herausfinden kannst. Sie heißt James – Melinda James. Nein, ich weiß nicht, ob sie noch einen zweiten Vornamen hat. Sie behauptet, in Cleveland gewohnt zu haben und mit Brad Lomax aufgewachsen zu sein.«

Lautlos legte Shawna den Hörer auf. Egal, wie sehr sie sich an die Überreste der Liebe klammerte, die Parker und sie miteinander geteilt hatten – es schien, als würde der Wind des Schicksals sie zerstreuen wie Asche.

Unglücklich fragte sie sich, ob er wohl recht hatte. Vielleicht war es tatsächlich vorbei, vielleicht konnte die Glut ihrer Liebe nie wieder zu einem lodernden Feuer angefacht werden.

»Gib ihm Zeit«, sagte sie zu sich selbst, doch sie wusste, dass ihnen die Zeit davonlief. Sie sah sich in dem alten

Tudor-Haus um, dem Zuhause, das sie mit ihm hätte teilen sollen. Sie war bei ihm eingezogen, aber nun lebten sie beide eine Lüge. Er liebte sie nicht.

Ihre Kehle war plötzlich staubtrocken. Shawna schluckte mühsam, dann drehte sie sich zum Spülbecken um und ließ Wasser über die Spinatblätter laufen, die sie zuvor in ein Sieb gelegt hatte. Ungehalten wischte sie sich die Tränen aus den Augenwinkeln. Sie wollte nicht weinen, wollte um ihn kämpfen. *Gib nicht auf!*, flüsterte ihre innere Stimme, doch auf einmal meldete sich eine weitere Stimme, die Stimme der Vernunft, zu Wort und sagte mahnend: *Lass ihn los, Shawna.*

Sie war so damit beschäftigt, den Spinat zu waschen, ein hartgekochtes Ei zu zerteilen und Speckwürfel zu schneiden, dass sie nicht seine ungleichmäßigen Schritte im Flur hörte, nicht seinen Blick in ihrem Rücken spürte. Stattdessen focht sie leise vor sich hin murmelnd ihren inneren Widerstreit aus.

Sie bemerkte erst, dass er ebenfalls in der Küche war, als sie seine Hände an ihrer Taille spürte. Beinahe hätte sie das Messer fallen gelassen, als er sich vorbeugte und seinen Kopf auf ihre Schulter legte.

»Ich bin nicht besonders gut im Entschuldigen«, raunte er.

»Ich auch nicht.«

»Ach, Shawna.« Sein Atem streifte ihr Haar, warm und verführerisch, und ihr Herz machte einen Satz. Er war zurückgekommen! »Ich weiß, dass du das tust, was du für das Beste hältst«, sagte er heiser. »Und dafür bin ich dir dankbar. Ich weiß deine Hilfe zu schätzen.«

Nun ließ sie doch das Messer fallen. Tränen traten ihr in die Augen. »Ich habe das aus freien Stücken getan.«

Seine Finger umspannten ihre Taille. »Ich verstehe nur nicht«, gab er zu, »warum du unbedingt *mich* willst.«

Sie setzte zu einer Erklärung an, doch dazu kam es nicht, denn er schlang die Arme um sie und zog sie an sich. Sein Atem strich über ihren Hinterkopf, köstliche Schauder durchliefen sie, als sie seine Brustmuskeln an ihrem Oberkörper spürte. Seine Lippen berührten ihren Nacken.

»Ich – ich liebe dich, Parker.«

Er betete stumm, dass ihm diese drei schlichten Worte ebenfalls über die Lippen gehen würden, doch stattdessen sagte er: »Genau deshalb gebe ich mir ja eine solche Mühe, wieder auf die Beine zu kommen.« Seine Stimme war rau vor Emotionen. »Und nicht nur das – ich will mich wieder erinnern können!«

»Ich kann warten«, sagte sie.

»Aber ich nicht! Ich will mein Leben zurückhaben – und zwar vollständig. Ich will, dass es wieder so ist, wie es vor dem Unfall war. Bevor ...«

Er sprach es nicht aus, aber sie wusste, was er hatte sagen wollen. *Bevor Brad ums Leben kam. Bevor Melinda James sich zwischen uns gedrängt hat.*

»Vielleicht sollten wir jetzt essen«, sagte sie in der Hoffnung, ihn von dem Schuldgefühl abzulenken, das ihn jedes Mal überkam, wenn er an Brad dachte.

»Du hast dir sehr viel Mühe gegeben, hab ich recht?«

»Nun ja – es sollte ein Festmahl werden.«

»Aha?«

»Weil du endlich wieder ohne Krücken gehen darfst«, erklärte sie.

»Ganz ohne geht es aber noch nicht«, sagte er und deutete auf die Gehhilfe, die noch immer auf dem Fußboden lag.

»Ich weiß, aber es ist der entscheidende Schritt.«

»Nicht, was meine Erinnerung betrifft.«

»Die wird zurückkommen«, prophezeite sie hoffnungsvoller, als sie sich fühlte. »Und jetzt komm«, drängte sie ihn. »Mach dich nützlich. Du könntest den Wein einschenken, bevor mir noch das Essen verkocht und die Kerzen abgebrannt sind.«

Während des Essens fühlte sich Shawna so beschwingt wie schon seit Wochen nicht mehr. Als sie fertig waren, beugte Parker sich vor und streifte ihre Lippen mit seinen. Für einen flüchtigen Augenblick war Shawna überzeugt, dass sie gemeinsam jede Herausforderung meistern konnten.

»Danke«, flüsterte er, »dafür, dass du es mit mir aushältst.«

»Ich würde mir nichts anderes wünschen.« Sie wusste, dass ihre Augen im Kerzenschein glänzten, dass ihre Wangen vor Glück gerötet waren.

»Lass uns die hier« – er hob die Weinflasche in die Höhe – »im Pavillon leer machen.«

Grübchen bildeten sich in ihren Wangen. »Im Pavillon?«, wiederholte sie, von einem Ohr bis zum anderen strahlend. Dann nahm sie die Weingläser und folgte ihm in die Diele, wo ihre warmen Mäntel hingen. Ihr Herz klopfte vor freudiger Erwartung. Im Pavillon hatte Parker ihr damals seinen Heiratsantrag gemacht.

Hand in Hand, Parker ohne Krücken, gingen sie vorsichtig den Plattenweg entlang, der zum Fluss hinunterführte. Das Rauschen des Wassers erfüllte die Luft, eine Brise, die den frischen Geruch des Willamette River mit sich führte, zauste Shawnas Haar.

Der Himmel war pechschwarz und sternenklar. Ein Streifen silbernes Mondlicht lag auf dem dunklen Wasser und tauchte die ausgewaschenen Hölzer und glatten weißen Steine am Flussufer in ein diffuses Licht. Die Fenster der Häuser auf der gegenüberliegenden Seite warfen ihren hellen Schein aufs Wasser.

Mit Shawnas Hilfe betrat Parker den Pavillon. Der kleine Holzbau, umrahmt von Fliedersträuchern, die längst nicht mehr blühten, stand am Rand von Parkers Grundstück und überblickte den Willamette River. Das trockene Laub raschelte, wenn der Wind in die Sträucher fuhr.

Shawna schaute übers Wasser und spürte, wie Parker ihr den Arm um die Taille legte. Sein Atem streifte über ihre Wange, die Wärme seines Körpers strahlte auf ihren ab.

»Erinnerst du dich noch an das letzte Mal, als wir in diesem Pavillon saßen?«, flüsterte sie, die Kehle wie zugeschnürt bei dieser wunderschönen Erinnerung.

Er erwiderte nichts.

»Du hast mir einen Heiratsantrag gemacht.«

»Tatsächlich?«

»Ja.« Sie wandte sich zu ihm, um ihm in die Augen schauen zu können. »Im Sommer.«

Die Augen zusammengekniffen, kämpfte er gegen das schwarze Loch in seiner Erinnerung an, doch nichts drang an die Oberfläche. »Es tut mir leid«, flüsterte er schließlich.

»Du musst dich nicht entschuldigen«, wisperte sie. Das Mondlicht fiel auf ihr Gesicht, bis er den Kopf senkte, um seine Lippen auf ihre zu legen.

Sanft spielte er mit den Fingern in ihrem Haar. »Manchmal lasse ich mich von deinen Fantasien gefangen nehmen«, murmelte er. Ein Lächeln, das sie nicht ganz deuten konnte, umspielte seine Mundwinkel.

»Das ist keine Fantasie«, widersprach sie und betrachtete ihr eigenes Spiegelbild in seinen Augen. »Bitte vertrau mir.«

Er beugte sich erneut zu ihr vor und liebkoste verführerisch ihre Lippen. »Genau das ist das Problem. Ich vertraue dir.« Er nahm den Wein und die Gläser und stellte alles auf die Bank, dann legte er seine Handflächen an ihre Wangen und sah ihr tief in die Augen, bevor er sie küsste, leidenschaftlich, erotisch. Seine Zunge teilte ihre Lippen und drang tief in sie ein. Shawna erbebte, ihre Haut prickelte, ihr Puls schoss in ungeahnte Höhen.

Sie spürte, wie seine Hände tiefer glitten, sanft ihren Nacken massierten und ihr den Mantel von den Schultern streiften. Die kühle Nachtluft umfing sie, doch sie fror nicht.

Zusammen sanken sie auf die verwitterten Bodendielen. Parker knöpfte ihre Bluse auf und schob auch sie von ihren Schultern, dann drückte er seine feuchten Lippen auf ihr Schlüsselbein.

Hitze stieg in ihr empor, als sie ihn umschlang, seinen Duft in sich aufsaugte. Es war wunderbar, ihn so zu umfangen, seinen Körper zu spüren.

»Shawna«, flüsterte er.

»Oh, Parker, mein Liebster«, murmelte sie.

»Sag mir, wenn ich aufhören soll.«

»Hör niemals auf«, stöhnte sie.

Er schauderte, als würde er alle Kraft aufwenden, sich zurückzuhalten, dann presste er wieder die Lippen auf ihre und küsste sie leidenschaftlicher denn je. Seine Hände streichelten ihre Haut, zerrten an dem Verschluss ihres BHs und liebkosten im silbrigen Mondlicht ihre nackten Brüste. Langsam senkte er den Kopf und küsste nacheinander die stolz in die Höhe ragenden Brustspitzen, umspielte die dunklen Höfe mit der Zunge.

»Oooh, Parker«, flüsterte Shawna, befeuert von unbändigem Verlangen, das sämtliche rationalen Bedenken verdrängte.

Mit bebenden Händen streifte er ihren Rock ab, dann die Strümpfe und ihr Höschen, bis sie nackt in der Dunkelheit vor ihm lag. Ihre Haut schimmerte im Mondlicht wie Alabaster. Trotz des kühlen Windes, der vom Fluss heraufwehte, war ihr warm, heiße Begierde nach diesem Mann brachte ihr Blut zum Kochen.

Er zog eine Spur von Küssen über ihren nackten Leib, neckte sie, liebkoste sie, reizte sie so sehr, dass sie am liebsten geschrien hätte vor Lust.

Ungeduldig streifte sie ihm den Pullover über den Kopf. Er stöhnte, als sie seine Jeans öffnete und herabzog. Nackt lagen sie zusammen in dem kleinen Pavillon – sein muskulöser Körper glänzend vor Schweiß, ihrer rosig vor Verlangen.

»Ich werde dich immer lieben«, versprach sie, als er sich auf sie schob und mit den Fingern in ihrem Haar spielte. Flammen der Begierde tanzten in seinen blauen Augen.

»Und ich werde dich immer lieben«, schwor er. Seine Hände schlossen sich um ihre Brüste, kneteten sanft das weiche Fleisch und die harten Nippel, die noch nass waren von seinen Küssen.

Ihre Finger glitten langsam an seinem Rücken hinab, erkundeten seine wohldefinierten Muskeln und die Spalte, die seine Wirbelsäule bildete.

Obwohl sie am liebsten die Augen geschlossen hätte, zwang sie sich, sie offen zu halten, ihn anzusehen, die bittersüße Qual auf seinem Gesicht zu beobachten, als er in sie eindrang, sich mit einem einzigen Stoß in ihr versenkte, nur um sich zurückzuziehen und erneut zuzustoßen, wieder und immer wieder. Ihr Herz hämmerte, als wollte es zerspringen, das Blut rauschte in ihren Ohren, als sie sich ihm entgegenwölbte, getrieben von einer urtümlichen Gewalt.

Gefangen in einem Sturm von Emotionen, umschlungen von der Kraft seiner Liebe, gab sie sich ihm hin, fühlte seine starken Hände auf ihrem Körper, hörte ihn ihren Namen rufen.

Da war sie, die Hochzeitsnacht, die sie so sehr herbeigesehnt hatte, in dem Pavillon, in dem er ihr einen Heiratsantrag gemacht hatte. Seitdem, so hatte sie das Gefühl, war eine wahre Ewigkeit vergangen.

Plötzlich erstarrte er und stieß einen Schrei aus, der durch den kleinen Pavillon und weit über den Fluss hinausdrang, dann ergoss er sich in sie. Auch Shawna kam zum Höhepunkt und erbebte in heißen Wellen des Genusses, bevor er über ihr zusammenbrach. Zitternd schmiegte sie sich an seinen schweißüberströmten Körper.

Sein Atem ging keuchend und abgehackt, als er hervorstieß: »Das hier könnte gefährlich sein«, und sich mit zitternder Hand durchs Haar fuhr.

Shawna, der diese unerwartete Vereinigung vorkam wie ein Wunder der Leidenschaft, drückte ihn an sich und presste die Lippen auf seine schweißnasse Brust. »Sag nichts. Lass uns so tun, als gäbe es nur uns beide auf der Welt – dich und mich und unsere Liebe.«

»Ich bin kein guter Heuchler«, wandte er ein und blickte seufzend auf ihre vollen Brüste, dann griff er an ihr vorbei nach seinem Glas. Er ließ den Wein im Kelch kreisen und sagte nachdenklich: »Das hätte nicht passieren dürfen.«

»Es ist aber passiert.«

»Dann müssen wir eben dafür sorgen, dass es nicht noch einmal vorkommt.«

»Ich glaube nicht, dass wir das bewusst entscheiden können.«

»Ach, Shawna«, sagte er leise, trank seinen Wein und stellte das leere Glas auf dem Fußboden ab, dann griff er nach ihrem Mantel und legte ihn ihr über die Schultern. »Das ist keine Frage von Liebe.«

Shawna war sprachlos, am Boden zerstört.

»Ich denke, wir brauchen beide Zeit.«

»Ich dachte, die hättest du nicht.« Sie schwieg niedergeschlagen, dann räusperte sie sich und sagte: »Es ist wegen Melindas Baby, hab ich recht?«

»Das auch«, gab er zu, rappelte sich hoch und lehnte sich mit dem Rücken gegen die Bank, dann zog er Shawna an sich und flüsterte dicht an ihrem Nacken: »Aber es geht noch um etwas anderes. Ich möchte nicht, dass du dich an mich bindest.«

»Aber ...«

»Pscht. Hör mir doch einfach mal zu. Ich bin nicht mehr der Mann, den du vor dem Unfall geliebt hast. Es hat sich so viel seitdem verändert, dass wir nicht so naiv sein dürfen zu glauben, wir könnten dort weitermachen, wo wir aufgehört haben, zumal ich mich immer noch nicht daran erinnern kann.«

»Du *wirst* dich erinnern«, sagte sie beinahe beschwörend, doch sie spürte das gähnende Loch, das sich in ihrem Herzen auftat.

Parker griff nach seinen Sachen. Er hatte nicht vorgehabt, mit ihr zu schlafen, hatte nicht zugeben wollen, dass er sie liebte, doch das war nun mal die schlichte Wahrheit: Er liebte sie und konnte ihr nicht widerstehen.

»Ich werde ein bisschen durch die Gegend fahren«, sagte er, zog sich den Pullover über den Kopf und schlüpfte mit einigen Schwierigkeiten in die Hosenbeine seiner Jeans.

»Jetzt?«

»Ich brauche Zeit zum Nachdenken, Shawna.« Seine Stimme klang barsch. Er bemerkte den verwundeten Ausdruck in ihren Augen und berührte sanft ihre Wange. »Du weißt, wie gern ich dich habe«, gab er zu und strich ihr übers Haar. »Aber ich brauche ein bisschen Abstand, um mit mir und den Gegebenheiten ins Reine zu kommen. Ich will nicht, dass einer von uns beiden einen Fehler macht, den er später bereut.«

»Vielleicht haben wir bereits einen Fehler gemacht«, sagte sie und zog den Mantel enger zusammen, um ihre

403

Brüste zu bedecken. Tapfer das Kinn reckend, gab sie sich alle Mühe, so zu tun, als sei sie nicht bis ins Mark getroffen. Gerade erst hatte er sie geliebt, und jetzt lief er davon!

»Mag sein.« Er stöhnte, dann kam er auf die Füße und humpelte zur Tür.

Shawna sah ihm nach, wie er sich zum Haus zurückkämpfte, und zuckte zusammen, als sie hörte, wie die Tür zur Garage hinter ihm ins Schloss fiel. Er war fort. So einfach war das. Nachdem sie zum ersten Mal miteinander geschlafen hatten, war er weg. Ihr Herz drohte zu zerspringen vor Schmerz, obwohl sie sich einzureden versuchte, dass die Worte der Liebe, die er ihr im Rausch der Leidenschaft zugeflüstert hatte, der Wahrheit entsprachen.

Der kühle Nachtwind wehte durch die offenen Fenster seines neuen roten Jeeps. Parker trat aufs Gaspedal. Er achtete nicht auf die Geschwindigkeitsbegrenzung, brauchte die kalte Luft, um die Leidenschaft zu kühlen, die in seiner Seele loderte. Er war verblüfft über die Tiefe seiner Gefühle für Shawna. Nie hätte er gedacht, dass er schon wieder zu einem so anstrengenden körperlichen Akt fähig wäre – aber der Rausch der Emotionen hatte ihm ungeahnte Kräfte verliehen. Er hatte sie gewollt – für immer –, hatte kurz davorgestanden, sie zu bitten, ihn zu heiraten, den Antrag zu wiederholen, den er ihr angeblich in eben jenem Pavillon schon einmal gemacht hatte, ganz gleich, welche Konsequenzen damit verbunden waren.

»Du bist ein Narr«, knurrte er und schaltete vor einer scharfen Kurve einen Gang zurück. Auf der Gegenfahr-

404

bahn näherte sich ein Fahrzeug. Die grellen Scheinwerfer blendeten ihn. »Ein gottverdammter Narr.«

Der andere Wagen fuhr vorbei. Erinnerungsfetzen trieben an die Oberfläche, einer nach dem anderen, wie ein plötzlich sprudelnder Quell. Er erinnerte sich an Brad, stockbetrunken und bewusstlos, und an Melinda, die leise weinte und sich an seine Schulter klammerte. Auch an Shawna erinnerte er sich wieder, aber seine Gefühle für sie waren anders gewesen als jetzt. Ja, er hatte sie geliebt, weil sie eine schöne, intelligente Frau war, doch er hatte weder diesen gewaltigen Respekt empfunden, den er nun verspürte, noch das unersättliche Verlangen, das ihn nahezu auffraß.

Er strengte sich an, noch weitere, bislang fehlende Puzzleteile heraufzubeschwören, doch das gelang ihm nicht. »Gib dir Zeit«, beschwor er sich, wenngleich sich seine Finger voller Ungeduld fester ums Lenkrad schlossen. Wie verzweifelt er sich wünschte, sich an alles zu erinnern!

»Komm schon, komm schon«, drängte er, als könnte er seinem Gedächtnis so auf die Sprünge helfen. Gleichzeitig trat er noch heftiger aufs Gas, als wollte er vor dem schwarzen Loch, das seine Vergangenheit für ihn war, davonfahren.

Mit einiger Mühe drosselte er kurz darauf das Tempo und fuhr vorsichtiger. Endlich kühlte sein kochendes Blut ein wenig ab. Mit Shawna zu schlafen war ein Fehler gewesen, entschied er, auch wenn sich bei dem Gedanken an ihren sinnlichen, im Mondlicht schimmernden Alabasterkörper ein zufriedenes Lächeln auf seine Lippen stahl. Wie ihre grünen Augen gefunkelt hatten vor Begierde!

»Vergiss es«, murmelte er. Seine Handflächen waren plötzlich feucht. Solange er sich nicht lückenlos erinnerte und sicher sein konnte, dass sie den Mann liebte, der er heute war, durfte er nicht noch einmal mit ihr schlafen.

Und das, dachte er und leckte sich nervös die Lippen, war wirklich zu schade.

Kapitel zehn

»Er setzt sich zu sehr unter Druck«, vertraute Bob Killingsworth, der Physiotherapeut, der Parker zu Hause betreute ihr an. Sie hatte vor, den Nachmittag mit Parker zu verbringen, doch er war immer noch in dem Schwimmbecken im Souterrain seines Hauses und zog seine Bahnen, um die Muskulatur zu kräftigen. Das unverletzte Bein machte mühelos mit, doch das am Knie operierte blieb steif, sosehr er sich auch anstrengte, es zu beugen.

»Das reicht!«, rief Bob ihm zu, die Hände wie einen Trichter vor den Mund gelegt.

Parker blieb am flachen Ende des Beckens stehen und wischte sich das Wasser vom Gesicht. »Nur noch ein paar Bahnen.«

Stirnrunzelnd blickte Bob auf seine Armbanduhr. »Ich muss zurück ins Krankenhaus ...«

»Ich brauche keinen Aufpasser«, erinnerte Parker ihn.

»Schon gut«, flüsterte Shawna, »ich bleibe bei ihm.«

»Sicher?«

»Ich bin *Ärztin*, Bob.«

»Ich weiß, aber ...« Bob zuckte die breiten Schultern. »Wie Sie wollen.«

Als er fort war, streifte Shawna ihre Schuhe ab.

»Willst du mir Gesellschaft leisten?«, scherzte Parker.

»Gute Idee.« Die Luft zwischen ihnen knisterte vor Spannung. Seit er sie gestern geliebt hatte und anschließend davongefahren war, hatten sie kaum ein Wort miteinander gesprochen. Mit einem spitzbübischen Grinsen zog sie ihre Strumpfhose aus, setzte sich an den Beckenrand, gleich neben das Sprungbrett, und ließ die Beine ins Wasser baumeln.

»Das sieht gefährlich aus, Doktor!«, rief Parker vom flachen Ende aus.

»Pah.«

Blitzschnell schoss er durchs Wasser auf sie zu. Shawna betrachtete seinen geschmeidigen Körper voller Stolz. Parker hatte schon großartige körperliche Fortschritte erzielt, nur mit seinem Erinnerungsvermögen war es nach wie vor nicht gut bestellt.

Er war zeit seines Lebens ein Sportler gewesen, entsprechend trainiert waren seine Muskeln.

Jetzt erreichte er das tiefe Ende des Beckens, tauchte auf und sah sie an. Der Schalk in seinen so unglaublich blauen Augen war nicht zu übersehen. Er warf das Haar aus dem Gesicht. Wasser spritzte auf ihre Bluse.

»Was hast du vor?«, fragte sie misstrauisch.

»Ich dachte, du würdest reinkommen.«

»Und ich dachte, ich sollte mich vorher umziehen.«

»Wozu?« Er verzog die Mundwinkel zu einem schiefen Grinsen.

»Nein, Parker, nicht!«, protestierte sie, doch er hatte schon ihre Fußknöchel mit seinen kräftigen Fingern umschlossen. »Wag es ja nicht ...«

Natürlich wagte er es. Platschend landete sie mit Wollrock und Seidenbluse im Wasser.

»Du bist unmöglich!«, schimpfte sie, als sie hustend und spuckend wieder an die Oberfläche kam.

»Vermutlich hast du recht.«

»Und grausam und ... und herzlos ... und ...«

»Wunderbar«, fiel er ihr ins Wort, lachte aus vollem Halse und umfasste ihre Taille, während sie sich an den Beckenrand klammerte.

»Das auch«, gab sie zu und verlor sich in seinem Blick. Ihr Herz fing an, so wild zu pochen, dass ihr der Atem stockte. Er senkte den Kopf und streifte mit den Lippen ihren Mund.

»Genau wie du.« Er zog sie so fest an sich, dass ihr endgültig die Luft wegblieb. »Genau wie du.«

Wohlwissend, dass sie mit dem sprichwörtlichen Feuer spielte, wehrte sie sich nicht, obwohl ihr klar war, dass sie schleunigst hätte die Flucht ergreifen sollen. Aber es war so wundervoll, von ihm umarmt zu werden, seinen nassen Körper an ihrem zu spüren, zu überlegen, aus welchem Grund er plötzlich wieder so anschmiegsam war. Sie hatte so lange darauf gewartet, dass er sie wieder in seine Arme schloss, dass er sie wieder begehrte! Fast war es wie früher, nur dass sie gestern einen Schritt weiter gegangen waren.

Jetzt teilte er ihre Lippen mit der Zunge, ungeduldig, begierig. Das Herz schlug ihr bis zum Hals. Wollte er seine gestrigen Worte Lügen strafen und schon wieder mit ihr schlafen? Und warum hatte er ausgerechnet diesen Augenblick dafür gewählt? Sie konnte nur hoffen, dass er einen Durchbruch, seine Amnesie betreffend, erzielt hatte – sich endlich daran erinnerte, wie sehr sie einander geliebt hatten.

Seine warmen Lippen glitten ihren Hals hinab zu ihren Brüsten, deren hoch aufgestellte Spitzen deutlich durch die nasse Seidenbluse zu sehen waren.

Bedächtig, als hätte er alle Zeit der Welt, berührte er sie mit der Zunge. Shawna schrie auf vor Lust, als er langsam die Lippen um eine Brustwarze schloss und anfing, daran zu saugen.

Shawna klammerte sich an ihn, drückte seinen Kopf gegen ihre Brust und spürte ein sehnsüchtiges, beinahe schmerzhaftes Pochen zwischen den Beinen.

Sie widersetzte sich nicht, als er mit einer Hand die Knöpfe ihrer Bluse öffnete und ihr den seidigen Stoff von den Schultern streifte. Ihr BH, ein hauchdünnes Etwas aus Spitze, folgte.

Nun war sie von der Taille aufwärts nackt. Ihre Brüste tanzten direkt vor seinen Augen auf der Wasseroberfläche.

»Du bist so schön«, stöhnte er, als wäre ihre Schönheit ein Fluch. Er streckte die Hand aus, streichelte sanft ihre Haut und beobachtete fasziniert, wie sich ihre Nippel zu kleinen, steinharten Knospen zusammenzogen. »Das ist verrückt, absolut verrückt«, flüsterte er, dann schob er eine Hand unter ihren Po, hob sie ein kleines Stück an und nahm eine dieser köstlichen Knospen in den Mund. Nachdem er ausgiebig daran gesaugt hatte, leckte er hungrig die weiche weiße Kugel. Shawnas Haut begann zu prickeln, und sie bekam eine Gänsehaut.

»Liebe mich!«, flehte sie voller Sehnsucht, ihn in sich zu spüren, zu spüren, wie er sie erfüllte, ihren Körper und ihre Seele. Ihre Finger spielten mit seinem Brusthaar, während sie mit glänzenden Augen bettelte: »Nimm mich, Parker, bitte nimm mich!«

»Gleich hier?«, fragte er und hob schwer atmend den Kopf.

»Egal, wo ... liebe mich!«

Seine Lippen wanderten zurück zu ihrem Mund. Als er sie voller Begierde küsste, tauchte plötzlich ein unscharfes Bruchstück seiner Erinnerung vor seinem inneren Auge auf. Shawna – oder war es eine andere Frau gewesen? – hatte ihn schon einmal angefleht, sie zu nehmen.

Die Sonne hatte geschienen, es war ein heißer Tag gewesen, die Hitze waberte über den kabbeligen Wellen des Willamette River. Sie hatten in einem sanft schaukelnden Kanu gelegen, und er hatte sie geküsst. Sein Herz hatte heftig geschlagen, als sie ihren sonnengebräunten Körper an seinen geschmiegt hatte. Sie hatte seinen Namen geflüstert, die Stimme heiser vor Verlangen, und dann ...

Genauso plötzlich, wie die Erinnerung gekommen war, brach sie ab.

»Parker?«

Er blinzelte. Er war im Schwimmbecken, zusammen mit Shawna, die ihre grünen Augen fragend auf ihn geheftet hatte. Ihre weiße Haut schimmerte bläulich in dem Wasser, das ihm plötzlich kalt vorkam.

»Was hast du?«

»Ich weiß es nicht«, gab er frustriert zu. Dieses verfluchte Gedächtnis! Er ließ Shawna los und stemmte sich aus dem Wasser. »Du solltest dir besser etwas anziehen«, sagte er, nach einem Handtuch greifend. »Es tut mir leid wegen deiner Klamotten.«

»Aber ...«

Doch er humpelte bereits über die Fliesen zur Tür.

Wie betäubt fischte sie nach Bluse und BH, kämpfte sich hinein und schwamm zum flachen Ende des Pools hinüber.

411

»Du hast vielleicht Nerven, Parker«, knurrte sie. Ihr Stolz war am Boden, als sie tropfnass aus dem Becken kletterte. »Was war das denn?«

»Ein Fehler«, räumte er zerknirscht ein, nahm seine Krücke von einem Handtuchhaken und öffnete die Tür.

»Ein Fehler?«, fauchte sie. »Ein Fehler?« Diesmal war er zu weit gegangen, hatte ihr weibliches Ego einmal zu viel in den Schmutz getreten. Brodelnd vor Zorn eilte sie zu ihm hinüber, baute sich vor ihm auf und fragte mit gefährlich leiser Stimme: »Genau wie gestern Abend?«

Er blickte sie unsicher an. »Ich habe dir doch gesagt – wir brauchen Zeit.«

Doch sie hörte ihm nicht zu. »Ich habe keine Ahnung, was du damit beabsichtigst«, aufgebracht stieß sie ihm den Zeigefinger gegen die Brust – »aber ich habe den Eindruck, du versuchst, mich zu demütigen, damit ich das Handtuch werfe und ausziehe!«

»Das ist doch lächerlich!«

»Ach ja? Dann erklär mir mal, was die Szene im Pool zu bedeuten hatte! Wir hätten um ein Haar miteinander geschlafen, und jetzt haust du ab, als wäre nichts geschehen! Genau wie gestern Abend. Das ist es: Du versuchst, mich zu erniedrigen!« All ihre aufgestauten Emotionen explodierten, sprudelten aus ihr heraus, und ohne weiter nachzudenken, verpasste sie ihm eine kräftige Ohrfeige. Das Klatschen hallte laut durch die Schwimmhalle.

»Vielen Dank, Dr. McGuire«, fauchte er. »Dein Umgang mit deinen Patienten ist wahrhaftig vorbildlich!« Ohne ein weiteres Wort humpelte er durch die Tür und knallte sie geräuschvoll hinter sich zu.

Shawna lehnte sich haltsuchend gegen die Wand und ließ sich daran hinabsinken. Sie fühlte sich in ihren nassen Sachen so elend und beschmutzt! Zutiefst verletzt über sein grausames Verhalten schloss sie die Augen und spürte die Kälte, die ihr von der kühlen Mauer durch die nasse Kleidung kroch. Hatte er sie mit Absicht so vorgeführt? Sie barg das Gesicht in den Händen. Hatte er vorgegeben, mit ihr Liebe machen zu wollen, nur um sie dann abzuservieren, sie zu verwunden und aus seinem Leben zu vertreiben?

»Scheißkerl«, murmelte sie aufgewühlt.

Vielleicht wäre es in der Tat besser, zu verschwinden. Vielleicht gab es wirklich keine Chance mehr, das zu retten, was sie verloren hatten. Vielleicht war die Liebe zwischen ihnen tatsächlich erloschen. Todtraurig kauerte sie sich an der Wand zusammen und fing an zu weinen.

Dann ballte sie die Fäuste und atmete tief durch. Nein, sie würde nicht aufgeben – noch nicht, denn sie glaubte an ihre Liebe. Sie musste Parker einfach nur dazu bringen, die Dinge genauso zu sehen wie sie.

Parker knallte die Tür zum Gästezimmer zu und stieß einen lauten Fluch aus. Was hatte er sich bloß dabei gedacht, Shawna im Pool zu verführen? Warum hatte er es so weit kommen lassen? Er zog seine nasse Badehose aus und schleuderte sie in eine Ecke.

Verwünschungen vor sich hin murmelnd, kämpfte er mit einer alten Jeans, als die Tür zu seinem Zimmer aufflog und Shawna, klatschnass, doch trotz der soeben erlittenen Demütigung mit hoch erhobenem Kopf hereinstolzierte, eine Pfütze auf dem Fußboden hinterlassend. Sie sagte: »Du hast Besuch.«

»Ich will keinen ...«

»Zu spät. Sie ist schon hier.«

»Sie?«, wiederholte er und bemerkte den Schmerz in ihren Augen.

»Melinda. Sie wartet im Wohnzimmer.«

Parker zog den Reißverschluss seiner Jeans hoch, wohlwissend, dass Shawna jede seiner Bewegungen verfolgte. Egal, dachte er, er scherte sich bestimmt nicht darum, was sie dachte. Er griff nach einem T-Shirt und streifte es sich über den Kopf, dann runzelte er die Stirn und schnalzte abschätzig mit der Zunge. »Was will sie hier?«, fragte er schließlich, griff nach dem Fußteil seines Bettes und stemmte sich hoch, um Richtung Tür zu humpeln.

»Das weiß ich genauso wenig wie du, aber ich habe nicht vor, mich zu euch zu setzen, um es in Erfahrung zu bringen. Wie heißt es so schön? Drei sind einer zu viel.«

Mit steifem Rücken ging sie die Treppe hoch, während Parker im Türrahmen stehen blieb und ihr nachsah. Er konnte hören, wie sie Schubladen und Schrank öffnete und wieder zuknallte. Aufgewühlt machte er sich auf den Weg ins Wohnzimmer.

Melinda stand neben einem der Fenster, die auf den Willamette River hinausgingen, und straffte die Schultern, als er eintrat. »Shawna ist also immer noch hier«, stellte sie ausdruckslos fest.

»Bis jetzt ja.«

»Und? Bleibt sie?«, fragte Melinda, seinem Blick ausweichend.

»Das wird sich herausstellen.« Er zuckte zusammen, als er Shawnas stapfende Schritte über sich hörte. Die Deckenlampe zitterte. Parker nickte in Richtung eines gemütlichen Schaukelstuhls und sagte: »Nimm Platz.«

»Nein. Ich bleibe nicht lange, ich bin bloß hergekommen, um mich zu erkundigen, was du tun willst – wegen des Babys, meine ich. Du erinnerst dich doch, oder? An das Baby?«

Parker seufzte tief, dann streckte er das verletzte Bein aus und ließ sich auf die erhöhte Kaminmauer sinken. Die Steine waren kalt und voller Asche, aber das war ihm gleich. »Was soll ich denn deiner Meinung nach tun?«, fragte er.

»Ich weiß es nicht.« Ihr Kinn zitterte leicht, und sie kaute nervös auf ihrer Unterlippe. »Ich nehme an, du willst, dass ich abtreiben lasse. Wenn es dafür nicht sowieso schon viel zu spät ist.«

Er wurde blass und hatte das Gefühl, soeben einen Tritt in den Magen bekommen zu haben. »Auf gar keinen Fall. Es gibt zahlreiche Alternativen. Abtreibung ist sicherlich keine Option.«

Melinda schloss die Augen. »Gut«, wisperte sie und schlang, offenbar erleichtert, die Arme um ihre Taille. »Und was ist mit uns?«

»Mit uns?«

»Ja, mit dir und mir?«

Er hörte Shawna die Treppe herunterstapfen. Mit einem lauten Knall fiel die Haustür hinter ihr ins Schloss. Parker schaute aus dem Fenster und sah, wie sie, den Kopf gegen den Wind gebeugt, zu ihrem Kombi rannte. Plötzlich fühlte er sich so trostlos wie der trübe, neblige Tag draußen. Er fröstelte.

»Parker?«

Ruckartig hob er den Kopf. Um ein Haar hätte er Melinda vergessen. Sie starrte ihn mit waidwundem Blick an. Es fiel ihm schwer zu glauben, dass sie log – aber er konnte sich einfach nicht erinnern, sie jemals geliebt zu haben.

»Wir bekommen ein Baby.« Sie schluckte und kämpfte gegen die Tränen an, die ihr dennoch übers Gesicht zu rollen begannen. Den Kopf gesenkt, das Gesicht hinter ihrem glänzend schwarzen Bob verborgen, stieß sie mit brechender Stimme hervor: »Du glaubst mir immer noch nicht.«

»Ich weiß nicht, was ich glauben soll«, gab er zu. Vergeblich bemühte er sich, Bilder aus der Vergangenheit heraufzubeschwören. Vor Anstrengung fingen seine Schläfen an zu pochen. Einzelne, verschwommene Bruchstücke trieben an die Oberfläche. Er erinnerte sich, Melinda in der Gewitternacht kurz vor dem Unfall gesehen zu haben, meinte, sie im Arm gehalten zu haben, während sie weinend den Kopf in seine Halsbeuge schmiegte. Hatte er ihr übers Haar gestreichelt, sie getröstet? Warum zum Teufel konnte er sich nicht erinnern?

»Du verliebst dich schon wieder in sie«, sagte sie anklagend und hob leise schniefend den Kopf. Als er nicht antwortete, wischte sie sich die Augen und ging quer durchs Wohnzimmer auf ihn zu. »Lass dich nicht zum Narren halten, Parker. Sie belügt dich, versucht, dir Zweifel einzupflanzen, was unsere Beziehung anbetrifft. Aber das hier«, sie klopfte sanft auf ihren Bauch, »ist der Beweis unserer Liebe.«

416

»Vorausgesetzt, das Baby ist tatsächlich von mir«, erwiderte er bedächtig.

»Denk doch mal über die Nacht vor deiner Hochzeit nach, Parker. Wo warst du vor dem Unfall? In wessen Bett hast du gelegen?«

Die Augen zu Schlitzen verengt, starrte er sie an. »Wenn ich in deinem Bett lag – wo war dann Brad?«, fragte er skeptisch.

»Lag völlig ausgeknockt auf dem Sofa«, antwortete sie bitter, dann legte sie sich den Riemen ihrer Handtasche über die Schulter. »Er war viel zu betrunken, um etwas mitzubekommen.«

Fast hätte er ihr geglaubt, denn an ihren Worten war etwas Wahres dran, das spürte er. »Aha«, sagte er nachdenklich. »Aber warum habe ich nicht erst Brad nach Hause gebracht, wenn ich ohnehin vorhatte, über Nacht bei dir zu bleiben?«

Melinda wurde blass, dann flossen erneut die Tränen. »Da bin ich überfragt. Hör mal, ich habe nicht vor, Shawna oder dich unter Druck zu setzen. Ich habe lediglich ihren Rat befolgt, dich einzuweihen.«

»Was erwartest du dir davon?«

»He, komm jetzt bloß nicht auf falsche Gedanken, du musst mich nicht heiraten oder so, aber ich möchte, dass mein Sohn seinen Vater kennenlernt, und ich erwarte, dass du für uns sorgst.«

»Finanziell, meinst du?«

Sie nickte. »Das Baby hat keine Schuld an dem, was passiert ist.«

Parker fuhr sich mit den Fingern durchs Haar. Er ließ

sich nicht gern manipulieren, und er hatte das vage Gefühl, dass Melinda James genau das versuchte. Er fühlte sich in die Enge getrieben, und er wollte sie auf ihren Platz verweisen. Aber das konnte er nicht. Egal, ob sie die Wahrheit sagte oder nicht, ihr ungeborenes Kind hatte nicht darum gebeten, auf die Welt zu kommen – mit einer Mutter, die noch ein Teenager war, und ohne einen Vater, der sich um die beiden kümmerte.

Das Telefon klingelte. Melinda wandte sich zögernd um und hielt auf die Eingangstür zu.

Parker ließ es klingeln, schloss die Augen, vergrub das Gesicht in den Händen und versuchte nachzudenken, sich daran zu erinnern, ob er mit Melinda geschlafen, sie geliebt hatte.

Doch sosehr er sich auch das Hirn zermarterte – es wollte ihm nicht einfallen. Das einzige Gesicht, das immer wieder vor seinem inneren Auge auftauchte, war das der lachenden Shawna McGuire, die sich an den Hals des prächtigen weißen Karussellhengstes klammerte.

Ihr blondes Haar flatterte im Fahrtwind, als sie die Hand nach dem Messingring mit den pastellfarbenen Bändern ausstreckte.

Erinnerte er sich wirklich, oder wurde dieses Bild heraufbeschworen von den Jahrmarktfotos, die er immer wieder betrachtet hatte?

Denk nach, Harrison, denk nach!

Eine Wahrsagerin mit voluminösen Röcken hatte vor einem kleinen Tisch in einem muffig riechenden Zelt gesessen und aus Shawnas Hand gelesen. Über ihnen hatten sich graue Wolken zusammengebraut, am Abend hatte sich ein Unwetter entladen, dicke Regentropfen waren auf die

Erde geplatscht, die Straße war dunkel gewesen und nass, und Brad hatte geschrien ...

Parker biss die Zähne zusammen. Das Pochen in seinen Schläfen hallte nun in seinem ganzen Kopf wider. Er musste sich erinnern, und zwar unbedingt!

Das Telefon klingelte erneut. Diesmal nahm Parker den Hörer ab. Am anderen Ende der Leitung ertönte die ruhige Stimme von Lon Saxon, Privatdetektiv und Parkers Freund. »Hallo, bist du dran, Parker?«

»Bin ich«, erwiderte Parker.

»Gut. Ich habe ein paar Informationen, Melinda James betreffend.«

Parkers Magen schnürte sich zusammen. Jetzt kam es. Endlich würde er die Wahrheit erfahren. »Dann schieß mal los«, sagte er.

Shawnas Finger am Lenkrad wurden klamm, als sie in die Zufahrt zu Parkers Haus einbog. Nachdem sie ziellos durch die nebelverhangenen Straßen von Portland gekurvt war, hatte sie beschlossen, umzukehren und ihn zur Rede zu stellen. Sie konnte schließlich nicht ewig vor der Geschichte mit Melindas Baby davonlaufen.

Den ganzen Weg über betete sie stumm, dass Melinda schon fort war, und war erleichtert, als sie feststellte, dass das kleine Cabrio nicht vor dem Haus parkte.

»Denk dran, er liebt dich«, redete sie sich ein, während sie den Motor ausstellte und die beiden weißen Hamburger-Tüten vom Sitz nahm, die sie unterwegs bei einem Fastfood-Restaurant in der Stadt gekauft hatte. »Gib ihm einfach etwas Zeit.«

Im Haus war es still, und einen entsetzlichen Augenblick lang dachte Shawna, Parker hätte das Haus zusammen mit Melinda verlassen. Das Wohnzimmer war leer, dunkel und kalt. Dann bemerkte sie den Lichtstreifen, der unter der Tür des Gästezimmers hervorschien.

Sie klopfte zögernd an, öffnete die Tür und steckte den Kopf ins Zimmer.

Parker lag auf dem Bett, nur bekleidet mit seiner Jeans, und starrte sie an, als habe er sie noch nie zuvor gesehen. Seine Brust war nackt, das T-Shirt hing schlaff über einem der Bettpfosten.

»Waffenstillstand?«, fragte sie und schwenkte die beiden weißen Hamburger-Tüten wie eine Friedensfahne.

Seine Augen wanderten zu den Tüten, doch er regte sich nicht.

»War's schlimm? Mit Melinda?«

»Was erwartest du? Glaubst du etwa, dass es lustig war?«

Shawna schluckte eine bissige Erwiderung hinunter, trat ins Zimmer und setzte sich zu ihm aufs Bett. Er rührte sich noch immer nicht.

Obwohl ihre Hände zitterten, öffnete sie eine der Tüten, zog einen in Papier eingewickelten Burger heraus und hielt ihn ihm hin. Als er ihn nicht nahm, legte sie ihn zusammen mit den beiden Tüten auf seinen Nachttisch.

»Ich erwarte gar nichts. Schon lange nicht mehr. Jeder Tag bringt neue Überraschungen«, erwiderte sie und warf ihr Haar über die Schulter, bevor sie ihm direkt in die Augen sah. »Obwohl – etwas erwarte ich doch. Ich will, dass wir ehrlich zueinander sind.«

»Waren wir das nicht immer?«

»Das weiß ich nicht«, gab sie zu. »Ich – ich weiß im Augenblick nicht, woran ich bei dir bin.«

»Dann solltest du wohl besser ausziehen.«

»Tja, vielleicht hast du Recht«, erwiderte sie langsam und sah überrascht den Schmerz in seinen Augen. »Ist es das, was du willst?«

»Soll ich ehrlich sein?« Der Zynismus in seinen Worten entging ihr nicht.

»Ja, unbedingt.« Sie machte sich aufs Schlimmste gefasst.

Parkers ohnehin kantiges Kinn sah aus wie aus Granit gemeißelt. »Wenn ich *ehrlich* bin, dann will ich das Richtige tun. Sollte das Baby tatsächlich von mir sein ...«

»Das ist es nicht«, fiel sie ihm ins Wort.

Der Blick, den er ihr zuwarf, versetzte ihr einen Stich ins Herz. »Weißt du etwas, was ich nicht weiß?«

»Nein, aber ... *Ja*. Ja, ich weiß etwas – etwas, woran du dich nicht erinnerst –, ich weiß, dass wir einander geliebt haben, dass wir uns niemals betrogen hätten, dass Melindas Baby unmöglich von dir sein kann.«

»Aber ich erinnere mich an sie«, beharrte er.

Shawna stieß einen schwachen Laut des Protests aus.

Er schluckte. »Und ich erinnere mich, dass ich in der Unfallnacht bei ihr war, sie im Arm gehalten habe. Sie hat geweint ...«

»Nein! Das sind doch alles nur Lügen!«, schrie Shawna. Am liebsten wäre sie aufgesprungen und hätte alles um sich herum kurz und klein geschlagen. »Du belügst mich!«

»Hör mir zu, verdammt noch mal«, fuhr er sie an, packte ihr Handgelenk und zerrte sie zu sich, bis sie auf seiner nackten Brust zu liegen kam. »Ich erinnere mich daran, in jener Nacht bei ihr gewesen zu sein. Auch wenn die Erinnerung verschwommen ist, weiß ich es mit absoluter Sicherheit. Ich war in ihrer Wohnung!«

»O nein«, flüsterte sie.

»Und da ist noch mehr.«

»Parker, bitte ...«

»Du bist doch diejenige, die will, dass wir ehrlich zueinander sind, oder?«, stieß er schroff hervor, doch die Qual in seinen blauen Augen war nicht zu übersehen.

»Nein ...«

»Ihre Geschichte stimmt, zumindest teilweise. Ich hatte einen Privatdetektiv gebeten, in Cleveland ein paar Nachforschungen anzustellen. Ihre Mutter ist tot. Ihr Vater ist ein arbeitsloser Stahlarbeiter, der in den letzten zehn Jahren ständig den Job gewechselt hat. Melinda musste ihren Vater schon unterstützen, als sie noch auf die Highschool ging! Er war stinksauer, als er von ihrer Schwangerschaft erfuhr.«

Shawnas Finger klammerten sich um die Bettdecke. »Das heißt aber noch lange nicht ...«

»Es heißt, dass sie nicht alles frei erfunden hat.«

»Dann werden wir wohl abwarten müssen, nicht wahr?«, fragte sie benommen. »Bis du dich wieder erinnern kannst oder bis endlich ein Vaterschaftstest gemacht werden kann.«

»Das glaube ich nicht«, sagte er nachdenklich. Shawna rührte sich nicht, wartete vor Furcht wie gelähmt darauf, dass er das Schwert über ihrem Kopf niedersausen ließ. »Sie hat mir gesagt, sie erwarte lediglich, dass ich das Baby als mein eigenes anerkenne und die beiden finanziell unterstütze.«

»Sie wird mit Sicherheit erwarten, dass du sie heiratest, oder etwa nicht?«

»Nein ...« Seine Stimme verklang.

»Aber du denkst darüber nach!« Shawna schnappte nach Luft, als all ihre Hoffnungen zerplatzten wie eine Seifenblase. Parker würde seine Pflicht erfüllen und ein Mädchen heiraten, das er kaum kannte! Zutiefst erschüttert versuchte sie, sich seinem Griff zu entwinden, doch er hielt sie fest. »Das ist Wahnsinn – du *darfst* sie nicht heiraten! Du erinnerst dich doch nicht einmal richtig an sie!«

»Ich erinnere mich genug«, widersprach er mit hohler Stimme.

Zum ersten Mal zog Shawna in Erwägung, dass er sie tatsächlich in der Nacht vor ihrer Hochzeit betrogen haben könnte, dass er tatsächlich der Vater des Kindes war. »Ich ... ich will das nicht hören«, wisperte sie.

»Du wolltest die Wahrheit erfahren, Shawna, und hier ist sie: Ich bin verantwortlich für Melindas Dilemma, und ich kann diese Verantwortung nicht einfach von mir schieben, kann nicht einfach so tun, als würde das Baby nicht existieren, egal, wie sehr ich mir das wünsche.«

»Bitte, Parker, sag das nicht ...«

»Mir bleibt keine andere Wahl.«

»Du erkennst die Vaterschaft also an«, flüsterte sie mit feuchten Augen. So tief verwundet hatte sie sich in ihrem ganzen Leben noch nicht gefühlt.

»Ja.« Er holte zitternd Luft. »Und deshalb bin ich der Ansicht, es wäre für alle Beteiligten das Beste, du würdest ausziehen.«

Die Welt begann sich um sie herum zu drehen. Rasch

423

schloss Shawna die Augen. All ihre Hoffnungen, all ihre Träume – von jetzt auf gleich zerstört. Sie fühlte, wie er seinen Griff um ihr Handgelenk lockerte. Ohne ein weiteres Wort richtete sie sich auf und ging zur Tür. »Morgen früh fange ich an zu packen«, flüsterte sie mit erstickter Stimme.

»Gut.«

Wie betäubt verließ sie sein Zimmer und schloss die Tür hinter sich. Als sie sich langsam die Treppe hinaufschleppte, glaubte sie, ihn fluchen zu hören, dann ertönte ein lautes Krachen, als habe er etwas gegen die Wand geschleudert oder mit der Faust dagegen geschlagen, doch sie schenkte dem keine weitere Aufmerksamkeit. Alles, woran sie nun denken konnte, war die grauenvolle Leere, die ihre Zukunft war – eine Zukunft, öde und trostlos ohne ihren geliebten Parker.

Kapitel elf

Shawna warf die Bettdecke ab, drehte sich zum Nachttisch um und starrte auf den Wecker. Zwei Uhr morgens. Es war pechschwarz im Zimmer, abgesehen von dem grünen Leuchten der Digitalziffern. In ein paar Stunden würde sie ausziehen, Parker aufgeben – für immer.

Noch bevor sie wieder anfangen konnte zu weinen, tastete sie in der Dunkelheit nach ihrem Bademantel. Ihre Finger strichen über den weichen Stoff, und sie unterdrückte den überwältigenden Drang, laut zu schreien. Wie konnte er ihr das antun? Warum konnte er sich nicht erinnern?

Wütend auf sich selbst, auf Parker und auf die Welt im Allgemeinen, sprang sie vom Bett, schlüpfte in den Bademantel und riss ihre Zimmertür auf. Ohne Licht zu machen, tappte sie geräuschlos die Treppe hinunter, die Finger fest ums Geländer geschlossen. Sie wollte Parker nicht aufwecken, wenngleich sie selbst nicht genau wusste, warum. Der Gedanke, dass er friedlich schlief, während sie innerlich tausend Tode starb, trieb sie beinahe zur Weißglut.

In der Küche angekommen, schaltete sie die Deckenbeleuchtung ein, nahm sich eine Tasse aus dem Schrank und griff nach Kakaopulver und Milch, um sich eine heiße Schokolade zu machen. Während die Milch in der Mikrowelle heiß wurde, verspürte sie das dringende Bedürfnis, schon jetzt davonzulaufen, fort von diesem Haus und seinen schmerzhaften Erinnerungen.

Geistesabwesend ging sie ins Esszimmer hinüber, öffnete die Glastüren zur Terrasse und trat hinaus auf die Veranda, die tagsüber einen spektakulären Blick auf den Willamette River bot. Ein kühler Luftzug schlug ihr entgegen, das Rauschen des Flusses, der in raschem, stetigem Tempo zum Columbia River hin floss, wirkte belebend.

Wolken schoben sich vor den Vollmond und tauchten die Umgebung in ein diffuses Licht, lange Schatten fielen über den Fluss. Trockene Blätter wirbelten durch die Luft und trudelten zu Boden.

Fröstelnd zog Shawna den Gürtel ihres Bademantels enger zusammen und beugte sich übers Geländer, die Finger beinahe besitzergreifend um das lackierte Holz geschlossen. Dieses Haus hätte auch ihr gehören sollen, doch dass sie es jetzt verlor, war ihr egal. Parker zu verlieren brach ihr dagegen das Herz. Sie hätte alles darum gegeben, mit ihm zusammenzuleben, selbst in der elendsten Hütte. Aber jetzt war es vorbei. Für immer.

In der Küche hörte sie die Mikrowelle klingeln. Widerwillig drehte sie sich um, um ihre heiße Schokolade zu holen, und stieß einen erstickten Schrei aus, als sie Parker entdeckte, der sie, die Schulter gegen den Rahmen der offenen Terrassentür gelehnt, beobachtete.

»Konntest du auch nicht schlafen?«, fragte er leise.

»Nein«, erwiderte sie, das Kinn emporgereckt, nicht ahnend, dass das Mondlicht silbern in ihrem Haar schimmerte und sich in ihren grünen Augen spiegelte. »Ich dachte, heiße Schokolade würde gegen Schlaflosigkeit helfen.«

»Ist das deine Erfahrung als Ärztin?« Ausnahmsweise schwang kein Sarkasmus in seiner Stimme mit.

»Nun, du kennst mich wirklich gut«, sagte sie und lachte bitter ob dieser Ironie. »Wenigstens das. Vielleicht erinnerst du dich daran, dass ich nicht allzu viel von Tabletten halte – von Schlafmitteln, Aufputschmitteln und so weiter. Manchmal sind die alten Hausmittelchen einfach die besten. Wenn du möchtest, mache ich dir auch eine Tasse.«

»Danke, lieber nicht.«

Obwohl sie wusste, dass sie sich jetzt besser an ihm vorbeidrücken, die Milch aus der Mikrowelle nehmen und schleunigst nach oben in ihr Bett zurückkehren sollte, blieb sie wie paralysiert stehen. Womöglich war das hier ihr letzter gemeinsamer Augenblick. Sie starrte auf seine nackte Brust, auf seine wohldefinierten, kräftigen Muskeln, die Jeans, die tief auf seiner Hüfte saß. Sein nachdenklicher Gesichtsausdruck entging ihr nicht. Ein Schatten lag auf seinen markanten Zügen, seine Augen waren dunkel und glitten von ihrem Gesicht ihren Hals hinab bis zu der Spalte zwischen ihren Brüsten, die unter der weißen Spitze ihres Nachthemds zu erkennen war. Shawna schluckte und zog den Gürtel ihres Bademantels enger zusammen. Ihre Kehle war plötzlich wie ausgetrocknet.

»Ich wollte dir den hier noch geben«, sagte er leise, trat auf den Balkon hinaus und zog den Messingring aus der hinteren Hosentasche, die Karusselltrophäe, die er auf dem Jahrmarkt gewonnen hatte. Das Metall glänzte im Mondlicht, die Brise, die vom Fluss heraufwehte, brachte die pastellenen Bänder zum Flattern. »Der gehörte eigentlich dir.«

»Du erinnerst dich?«, fragte sie, dachte daran, wie er ihr den viel zu großen Ring wie einen Ehering angesteckt hatte, und berührte mit den Fingern das von seiner Haut gewärmte Metall.

»Bruchstückhaft.«

Neuerliche Hoffnung ließ ihr Herz schneller schlagen. »Dann ...«

»Das ändert nichts.«

»Aber ...«

Er schloss seine Hand um ihre, warm und tröstlich. »Nimm ihn. Er gehört dir.«

»Parker, bitte, rede mit mir!« Verzweifelt flehte sie ihn an: »Wenn du dich erinnerst, dann weißt du, dass das Baby ...«

Sein Kiefer wurde steinhart. »Auch wenn ich mir nicht sicher bin, solltest du dich an den Gedanken gewöhnen, dass das Kind von mir ist«, sagte er. Sein Blick schweifte in die Ferne, dann ließ er ihre Hand los, drehte sich um und humpelte ins Haus.

Ein paar Sekunden starrte Shawna fassungslos auf den Ring in ihrer Hand. Nie hätte sie gedacht, dass eine Erinnerung so schmerzhaft sein könnte. Plötzlich stürmte sie los, getrieben wie von einer unsichtbaren Kraft, ins Haus hinein, den Flur entlang, hinter Parker her. »Warte, Parker!«

Vor dem Gästezimmer schloss sie zu ihm auf und folgte ihm hinein.

»Lass es gut sein, Shawna«, warnte er sie.

»Aber du erinnerst dich!« Mit hämmerndem Herzen, völlig außer Atem, blickte sie ihn an. »Du *weißt*, was wir einander bedeutet haben!«

»Ich erinnere mich daran«, sagte er kalt, »dass du nicht mit mir schlafen wolltest.«

»Wir hatten eine Übereinkunft getroffen«, stieß sie mit schwacher Stimme hervor und klammerte sich haltsuchend an den Bettpfosten. »Mag sein, dass das albern war ...«

»Und daran, dass du mich angemacht und dann hast abblitzen lassen.«

»Wie bitte?« Hatte er nicht genau das schon einmal behauptet? Entsetzt flüsterte sie: »Das war ein Scherz zwischen uns. Du hast darüber gelacht!«

»Damals habe ich dich gewarnt, du würdest mich einer Geliebten in die Arme treiben«, sagte er mit gefurchten Brauen.

»Das machst du mit Absicht«, warf sie ihm vor. »Du zwingst dich, grausam zu sein – nur um mich wegzustoßen! All das Gerede über deine Geliebte ... auch das war unser kleines Spiel ... du hast Spaß gemacht ... ach, Gott.« Sie schwankte. Konnte es sein, dass sie wirklich so blind gewesen war? Hatten Parker und Melinda? Schockiert taumelte sie einen Schritt zurück, dann verließ sie eilig das Zimmer, bevor sie sich noch weiter erniedrigte.

»Shawna!«

Sie hörte ihn rufen, aber sie achtete nicht darauf.

»Ich wollte nicht ...«

Doch sie war schon die Treppe hinauf zu ihrem Zimmer gerannt, knallte die Tür zu und ließ den Tränen freien Lauf. Mit zitternden Fingern drückte sie auf den Lichtschalter und holte ihre beiden Koffer aus dem Wandschrank, die sie geöffnet aufs Bett legte.

»Verdammt noch mal, Shawna, komm runter!«

Ganz bestimmt nicht! Sie traute sich selbst nicht, schon gar nicht in seiner Gegenwart. Nein, sie würde nicht wieder zu ihm gehen. Entschlossen drängte sie die Tränen zurück und fing an, ihre Sachen in den erstbesten Koffer zu werfen – Kleider, Pullover, Unterwäsche, Hosen –, alles, was ihr gerade in die Hände kam, dann knallte sie ihn zu.

»Hör mir zu!«

Ach du meine Güte, seine Stimme kam näher! Kämpfte er sich etwa tatsächlich die Stufen hinauf? Was, wenn er stürzte? Wenn er die Balance verlor und hintenüberfiel?

»Lass mich in Ruhe, Parker!«, rief sie und schloss den zweiten Koffer. Sie nahm ihre Handtasche, legte sich den Riemen über die Schulter und schlüpfte in ihre Schuhe, dann schleppte sie die beiden Koffer zum Treppenabsatz.

Da war er. Das Gesicht vor Anstrengung gerötet, die Augen lodernd vor Zorn. »Hör mal«, sagte er und streckte die Hand nach ihr aus, doch sie entwand sich seinem Griff, und er wäre tatsächlich um ein Haar die steile Treppe hinabgestürzt.

»Hör auf damit!«, schrie sie aufgebracht. »Hör einfach auf!«

»Ich wollte dich nicht verletzen ...«

»Zu spät! Jetzt ist es eh egal, alles ist egal. Es ist vorbei. Ich gehe. Genau das willst du doch, oder? Dahin versuchst du mich doch schon die ganze Zeit zu bringen. Jetzt geht dein Wunsch endlich in Erfüllung.«

»Shawna, bitte ...«

Ihr verräterisches Herz riet ihr zu bleiben, doch dieses eine Mal würde sie ihren Verstand benutzen.

»Viel Glück, Parker«, stieß sie hervor, »und das meine ich auch so. Ich wünsche dir wirklich nur das Beste.« Damit nahm sie ihre beiden Koffer, hastete die Treppe hinunter und zur Haustür hinaus.

Der Nachtwind zerrte an ihrem Bademantel und zauste ihr Haar, als sie über den Plattenweg zur Garage eilte. Sie verstaute die Koffer im Kofferraum ihres kleinen Kombis und glitt hinters Lenkrad. Dann drehte sie mit zitternden Fingern den Schlüssel, um den Motor anzulassen, der genau in dem Augenblick ansprang, als Parker die Küchentür aufriss und die Außenbeleuchtung anschaltete.

Shawna schickte ein rasches Dankgebet zum Himmel, dass er es heil die Treppe hinunter geschafft hatte, dann legte sie den Gang ein und setzte aus der Garage.

Wie eine Verrückte raste sie auf dem leeren Highway Richtung Lake Oswego. Ihr Herz hämmerte wie verrückt, und sie konnte kaum atmen. Sie musste sich alle Mühe geben, nicht hysterisch zu schluchzen, als sie den einzigen sicheren Zufluchtsort ansteuerte, der ihr einfiel: Jakes Haus am Südufer des Sees. Bei ihrem Bruder würde sie bleiben können.

Fahr langsamer!, ermahnte sie sich selbst, als sie auf Jakes kleinen Bungalow zusteuerte. *Bitte, lieber Gott, mach dass er zu Hause ist*, betete sie, als sie den Wagen abstellte. Sie nahm die Koffer aus dem Kofferraum und stieg die Stufen zur Eingangsveranda hinauf.

Die Tür öffnete sich, noch bevor sie anklopfen konnte, und Jake, dem das dunkle Haar in wirren Locken in die Stirn fiel, nahm ihr den schwereren Koffer der beiden Koffer ab. Sein Kinn war bartverschattet, der Blick schlaftrunken. »Komm rein, Schwesterherz«, sagte er und musterte sie ernst.

»Du weißt es schon?«

»Parker hat mich angerufen. Er macht sich Sorgen um dich.«

»Pah!«, stieß sie verächtlich hervor, doch als Jake mit dem Fuß die Tür hinter ihr zutrat und den Arm um sie legte, war es mit ihrer mühsam aufrechterhaltenen Fassung vorbei und sie brach in herzzerreißendes Schluchzen aus.

»Ist schon gut«, flüsterte er.

»Das glaube ich nicht. Nichts ist gut, und nichts wird jemals wieder gut werden«, stieß Shawna hervor, dann seufzte sie tief und schauderte vor Kälte.

»Komm.« Jake führte sie in den kleinen Vorbau, in dem seine Küche untergebracht war. »Erzähl mir, was passiert ist.«

»Ich weiß nicht, ob ich das kann.«

»Dir bleibt gar keine andere Wahl. Du erzählst, und ich koche. Das beste Omelett der ganzen Stadt.«

Bei dem Gedanken an Essen drehte sich Shawna der Magen um. »Ich bin nicht hungrig.«

»Nun, ich aber«, sagte er, drückte sie auf einen der knarzenden Küchenstühle und öffnete den Kühlschrank. »Na los, spuck's aus. Was ist heute Nacht zwischen dir und Parker vorgefallen?«

Shawna schluckte, legte die Hände auf den Tisch und fing an zu erzählen.

Parker hätte sich selbst in den Hintern treten können. Wütend auf sich selbst, auf die Welt und vor allem auf die verlogene Melinda James, ignorierte er die Tatsache, dass es

432

noch keine vier Uhr früh war, und wählte die Nummer seines Anwalts.

Das Telefon klingelte fünf Mal, bevor er Martin Calloways verschlafene Stimme vernahm.

»Hallo?«, murmelte er.

»Hallo. Hier spricht ...«

»Ich weiß, wer da spricht, Harrison. Haben Sie eine Ahnung, wie viel Uhr es ist?«

»Ungefähr.«

»Und was um alles in der Welt ist so dringend, dass es nicht noch ein paar Stunden warten kann?«

Parkers Blick wanderte durch die dunkle Küche. Das Haus fühlte sich kalt und fremd an ohne Shawna. »Ich möchte, dass Sie ein paar Papiere aufsetzen.«

»Ein paar Papiere«, wiederholte Martin trocken. »Irgendetwas Spezielles?«

»Adoptionspapiere«, antwortete Parker gepresst. »Vordatiert auf einen Tag in sechs, sieben Monaten.«

»Augenblick mal – was zum Teufel geht hier vor?«

»Ich hatte einen Durchbruch, mein Erinnerungsvermögen betreffend«, erklärte Parker, der seit dem fürchterlichen Streit mit Shawna sein ganzes Leben wieder glasklar vor sich sah. »Heute Nacht ist etwas vorgefallen, was mir alles zurückgebracht hat, und jetzt muss ich unbedingt ein paar Dinge klären.«

»Indem Sie ein Baby adoptieren, das noch nicht einmal auf der Welt ist?«

»Für den Anfang möchte ich lediglich sicher sein, dass die Adoption legal und bindend ist – ganz gleich, wie Sie das anstellen werden.«

433

»Ich brauche die Einwilligung der Mutter.«

»Das wird kein Problem sein«, sagte Parker. »Ach ja – noch etwas. Bitte behalten Sie die Tatsache, dass ich mein Erinnerungsvermögen zurückgewonnen habe, für sich.«

»Gibt es dafür einen speziellen Grund?«

»Ich möchte zunächst mit jemandem reden – nachdem wir die Adoption durchhaben.«

»Ich werde mich gleich heute Morgen darum kümmern und die entsprechenden Papiere beantragen.«

»Großartig.«

Parker legte auf und ging aufgewühlt zum Gästezimmer. Wenn er weiterhin solche Fortschritte mit seinem verletzten Bein erzielte, würde er sein Quartier hier bald aufgeben und in sein eigenes Schlafzimmer im ersten Stock zurückkehren können. Zumal Shawna jetzt nicht mehr da war. *Shawna.* Er überlegte, ob er zu Jake fahren und ihr gestehen sollte, dass er sich wieder an die Vergangenheit erinnerte, doch dann beschloss er zu warten, bis alles unter Dach und Fach war. Diesmal würde er nicht zulassen, dass sich irgendwer oder irgendetwas zwischen sie beide drängte!

Wenn Shawna geahnt hätte, welche Qualen ihr bevorstanden, hätte sie es sich sicherlich zweimal überlegt, ihre Zelte bei Parker so Hals über Kopf abzubrechen. Fast eine Woche war seit ihrem grauenvollen Streit vergangen, ein grauer Tag ging in den nächsten über, mit der ewig gleichen Routine – Patienten, Krankenhaus, schlaflose Nächte. Obwohl sie mit aller Entschlossenheit gegen ihre Depressionen ankämpfte – nein, sie würde sich nicht unterkriegen lassen! –, so legten sich diese doch um ihre Schultern wie ein schwe-

434

rer, schwarzer Mantel, eine Last, die sie niederdrückte und ihr den Appetit raubte.

»So kannst du nicht weitermachen«, sagte Jake eines Morgens, als Shawna in Rock und Bluse eine Tasse Kaffee trank und ohne großes Interesse die Seiten der Tageszeitung überflog.

»Meinst du, *ich* kann nicht so weitermachen oder *du*?«, fragte Shawna.

Jakes Hund Bruno, der riesige Angsthase, lag unter dem Tisch. Bruno hatte ein braunes Auge und ein blaues, die er beide fest auf Maestro geheftet hatte, der soeben auf die Fensterbank sprang. Bruno knurrte. Der gelbe Kater verkroch sich hinter einer großblättrigen Topfpflanze, sein Schwanz zuckte aufgeregt hin und her. Sehnsüchtig blickte er aus dem Fenster zu den im Garten aufgehängten Futterknödeln, an denen sich mehrere Vögel tummelten, um die Samen herauszupicken.

Jake ließ sich nicht beirren. »Wenn du mir nicht glaubst, dass du langsam, aber sicher vor die Hunde gehst, musst du nur in den Spiegel schauen.«

»Nein, danke.«

»Shawna, du bringst dich selbst um«, stellte Jake vorwurfsvoll fest und nahm auf dem Stuhl ihr direkt gegenüber Platz.

»Ich ziehe aus, sobald ich eine Wohnung gefunden habe.«

»Darum geht es mir doch gar nicht, verflixt noch mal!«

»Ich ›gehe weder vor die Hunde‹ noch ›bringe ich mich selbst um‹. Und komm mir ja nicht mit Psychoanalyse, *Doktor* McGuire!« Warnend blickte sie ihn über den Rand ihrer Kaffeetasse hinweg an. Er musste sie nicht daran erinnern, wie schlecht sie aussah. Das wusste sie selbst.

»Irgendwer muss ja mal Klartext reden«, brummelte Jake. »Du und Parker – ihr beide seid so verdammt dickköpfig!«

Bei der Erwähnung seines Namens machte Shawnas Herz einen Satz. Ob er sie auch so vermisste wie sie ihn? Hoffentlich!

»Parker sieht noch schrecklicher aus als du.«

»Das ist natürlich sehr ermutigend«, murmelte sie sarkastisch, obwohl ihr der Ton ihrer Stimme nicht gefiel. Natürlich wünschte sie sich tief im Innern, dass es Parker gut ging, dass er glücklich war.

»Rede mit ihm.«

»Nein.«

»Er hat zweimal angerufen.«

Mit finsterem Blick stellte Shawna ihre Tasse auf den Tisch. »Es ist vorbei, Jake. Er wollte es so, und ich habe es satt, mich behandeln zu lassen, als seien meine Gefühle keinen Pfifferling wert. Ob mit Absicht oder nicht: Er hat mein Herz gestohlen, dann hat er es zu Boden geschmettert und es zertreten.«

»Dann ist er dir jetzt also egal?«

»Das habe ich nicht behauptet. Du machst das schon wieder, Jake! Hör auf, mit mir zu reden, als wärst du mein Psychiater.«

Doch Jake ließ sich nicht zum Schweigen bringen. »Na schön, dann rede ich eben als dein Bruder mit dir. Du machst gerade einen schrecklichen Fehler, Schwesterherz.«

»Nicht den ersten.«

»Hör auf, so stur zu sein, Shawna. Ich kenne dich. Du leidest, weil du ihn noch immer liebst, auch wenn du ihn für einen Mistkerl hältst. Willst du ihm nicht noch eine einzige Chance geben?«

Sie dachte an den Messingring, der nach wie vor sicher verwahrt in der Tasche ihres Bademantels steckte. Immer wieder hatte sie ihn nach einer anstrengenden Schicht in der Klinik herausgeholt und an jenen verhängnisvollen Tag in ihrem Leben gedacht, der alles verändert hatte. Mein Gott, es kam ihr vor, als wäre seitdem eine Ewigkeit vergangen.

»Ich glaube nicht, dass es für uns noch eine Chance gibt.«

Jake beugte sich über den Tisch zu seiner Schwester und betrachtete sie nachdenklich. »Ich habe dich nie für dumm gehalten, Shawna. Bring mich jetzt nicht dazu, meine Meinung zu ändern, okay?« Er warf einen Blick auf die Ofenuhr, fluchte und nahm seine Jacke von der Stuhllehne. »Tu dir selbst einen Gefallen: Ruf ihn zurück.« Mit diesem brüderlichen Rat hastete Jake zur Tür hinaus. Wenige Sekunden später kehrte er zurück, das Gesicht gerötet. »Und park deinen Wagen um, ja? Einer von uns beiden muss heute arbeiten, und leider bin ich das.«

Am liebsten hätte sie ihm die Zunge rausgestreckt, doch stattdessen nahm sie ihre Handtasche, warf sich ihren Mantel über die Schultern und griff nach ihrem Schlüsselbund. Ein Plan begann sich in ihrem Kopf zu formen – und wenn Jake recht hatte, was Parker anbetraf ...

»Ich habe dich nicht gebeten, das Haus zu verlassen, du sollst bloß dein Auto ein Stück zur Seite fahren«, sagte Jake,

437

als sie zusammen den vereisten Plattenweg zur Garage entlanggingen.

»Ich habe auch einiges zu tun.«

»Was denn?«, fragte er. »Was hast du vor? Du hast doch die nächsten Tage frei, oder?«

Sie öffnete die Autotür und warf ihm ein geheimnisvolles Lächeln zu, dann glitt sie hinters Lenkrad. »Vielleicht hast du recht. Vielleicht sollte ich etwas unternehmen, statt mich in Selbstmitleid zu suhlen.«

»Was hat das denn jetzt zu bedeuten?«, fragte er misstrauisch.

»Ich bin mir noch nicht sicher, aber ich werde es dich früh genug wissen lassen.« Sie winkte ihm zu, dann legte sie den Gang ein und setzte rückwärts aus der Ausfahrt. Eine vage Idee spukte ihr im Kopf herum, und sie hielt an der Straße, die vor Jakes Bungalow vorbeiführte, und wartete, bis ihr Bruder außer Sichtweite war.

Beflügelt von dem, was sie vorhatte, kehrte sie ins Haus zurück, rief ihre Freundin Gerri an und warf ein paar Klamotten in eine Reisetasche.

Das Herz schlug ihr bis zum Hals, als sie wieder in ihrem kleinen Kombi saß. Sie konnte es kaum glauben, dass sie den Plan, der immer mehr Gestalt annahm, in die Tat umsetzen wollte. Sie ignorierte die Warnungen, die ihr die Stimme der Vernunft lautstark zurief, und fuhr durch den Nebel nach Norden, bis sie kurz vor der Straße, die zum Willamette River und zu Parkers Haus abzweigte, auf die Bremse trat.

Ihre Hände waren feucht. Was, wenn er nicht zu Hause war? Oder noch schlimmer: Was, wenn er Gesellschaft hatte? Vielleicht war Melinda bei ihm? *Nun, dann hat er eben Pech gehabt. Jetzt oder nie, Shawna!*

Ihre Muskeln waren derart angespannt, dass sie schmerzten, als sie die Auffahrt zu seinem großen Tudor-Haus entlangfuhr. Ohne zu zögern, rollte sie auf den Seitenstreifen und stellte den Wagen direkt vor dem Plattenweg ab, der zur Haustür hinaufführte.

Dann nahm sie all ihren Mut zusammen, marschierte den Weg entlang und drückte auf die Klingel.

Kapitel zwölf

Shawna hielt den Atem an. Die Tür schwang auf, und Parker, in Cordhose und einem weichen Pullover, stand auf der Schwelle. Ihr Herz hämmerte gegen ihren Brustkorb, als sie ihm in die Augen blickte.

»Nun, wenn das keine Überraschung ist«, sagte er gedehnt, ohne die Tür freizugeben. Sein Gesichtsausdruck war undurchschaubar und völlig emotionslos.

»Ich musste ein paar Dinge klären«, sagte sie.

»Und, hast du sie geklärt?«

Nervös leckte sie sich die plötzlich trockenen Lippen. »So gut wie. Ich dachte, es wäre sinnvoll, wenn wir miteinander reden. Es tut mir leid, dass ich deine Anrufe nicht erwidert habe.«

Nach wie vor misstrauisch, trat er zur Seite und hielt ihr die Tür auf. »Einverstanden.«

»Nicht hier«, sagte sie rasch. »Irgendwo, wo wir nicht gestört werden können.«

»Zum Beispiel?«

Shawna zwang sich zu einem harmlosen Lächeln. »Lass uns einfach losfahren, dann fällt uns schon etwas ein.«

Er zögerte kurz, zuckte schließlich gleichgültig die Achseln und nahm seine mit Fleece gefütterte Jacke von der Garderobe. Sein Blick fiel auf die Krücke, die an einem Haken daneben hing. Wieder zögerte er, doch er ließ sie hängen.

Während Shawna zu ihrem Wagen zurückschlenderte und Parker ihr folgte, hielt sie die Luft an. Sie spürte, wie sich seine Augen in ihren Rücken bohrten. Am Kombi angekommen, öffnete er die Beifahrertür und rutschte mit einiger Anstrengung auf den Sitz.

Wortlos setzte sie sich hinters Steuer, ließ den Motor an und fuhr die Zufahrt hinunter zur Straße. Eine Woge von Selbstzweifeln drohte sie zu überrollen, doch sie ließ sich nicht von ihrem Plan abhalten. Wenn er auch nur die leiseste Ahnung gehabt hätte, dass sie vorhatte, ihn übers Wochenende zu entführen, wäre er vermutlich durchgedreht. Was die Chance, dass sie jemals wieder zusammenkommen würden, entscheidend vermindert hätte.

Doch das Risiko musste sie eingehen. Je länger sie getrennt waren, desto größer wurde die Wahrscheinlichkeit, dass ihnen ihr alberner Stolz alles verdarb.

Shawna lenkte ihren Kombi durch den noch immer dichten Nebel Richtung Westen.

»Dann schieß los«, schlug Parker vor, die Arme vor der Brust verschränkt, die Jeansjacke mit dem Fleecefutter über den breiten Schultern bis zum Zerreißen gespannt.

»Ich hatte viel Zeit zum Nachdenken«, setzte sie an. Sie spielte auf Zeit, da sie nicht wirklich wusste, was sie sagen sollte, jetzt, da er tatsächlich neben ihr saß, die langen Beine ausgestreckt. Seine Schultern berührten fast die ihren. »Und ich bin zu der Meinung gekommen, dass ich vorschnell gehandelt habe.«

»Wir haben uns beide wie Kinder benommen«, sagte er und blickte aus dem Fenster in die nebelverhangenen Vororte hinaus. Es hatte den Anschein, als würde er jetzt erst bemerken, dass sie Portland verlassen hatten. Vor ihnen kamen die blaugrauen Berge der Küstengebirgskette in Sicht.

»Wohin fahren wir?«, fragte er, plötzlich alarmiert.

»An den Strand.« Sie wagte nicht, ihn anzusehen, fürchtete, dass ihre Augen ihre aufgewühlten Gefühle widerspiegelten.

»Zum *Strand?*«, wiederholte er verblüfft. »Warum?«

»Ich kann besser denken, wenn ich in der Nähe des Ozeans bin.« Zumindest das war nicht gelogen.

»Aber es ist schon nach Mittag. Wir werden nicht vor Einbruch der Dunkelheit zurück sein.«

»Ist das ein Problem?«

»Vermutlich nicht.«

»Gut. Ich kenne da nämlich einen großartigen Süßwarenladen in Cannon Beach ...«

Er stöhnte, und Shawna, die ihm nun doch einen verstohlenen Blick aus dem Augenwinkel zuwarf, verspürte zunehmende Befriedigung. Dann erinnerte er sich also – das konnte sie deutlich an seinem Gesicht ablesen. Zu Sommerbeginn waren sie nach Cannon Beach gefahren und hatten sich mit Karamellbonbons vollgestopft, bis sie Bauchweh bekommen hatten. An wie viel erinnerte er sich wirklich? Alles? Was war mit Melinda? Furcht stieg in Shawna auf, doch sie unterdrückte sie. Heute Abend würde sie sich der Wahrheit stellen – und Parker ebenfalls.

Als sie in der kleinen Küstenstadt angekommen waren, hatte sich der Nebel gelichtet und die Nachmittagssonne tauchte die verwitterten Gebäude, die überwiegend aus Holz gebaut waren, in ein warmes Licht. Sie suchten ein gemütliches Restaurant hoch oben auf den Klippen auf, das einen fantastischen Ausblick aufs Meer bot. Der Strand war nahezu menschenleer. Nur ein paar abgehärtete Seelen trotzten Sand und Wind und schlenderten an der Wasserkante entlang. Grau-weiße Möwen schossen auf Beutefang aus dem stahlgrauen, von Sonnenstrahlen zerteilten Himmel ins ebenso stahlgraue Wasser. Hohe Wellen mit weißen Schaumkronen schlugen tosend gegen die schwarzen Felsen.

Shawna und Parker bestellten sich Krabben mit knusprigem Baguette und aßen schweigend. Als sie fertig waren, schlug Shawna einen Spaziergang vor.

Parker zog zynisch die Mundwinkel herab. »Ich habe leider meine Krücken nicht mit.«

»Du kannst dich auf mich stützen«, schlug sie leise vor.

»Ich glaube, das ist keine gute Idee. Wir sollten lieber zurückfahren.« Ihre Blicke begegneten sich, doch er wandte den Kopf ab und schaute durchs Fenster aufs Meer hinaus.

»Warum? Wartet Melinda auf dich?«

Er presste die Kiefer zusammen. Seine Lippen waren nicht mehr als eine hauchdünne Linie. »Nein. Wir treffen uns nur noch in Gegenwart unserer Anwälte. Mein Anwalt hat heute Abend einen Termin mit ihrer Anwältin, Melinda und ich werden ebenfalls anwesend sein.«

Sie wappnete sich für den Showdown. »Wenn das so ist, sollten wir uns lieber auf den Weg machen«, sagte sie, als hätte sie tatsächlich die Absicht, ihn nach Portland zurückzubringen. »Du darfst die Herrschaften nicht warten lassen.«

Parker bezahlte die Rechnung, dann kehrten sie langsam zum Wagen zurück. Shawna deutete quer über die Straße zu einem kleinen Delikatessenladen. »Ich bin in einer Minute zurück. Muss nur noch rasch etwas besorgen!«, rief sie und rannte bei Rot über die Straße.

443

Ohne Einspruch zu erheben, setzte sich Parker auf den Beifahrersitz. Ein paar Minuten später gesellte sich Shawna wieder zu ihm. Es fiel ihr nicht leicht, ihre Furcht hinunterzuschlucken. Bis zu diesem Augenblick war sie zumindest ansatzweise ehrlich zu ihm gewesen, doch jetzt würde sie ihm rundweg ins Gesicht lügen – vorausgesetzt, sie brachte den Mut dazu auf.

»Die Sonne geht schon unter«, sagte Shawna und bog vom Parkplatz auf die leere Straße ein.

Ein großer, roter Feuerball versank langsam im Meer, der Himmel leuchtete rosa, orange und violett.

»Das habe ich bemerkt«, erwiderte Parker nüchtern.

»Macht es dir etwas aus, wenn ich die Aussichtsstrecke durch Astoria nehme?«

Parker rieb sich stirnrunzelnd den Nacken. »Im Grunde nicht. Ich komme ohnehin zu spät.«

So weit, so gut. Sie folgte der kurvenreichen Straße entlang der zerklüfteten Küste. Von den hohen Klippen aus hatte man einen wundervollen Ausblick auf die See. Krüppelkiefern und Strandgras, von den letzten Sonnenstrahlen in goldenes Licht getaucht, flankierten den Asphalt. Parker schloss die Augen, und Shawna drückte sich die Daumen. Vielleicht, ganz vielleicht, würde ihr Plan aufgehen.

»Da wären wir«, sagte Shawna und zog die Handbremse an, nachdem der Wagen zum Stehen gekommen war.

Parker erwachte und öffnete verschlafen ein Auge. Er hatte nicht eindösen wollen, doch er war schon seit Tagen vollkommen erschöpft. Seit Shawna bei ihm ausgezogen war, hatte er schlaflose Nächte verbracht, und wenn er dann doch einmal eingenickt war, hatten ihn beunruhigende Träume gequält, in denen sie die Hauptrolle spielte und aus denen er jedes Mal schweißgebadet und heiß vor Verlangen erwachte. Die Tage hatte er mit Physiotherapie und Schwimmen verbracht – vorausgesetzt, er war nicht gerade bei seinem Anwalt gewesen und hatte sich mit ihm wegen Melindas Baby beraten. Langsam, aber sicher schlug sein Körper auf das Training an, der Schmerz in seinem verletzten Bein ließ nach, und die gerissenen Sehnen und Muskeln nahmen ihre Arbeit wieder auf. Zum ersten Mal seit dem Unfall verspürte er einen leisen Hoffnungsschimmer, dass er in absehbarer Zeit wieder ohne Beeinträchtigung würde gehen können. Das war seine neue Antriebsfeder, auch wenn sie ihm nur schwachen Trost spendete angesichts der Tatsache, dass er Shawna hatte gehen lassen.

Doch zurzeit musste er sich mit Melindas Baby befassen, und genau das hatte auch für heute Abend auf seinem Plan gestanden. Hätte er seine sieben Sinne beisammen, hätte er sich niemals darauf eingelassen, mit Shawna an den Strand zu fahren, doch er hatte einfach nicht nein sagen können.

Als er die Haustür geöffnet hatte und sie davorstehen sah, lächelnd, erwartungsvoll, war ihm nichts wichtiger erschienen, als ein paar Stunden mit ihr zu verbringen.

Parker rieb sich die Augen, dann blinzelte er ein paarmal ungläubig, auch wenn er insgeheim wusste, dass er nicht träumte. »Wo sind wir?« Er starrte durch die Windschutzscheibe auf ein kleines, verwittertes Cottage, hinter dem der vom Licht der untergehenden Sonne in Flammen gesetzte Ozean toste.

»An Gerris Blockhütte.«

»Wer ist Gerri?«

»Meine Freundin. Erinnerst du dich?« Shawna lachte nervös. »Komm schon, Parker, mit Sicherheit weißt du, wer Gerri ist. Du scheinst dich in letzter Zeit an ziemlich vieles zu erinnern. An mehr, als du zugeben willst.«

Parker konnte keinen klaren Gedanken fassen. Wie hypnotisiert starrte er auf das kleine graue Holzhaus mit den Sprossenfenstern und der durchhängenden Veranda. »Was tun wir hier?«, fragte er. War ihm irgendetwas entgangen?

Shawna steckte die Autoschlüssel ein und sah ihm direkt ins Gesicht. »Wir verbringen das Wochenende zusammen. Hier. Allein. Kein Telefon. Keine unerwünschten Besucher. Nur du und ich.«

Er lächelte, bis ihm klarwurde, dass sie es ernst meinte. Ihre smaragdgrünen Augen funkelten vor Entschlossenheit. »He, Augenblick mal …«

Doch sie hörte ihm nicht zu. Stattdessen stieg sie aus dem Wagen und nahm die Lebensmitteltüten vom Rücksitz.

Deshalb ihr Abstecher zu dem kleinen Deli in Cannon Beach!

»Shawna!« Er stieß die Tür auf und sah ungläubig zu, wie sie die Stufen zur Eingangsveranda hinaufsprang, mit den Fingern über den Balken tastete, der das Dach stützte, und kurz darauf mit dem zufriedenen Grinsen einer Katze, die soeben einen Kanarienvogel verspeist hatte, einen rostigen Schlüssel in die Höhe hielt.

Sie nimmt dich nicht auf den Arm! Sie meint es todernst! »Das kannst du nicht machen, Shawna – ich muss noch heute Abend zurück nach Portland!« Den Schmerz in seinem Knie ignorierend, hievte er sich aus dem Kombi und folgte ihr die Stufen hinauf und in das dunkle, muffig riechende Cottage.

Shawna war bereits damit beschäftigt, eine Kerosinlampe in der Küche anzuzünden. »Romantisch, findest du nicht?«

»Was soll an der Tatsache romantisch sein, dass du mich hierher verschleppt hast?«

»Alles.« Sie drückte sich an ihm vorbei und öffnete das Fenster, um frische Luft hereinzulassen. Der Duft ihres Haars stieg ihm in die Nase.

»Ich habe einen Termin mit meinem Anwalt ...«

»Der kann warten.«

Sein Blut fing an zu kochen. Was glaubte sie eigentlich, wer sie war? Erst kidnappte sie ihn, dann flirtete sie hemmungslos mit ihm? Wie unglaublich dreist war das denn? Wenn sie bloß einen Tag später gekommen wäre!

»Gib mir die Autoschlüssel«, befahl er.

Sie lachte, das perlende Lachen, an das er sich so gut erinnerte, dann ging sie vor dem rustikal gemauerten Kamin in die Hocke und öffnete die Klappe.

»Ich meine es ernst«, sagte Parker.

»Ich auch. Die Schlüssel kriegst du nicht.« Sie zerknüllte ein Stück vergilbtes Zeitungspapier, legte zwei dicke Eichenscheite auf den Rost und zündete ein Streichholz an. Das Zeitungspapier ging in Flammen auf, kurz darauf fingen auch die trockenen Scheite Feuer.

»Dann stelle ich mich eben an die Straße und halte den Daumen raus.«

»Darüber solltest du vielleicht noch einmal nachdenken. Bis zur nächsten Straße sind es gut anderthalb Kilometer, und du bist noch nicht wieder ganz bei Kräften, was dein verletztes Bein anbetrifft, schon vergessen?«

»Shawna ...«

»Mach dir nichts vor, Parker, diesmal bin ich am Zug. Du bist in meiner Hand.« Wie um ihre Worte zu unterstreichen, erhob sie sich und klopfte sich die Hände an ihrem Rock ab. Ihr Gesichtsausdruck war nicht mehr schelmisch, sondern ernst und nüchtern. »Und diesmal werde ich dich erst loslassen, wenn wir die Dinge zwischen uns ein für alle Mal geklärt haben.«

Diese verflixte Frau! Sie hatte ihn in der Hand und war sich dessen nur allzu bewusst! Doch tief im Herzen war er froh darüber, obwohl er sich Sorgen machte wegen des für heute Abend anberaumten Treffens mit Melinda und den Anwälten. Sein Blick schweifte durch das kleine Cottage, über die mit Laken abgedeckten Möbel, die zusammengerollten Teppiche bis hin zu den Fenstern mit ihrer spektakulären Aussicht aufs Meer. Der Himmel leuchtete jetzt in den verschiedensten Lavendelschattierungen, der Ozean schimmerte golden. Parker schob die Hände in die Taschen seiner Cordhose und wartete ab, was als Nächstes kommen würde. Er konnte ohnehin nichts daran ändern, auch wenn es ihm Bauchschmerzen bereitete, die heiklen Verhandlungen mit Melinda und ihrer Anwältin platzen zu lassen.

»Ich muss einen Anruf tätigen«, sagte er daher drängend und verfluchte sich dafür, dass er bei dem überstürzten Aufbruch vergessen hatte, sein Handy einzustecken.

»Pech für dich. Hier gibt es kein Telefon, und ich glaube, du hättest hier eh keinen Empfang.«

Er fluchte. »Wer weiß, dass wir hier sind?«

»Nur Gerri.«

Da Gerri Shawnas beste Freundin war, war Parker überzeugt, dass sie den Mund halten würde. »Was ist mit Jake und deinen Eltern?«

Sie schüttelte den Kopf und rollte einen der Teppiche aus. »Wie ich schon sagte: Hier gibt es nur dich, mich, den Ozean und den Wind. Und, wenn du Glück hast, vielleicht ein Gläschen Weißwein und gegrillten Lachs.«

»Das wirst du noch bereuen«, knurrte er. Das Licht der Flammen fing sich in ihrem Haar und spiegelte sich in ihren smaragdgrünen Augen wider, in ihren Wangen bildeten sich kleine Grübchen, als sie ihn provozierend angrinste. Sie strahlte eine ungeheure Präsenz aus, und plötzlich hatte er den Eindruck, als wäre die kleine Hütte bis in den letzten Winkel erfüllt von ihr. Mein Gott, wie sehr er sie vermisst hatte!

»Wir beide werden das bereuen«, fügte er etwas weniger knurrig hinzu.

»Das Risiko gehe ich gern ein.« Sie begegnete seinem Blick. In ihren Augen stand eine so reine, unverfälschte Liebe, dass er sich schämte, weil er ihr nicht endlich gestand, dass er sich längst an alles erinnerte – dass er just in diesem Augenblick in Portland ihre gemeinsame Zukunft geplant hätte. Er umfasste ihr Handgelenk und spürte ihren flatternden Puls an seiner Haut. »Ich möchte, dass du mir vertraust«, sagte er und wandte schuldbewusst den Blick ab, als er den Schmerz in ihren Augen sah.

»Das tue ich«, flüsterte sie. »Was glaubst du, warum ich dich entführt habe?«

»Das weiß der liebe Gott«, sagte er leise. Seine Augen wanderten zu ihren weichen Lippen, und er spürte neuerliche Begierde in sich aufsteigen. »Weißt du«, sagte er mit zärtlicher Stimme, »ich überlege gerade, ob ich dir eine angemessene Strafe für dieses Vergehen erteilen sollte.«

Er kam ihr so nahe, dass sie die goldenen Einsprengsel in seinen blauen Augen erkennen konnte. »Du kannst es ja mal versuchen.«

Würde sie denn niemals aufgeben? Er verspürte einen unglaublichen Stolz darauf, dass diese umwerfende, intelligente Frau ihn so sehr liebte, dass sie mit allen Mitteln kämpfte, um ihre Beziehung zu retten. An seiner Schläfe pochte eine Ader, Lust und Verlangen erfüllten ihn, und er gab dem überwältigenden Drang nach, die Vergangenheit zu vergessen, genau wie die Zukunft. Alles, was zählte, war die Gegenwart, das Hier und Jetzt.

»Ich liebe dich ...«, flüsterte er und zog sie in seine Arme.

Shawnas Herz machte einen Satz, und sie schnappte überrascht nach Luft. Dann lagen auch schon seine Lippen auf ihren. Er küsste sie, heftig, beinahe brutal und so voller Leidenschaft, dass ihr Herz hämmerte, als wollte es zerspringen.

Sie stöhnte und schlang ihm die Arme um den Nacken, drückte ihre vollen Brüste an ihn, heiß vor Begierde. Seine Zunge strich über ihre Zähne, und sie öffnete bereitwillig den Mund, um sie eindringen und die samtige dunkle Höhle erforschen zu lassen.

»Mein Gott, wie habe ich dich vermisst«, flüsterte er heiser, als er sich wieder von ihr löste und eine Spur von Küssen ihren Hals hinabzog.

Sie hielt ihn nicht auf, als er ihr die Jacke von den Schultern streifte und ihre Bluse öffnete.

Das Feuer warf seinen lodernden Schein auf die Wände, das Geräusch der gegen die Felsen brandenden Wellen drang durch das offene Fenster, als sie ihm aus der Kleidung half.

»Shawna – weißt du, was du da tust? Bist du dir wirklich sicher?«, fragte er und stöhnte auf, als sie seine Brust küsste.

»Ich weiß genau, was ich tue, Parker, und ich bin mir noch nie so sicher gewesen«, flüsterte sie. »Du bist der Mann, den ich will.« Sie schmeckte das Salz auf seiner Haut, fuhr mit den Lippen seine Muskeln nach, tiefer, immer tiefer, zu seinem Bauch und noch weiter hinunter.

Seine Augen wurden feucht. »Du bist unglaublich«, murmelte er und drängte sich mit vielsagenden Bewegungen an sie. Seine Erektion war nicht zu übersehen, und sie öffnete langsam seine Cordhose, um sie zu befreien.

»Du auch«, hauchte sie.

»Wenn du jetzt nicht aufhörst ...«

»Ich höre nicht auf«, unterbrach sie ihn und richtete sich auf, um ihm in die Augen zu sehen. Er küsste sie, dann zog er sie mit sich hinab auf den Teppich, streifte ihr mit geübten Fingern die Kleidung ab, streichelte und knetete, bis sie sich ihm atemlos entgegenwölbte und ihn um mehr anflehte. Das Blut rauschte in ihren Ohren, ihr Herz klopfte zum Zerspringen, ihre Welt schrumpfte zusammen auf den einzigen Menschen, den sie wie wahnsinnig begehrte.

»Ich liebe dich, Parker«, stieß sie mit Tränen in den Augen hervor.

Das rotgoldene Licht des Kaminfeuers ließ seine Haut erglühen, als er sich auf sie schob und ihre Brustspitzen mit der Zunge umspielte, bevor er eine der beiden hoch aufgerichteten Knospen in den Mund nahm und hungrig daran saugte. Eine Hand unter ihren Po gelegt, drückte er sie an sich und rieb seinen Schritt an ihrem, bis sie vor Erregung schrie.

»Ich wollte dir noch sagen ...«

»Pscht ...« Shawna grub die Finger in sein Haar und zog seinen Kopf zu sich, um ihn voller Leidenschaft zu küssen, während sie ihm die Cordhose über die Hüften schob. Sie streichelte seinen muskulösen Hintern, strich über seine festen Schenkel und spürte, wie sie innerlich vor Lust zerfloss. Seine gewaltige, steinharte Erektion drückte gegen ihre feuchte Spalte.

Jetzt war es zu spät. Er würde sich nicht mehr bremsen können, selbst wenn er es wollte. Ungeduldig spreizte er ihre Beine und versenkte sich mit einem kräftigen Stoß tief in ihr.

»Shawna«, keuchte er, mit einer Hand ihre Brust knetend, »liebe mich!«

»Das tue ich!« Heiß und feucht vor Verlangen, umschlang sie mit den Beinen seine Hüften und drängte sich an ihn, als fürchtete sie, ihn wieder zu verlieren.

Parker stieß zu, rasend vor Lust, heftiger und heftiger, und mit jedem seiner kraftvollen Stöße hatte sie das Gefühl, sie würde wieder auf dem prächtigen weißen Hengst auf dem Jahrmarktkarussell reiten, auf und ab, sich wie wild im Kreis drehen, bis sie völlig die Kontrolle über sich verlor.

Befeuert von seiner Leidenschaft, erbebte sie. Die Lichter des Karussells flackerten und explodierten vor ihrem inneren Auge zu rosa, blauen und gelben Flammen. Parker schrie auf, ein tiefer, lustvoller Schrei, der sich mit ihrem eigenen Freudenschrei vermischte. Tränen füllten ihre Augen, als sie von der erfüllenden Woge des Orgasmus fortgerissen wurde.

Parker küsste ihr die kleinen Schweißtropfen von der Stirn, dann zog er das Laken von der noch abgedeckten Couch und breitete es über sie.

»Mein Liebling, ich liebe dich so sehr«, murmelte er mit brechender Stimme.

»Du musst nichts sagen«, flüsterte sie, auch wenn ihr Herz vor Liebe beinahe zerbarst.

»Ich möchte es aber sagen, möchte es aussprechen. Warum sollte ich dir noch länger etwas vormachen?« Er stützte sich auf einen Ellbogen, blickte auf sie hinab und strich ihr zärtlich die honigblonden Strähnen aus dem Gesicht. »Du würdest mir doch ohnehin nicht glauben. Du hast immer darauf beharrt, dass ich dich liebe.« Er küsste sie sanft auf die Wange. »Nur dass du keine Ahnung hast, wie sehr.« Seine Augen wanderten zu ihren vollen Brüsten, ihrer schmalen Taille und ihren langen Beinen. »Ich liebe dich mehr, als ein Mann, der halbwegs bei Verstand ist, eine Frau lieben sollte«, gab er mit bewegter Stimme zu.

»Hier können wir alles um uns herum vergessen – nur nicht uns«, flüsterte sie und schlang die Arme um seinen Nacken. »Ich liebe dich, Parker Harrison. Und ich will dich. Selbst wenn ich dich nur dieses eine Wochenende haben kann.«

»Das reicht mir nicht, Doktor«, sagte er mit einem breiten Lächeln. »Ich will dich für immer.«

»Für immer«, wisperte sie mit brechender Stimme und zog seinen Kopf zu sich, um ihn mit neu aufflackernder Leidenschaft zu küssen.

Parker ließ sich nicht zweimal bitten. Mit nie gekanntem Feuer liebte er sie die ganze Nacht lang.

Kapitel dreizehn

Shawna streckte sich mit einem glücklichen Lächeln auf dem Gesicht träge auf dem Bett aus. Sie tastete nach Parker, doch ihre Finger strichen über das kalte Bettlaken. Erschrocken riss sie die Augen auf. »Parker?«, rief sie und sah sich suchend in dem kleinen Schlafzimmer um. Wo war er?

Durchs Fenster fiel das Morgenlicht herein, die alten Spitzengardinen flatterten in der Brise, die vom Ozean heraufwehte.

»Parker?«, rief sie noch einmal, dann rieb sie sich die Augen und tastete nach ihrem Bademantel. In dem kleinen Cottage war es kalt, aus dem angrenzenden Zimmer war kein Laut zu vernehmen. Vielleicht war er zum Strand hinuntergehumpelt, doch sie bezweifelte, dass er die steilen Stufen bewältigen könnte, die von der Klippe zum Wasser hinunterführten. Voller Sorge betrat sie das kleine Wohnzimmer, um aus dem Seitenfenster zu spähen, das auf die Zufahrt hinausging, und fand ihre schlimmste Befürchtung bestätigt. Ihr kleiner Kombi war verschwunden. Und mit ihm Parker. Nachdem er sie die ganze Nacht lang geliebt hatte, war er fort.

Bestimmt ist er bloß losgefahren, um einen Lebensmittelladen oder eine Telefonzelle zu suchen, redete sie sich ein, doch sie wusste, dass das nicht stimmte, und zwar schon, bevor sie die hastig niedergekritzelte Notiz auf dem Tisch entdeckte. Mit zitternden Händen griff sie nach dem kleinen Zettel.

Musste zurück nach Hause.
Komme wieder oder schicke jemanden, der dich abholt. Vertrau mir.
Ich liebe dich.

Sie zerknüllte den Zettel in der Hand und steckte ihn in ihre Bademanteltasche. Ihre Finger streiften das kalte Metall des Messingrings, den er auf dem Jahrmarkt gewonnen hatte. Zitternd sackte sie auf einen der alten, wackeligen Stühle. Warum war er nach Portland zurückgekehrt?

Um die Dinge mit Melinda zu klären.

Und dann?

Wer konnte das schon sagen!

Sie ließ den Kopf in die Hände sinken, doch sie zwang sich, positiv zu denken. Er liebte sie. Das hatte er letzte Nacht immer wieder beteuert und in seiner Nachricht ebenfalls. Warum sollte er sie verlassen? Warum ausgerechnet jetzt?

»Geschieht dir recht«, murmelte sie und dachte daran, wie sie ihn in dieses Cottage gelockt hatte.

Sie hatte genau zwei Möglichkeiten: Sie konnte in die Stadt marschieren und ihren Bruder anrufen, oder sie konnte Parker vertrauen und hier auf ihn oder denjenigen warten, der sie abholen würde. Im *Zweifel für den Angeklagten*, dachte sie und beschloss, Parker zu vertrauen.

Um sich die Zeit zu vertreiben, putzte sie die Hütte, stapelte Holz und bereitete sogar ein Lammragout zu, das auf dem Herd vor sich hin köchelte, während sie duschte und saubere Sachen anzog. Als er um halb sechs Uhr abends immer noch nicht aufgetaucht war, wurde sie langsam unruhig.

Immer mehr gewannen die schwelenden Zweifel die Oberhand. Liebte er sie wirklich, wie er vergangene Nacht so oft beteuert hatte?

»Er wird zurückkommen«, flüsterte sie. Niemals würde er sie hier allein zurücklassen, nicht einmal, um ihr ihre Finte heimzuzahlen. Unsicher schlüpfte sie in ihre Schuhe und zog ihre warme Jacke an, dann öffnete sie die Tür und ging nach draußen.

Die Luft war kühl, die Sonne im Meer versunken. Die salzige Brise zauste ihr Haar, als sie den zugewachsenen Pfad zu den Stufen an der Klippenwand entlangging. Brombeerranken verhakten sich an ihrer Jeans, hohes Gras streifte ihre Knöchel. Sie erreichte die verwitterten Stufen, die im Zickzack an der Klippenwand in die Tiefe führten. Unten erstreckte sich der verlassene, halbmondförmige Streifen aus weichem, weißem Sand, an dem die Wellen ausrollten, von weißem Schaum gekrönt. Shawna stieg eilig hinunter. Seemöwen kreisten am Himmel, ihre Schreie übertönten das Tosen der Brandung, weiter nördlich warf ein Leuchtturm einen einzelnen hellen Lichtstrahl aufs Wasser.

Shawna steckte die Hände in die Jackentaschen und ging am Ufer entlang, die Augen auf den lavendelblauen Himmel geheftet, an dem ein paar vereinzelte erste Sterne blinkten. Sie ging ohne Ziel, die Gedanken so aufgewühlt wie die Wellen.

Warum war Parker nicht zurückgekehrt? Warum? Warum? Warum?

Sie trat hinter einen Achat, der im Ufersand lag, dann machte sie kehrt Richtung Stufen. Da plötzlich sah sie ihn.

Er stand oben auf der Klippe, auf der obersten der verwitterten Stufen, das Haar windzerzaust, und starrte zu ihr herab.

Er war zurückgekehrt!

Ihr Herz schlug einen Salto, und sie rannte los. So schnell, wie ihre Beine sie trugen, lief sie am Ufer entlang, zu ihm. All ihre Zweifel waren wie weggeblasen. Er winkte, dann kletterte er die Stufen herab.

»Nein, Parker, nicht! Warte!«, rief sie, vom Laufen völlig außer Atem. Die Stufen waren uneben, und sie hatte Angst, dass er abstürzen könnte. Sie sah, wie er stolperte und sich wieder fing. Fast wäre ihr das Herz stehengeblieben.

»Parker, nicht!«

Doch ihre Worte wurden vom Wind davongetragen, gingen unter im Tosen der See. Adrenalinbefeuert rannte sie noch schneller über den trockenen Sand. Langsam, Stufe für Stufe, arbeitete er sich voran, das Geländer fest umklammert. Dennoch hatte sie Angst um ihn.

Ihre Beine fühlten sich an, als wären sie aus Blei, als sie endlich mit wild hämmerndem Herzen bei der Felswand ankam. Parker war inzwischen auf der vorletzten Stufe angelangt. Mit einem breiten Grinsen blickte er sie an – und verpasste die letzte Stufe.

»Nein!«, schrie sie, als er gegen das Geländer taumelte und dann vornüberstürzte. Einen grauenvollen Augenblick lang sah sie wie in Zeitlupe, wie er mit wirbelnden Armen dem Strand entgegenfiel. Seine Jeans blieb an einem vorstehenden Nagel hängen, der Stoff riss, sein verletztes Bein machte eine schmerzhafte Drehung.

Mit einem lauten Aufschrei landete er im Sand.

»Parker!« Shawna sprang an seine Seite, ließ sich auf die

Knie fallen und berührte sein Gesicht, um mit den Händen die vertraute Linie seines Kinns nachzufahren.

Parker stützte sich auf die Ellbogen und sah zu ihr hoch.

»Ich dachte, du würdest mich auffangen«, scherzte er, doch sie sah an seinen verzerrten Mundwinkeln, dass er Schmerzen hatte.

»Und ich dachte, du würdest nicht fallen! Alles okay mit dir?« Sie barg seinen Kopf an ihrer Brust, während sie mit professionellem Blick sein Bein ins Auge fasste.

»Jetzt geht es mir schon besser«, sagte er tapfer und schnitt eine Grimasse.

»Lass mich mal sehen ...«

Seinen Protest ignorierend, riss sie die Jeans noch weiter auf und untersuchte vorsichtig sein operiertes Knie.

Er zog scharf die Luft ein.

»Nun, das hat zwar nicht gerade zu deiner Genesung beigetragen, aber du wirst es überleben«, sagte sie, erleichtert darüber, dass nichts gerissen zu sein schien. »Trotzdem solltest du zu Dr. Handleman gehen, sobald wir wieder zurück sind.« Sie warf ihr Haar über die Schulter und blickte ihn liebevoll an. »Das war dumm von dir, Harrison«, sagte sie, dann bemerkte sie einen weißen Umschlag im Sand. Er musste ihm bei dem Sturz aus der Jackentasche gerutscht sein. »Was ist das?«, fragte sie neugierig.

»Die Adoptionspapiere«, antwortete er und streckte leise vor sich hin fluchend das Bein durch.

»Adoptionspapiere?«, wiederholte sie verständnislos.

»Melinda hat sich einverstanden erklärt, dass ich das Baby adoptiere.«

»Du?«

»Ja.« Mühsam rappelte sich Parker hoch und hielt sich am Geländer fest.

»Darf ich?«, fragte Shawna, die den Umschlag aufgehoben hatte und aufgestanden war.

»Ich bitte darum.«

Shawna klopfte sich die sandigen Hände ab, öffnete den Umschlag und überflog die Papiere.

»Es war nicht schwer, Melinda dazu zu bewegen, das Baby mir zu überlassen«, erzählte Parker. »Ich habe ihr angeboten, ihr die Schule zu finanzieren und mich um das Kind zu kümmern. Sie war einverstanden. Offenbar war es genau das, was sie wollte.«

Shawna musterte ihn skeptisch.

»Ich bin wirklich froh, dass jetzt alles geklärt ist. Das Baby ist nicht von mir, genau wie du vermutet hattest. Melinda war Brads Freundin, doch genau daran konnte ich mich nicht mehr erinnern.«

Sie traute kaum ihren Ohren. »Und was war der Auslöser dafür, dass dein Erinnerungsvermögen so plötzlich zurückgekehrt ist?«

»Du«, sagte er liebevoll. »Du hast mich mit deinem Auszug zur Räson gebracht, und auf einmal war alles wieder da.«

Shawna klappte die Kinnlade hinunter, dann trat ein zorniger Schimmer in ihre Augen. »Das ist doch schon ewig her!«

»Ich habe angerufen. Du warst diejenige, die nicht mit mir reden wollte.«

Entrüstet stemmte sie die Hände in die Hüften. »Und warum hast du gestern Nacht nichts davon erwähnt?«

»Da war ich zu beschäftigt«, erwiderte er mit einem anzüglichen Grinsen, und ihr Herz setzte zum Galopp an. »Und, willst du nun wissen, was passiert ist?«

»Natürlich!«

»An dem Abend der Hochzeitsgeneralprobe habe ich Brad zu Melindas Apartment gefahren, wo die beiden einen fürchterlichen Streit wegen Melindas Schwangerschaft hatten. Er wollte sich nicht an Frau und Kind binden – dachte offenbar, das würde nicht mit seiner Karriere zusammenpassen.« Parker wurde blass bei der Erinnerung an die hässliche Szene. »Melinda war so außer sich, dass sie ihm eine kräftige Ohrfeige versetzte, und Brad, in seinem betrunkenen Zustand, wurde ohnmächtig. Wir haben ihn auf die Couch gelegt. Deshalb erinnerte ich mich daran, dass ich sie im Arm hielt, um sie zu beruhigen und ihr einzureden, alles würde gut werden. Ich hoffte so sehr, dass sie zur Vernunft käme, aber offenbar war das nicht der Fall. Auf alle Fälle hatte ich vor, Brad hinterher, wenn er wieder nüchtern war, die Lektion seines Lebens zu erteilen. Aber dazu ist es ja leider nicht mehr gekommen.« Er seufzte.

»Und warum hat sie behauptet, das Baby sei von dir?«

»Weil sie mich für Brads Tod verantwortlich machte. Als die Zeitungen über meine Amnesie berichteten, tüftelte sie zusammen mit ihrem Vater den Plan aus, mir das Kind unterzuschieben, um Geld aus der Sache zu schlagen. Aber damit ist sie zum Glück nicht durchgekommen.«

»Weil du dich erinnert hast.«

»Nein, weil ihr schließlich klargeworden ist, dass sie das Beste für ihr Kind tun muss. Nur das allein zählte.«

»Das fällt mir schwer zu glauben«, flüsterte Shawna.

Er zuckte die Achseln. »Ich nehme an, der mütterliche

Instinkt ist stärker, als man vermutet. Doch wie dem auch sei, ich habe ihr versprochen, sie zu unterstützen, bis sie eine Ausbildung abgeschlossen hat und auf eigenen Beinen steht. Dafür verlange ich das volle Sorgerecht für das Kind.« Er blickte mit zusammengekniffenen Augen auf den Ozean hinaus und unterdrückte einen plötzlichen Schauder. »Das ist das Mindeste, was ich für Brad tun kann.«

Auch Shawna fing nun an zu zittern. Parker würde Vater werden!

Als hätte er ihre Gedanken gelesen, machte er einen unsicheren Schritt auf sie zu und legte ihr den Arm um die Schultern.

»Wollen wir ein Stück gehen?«, fragte er dann. »Vorausgesetzt, ich darf mich auf dich stützen.«

»Wie könnte ich dir das verwehren?«

Achselzuckend drückte er ihre Schulter. »Ich war dir gegenüber ein ziemlicher Mistkerl«, gab er zerknirscht zu.

»Da hast du recht«, pflichtete sie ihm bei, doch sie grinste. Langsam schlenderten sie hinunter zum Wasser. »Aber ich weiß ja, wie ich mit dir umgehen muss.«

»Ach ja? Und glaubst du, du kannst auch mit Babys fertigwerden?«

Shawna blieb wie angewurzelt stehen. »Was soll die Frage, Parker?« Sie blieben am Ufer stehen und blickten auf die Wellen vor ihren Füßen.

»Ich möchte, dass du mich heiratest, Shawna«, sagte er leise und sah ihr tief in die Augen. »Ich möchte dich bitten, mir zu helfen, Brads Baby großzuziehen, und ich bitte dich, mich so zu lieben, wie ich bin, nicht, wie ich vor dem Unfall war.«

»Aber ich liebe dich so, wie du bist ...«

»Ich bin nicht mehr der Mann, den du einst heiraten wolltest«, erklärte er mit Nachdruck, als wollte er ihr ein letztes Hintertürchen offenhalten, doch dann schlossen sich seine Finger besitzergreifend um ihre Schulter.

»Natürlich bist du derselbe«, widersprach sie. »Weißt du denn nicht, dass ich immer bei dir bleiben werde – egal, was in unserem Leben passiert, egal, welche Tragödien uns das Schicksal beschert? Und das ganz bestimmt nicht aus einem falsch verstandenen Pflichtgefühl heraus.« Sie räusperte sich. »Ich liebe dich, Parker, deswegen bleibe ich bei dir.«

Sie sah die Tränen in seinen Augen. Sein Kinn zitterte. »Bist du dir wirklich sicher?«, fragte er noch einmal.

»Glaubst du wirklich, ich würde dir seit Wochen nachstellen, mich wie ein Bulldozer in dein Leben drängen, wenn ich nicht überzeugt davon wäre, das Richtige zu tun, Parker?«

»Ich weiß, aber ...«

»Kein ›Aber‹. Ich liebe *dich*, nicht irgendeine verklärte Erinnerung.«

»Die ganze Zeit über dachte ich ...«

»Das ist das Problem, Parker, du solltest besser nicht denken!« Grinsend stieß sie ihm den Finger gegen den breiten Brustkorb.

»Ach, Shawna, wenn du wüsstest, wie sehr ich dich liebe«, sagte er, zog sie an sich und küsste sie, während er mit ihren langen, honiggoldenen Haarsträhnen spielte.

Der Kuss schmeckte nach einer verheißungsvollen Zukunft.

»Solltest du jemals beschließen, mich zu verlassen«, warnte er sie, als er die Lippen von ihren löste, »werde ich dich einfach nicht gehen lassen, Shawna, das schwöre ich dir. Ich werde alles tun, damit du mich liebst – für immer.«

»Ich werde dich niemals verlassen«, schwor sie und bekräftigte ihren Schwur mit einem weiteren Kuss.

»Gut. Dann sollten wir das vielleicht hiermit besiegeln.« Er griff in seine Jackentasche und zog den Messingring mit den pastellfarbenen Bändern hervor.

»Wie bist du denn an den gekommen?«

»Er lag in der Hütte, wo eigentlich du sein solltest.«

»Was hast du vor?«

»Wir brauchen ihn nicht mehr.« Mit einem schelmischen Grinsen schleuderte er den Ring Richtung Meer. Die bunten Bänder flatterten durch die Luft.

»Nein, Parker!«, rief sie, doch es war zu spät.

Mit einem Platschen traf die Jahrmarktstrophäe auf der Wasseroberfläche auf und versank in den purpurnen Tiefen.

»Wie ich schon sagte: Wir brauchen ihn nicht mehr, denn wir werden ihn gegen zwei goldene Ringe eintauschen.«

Shawna hob ihm ihr Gesicht entgegen, Tränen glitzerten in ihren Augen. Endlich war Parker wieder bei ihr. Nun würde nichts mehr zwischen sie kommen.

»Willst du mich heiraten, Dr. McGuire?«

»Ja«, flüsterte sie und schlang die Arme um seinen Nacken. Er liebte sie, und er erinnerte sich! Endlich würden sie zusammen sein – für immer.

»Ja, o ja, das will ich!« Ihre grünen Augen schimmerten vor Glück und Begierde, als sie ihn mit sich auf den trockenen Sand hinabzog.

»Langsam, Shawna, langsam«, flüsterte er heiser. »Schließlich haben wir noch den Rest unseres Lebens dafür Zeit.«